MIRA®

Der Preis dieses Bandes versteht sich einschließlich der gesetzlichen Mehrwertsteuer.

Umwelthinweis:
Dieses Buch wurde auf chlor- und säurefreiem Papier gedruckt.

Winterträume voller Sehnsucht

MIRA®

MIRA® TASCHENBUCH
Band 25494
1. Auflage: Januar 2011

MIRA® TASCHENBÜCHER
erscheinen in der Cora Verlag GmbH & Co. KG,
Valentinskamp 24, 20350 Hamburg
Deutsche Taschenbucherstausgabe

Titel der englischen Originalausgaben:

A Lady of Rare Quality

Übersetzung von Vera Möbius

My Lady Love

Übersetzung von Hartmut R. Zeidler

erschienen bei: Mills & Boon Ltd., London
Published by arrangement with
HARLEQUIN ENTERPRISES II B.V./S.àr.l.

Konzeption/Reihengestaltung: fredebold&partner gmbh, Köln
Umschlaggestaltung: pecher und soiron, Köln
Redaktion: Ilse Bröhl
Titelabbildung: Harlequin Enterprises S.A., Schweiz
Satz: Buch-Werkstatt GmbH, Bad Aibling
Druck und Bindearbeiten: CPI – Ebner & Spiegel, Ulm
Printed in Germany
Dieses Buch wurde auf FSC-zertifiziertem Papier gedruckt.
ISBN 978-3-89941-805-7

www.mira-taschenbuch.de

Anne Ashley

Hochzeit im Herrenhaus

Roman

Aus dem Englischen von
Vera Möbius

MIRA®

1. KAPITEL

Es dauerte eine volle Minute, bis Miss Annis Milbank sich hinreichend von dem Schock erholt hatte, um zu rufen: „O Tante, wieso glaubst du, ich könnte dir diesen Dienst erweisen? Wenn ich mich auch um Manieren bemühe, die meiner lieben Mama gefallen hätten – manchmal äußere ich meine Meinung ganz furchtbar freimütig. Also eigne ich mich wohl kaum zur Vermittlerin, schon gar nicht in einer so heiklen Angelegenheit."

Mit einem sanften Lächeln betrachtete Lady Pelham das reizvolle, von dichten rötlich braunen Locken umrahmte Gesicht ihrer Patentochter. Gewiss, Annis' Verhalten war manchmal etwas unkonventionell, und einige Leute fanden sie viel zu selbstbewusst. Aber sie hatte das warmherzige Wesen ihrer Mutter geerbt, zudem die Tatkraft und Vernunft ihres Vaters. Diese bewundernswerten Eigenschaften, verbunden mit mutwilligem Charme, befähigten sie durchaus, den Auftrag auszuführen. „Da irrst du dich, meine Liebe. In diesem Fall wird sich deine Neigung, kein Blatt vor den Mund zu nehmen, sogar vorteilhaft auswirken."

Skeptisch hob Annis die schön geschwungenen Brauen. „Wenn der gegenwärtige Viscount Greythorpe im Charakter seinem Vorgänger gleicht – würde er sich überhaupt anhören, was ich zu sagen hätte?"

„Um ehrlich zu sein, Kindchen, ich kenne den derzeitigen Träger des Titels kaum", seufzte Lady Pelham. Müde stand sie auf und trat ans Fenster. „Da gehen die Meinungen auseinander. Wie ich gehört habe, soll er seinem gefühlskalten, unnahbaren verstorbenen Vater gleichen. Aber er wird auch ganz anders eingeschätzt. Ich persönlich möchte mich vorurteilsfrei zeigen." Als sie sich zu ihrer Patentochter umdrehte, nahm ihr Gesicht einen ernsten Ausdruck an. „Du darfst nicht glauben, es würde mir leichtfallen, dich darum zu ersuchen. Könnte ich mich an eine Verwandte oder eine Freundin hier in Bath wenden, hätte ich dir niemals diesen melodramatischen Brief geschrieben und dich um deinen unverzüglichen Besuch gebeten. Sicher warst du beunruhigt, weil ich keine Erklärung abgegeben habe."

Diese krasse Untertreibung entlockte Annis ein Lächeln. Sobald sie das Schreiben erhalten hatte, war sie in aller Eile in eine gemietete Postkutsche gestiegen. Die Reise von ihrem Heim in Leicestershire nach Bath dauerte nicht lange. Trotzdem fand sie Zeit genug, um sich das Allerschlimmste vorzustellen.

Bei ihrer Ankunft vor einer knappen halben Stunde hatte sie halb und halb erwartet, ein Dienstbote würde ihr mitteilen, die Patentante sei schwer erkrankt oder Helen, die Nichte Ihrer Ladyschaft, habe ein grausiges Schicksal erlitten. Niemals hätte sie vermutet, sie sollte als Vermittlerin agieren. In solchen Dingen war sie völlig unerfahren.

„Vielleicht habe ich dich nicht richtig verstanden, Tante", gab sie zu. „Du hast mir erzählt, du seist von Lord Greythorpe eingeladen worden, zusammen mit deiner Nichte, die seine Halbschwester ist, ein paar Wochen auf dem Landsitz der Familie in Hampshire zu verbringen, wovon Helen nicht sonderlich begeistert ist." Unfähig, ein Lächeln zu unterdrücken, fügte sie hinzu: „Nun, das kann ich ihr nachfühlen. Immerhin meistert sie ihr Leben, auch ohne von den Verwandten ihres verstorbenen Vaters anerkannt zu werden."

„Helen ist der Familie Greythorpe nicht feindlich gesinnt." Nachdenklich musterte Lady Pelham ihr Patenkind, bevor sie wieder Platz nahm. „Während dein Groll auf die Angehörigen deiner Mutter im Lauf der Jahre gewachsen zu sein scheint, Liebes."

Über dieses unangenehme Thema wollte Annis nicht reden, was die Tante verständnisvoll berücksichtigte.

„Jedenfalls habe ich deine Mama stets bewundert", fuhr Lady Pelham fort. „Im Gegensatz zu meiner verstorbenen Schwester und mir war sie charakterstark genug, um sich den Anordnungen ihrer Familie zu widersetzen und den Mann ihrer Wahl zu heiraten. Wie anders wäre Charlottes und mein Leben verlaufen, hätten wir den gleichen Mut aufgebracht!"

Annis wusste Bescheid über diese unglücklichen Ehen, die von begrenzter Dauer gewesen waren. Trotzdem fühlte sie sich bemüßigt, eine wichtige Frage zu stellen.

„Dass der sechste Viscount Greythorpe Helens Vater war, habe ich niemals bezweifelt", antwortete Lady Pelham ohne Zögern. „Das Verhalten meiner Schwester mag unklug gewesen sein, aber unter den Umständen begreiflich. An diesen zynischen, kaltherzigen, wesentlich älteren Mann gebunden, fand sie natürlich Gefallen an der Aufmerksamkeit des jungen Künstlers, der kurz nach ihrer Hochzeit beauftragt wurde, ihr Porträt zu malen. Charlotte gab unverblümt zu, sie habe während seines Aufenthalts im Greythorpe Manor sehr oft seine Gesellschaft gesucht. Aber sie beteuerte, die Beziehung sei nie über einen dezenten Flirt hinausgegangen. Bedauerlicherweise wurde Helen um jene Zeit empfangen. Zu allem Überfluss kam sie auch noch mit den roten Haaren zur Welt, die in unserer Familie von Zeit zu Zeit auftauchten. Was ja auch für mich gilt …"

„Diese Tatsache müsste der Viscount akzeptiert haben", warf Annis ein.

„Eigentlich schon", stimmte Lady Pelham zu. „Und er zog sicher auch die Möglichkeit in Betracht, zwei dunkelhaarige Menschen könnten Rotschöpfe zeugen. Leider besaß auch der junge Maler rötliches Haar."

„Welch ein unglückseliger Zufall!", meinte Annis. „Aber wenn Helen der Familie ihres verstorbenen Vaters nicht zürnt – warum lehnt sie dann die Einladung auf den Ahnensitz ab?"

„O nein, sie hat sich nicht direkt geweigert, es ist nur – wir haben bereits versprochen, Ende Februar ein paar Tage auf dem Landgut ihrer Freundin in Devonshire zu verbringen. Um die gleiche Zeit sollen wir auf Lord Greythorpes Wunsch nach Hampshire fahren. Also schrieb ich ihm, erklärte die Situation und gab ihm zu verstehen, bei Helens erstem Aufenthalt in Greythorpe Manor sei ein kürzerer Besuch empfehlenswerter."

„Ist deine Nichte nicht damit einverstanden?", fragte Annis, als ihre Patente verstummte.

„Doch. Unter anderen Umständen wäre sie bereit, den Wunsch ihres Halbbruders zu erfüllen." Plötzlich bildete sich ein grimmiger Zug um Lady Pelhams Lippen. „Aber im Augenblick würde sie Bath nur höchst ungern verlassen."

Gespannt wartete Annis auf nähere Erklärungen. Nun war ihre Neugier erwacht.

„Kurz bevor wir Lord Greythorpes Einladung erhielten, lief ihr unglücklicherweise ein hübscher Taugenichts über den Weg, der seither ihre ungeteilte Aufmerksamkeit genießt."

„Ein Mitgiftjäger?"

„Ohne jeden Zweifel. Zu meinem Leidwesen hat sie ihn noch nicht durchschaut. Aber wie du weißt, ist sie nicht dumm und erstaunlich reif für ihre Jahre. Sicher ist es nur eine Frage der Zeit, bis sie zur Vernunft kommen und diese alberne Schwärmerei überwinden wird. Vorausgesetzt, man gesteht ihr diese Zeit zu." Lady Pelham erhob sich erneut. Diesmal wanderte sie im Salon umher, ein deutliches Zeichen ihrer inneren Unrast. „Falls sie zur Abreise gezwungen wird, solange sie immer noch in den jungen Schurken vernarrt ist, lässt sie sich womöglich dazu überreden, mit ihm durchzubrennen. Und ich fürchte, dann können weder ihre Treuhänder noch ich verhindern, dass sich dieser Mr. Daniel Draycot ihr Erbe aneignet. Oder einen Teil davon ..." Vor lauter Nervosität begann sie ein Porzellanfigürchen auf dem Kaminsims hin und her zu rücken, um es dann wieder an seinen angestammten Platz zu stellen. „Meine Schwester Charlotte hatte entschieden, Helen sollte ebenso wie deine Mutter aus Liebe heiraten. Wenn sie den Richtigen gefunden hat, wird sie ihr Erbe antreten, ohne irgendwelche Bedingungen erfüllen zu müssen. Zumindest wird sie das Vermögen erhalten, das ihre Mutter ihr hinterlassen hat."

Obwohl Annis diese Sorge ihrer Patentante verstand, glaubte sie, das Problem wäre leicht zu lösen. „Warum schreibst du Lord Greythorpe nicht einfach und schlägst ihm einen Besuch zu einem späteren Zeitpunkt vor? Dann wären alle Beteiligten zufrieden."

„Das tat ich bereits, meine Liebe. Ohne Erfolg ..." Lady Pelham ging zu ihrem Schreibtisch und nahm einen Brief aus der Schublade, den sie ihrer Patentochter übergab.

Während Annis die kühne, eindeutig maskuline Handschrift überflog, zogen sich ihre dunklen Brauen zusammen. In ihren grauen Augen funkelten grüne Pünktchen. „Was für ein arroganter Mann!" Erbost legte sie den Brief beiseite. „Wofür hält er sich eigentlich? Warum verlangt er, seine Halbschwester müsse der Familie einen Besuch abstatten, wann es *ihm* beliebt? Seine Großmutter mütterlicherseits ..." Nun griff sie wieder nach dem Blatt Papier. „Helen ist nicht mit dieser verwitweten Lady Kilbane verwandt, also keineswegs verpflichtet, an der Geburtstagsfeier teilzunehmen, die am Frühlingsanfang in Greythorpe Manor stattfinden soll. An deiner Stelle würde ich die Kutsche, die er nächste Woche hierherbeordern will, um euch abholen zu lassen, sofort zurückschicken – mit einem Brief, der ihm unverständlich klarmacht, *du* würdest entscheiden, wann deine Nichte die Reise unternimmt."

„Glaub mir, Kindchen, nichts würde mir größere Genugtuung bereiten", gestand Lady Pelham. „Allmählich befürchte ich, Lord Greythorpe gleicht tatsächlich seinem Vater – herrisch und kompromisslos. Auf die Gefühle anderer nimmt er keine Rücksicht. Aber traurigerweise ist er berechtigt, Helens Besuch zu erzwingen, wann immer es ihm gefällt." Lächelnd bemerkte sie Annis' unverhohlene Entrüstung. „Nachdem sich der verstorbene Lord Greythorpe von meiner Schwester getrennt hatte, verzichtete er aus Gründen, die nur er kannte, auf eine Scheidung. Bei seinem Tod ging die Vormundschaft über die Tochter, die er niemals anerkannt hatte, an seinen einzigen Sohn, den gegenwärtigen Träger des Titels."

Irrtümlicherweise hatte Annis stets angenommen, Lady Pelham wäre seit Charlottes Ableben Helens Vormund. Nun konnte sie ihre Verblüffung nicht verhehlen. „Das wusste ich nicht, Tante. Was mag sich Lord Greythorpes Vater dabei gedacht habe? Warum übertrug er die Vormundschaft nach dem Tod seiner Frau nicht *dir*, wo er doch nichts mit Helen zu tun haben wollte?"

Lady Pelham lächelte wehmütig. „Was immer ihn auch zu seinem Entschluss bewog – das Wohl seines jüngsten Kindes lag ihm sicher nicht am Herzen. Wahrscheinlich versuchte er die Existenz des Mädchens einfach nur zu ignorieren."

Das vermutete auch Annis, und so nickte sie. Dann kam ihr ein neuer Gedanke. „Und warum interessiert sich der jetzige Viscount plötzlich für seine Halbschwester?"

Über diese Frage hatte Ihre Ladyschaft bereits nachgedacht, ohne das Rätsel zu lösen. „Soviel ich weiß, unternahm er ausgedehnte Reisen. Während er sich im Ausland aufhielt, erreichte ihn die Nachricht vom Ableben seines Vaters. Dann wartete er fast ein ganzes Jahr, bevor er sich bei mir meldete. Die Ländereien in Hampshire erstrecken sich über mehrere Morgen. Zudem besitzt er ein kleineres Landgut in Derbyshire und eine Londoner Residenz. Diese Liegenschaften hat er in den letzten Monaten öfter besucht. Also muss er nach seiner Heimkehr sehr beschäftigt gewesen sein."

Annis fand diese Erklärung einleuchtend, und so ging sie nicht weiter darauf ein. „Glaubst du, er ist nach dem Tod des Vaters endlich bereit, Helen offiziell als seine Schwester anzuerkennen?"

„Falls er das plant, wäre es zu begrüßen. Meine Nichte hat zwar nicht übermäßig unter dem lieblosen Verhalten ihres Vaters gelitten. Aber manchmal wiesen niederträchtige Klatschmäuler in Helens Hörweite auf ihre fragwürdige Herkunft hin."

„Hoffentlich unterbindet ihr Halbbruder solche Spekulationen ein für alle Mal, und seine Frau wird ihr freundlich begegnen."

„Oh, er ist immer noch ledig. Keine Ahnung, ob mich das überrascht oder nicht ... Ich traf ihn nur ein einziges Mal, als er mich unerwartet besuchte, um mir nach Charlottes Tod sein Beileid auszusprechen. Ob er das mit dem Wissen und der Billigung seines Vaters tat, konnte ich nicht herausfinden. Jedenfalls schien er den Verlust seiner Stiefmutter aufrichtig zu bedauern. Jetzt, zehn Jahre später, erinnere ich mich verständlicherweise nur vage an ihn. Ich entsinne mich nur, dass ich ihn für einen sehr ernsthaften jungen Mann hielt. Auf seine düstere Weise wirkte er recht attraktiv. Und neulich erwähnte jemand, er würde den Landsitz zusammen mit seiner ebenfalls unverheirateten Schwester bewohnen." Anmutig sank Lady Pelham wieder in ihren Sessel und starrte eine Zeit lang gedankenverloren auf den Teppich. „Über seinen letzten Brief habe ich Helen noch nicht informiert. Und sie weiß auch nichts von der Vormundschaft."

„Großer Gott, Tante, warum hast du ihr das verheimlicht?", rief Annis bestürzt.

„Weil ich mir deshalb nie den Kopf zerbrach. Ihr Vater mischte sich kein einziges Mal in ihre Erziehung ein. Genau genommen vermied er *jeden* Kontakt. Warum sollte ich annehmen, sein Sohn würde sich anders verhalten?" Ihre Ladyschaft seufzte tief auf. „Offen gestanden, ich glaube, es wäre ein Fehler, ihr gerade jetzt reinen Wein einzuschenken, während sie diesen jungen Tunichtgut anhimmelt."

„Fürchtest du, Helen könnte den Verdacht schöpfen, du würdest sie zu einem längeren Besuch im Greythorpe Manor überreden, um sie von ihrem Verehrer zu trennen?"

„Nicht nur das, Liebes", erwiderte Lady Pelham lächelnd. „Zuerst möchte ich mit ihr nach Devonshire fahren. Ich fand nämlich heraus, dass ihrem Galan diese Reisepläne missfallen. Und ich habe das Gefühl, sein Protest hängt keineswegs mit der drohenden Trennung von Helen zusammen."

„Wie interessant!" Annis beugte sich sichtlich fasziniert vor. „Meinst du, er hat Angst, du würdest in Devonshire diffamierende Neuigkeiten über ihn erfahren?"

„Du hast es erraten. Um die Wahrheit zu gestehen, das hoffe ich sogar. Gelegentlich erwähnte Mr. Draycot, er sei kurzfristig dort gewesen. Allerdings weiß ich nicht, ob er in Okehampton war, wo Helens Freundin mit ihren Eltern lebt. Wie auch immer, er drängt meine Nichte unentwegt, den Besuch abzusagen, mit der Begründung, er würde nicht einmal ein paar Tage ohne ihre Gesellschaft ertragen. Bisher hat sie seinen flehenden Bitten widerstanden. Sie will die Einladung nach wie vor annehmen."

In diesem Moment erklangen Stimmen in der Halle, und Ihre Ladyschaft hob den Kopf.

„Wenn mich nicht alles täuscht, hat Helen auf ihrem Spaziergang im Park wieder einmal Mr. Draycot getroffen – natürlich rein *zufällig*", fügte sie ironisch hinzu. „Und falls mich meine Ohren nicht trügen, hat sie ihn zum Tee eingeladen. Nun kannst du seinen Charakter selbst beurteilen, Annis. Aber nimm dich in Acht. Helen erwartet nicht, dich hier zu sehen. Also musst du ihr erklären, du hättest dich ganz spontan zu diesem Besuch entschlossen. Auf keinen Fall darf sie erfahren, dass dich mein Brief dazu bewogen hat."

Unter dem Eindruck der kurzen Begegnung mit Mr. Daniel Draycot beendete Annis ihren Aufenthalt in Bath schon zwei Tage später und fuhr in einer gemieteten Postkutsche durch Hampshire. Diese Grafschaft hatte sie nie zuvor bereist.

Normalerweise hätte ihr Interesse der Umgebung gegolten, obwohl die Landschaft um diese frühe Jahreszeit nicht besonders sehenswert wirkte. Aber Annis kannte nur einen einzigen Gedanken – ihr Ziel möglichst schnell zu erreichen. Leider hatte sich das Wetter seit ihrer Abreise aus Bath verschlechtert. Unter einem düsteren Wolkenhimmel peitschte ein bitterkalter Ostwind Regentropfen gegen die Wagenfenster.

„Hätte ich bloß zwei Zimmer in der letzten Poststation genommen, statt den törichten Entschluss zu fassen, noch heute im Greythorpe Manor anzukommen!", klagte sie, zu ihrer Reisegefährtin gewandt. „Nachdem Sie ebenso wie der Kutscher Schneefälle vorausgesagt haben …"

„Immerhin hatten Sie einen guten Grund, meinen Ratschlag zu ignorieren, mein Lämmchen", entgegnete Eliza Disher, ihre stets loyale Zofe und Gesellschafterin. „Wie unangenehm Sie den Auftrag finden, den Lady Pelham Ihnen erteilt hat, ist mir nicht entgangen. Je früher Sie die Tortur hinter sich bringen, desto besser."

„Vorausgesetzt, Seine Lordschaft wird mich empfangen", gab Annis zu bedenken. Die Möglichkeit, dass er sie abweisen ließ, bestand durchaus. Und dann wäre die beschwerliche Fahrt umsonst gewesen. „Gewiss, ich habe ein Empfehlungsschreiben von Lady Pelham bei mir. Aber ob es mir eine Unterredung mit dem Viscount verschaffen wird, bleibt abzuwarten. Zudem ist es eine sehr persönliche Angelegenheit, die ich mit ihm besprechen will. Vielleicht weist er mir die Tür, bevor ich ihm sämtliche Argumente meiner Patentante erklärt habe.“

„Sie können nicht mehr tun, als in Ihrer Macht steht, Miss Annis“, meinte Eliza aufmunternd, und die junge Frau, der sie vor fast vierundzwanzig Jahren ans Licht der Welt verholfen hatte, belohnte sie mit einem liebevollen Lächeln. „So gut wie ich kennt Sie niemand. Deshalb weiß ich – wenn Sie's für falsch hielten, den Wunsch Ihrer Ladyschaft zu erfüllen, würden Sie jetzt nicht in dieser Kutsche sitzen.“

Ja, das stimmt, dachte Annis. Seit sie denken konnte, bewunderte sie ihre Patentante. Seit vielen Jahren verwitwet, war Henrietta Pelham intelligent und warmherzig, eine Dame, die sich stets freundlich um sie gekümmert hatte, vor und nach dem Tod der geliebten Mutter.

Dafür wollte Annis ihr danken, indem sie die unerfreuliche Mission auf sich nahm. Dazu hatte sie sich erst nach reiflicher Überlegung entschlossen.

„Wenn ich meinem Gefühl vertrauen darf, beurteilt meine Patentante diesen Mr. Draycot völlig richtig, Eliza“, wandte sie sich wieder an ihre Begleiterin. „Zweifellos ist er ein Schurke. Sie braucht nur noch genug Zeit, um seinen wahren Charakter zu entlarven und ...“

Als der Wagen plötzlich hielt, verstummte sie. Vorerst schneite es noch nicht so stark, dass eine Unterbrechung der Reise ratsam erschienen wäre. Deshalb nahm Annis an, der Kutscher und seine beiden Gehilfen – nicht ganz sicher, wo Greythorpe Manor lag – würden an einer Kreuzung erörtern, welche Richtung sie einschlagen sollten. Sie zog ihr Cape enger um die Schultern, öffnete das Fenster und verlangte eine Erklärung für die Verzögerung.

Sofort eilte der sichtlich verlegene Kutscher zur ihr, mit der Information, eine Gestalt läge auf der Straße. Verständlicherweise erstaunt, aber nicht ernsthaft beunruhigt, stieg Annis aus, dicht gefolgt von der fürsorglichen Eliza.

Immer wieder war sie mit ihrem Vater verglichen worden. Nicht nur ihr Aussehen hatte sie von dem verstorbenen Dr. Milbank geerbt, sondern bis zu einem gewissen Grad auch ihren Charakter – insbesondere eine untrügliche Beobachtungsgabe. Die nutzte sie jetzt auf dem Weg zu dem Mann, der reglos am Boden lag. Ein schönes rotbraunes Pferd stand in der Nähe seines offenbar verletzten Herrn.

Nach einem flüchtigen Blick in den Wald, der die Straße säumte, kniete Annis nieder, um den Fremden zu untersuchen. Aus einem versengten Loch im Ärmel seines Reitrocks quoll Blut, und an der Stirn entdeckte sie eine Schürfwunde. Mit Elizas Hilfe drehte sie den Mann auf den Rücken. Dann inspizierte sie den Inhalt seiner Taschen, fand aber keinen Hinweis auf seine Identität. Nur eins stand vermutlich fest – er war keinem Raubüberfall zum Opfer gefallen.

„Verzeihen Sie, Miss …“, begann der verängstigte Kutscher, als sie aufstand. „Wir sollten weiterfahren. Wer weiß, wer zwischen diesen Bäumen auf der Lauer liegt …“

„Sollen wir den armen Mann etwa seinem Schicksal überlassen?“ Hochmütig hob sie die Brauen. Diese Miene erinnerte Eliza Disher stets an die aristokratische Großmutter ihrer jungen Herrin, eine furchterregende Matrone, der niemand zu widersprechen gewagt hatte.

Auch jetzt erzielte Annis’ vernichtender Blick die gewünschte Wirkung. Die beiden Gehilfen des Kutschers trugen den Verwundeten in den Wagen, nicht ohne zu murren und zu fluchen. Nachdem sie den edlen Wallach des Fremden am Heck der Kutsche festgebunden hatten, wurde die Reise fortgesetzt.

„Hoffen Sie, man wird den Mann in Greythorpe Manor kennen, Miss?“, fragte Eliza und beobachtete, wie ihre Herrin einen Muff unter den Kopf des Mannes schob, um es ihm bequemer zu machen.

„Wenn er aus dieser Gegend stammt, wird man im Manor sicher wissen, wer er ist." Annis betrachtete die aristokratischen Züge des Bewusstlosen, die nicht hübsch, aber prägnant wirkten und einen starken Charakter verrieten. „Nach seiner Kleidung und dem kostbaren Pferd zu schließen, muss er gut situiert sein. Wohlhabende Gentlemen pflegen längere Reisen in ihren Kutschen zu unternehmen, nicht im Sattel. Also dürfte er in dieser Region leben."

„Jedes Mal, wenn Sie so reden, erinnern Sie mich an Ihren klugen Vater, Miss Annis", bemerkte Eliza lächelnd.

Dieses Lob wurde nicht gewürdigt. Stattdessen runzelte Annis die Stirn.

„Was bedrückt Sie, Miss? Fürchten Sie, der Gentleman ist schwer verletzt?"

„Das wird sich erst bei einer genaueren Untersuchung herausstellen. Aber ich glaube, es ist nicht so schlimm. Offenbar wurde er von einer Kugel getroffen – nur ein Streifschuss, nehme ich an. Die Wunde an der Stirn muss er sich bei seinem Sturz vom Pferd zugezogen haben. Warum er überfallen wurde, verstehe ich nicht, denn der Angreifer hat ihn nicht beraubt. Die Börse, die ich vorhin aus seiner Tasche nahm, ist prall gefüllt."

„Vielleicht hat unsere Ankunft den Übeltäter gestört, bevor er sich die Wertsachen des Gentleman aneignen konnte, und er ergriff die Flucht."

„Wohl kaum, Eliza. Wir haben keinen Schuss gehört. Also muss die Attacke schon vor einiger Zeit erfolgt sein. Außerdem fand ich keine Fußspuren im Schnee, abgesehen von unseren eigenen und den Hufabdrücken des Wallachs. Vor etwa fünfzehn Minuten begann es zu schneien, und ein Räuber hätte genug Zeit gefunden, die Taschen des Gentleman zu leeren."

Das Tempo des Gespanns wurde gedrosselt, als der Wagen zwischen zwei imposanten Steinpfeilern hindurchrollte. Kurz danach erblickte Annis die majestätische Fassade des Herrenhauses im Stil des 17. Jahrhunderts. Sobald der Wagen hielt, stieg sie aus und ging zu einer massiven Eichentür.

Gebieterisch betätigte sie den Klopfer, und ein Lakai in eleganter grüner Livree, der ihr mitteilte, sein Herr sei nicht anwesend, erschien auf der Schwelle. Zudem würde Seine Lordschaft nur selten Fremde ohne vorherige Anmeldung empfangen.

Annis erwiderte, sie würde ein Empfehlungsschreiben hinterlegen und am nächsten Tag zurückkehren. Dann erwähnte sie den verletzten Fremden, der in ihrer gemieteten Postkutsche lag.

Nur widerwillig folgte ihr der Lakai durch den eisigen Wind und den Flockenwirbel zum Wagen. „Offensichtlich kennen Sie den Mann“, meinte Annis, als der Dienstbote in die Kutsche spähte und nach Luft schnappte.

„Ob ich ihn kenne, Ma'am? Allerdings – das ist Seine Lordschaft! Schon vor einer ganzen Weile haben wir seine Rückkehr aus der Stadt erwartet.“

2. KAPITEL

Wie unglaublich dumm von mir, schalt sie sich ärgerlich. Warum hatte sie nicht an die naheliegende Möglichkeit gedacht, der Verletzte könnte der Gentleman sein, den sie aufsuchen wollte? Annis befahl dem verwirrten jungen Lakaien und einem der Kutschergehilfen, Seine Lordschaft ins Haus zu bringen. Dann nahm sie die würdevolle Haltung ein, die sie in schwierigen Situationen stets zur Schau trug und für die sie so oft bewundert wurde. Den Kopf hoch erhoben, folgte sie den Männern in eine geräumige Halle.

Kaum hatte sie den schwarz-weißen Marmorboden betreten, kam ihr auch schon ein Mann entgegen, dessen gebieterische Miene sofort bekundete, dass er in diesem Haushalt das Regiment führte.

Erstaunlicherweise zeigte er beim Anblick seines bewusstlosen Herrn kein Entsetzen. Stattdessen musterte er Annis misstrauisch.

„Lass dich niemals einschüchtern, wenn du dich mit Dienstboten befassen musst, Annis“, hatte die Mutter ihr vor langer Zeit geraten. „Tüchtige Leute sind sehr scharfsinnig. Meistens erkennen sie Personen, die der gehobenen Gesellschaftsschicht angehören, und verhalten sich dementsprechend.“

Und so erwiderte Annis den arroganten Blick des Butlers, ohne mit der Wimper zu zucken, und reckte das Kinn empor. „Diesen Gentleman fand ich auf der Straße. Wie man mir soeben mitteilte, ist er Ihr Herr. Nach meiner Ansicht ist er nicht ernsthaft verletzt. Trotzdem sollte man unverzüglich für seine Bequemlichkeit sorgen und einen Arzt holen.“

Anscheinend erzielte ihr kühler Befehlston die gewünschte Wirkung, denn er beorderte einige Diener in die Halle und gab ihnen die erforderlichen Anweisungen.

Nachdem sie den Viscount nach oben gebracht hatten,

wandte sie sich wieder an den Butler. „Ist die Schwester Seiner Lordschaft daheim?" Mit dieser Frage bewies sie, dass sie zwar eine Fremde, aber über die Familienverhältnisse des Hausherrn informiert war.

„Miss Greythorpe besucht gerade eine ehemalige Dienerin, die sich im Ruhestand befindet, Ma'am." Wie sein kaum merkliches Zögern bezeugte, hätte er normalerweise niemals einer Unbekannten anvertraut, wo sich seine Herrin aufhielt. Aber unter diesen keineswegs gewöhnlichen Umständen musste er wohl oder übel eine Ausnahme machen.

„Falls sie das Haus zu Fuß verlassen hat, sollten Sie ihr sofort einen Wagen schicken, solange die Straßen in diesem gefährlichen Schneetreiben noch passierbar sind. Da fällt mir ein ..." Annis drehte sich zu dem Kutschergehilfen, der inzwischen aus dem oberen Stockwerk zurückgekehrt war. „Fahren Sie mit Ihren Gefährten in die Stadt, mieten Sie Zimmer in der Poststation, danach kommen Sie wieder hierher und erwarten meine weiteren Anordnungen."

Schließlich richtete sie ihre Aufmerksamkeit auf ihre Zofe, die voller Stolz beobachtete, wie umsichtig ihre junge Herrin die Situation meisterte.

„Lassen Sie das Handgepäck aus der Postkutsche holen, Eliza. Und alles, was wir brauchen würden, falls wir hier übernachten müssen ... Natürlich werden wir das Haus nicht vor Miss Greythorpes Rückkehr verlassen, denn sie will zweifellos wissen, warum eine fremde Person ihren Bruder hierhergebracht hat."

Kampflustig starrte Eliza den Butler an, der den Eindruck erweckte, dass er etwas anderes vorschlagen wollte. „Und sie wird ihre Anwesenheit umso mehr schätzen, falls der Doktor vorerst verhindert ist, Miss Annis. Wenigstens können wir Seine Lordschaft bis zur Ankunft des Arztes betreuen. Soll ich schon mal nach ihm sehen?"

„Ja, bitte, Eliza“, stimmte Annis zu, „sobald Sie sich um unser Gepäck gekümmert haben. In der Zwischenzeit warte ich auf Miss Greythorpe.“ Herausfordernd fixierte sie den Butler. „Aber nicht in der Halle.“

Anscheinend war er mittlerweile zu der Überzeugung gelangt, die unkonventionelle Retterin des Viscounts müsste die Tochter eines Gentleman sein, denn er führte sie widerstandslos in einen gemütlichen Salon. Annis sank in einen Sessel vor einem hellen Kaminfeuer und fragte den Mann nach seinem Namen, bevor sie sich vorstellte.

„Ja, Dunster, für eine Erfrischung wäre ich dankbar“, beantwortete sie das Angebot des Butlers, der allmählich auftaute. „Nur eine Tasse Tee. Ich möchte nichts essen. Hoffentlich wird Ihre Herrin bald eintreffen. Dann werde ich in die Stadt fahren und dort dinieren.“

Ihre Absicht, die Gastfreundschaft Seiner Lordschaft nicht zu beanspruchen, trug Annis einen anerkennenden Blick des übertrieben korrekten Dienstboten ein. Doch sie war nicht überrascht, als sie ihre Pläne wenig später ändern musste.

Nachdem sie eine Tasse Tee getrunken hatte, wurde sie ins Herrschaftsschlafzimmer gebeten. Dunster begleitete sie nach oben. Ob sie diese Ehre seiner Wertschätzung verdankte oder ob er ein wachsames Auge auf die kostbaren Silber- und Porzellangegenstände werfen wollte, an denen sie vorbeigingen, wusste sie nicht. Und es interessierte sie auch nicht, weil es ihr viel wichtiger erschien, herauszufinden, warum ihre Anwesenheit am Krankenlager des Viscounts erwünscht war.

Ein Blick auf Deverel Greythorpes verletzten Arm bestätigte das Vertrauen, das sie in das Urteilsvermögen ihrer Zofe gesetzt hatte. „O ja, Eliza“, sagte sie und nahm auf der Kante des reich geschnitzten, mit üppigen Vorhängen ausgestatteten Vierpfostenbetts Platz, um die Wunde genauer zu inspizieren.

„Da haben sich ein paar Fasern vom Reitrock Seiner Lordschaft verfangen. Meine Pinzette, bitte."

„Wegen meiner schlechten Augen habe ich's nicht gewagt, sie selber herauszuzupfen, Miss", gestand Eliza und nahm das gewünschte Gerät aus einer kleinen Reisetasche, die sie mitgebracht hatte. „So, wie die Wunde aussieht, muss man sie sehr vorsichtig behandeln."

„Allerdings, sie hat sich bereits entzündet. Aber zum Glück ist es nur ein Streifschuss, und ich muss wenigstens keine Kugel herausholen."

Aus den Augenwinkeln beobachtete sie, wie Dunster und ein anderes Mitglied des Personals – wahrscheinlich der Kammerdiener des Hausherrn – in unverhohlener Verwirrung einen Blick wechselten. Offenbar staunten sie, weil diese junge Dame ein solches Unterfangen auch nur in Erwägung zog. Sie unterdrückte ein Lächeln und konzentrierte sich wieder auf den angeschossenen Arm.

„Leider kann ich im Moment nicht mehr tun", verkündete sie, nachdem sie die Fasern behutsam entfernt, die Wunde gründlich gereinigt und dem Patienten einen Verband angelegt hatte. „Ist Seine Lordschaft irgendwann zu sich gekommen, wenn auch nur kurzfristig?"

„Seit er in dieses Zimmer getragen wurde, bedauerlicherweise nicht, Ma'am", antwortete der Kammerdiener. „Wenn ich mich vorstellen darf – ich heiße Flitwick. Während wir Seine Lordschaft auskleideten und ihm ein Nachthemd anzogen, rührte er sich nicht."

Das missfiel ihr. Aber Annis verbarg ihre Sorge und erklärte der Zofe: „Vorerst bleibe ich hier. Ruhen Sie sich eine Weile aus. Dunster wird so freundlich sein und Ihnen eine Mahlzeit servieren lassen."

Sie lächelte den Butler an, der ihr mit einer knappen Verbeugung sein Einverständnis bedeutete. Weil sie nicht den

Anschein erwecken wollte, sie würde in diesem Haushalt das Kommando übernehmen, bat sie ihn, er möge ihr sofort Bescheid geben, wenn Miss Greythorpe zurückkehrte. Danach führte er Eliza aus dem Schlafgemach, und der Kammerdiener folgte ihnen, den ruinierten Reitrock seines Herrn und das ebenfalls zerrissene feine Leinenhemd über dem Arm. Sichtlich bestürzt, musterte er den Schaden.

Nun blieb Annis allein mit Seiner Lordschaft zurück und konnte ihn zum ersten Mal etwas genauer betrachten. Dabei fand sie ihren anfänglichen Eindruck bestätigt. Seine Züge waren zu kantig, um schön zu wirken. Wie die Patentante erwähnt hatte, war er vor einigen Wochen dreißig Jahre alt geworden. Trotzdem zeigten sich nicht einmal zarte Linien um seine Augen und den Mund, und das legte die Vermutung nahe, dass dieser Gentleman nur selten lachte. Was aber keineswegs die Schlussfolgerung erlaubte, er würde keinen Humor besitzen …

Annis beugte sich vor. Um die Temperatur seiner Stirn zu prüfen, berührte sie die Furche zwischen den pechschwarzen Brauen. Ein weiterer Hinweis auf ein eher ernsthaftes Gemüt, dachte sie.

Geistesabwesend schaute sie aus dem Fenster, auf die Schneeschicht, die sich allmählich auf dem Sims bildete, und die weiße Landschaft dahinter. Als sie sich wieder zu ihrem Patienten wandte, begegnete sie einem Blick, der Unmut und Verwirrung ausdrückte.

„Willkommen in der Wirklichkeit, Sir“, begrüßte sie ihn und stand vom Bett auf. „Erkennen Sie Ihre Umgebung?“

„O ja … Was aber nicht für Sie gilt, Ma’am.“

„Gewiss nicht.“ Seine tiefe, etwas heiserere Stimme hatte sehr angenehm in ihren Ohren geklungen. „Nachdem Sie von Ihrem Pferd gestürzt waren, kam ich zufällig vorbei und brachte Sie nach Hause.“

„Also ein Engel der Barmherzigkeit …“, meinte er und schnitt eine Grimasse.

Seine merkliche Skepsis belustigte sie. „So wurde ich noch nie genannt. Wie fühlen Sie sich? So als wären Sie von einem Maulesel getreten worden, nehme ich an.“

„Als hätte jemand einen Hammer auf meinen Kopf geschlagen.“

„Wie viele Finger halte ich hoch?“, fragte sie und hob eine Hand.

„Drei“, antwortete er gelangweilt.

„Sehen Sie mich klar und deutlich?“

Die dunkelblauen Augen leicht verengt, musterte er ihr Gesicht und die schimmernden kastanienbraunen Locken. „Ja.“

„Dann will ich Sie nicht länger stören.“ Annis nahm eine kleine Flasche aus ihrer Tasche, träufelte ein paar Tropfen in ein Glas und fügte Wasser hinzu. Vorsichtig legte sie einen Arm um die breiten Schultern Seiner Lordschaft und hob ihn ein wenig hoch. „Trinken Sie das. Es wird Ihnen helfen, einzuschlafen. Wenn Sie erwachen, werden Ihre Kopfschmerzen hoffentlich nachlassen.“

Widerspruchslos folgte er der Aufforderung und leerte das Glas. Offenbar legte er keinen Wert auf eine weitere Konversation. Wenige Minuten später fielen ihm die Augen zu.

Tiefe Stille erfüllte das Schlafgemach, die erst durchbrochen wurde, als der Butler mit der ersehnten Nachricht erschien, seine Herrin sei wohlbehalten heimgekehrt und erwarte Miss Milbank im Salon. Wieder einmal übernahm er die Rolle einer Eskorte und ging sogar so weit, Annis höflich vorzustellen, bevor er die beiden Damen allein ließ.

Als Annis die ausgestreckte Hand der Hausherrin ergriff, fiel ihr sofort die Ähnlichkeit zwischen den Greythorpe-Geschwistern auf. Dann las sie Angst und Verblüffung in den blauen Augen, die das Begrüßungslächeln nicht verbergen konnte.

„Was Sie seit Ihrer Ankunft erfahren haben, weiß ich nicht, Miss Greythorpe“, begann Annis und kam ohne Umschweife zur Sache, um die Hausherrin von ihrer schlimmsten Sorge zu befreien. „Aber seien Sie versichert – nach meiner Ansicht ist Ihr Bruder nicht allzu schwer verletzt. Für ein paar Minuten kam er zu Bewusstsein und war bei klarem Verstand. Anscheinend ist sein Sehvermögen nicht beeinträchtigt, aber er leidet unter Kopfschmerzen – kein Wunder unter diesen Umständen. Zum Glück ist seine Temperatur nicht erhöht.“ Sie unterbrach sich, um aus dem Fenster zu schauen und das Schneetreiben zu beobachten. „In absehbarer Zeit wird der Arzt nicht eintreffen – wenn er's überhaupt noch heute schafft. Deshalb habe ich die Verletzung Ihres Bruders behandelt und ihm ein paar Tropfen Laudanum verabreicht, damit er einige Stunden schlafen kann.“ Die Bestürzung der Hausherrin entging ihr nicht. Und so fügte sie besänftigend hinzu: „Erschrecken Sie nicht, Miss Greythorpe, mein Vater war ein hervorragender Arzt. Einen Teil seiner Kenntnisse gab er an mich weiter. Und so bin ich durchaus imstande, Seine Lordschaft zu betreuen.“

„Verzeihen Sie mir, Miss Milbank“, bat Miss Greythorpe, nur unwesentlich beruhigt. „Sicher halten Sie mich für furchtbar unhöflich. Nehmen Sie doch bitte Platz. Wie Sie zweifellos verstehen werden, schockiert mich, was ich bei meiner Heimkehr erfahren musste. Mein Bruder wurde angeschossen? Und er lag bewusstlos auf der Straße, als Sie ihn fanden?“

Natürlich verstand Annis, warum der hochgewachsenen, etwas knochigen Frau das tragische Schicksal ihres Bruders unbegreiflich erschien. „So ist es, Ma'am“, stimmte sie zu. „Vielleicht sollte ich erklären, warum ich – eine Fremde – zu diesem Zeitpunkt vorbeifuhr.“ Annis sank wieder in den Sessel vor dem Kamin. „Was den Grund meiner Reise betrifft – ich kam hierher, um mit Lord Greythorpe zu sprechen.“ Jetzt genoss sie die ungeteilte Aufmerksamkeit ihrer Zuhörerin. „Ich bin ihm nie zuvor persönlich begegnet. Aber ich kenne ein anderes Mitglied Ihrer Familie seit vielen Jahren – Ihre Schwester Helen. Ihre Tante ist meine Patin. Und ich bin in Lady Pelhams Auftrag nach Hampshire gefahren."

Das alles fand Sarah Greythorpe offensichtlich sehr interessant. Aber ihr unmittelbares Interesse galt ihrem Bruder. „Und auf dem Weg hierher entdeckten Sie den Viscount auf der Straße?"

Annis nickte. „Da ich ihn nie zuvor gesehen hatte, wusste ich nicht, wer er ist. Das erfuhr ich erst hier."

„Ja, ja, ich verstehe ..." Sarah berührte ihre immer noch sorgenvoll gerunzelte Stirn. „Aber was mir rätselhaft ist – wer trachtet Deverel nach dem Leben?"

Eher praktisch veranlagt, konzentrierte sich Annis auf die unmittelbare Zukunft, die sie für wichtiger hielt. „Sobald Ihr Bruder wieder zu Kräften gekommen ist, werden wir sicher etwas mehr herausfinden. Allzu lange wird es nicht dauern, bis er sich erholt. Ich habe bereits nach dem Doktor geschickt. Ist er ein tüchtiger Mann?"

„Ganz bestimmt", beteuerte die Hausherrin ohne zu zögern. „Und sehr gewissenhaft."

„Dann wird er sicher so schnell wie die Wetterverhältnisse es zulassen hier eintreffen."

„Heute habe ich seine Dienste bereits beansprucht", berichtete Sarah Greythorpe. „Gemeinsam mit mir besuchte er eine verletzte alte Dienerin im Ruhestand. Während wir uns um sie kümmerten, wurde ihm mitgeteilt, seine Anwesenheit sei in einem Haus erforderlich, das mehrere Meilen entfernt liegt. Und als er dorthin aufbrach, fielen die ersten Schneeflocken."

„In diesem Fall sollten wir eher nicht mit seiner Hilfe rechnen. Es schneit immer stärker. Deshalb wird der Doktor wohl kaum versuchen, hierherzugelangen – das wäre ziemlich leichtsinnig. Auch ich möchte mich bei diesem Wetter nicht mehr ins Freie wagen, und so sehe ich mich gezwungen, um Ihre Gastfreundschaft zu bitten."

Bevor Sarah antworten konnte, öffnete sich die Tür, und ein junges Mädchen trat ein.

Zunächst war Sarah Greythorpe nicht sonderlich begeistert, zwei fremde Personen für unabsehbare Zeit unter ihrem Dach beherbergen zu müssen. Aber im Lauf des Abends schwanden ihre Bedenken. Trotz der dramatischen Ereignisse dieses Tages empfand sie sogar eine gewisse Zufriedenheit, als sie ein zweites Mal zur Suite ihres Bruders im Westflügel eilte.

Dieses erstaunliche Gefühl wuchs, sobald sie das Herrschaftsgemach betrat und das Familienoberhaupt bei Bewusstsein antraf. Während ihres ersten Besuchs hatte der Patient tief und fest geschlafen. Von einem Kissenberg gestützt, inspizierte er den Suppenteller, der vor ihm auf einem Tablett stand. Seine unergründliche Miene hinderte Sarah nicht daran, auf der Bettkante Platz zu nehmen. Wie erfolgreich er seine Emotionen stets verbarg, wusste sie, und sie war daran gewöhnt.

„Wie geht es dir nach deinem langen Schlaf?"

Eine Zeit lang schaute er sie schweigend an, dann begann er die Suppe zu löffeln. Erst nachdem er den Teller leer gegessen hatte, antwortete er: „Nun, ich würde mich wesentlich besser fühlen, hätte ich nicht den Eindruck gewonnen, dass unser Haushalt von einer völlig fremden, wichtigtuerischen, aufdringlichen Person übernommen wurde."

„O nein, da schätzt du sie ganz falsch ein", protestierte seine Schwester erschrocken. „Sie ist nur an deinem Wohl interessiert. Davon bin ich fest überzeugt."

Deverel Greythorpe lächelte grimmig. „Gewiss, weil sie es

so gut mit mir meint, zwingt sie mich, ausschließlich Wasser zu trinken. Sonst nichts. Und sie gönnt mir nur eine dünne Brühe, obwohl ich fast den ganzen Tag nichts zu mir genommen habe."

„Nun ja, Annis – Miss Milbank – erklärte mir, du müsstest vorerst Diät halten, um das Risiko einer Fieberkrankheit zu vermeiden."

Sarahs sanfter, beschwichtigender Tonfall erschien ihm überflüssig und irritierte ihn. Bildete sie sich etwa ein, sie würde mit einem ungebärdigen Kind reden?

„Leider ist Dr. Prentiss nicht zu uns gekommen", fuhr sie fort, als er sich eines Kommentars enthielt. „Kein Wunder ... Seit dem Nachmittag schneit es ununterbrochen. Und wie Dunster mir mitgeteilt hat, liegen überall hohe Schneewehen. Wäre Annis nicht so geistesgegenwärtig gewesen, eine Kutsche zu schicken, würde ich mit Louise in Nanny Berrys Cottage festsitzen. Wir hätten wirklich nicht zu Fuß hingehen dürfen. Aber du weißt ja, wie schwierig es ist, unsere Cousine Louise zu amüsieren. Und so dachte ich, der Spaziergang wäre ein angenehmer Zeitvertreib. Übrigens bin ich froh, dass wir Nanny Berry besucht haben. Heute Morgen ist sie nämlich gestürzt und hat sich den Knöchel verstaucht. Es war Dunster, der mir erzählte, es sei Annis' Idee gewesen, die Kutsche hinzuschicken. So eine umsichtige junge Dame ...", fügte sie hastig hinzu, während Seine Lordschaft in eisigem Schweigen verharrte. „Oh, ich kann dir gar nicht sagen, wie sehr mich ihre Anwesenheit erleichtert! Wir haben einen sehr netten Abend miteinander verbracht. Noch nie sah ich unsere kleine Louise so lebhaft. Abgesehen von den ersten Minuten, nachdem ich sie mit Annis bekannt gemacht hatte, war sie kein bisschen schüchtern in ihrer Gesellschaft."

Nun hatte Deverel endlich Mitleid mit Sarah und ergriff das Wort. „Wenn diese Dame so ein Ausbund an Tugend ist –

warum besaß sie die Kühnheit, ein Tablett mit dieser kargen Mahlzeit auf meinen Nachttisch zu stellen? Bedauerlicherweise schlief ich zu jenem Zeitpunkt, sonst hätte ich Einwände erhoben."

„Nein, das muss Eliza gewesen sein", entgegnete sie, „Eliza Disher, Miss Milbanks Gesellschafterin und Zofe. Sie saß fast den ganzen Abend bei dir. Davor wurdest du von Annis betreut. Zufällig fand sie dich auf der Straße und brachte dich nach Hause ..."

„Ja, darüber hat Flitwick mich informiert", unterbrach er sie, während seine Erinnerung das Bild eines attraktiven, von rötlich braunen Locken umrahmten Gesichts heraufbeschwor. Nicht schön im konventionellen Sinn, aber apart ... „Ich kenne sie nicht. Stammt sie aus dieser Gegend?"

„Nein, Deverel, sie lebt in den Shires, wo sie aufgewachsen ist. Und sie kam hierher, um dich aufzusuchen."

Erstaunt hob er die Brauen. „Oh, tatsächlich?"

Der ärgerliche Unterton in seiner Stimme entging ihr nicht. Und wenn sie es auch billigte, dass er Fremden keinen Zutritt in sein Haus gewährte – in diesem Fall musste sie den unerwarteten Gast verteidigen. „Sicher ist Miss Milbank eine etwas – eh – eigenartige junge Dame. Aber lass dir versichern, Deverel – über jeden Verdacht erhaben! Dunster ließ ihr Gepäck sogar ins *Grüne Schlafzimmer* bringen. Unglaublich, nicht wahr? Und wie du immer wieder betonst – unser Butler weiß ganz genau, was er tut."

„Ah, ins Grüne Schlafzimmer ... Ja, das hat was zu bedeuten", musste er zugeben.

„Warum sie dich sprechen will, kann ich nicht sagen. Wäre ich so indiskret gewesen, danach zu fragen, hätte sie meine Neugier sicher befriedigt. Eins steht jedenfalls fest – Lady Henrietta Pelham ist ihre Patentante. Also dürfte Miss Milbanks Anliegen mit Helen zusammenhängen."

Wenn sie vermutet hatte, diese Information würde ihn beschwichtigen, sah Sarah sich getäuscht, denn die Furche zwischen seinen dunklen Brauen vertiefte sich, ein unmissverständliches Zeichen seines Unmuts.

Wer den Viscount kannte, würde jederzeit bezeugen, er sei ein gerechter, toleranter Mann, zumindest meistens. Was er allerdings niemals duldete, war die Einmischung Außenstehender in seine persönlichen Angelegenheiten.

„Am besten teilst du der jungen Dame mit, ich werde sie morgen nach dem Frühstück in der Bibliothek empfangen." Das Lächeln, das seine Lippen umspielte, wirkte keineswegs liebenswürdig, und es erstarb sofort wieder. „Warten wir ab, ob sie diese Begegnung erfreulich finden wird."

3. KAPITEL

Warum Annis sich so zufrieden fühlte, wusste sie nicht genau. Weil sie eine erholsame Nacht in einem sehr komfortablen Bett genossen hatte? Nur eins stand fest. Die Aussicht, zumindest *einen* zusätzlichen Tag im Greythorpe Manor zu verbringen, störte sie kein bisschen. Wahrscheinlich würde sie sogar noch länger hierbleiben, und sie freute sich auf weitere Stunden in der Gesellschaft der beiden liebenswerten jungen Damen, die sie unter normalen Umständen wohl kaum kennengelernt hätte.

Da sie jedoch realistisch zu denken pflegte, sagte sie sich, die Anwesenheit des ungebetenen Hausgasts würde nicht alle Bewohner des Herrenhauses beglücken. Ebenso wenig vergaß sie den Grund ihrer Reise. Nach einem üppigen Frühstück im Bett – ein Luxus, den sie sich nur selten gönnte – beeilte sie sich, dem Ruf des Viscounts in die Bibliothek zu folgen.

Anscheinend wollte Dunster die Rolle ihrer persönlichen Eskorte beibehalten, denn er geleitete sie beflissen die Treppe hinab, in einen schönen Raum mit hohen Bücherregalen an allen Wänden. Wie ein Wachtposten stand der Hausherr am Fenster und betrachtete seinen schneebedeckten Park.

Nachdem der Butler die Besucherin angemeldet und die Bibliothek verlassen hatte, dauerte es fast eine volle Minute, bevor Seine Lordschaft geruhte, sich umzudrehen. Immer noch schweigend, musterte er Annis. Ob er irgendetwas an ihrer äußeren Erscheinung auszusetzen fand, ließ seine undurchdringliche Miene nicht erkennen.

Schließlich wies er einladend auf einen Sessel vor dem Kamin und nahm hinter seinem Schreibtisch Platz. „Ich muss Ihnen erst einmal für den einzigartigen Dienst danken, den Sie mir gestern erwiesen haben, Miss Milbank. Ohne Ihre Hilfe würde es zweifellos viel schlechter um mich stehen.“

„Wie ich sehe, haben Sie den unglückseligen Zwischenfall recht gut überstanden, Mylord." Annis fragte sich, ob er ihr wirklich dankbar war oder nur Höflichkeitsfloskeln aussprach.

„Hätten Sie sich nicht um mich gekümmert, würden mich nicht nur ein paar Schürfwunden und ein verletzter Arm behindern."

„Bitte, Sir – Sie dürfen meine selbstverständliche Hilfeleistung nicht überbewerten", erwiderte sie und schwenkte eine Hand durch die Luft, als wollte sie ein lästiges Insekt verscheuchen.

„Das tue ich keineswegs – nach allem, was meine Schwester und meine Dienstboten mir mitteilten." Was ihm tatsächlich durch den Sinn ging, verriet seine Miene nicht.

„Dann sollten wir beide einer gütigen Vorsehung danken, Sir", schlug sie vor, aus der Überzeugung heraus, Viscount Greythorpe würde offene Worte schätzen. „Die unerwartete Begegnung geriet nicht nur Ihnen, sondern auch mir zum Vorteil. Hätte ich Sie nicht auf der Straße gefunden, wäre mir das Gespräch, das Sie mir jetzt gewähren, womöglich verweigert worden."

Nur sekundenlang glaubte sie in seinen dunkelblauen Augen eine gewisse Anerkennung zu lesen. Und dieser Ausdruck verschwand so schnell, dass sie überlegte, ob sie sich geirrt hatte. Immerhin hielt sie die Beobachtung für einen kleinen Sieg, denn es war ihr gelungen, die unergründliche Maske zu durchdringen – wenn auch nur kurzfristig. Was hinter dieser kühlen Fassade lauerte, vor der Außenwelt verborgen, würde sie vielleicht nie erfahren. Nur eins stand fest – der Herr von Greythorpe Manor war nicht so kaltschnäuzig, wie er erscheinen wollte.

„Wie ich höre, hegen Sie ein ungewöhnlich großes Misstrauen gegen alle fremden Personen, Sir", fuhr sie fort. Weil sie ins Kaminfeuer starrte, entging ihr die Verblüffung des Viscounts. „Hier sitze ich – eine Frau, die Sie nicht kennen. Wie können Sie sicher sein, dass ich die bin, für die ich mich ausgebe? Dass ich Sie aus legitimen Gründen sprechen möchte? Dass ich dies nicht wünsche, um einen persönlichen Gewinn daraus zu ziehen?"

Falls die unverblümte Wortwahl ihn irritierte, ließ er sich nichts dergleichen anmerken. Als sie ihn wieder anschaute, verhehlte seine undurchdringliche Miene erneut, was er dachte. „Seien Sie unbesorgt. Dass Sie Miss Annis Milbank sind, bezweifle ich nicht. Zudem wurde mir angedeutet, Sie wären nicht aus eigennützigen Gründen hierhergekommen, sondern in Lady Pelhams Auftrag. Und das keineswegs bereitwillig."

Annis bewunderte seinen Scharfsinn. *Was ich seiner Schwester anvertraut habe, muss sie ihm erzählt haben.* Und daraus zog er völlig richtige Schlüsse. Ob ihm das gefiel, war eine ganz andere Frage. Wahrscheinlich nicht, was er allerdings für sich behielt …

Aber diese Vermutung hinderte sie nicht daran, ihm zu versichern, sein Eindruck sei zutreffend. „In der Tat, Sir, und das würde ich gern beweisen. Leider vergaß ich, das Empfehlungsschreiben meiner Patentante dem Gepäck zu entnehmen, das sich jetzt in der Poststation befindet. Jedenfalls muss ich Ihnen zustimmen – diesen Auftrag übernahm ich nur sehr ungern."

Offensichtlich erwachte die Neugier des Viscounts, denn er fragte in ziemlich scharfem Ton: „Warum?"

„Weil ich glaube, dass ich mich nicht zur Vermittlerin eigne. Für den Geschmack einiger Leute sage ich etwas zu offenherzig, was ich denke." Seufzend zuckte sie die Achseln. „Aber Lady Pelham sieht das etwas anders – möglicherweise, weil ich dank ihrer langjährigen Freundschaft mit meiner verstorbenen

Mutter über ihre privaten Angelegenheiten Bescheid weiß."

Nach einer längeren Pause verkündete er: „Gegen offene Worte habe ich nichts einzuwenden. Also sprechen Sie ohne Scheu."

Auf diese Weise ermutigt, zögerte Annis nicht, das Dilemma ihrer Patentante zu erläutern. Allerdings erwähnte sie nicht, wie sie Lady Pelhams Widerstreben beurteilte, Greythorpe Manor zum jetzigen Zeitpunkt zu besuchen.

Gerade das schien den Viscount zu interessieren. „Trotz Ihrer flüchtigen Bekanntschaft mit diesem Draycot glaube ich nicht, dass Sie sich kein Bild von ihm machen konnten."

Um ihre sanft geschwungenen Lippen spielte ein schwaches Lächeln, bevor sie den Kopf wieder zu den tanzenden Flammen im Kamin wandte. „Nach meiner Ansicht hat Lady Pelham seinen Charakter richtig eingeschätzt. Ich fürchte, die Gefühle anderer Menschen sind ihm gleichgültig." Nun betrachtete sie ihn wieder, und er entdeckte die grünen Punkte in den Tiefen ihrer schönen grauen Augen. „Außerdem erkennt meine Patentante den Ernst der Lage. Derzeit wäre es sicher ein schwerer Fehler, Helens Trennung von Draycot zu erzwingen."

„Also glauben Sie ebenfalls, er würde meine Schwester überreden, mit ihm durchzubrennen?"

„Ja, diese Gefahr besteht durchaus", antwortete sie wahrheitsgemäß. Nach einem tiefen Atemzug fuhr sie fort: „Gestern Abend fand ich eine Gelegenheit, Helen mit Ihrer Cousine Louise zu vergleichen. Obwohl der Altersunterschied nur zwei Jahre beträgt, ist Helen ganz anders – nämlich überaus selbstbewusst und erstaunlich reif."

„Trotzdem lässt sie sich von einem Mitgiftjäger betören", warf Lord Greythorpe ein.

„Ja, das stimmt. Aber welcher unerfahrenen jungen Dame würde die besondere Aufmerksamkeit eines attraktiven Gentleman *nicht* schmeicheln? Und Draycot ist zweifellos ein Adonis, Sir! Sogar *ich* musste blinzeln, als er den Salon meiner Patentante betrat. Und seien Sie versichert – das hübsche Gesicht eines Mannes lässt mein Herz seit Jahren nicht mehr höher schlagen!"

Vielleicht war es ein Trugbild, vom Widerschein der lodernden Flammen bewirkt, aber Annis glaubte einen Mundwinkel des Viscounts zucken zu sehen, bevor er sich über das Kinn strich und gründlich zu überdenken schien, was er soeben gehört hatte.

„Niemals würde ich behaupten, Ihre Halbschwester wäre lebensklug genug, um keine Ratschläge zu brauchen, Sir", fügte sie hinzu, während er den Teppich inspizierte. „Aber mit der Zeit wird ihr gesunder Menschenverstand siegen, und dann müsste sie Draycot durchschauen. Lady Pelham möchte mit ihrer Nichte die Party besuchen, die Anfang April hier stattfinden soll. Dann würde Helen ihre Verwandten kennenlernen. Aber wenn meine Patentante Ihre Einladung annimmt, Sir, und mit Helen schon vorher mehrere Wochen hier verbringt, würde der Eindruck entstehen, sie hätte das Mädchen absichtlich dem Einfluss des jungen Mannes entzogen."

„Und warum möchte sie mit meiner Halbschwester nächste Woche nach Devon fahren?" Der unverhohlene Sarkasmus irritierte Annis nicht im Mindesten.

„Aus einem ganz bestimmten Grund. Wie Sie sich vielleicht entsinnen, Sir, wurde diese besondere Einladung schon lange vor Draycots Ankunft in Bath ausgesprochen und angenommen. Auch vor *Ihrem* ersten Brief an Lady Pelham. Zunächst freute sich Helen geradezu überschwenglich auf die Geburtstagsfeier ihrer besten Freundin. Das änderte sich erst, nachdem Draycot ihren Weg gekreuzt und sie angefleht hatte, die Stadt nicht zu verlassen. Klugerweise erhob Lady Pelham keinen Protest und verkündete nur, sie würde an ihren eigenen Plänen festhalten. Falls Helen das wünsche, solle sie in Bath bleiben – vorausgesetzt, sie würde in das Haus einer Dame ziehen, die mit Ihrer Ladyschaft eng befreundet ist. Da beschloss Helen, ihre Tante nach Devonshire zu begleiten, obwohl ihr Verehrer das mit aller Macht verhindern will. Während meines kurzen Aufenthalts in Bath erzählte sie mir, der junge Mann habe sie ermutigt, einige Wochen bei ihren Verwandten in Hampshire zu verbringen. Sogar *sie* fand das seltsam, nachdem er beteuert hatte, das verlängerte Wochenende, das sie in Devonshire verleben würde, könnte er nicht ertragen. Und so teile ich die Meinung meiner Patentante – irgendetwas stimmt nicht mit Mr. Draycot. Offenbar hat er allen Grund, Helen und Lady Pelham von Devonshire fernzuhalten."

Diesen Worten folgte ein längeres Schweigen, das der Viscount schließlich brach: „Sagten Sie vorhin, diese Geburtstagsfeier finde in Okehampton statt?"

Annis nickte und beobachtete, wie er aufstand. Die Stirn gerunzelt, trat er wieder ans Fenster.

„Was Sie mir soeben mitgeteilt haben, werde ich gewissenhaft überdenken, Miss Milbank. Aber es hat wohl keine Eile. Wie ich annehme, werden Sie noch ein oder zwei Tage hierbleiben."

Offenbar war das Gespräch beendet. Annis stand auf und ging zur Tür. Dabei fiel ihr etwas ein, und sie zog die Börse des Viscounts aus der Tasche ihres Rocks, kehrte zurück und legte sie auf den Schreibtisch. „Ihr Eigentum, Sir, das ich Ihnen abnahm, als Sie bewusstlos auf der Straße lagen. Leider vergaß ich bisher, Ihnen diese Börse zurückzugeben. Was immer den Anschlag auf Ihr Leben veranlasst hat – offensichtlich war es kein Raubüberfall. Dieses Rätsel muss noch gelöst werden."

Wortlos schaute er ihr nach, bis sie die Tür hinter sich geschlossen hatte. „O ja, Miss Annis Milbank“, flüsterte er, ergriff die Börse und wog sie in einer Hand, als wollte er ihr Gewicht prüfen. „Und dieses Rätsel fasziniert mich längst nicht so sehr wie das Wesen der jungen Dame, die meinen Besitz in Gewahrsam nahm.“

Annis sah den Viscount erst am Abend in dem kleinen Salon wieder, wo sich die Familie vor dem Dinner versammelte. Auch am Nachmittag hatte sich Miss Greythorpe als freundliche Gastgeberin erwiesen und ihr die meisten Räume des Herrenhauses gezeigt. Dieser Besichtigung schloss sich Louise an. Übermütig kicherte sie über die wenig schmeichelhaften Kommentare, die Annis zu den düsteren Mienen der Greythorpe-Ahnen auf den alten Porträts abgab.

Deshalb staunte Annis über eine seltsam angespannte Atmosphäre, als sie den kleinen Raum betraten.

Die Unrast schien noch zu wachsen, sobald sie im Speisezimmer Platz nahmen, und es dauerte nicht lange, bis Annis den Grund der Befangenheit erkannte.

Auch wenn Sarah Greythorpe eine ihr völlig fremde Dame sehr liebenswürdig unter ihrem Dach aufgenommen hatte, besaß sie doch einen eher zurückhaltenden Charakter. Ebenso wie der Viscount war sie nicht von Natur aus redselig. Annis vermutete, die Geschwister verbrachten ihre gemeinsamen Abende zumeist in einträchtigem Schweigen. Vielleicht hatten sich ihre Lebensweise nach Louises Ankunft notgedrungen geändert. Aber zwei so reservierte Menschen verband sicher nicht allzu viel mit einem Mädchen in diesem Alter, schon gar nicht den Viscount, dem es zweifellos schwerfiel, seiner jungen Cousine über ihre angeborene Schüchternheit hinwegzuhelfen.

Voller Mitgefühl beschloss Annis, ihm beizustehen, das Mädchen anzusprechen und zu einer Teilnahme an der Konversation zu ermuntern. „Wie ich mich entsinne, haben Sie erwähnt, dass Ihre Eltern gerade eine Reise durch Italien unternehmen. Wann erwarten Sie ihre Heimkehr?"

„Im Spätfrühling", lautete die knappe Antwort.

„Und haben Sie mir heute nicht erzählt, Ihr Bruder würde in Oxford leben?", fuhr Annis fort, fest entschlossen, das lebhafte Mädchen wieder heraufzubeschwören, dessen Gesellschaft sie an diesem Tag genossen hatte.

„Ja – Tom. In seinem letzten Brief versprach er mir, er wolle versuchen, mich möglichst bald wiederzusehen." Nun wirkte Louise noch trauriger. „Aber er wird wohl kaum an diesem Wochenende hierherkommen."

„Das ist unwahrscheinlich", bekräftigte Greythorpe. „Nur ein Narr würde eine so weite Reise antreten, bevor es zu tauen beginnt."

„Wenn wir Glück haben, wird das nicht allzu lange dauern, und die Straßen sind wieder passierbar", warf Annis hastig ein, bevor der Viscount die arme Louise noch tiefer betrüben konnte. „Wenigstens sind Sie dann nicht mehr ans Haus gefesselt, meine Liebe, und Sie werden sicher einen erfrischenden Galopp durch den Park genießen." Wie sie sofort erkannte, hatte sie die falsche Methode gewählt, um das Mädchen aufzuheitern.

Bedrückt senkte Louise den Kopf. „Nein, ich reite nicht – ich mag Pferde nicht."

„Vor etwa einem Jahr stürzte unsere Cousine aus dem Sattel und brach sich das Schlüsselbein", erklärte Sarah. „Deshalb macht sie jetzt einen großen Bogen um alle Pferde."

„Das ist begreiflich", meinte Annis und beobachtete, wie Lord Greythorpe unwillig die Stirn runzelte. Offenbar kannte er keine Geduld mit Menschen, die ihre Angst nicht überwanden. Bis zu einem gewissen Grad teilte sie seine Meinung. Andererseits verstand sie Louises Bedenken und wollte ihr beistehen. „Gewiss, sogar die sanftmütigsten Pferde verhalten sich manchmal unberechenbar und schlagen aus, wenn man es am allerwenigsten erwartet. Oder sie gehen plötzlich durch."

Dankbar lächelte Louise ihr zu. Anscheinend war sie es nicht gewöhnt, dass sich jemand für sie einsetzte. Und Sarah empfand es vielleicht als angenehme Abwechslung, der Pflicht enthoben zu werden, an der Dinnertafel für Gesprächsstoff zu sorgen. Jedenfalls hörte sie sichtlich erleichtert zu, während der Viscount unverwandt in Annis' Richtung schaute, kaum verhohlenen Argwohn in den dunkelblauen Augen.

Von dieser Missbilligung unbeirrt, erwärmte sie sich für ihr Thema. „Vor langer Zeit besaß mein Großvater, der längst verstorben ist, ein ungebärdiges Jagdpferd, einen schönen Grauschimmel. Der konnte es auf den Tod nicht leiden, wenn man von hinten an ihn herantrat. Wer es wagte, bekam die Hufe des reizbaren Tiers schmerzhaft zu spüren, und Grandpapa versäumte keine Gelegenheit, das auszunutzen. Eines Morgens, ich war etwa zehn Jahre alt, besuchte uns ein Nachbar namens McGregor. Da Großvater die Habgier dieses Herrn kannte, führte er ihn in Versuchung, indem er eine glänzende goldene Guinee in die Gefahrenzone warf. Danach musste der arme Mann seinen lädierten Kopf in einen Wassertrog halten."

„Offenbar war Ihr Großvater ein Witzbold, Miss Milbank", bemerkte Seine Lordschaft trocken, während seine Schwester damenhaft versucht hatte, ihren Lachreiz zu bekämpfen, und Louise belustigt kicherte.

„O ja, Sir, er konnte ziemlich boshaft und übermütig sein, wenn es seinen Zwecken diente", verriet Annis wahrheitsgemäß. „Mit vierzehn Jahren flüchtete er aus dem Internat und zog monatelang mit einer Gauklertruppe von einem Jahrmarkt zum anderen."

„Du meine Güte!", rief Sarah schockiert. „Was um alles in der Welt hat ihn dazu bewogen? Was mag ihm alles zugestoßen sein?"

Gelassen zuckte Annis die Achseln. „Sehr viel, nehme ich an. Jedenfalls erklärte er, in diesen paar Monaten habe er mehr gelernt als während seiner ganzen Schulzeit. Außerdem verfolgte er mit dieser Flucht einen ganz bestimmten Zweck."

Fragend hob Greythorpe die Brauen, um seine Neugier zu bekunden.

Und so fuhr sie fort: „Sein Vater bedrängte ihn, Theologie zu studieren und in den geistlichen Stand zu treten. Natürlich war das völliger Unsinn, denn es gab keinen jungen Mann, der sich weniger dafür geeignet hätte. Als mein Großvater endlich aufgespürt wurde, waren seine Eltern überglücklich und nahmen ihn wieder im Schoß der Familie auf. Weil sie sich so sehr über seine Heimkehr freuten, erfüllten sie alle seine Wünsche. Er durfte zur Marine gehen – vorausgesetzt, er würde zuvor seine Ausbildung beenden. Bedauerlicherweise konnte Grandpapa seinen Traum nicht verwirklichen, daran wurde er von einem tragischen Schicksal gehindert. Sein älterer Bruder starb an den Pocken, und Großvater musste das Erbe antreten. Wie man ihm zubilligen musste, entwickelte er sich zu einem tüchtigen Gutsherrn, der seine Verantwortung sehr ernst nahm. Aber er vergaß niemals, was er von Pferdehändlern, Zigeunern und Spaßmachern gelernt hatte." Zu Louise gewandt, fügte sie hinzu: „Nach dem Dinner würde ich Ihnen gern zeigen, welche Fähigkeiten er sich angeeignet und mir beigebracht hat."

Prompt beeilte sich die junge Dame, ihre Mahlzeit zu beenden. Ob das an der furchterregenden Gegenwart ihres Vetters lag oder ob sie sich tatsächlich für die Erfahrungen interessierte, die Josiah Milbank in seiner tadelnswerten Jugend auf diversen Jahrmärkten gesammelt hatte, konnte Annis nicht beurteilen. Jedenfalls zog sie sich schon bald mit den Damen in den kleinen Salon zurück.

Der Hausherr folgte ihnen erstaunlicherweise. Aus reiner Neugier? Oder wollte er Annis seine Gastfreundschaft beweisen? Auch das blieb ihr verborgen.

Nachdem das Teegeschirr abgeräumt worden war, holte der stets diensteifrige Butler die Gegenstände, um die Annis ihn gebeten hatte. Allerdings wünschte sie, die drei zierlichen Porzellangefäße, die er auf den Tisch stellte, wären nicht so kostbar. Aber dann konzentrierte sie sich auf das Kunststück, das sie vorführen wollte, und ersuchte die Damen, darum zu wetten, unter welchem der Gefäße sich ein Kieselstein befand.

„Ah, ein perfektes Beispiel für das Täuschungsmanöver, das geschickte Hände bewirken können …“, meinte der Viscount gedehnt und beobachtete, wie der Münzenstapel auf dem Tisch stetig wuchs. „Oder wird einfach nur die Dummheit argloser Leute ausgenutzt?“ Mochten ihn die Aktivitäten auch nicht amüsieren – er schien sie wenigstens nicht zu missbilligen.

Annis hob eine Porzellantasse hoch und enthüllte einen winzigen Kieselstein, der Sarah und Louise veranlasste, erneut in ihre Börsen zu greifen und weitere Pennys auf den Tisch zu legen. „Seien Sie nicht zu entmutigt, meine Damen“, sagte sie fröhlich. „Immerhin dient dieses Spiel einem guten Zweck. Mein Gewinn wird in der Kasse für die Armen landen. Vorerst lässt das Tauwetter noch auf sich warten. Aber ich werde wohl kaum lange genug hierbleiben, um das gute Werk am Sonntag nach dem Kirchgang persönlich zu vollbringen.“

Da sie keine Antwort erhielt, blickte sie auf und sah nun Sarahs Lächeln erlöschen. Niedergeschlagen senkte Louise den Kopf. Wie schmeichelhaft – keine der beiden schien ihre Abreise herbeizusehnen … Wie der Hausherr darüber dachte, ließ er sich nicht anmerken. Seine Miene wirkte unergründlich wie eh und je. Die Augen halb geschlossen, beobachtete er die Ereignisse.

„Wollen Sie Ihr Glück nicht auch versuchen, Sir?“, forderte sie ihn auf.

Dazu konnte sie ihn nicht verleiten. „Ich habe nichts gegen Glücksspiele einzuwenden, Miss Milbank. Aber ich weigere mich, daran teilzunehmen, wenn mir nicht die geringste Aussicht auf einen Gewinn geboten wird. Eine Partie Piquet – nun, das wäre etwas anderes.“

Dieser Herausforderung begegnete sie mit einem mutwilligen Lächeln, das reizende Grübchen in ihre Wangen zauberte. „Oh, Sie überraschen mich, Sir! Wollen Sie sich wirklich mit einer Frau messen, die von einem echten Meister verschiedener Tricks unterrichtet wurde – und die mindestens ein Dutzend Mittel und Wege kennt, um beim Kartenspiel zu schwindeln?“

Statt die Provokation zu beantworten, stand er auf, schlenderte zum Spieltisch und kehrte mit einem funkelnagelneuen Kartenpäckchen zurück. Nach kurzem Zögern ging sie auf seinen Vorschlag ein, obwohl sie nicht an seinen Beweggründen zweifelte. Offenbar wollte er sie einer Prüfung unterziehen. Und diese Vermutung bewahrheitete sich, als er zu einem Spiel überging, das ein größeres Geschick verlangte.

Wie sich bald zeigte, war er ein ausgezeichneter Spieler, sehr versiert und – noch wichtiger – bemerkenswert diszipliniert. Immer wieder wechselten bescheidene Summen den Besitzer, und am Ende des Abends waren die Erfolge gleichmäßig verteilt.

„Kompliment, Miss Milbank“, lobte der Hausherr und hielt Annis zurück, als sie aufstehen und den Damen folgen wollte, die den Salon bereits verlassen hatten. Eine Zeit lang musterte er sie schweigend, nur ein angedeutetes Lächeln zeigte sich um seine Mundwinkel. „In der Tat, Sie waren eine würdige Gegnerin. Und angesichts der Enthüllungen über Ihren Großvater und Ihre offenbar sehr enge Bindung zu diesem ehrenwerten Gentleman wäre ich erstaunt gewesen, hätten Sie *nicht* von ihm gelernt, wie man seinen Mitmenschen Geld abknöpft. Doch ich wäre genauso überrascht, wenn Sie diese fragwürdigen Fähigkeiten nutzen würden, um sich zu bereichern."

„Wie gut Sie mich schon nach so kurzer Zeit kennen, Sir …", erwiderte Annis.

Jetzt lächelte er wirklich und wahrhaftig, und dieser Anblick brachte sie beinahe aus der Fassung. Natürlich würde sie niemals zugeben, ihre Atemzüge und ihr Puls hätten sich plötzlich beschleunigt. Und doch – in ihrer Brust entstand ein völlig neues Gefühl, das sie nicht zu benennen vermochte.

Wenn Seine Lordschaft auch nicht zu den hübschesten Männern ihres Bekanntenkreises zählte – sein Lächeln erschien ihr einzigartig. Und unvergesslich …

4. KAPITEL

Nach der dritten Nacht im luxuriösen Vierpfostenbett erwachte Annis und stellte fest, dass es zu tauen begonnen hatte. Wasser rann plätschernd aus den Dachrinnen. Als sie aus dem Fenster schaute, sah sie die weiße Pracht schmelzen. Schon am vergangenen Nachmittag hatte Dr. Prentiss den Schneewehen getrotzt und Seiner Lordschaft den überfälligen Besuch abgestattet.

Die kurze Untersuchung verlief sehr befriedigend, dann gesellte er sich zu den Damen in den Salon und prophezeite, das Tauwetter würde bald einsetzen, denn er habe auf der Fahrt nach Greythorpe Manor einen deutlichen Temperaturanstieg bemerkt.

Obwohl Annis ihre Mitmenschen niemals vorschnell beurteilte, hatte sie den guten Doktor auf Anhieb gemocht. Äußerst gewissenhaft, mit einem sanften Wesen, das sogar die ängstlichsten Patienten beschwichtigen musste, und überaus klug, erinnerte er sie lebhaft an ihren Vater. Und so fand sie es nicht verwunderlich, dass seine Wetterprognose eintraf. Was sie jedoch überraschte, war die Enttäuschung, die sie verspürte – denn jetzt hatte sie keinen Grund mehr, noch länger hierzubleiben. „Ah, Eliza!", rief sie und wandte sich zu ihrer treuen Zofe, die ins Schlafzimmer kam. „Nun ist es an der Zeit, unsere Sachen zu packen."

„Ja, Miss, heute Morgen müssten wir in die Stadt fahren." Eliza stellte einen Krug mit heißem Wasser auf den Waschtisch. „Wie einer der Stallburschen mir versichert hat, sind die Straßen schneefrei oder zumindest passierbar."

„Was für gute Neuigkeiten", log Annis erstaunlich überzeugend. Niemals würde sie ihren unerwarteten Abschiedsschmerz zugeben, den sie selber nicht verstand.

„Soll ich nach einem Frühstückstablett läuten, Miss?"

„Heute möchte ich im Salon frühstücken, obwohl ich nicht hoffen darf, Seine Lordschaft dort anzutreffen. Wie man mir mitgeteilt hat, nimmt er die erste Mahlzeit des Tages allein ein. Also muss ich ihn später bitten, er möge uns eine Kutsche zur Verfügung stellen."

„Fürchten Sie, das könnte er ablehnen?"

„Wäre mir diese Frage unmittelbar nach meiner Lektüre seines schroffen Briefs an Lady Pelham gestellt worden, hätte ich Ja gesagt. Aber inzwischen habe ich meine Meinung geändert." Geistesabwesend zupfte Annis an der Bettdecke und dachte über den Charakter des Viscounts nach. „Ich vermute, nur wenige enge Freunde kennen Lord Greythorpe wirklich gut. Trotzdem halte ich ihn nicht für den strengen, humorlosen Mann, als der er auf den ersten Blick erscheinen mag. Er ist sehr intelligent. Und ich nehme an, er handelt niemals ohne gründliche Überlegung. Außerdem habe ich den Eindruck gewonnen, dass es ein schwerer Fehler wäre, ihn zu unterschätzen. Wenn man ihm in die Quere kommt, muss man zweifellos mit harten Maßnahmen rechnen. Aber vor allem ist er ein echter Gentleman. Auf keinen Fall würde er einer Dame seine Hilfe verwehren. Und so müssen wir die Poststation wohl kaum zu Fuß aufsuchen."

Wenn Annis das Wesen des Hausherrn auch richtig zu bewerten glaubte – sofern das nach so kurzer Bekanntschaft möglich war –, fand sie seine gerunzelte Stirn nicht erstaunlich, als sie sich eine Stunde später unangemeldet in die Bibliothek wagte. Immerhin legte er großen Wert auf seine Privatsphäre und pflegte den Großteil des Tages allein zu verbringen. Das verstand sie sehr gut. Niemals hätte sie sich erlaubt, unaufgefordert ins Allerheiligste einzudringen, wäre es nicht nötig gewesen.

„Verzeihen Sie die Störung, Sir", begann sie und sank mutig in den Sessel vor dem Schreibtisch, nachdem der Viscount sich etwas verspätet erhoben und ihr zugenickt hatte. „Ich möchte das günstige Wetter zur Abreise nutzen, was sicher auch in Ihrem Interesse liegt. Und deshalb muss ich mit Ihnen sprechen."

Schweigend setzte er sich wieder, legte den Brief beiseite, den er gelesen hatte, und befolgte wenigstens die Grundregeln höflichen Verhaltens, indem er ihr seine Aufmerksamkeit schenkte. Aber seine Miene blieb abweisend.

„So ungern ich Sie auch um diesen Gefallen bitte, Sir ...", fügte Annis hinzu. „Würden Sie mir eine Kutsche leihen, damit ich mit meiner Zofe in die Stadt fahren kann? Natürlich möchte ich die Gastfreundschaft, die Ihre Schwester und Sie einer völlig fremden Person so großzügig gewähren, nicht überbeanspruchen."

„Sie sind uns *nach wie vor* willkommen, Miss Milbank", betonte er zu ihrer Verblüffung. „Und davon abgesehen – wäre Ihr Aufbruch nicht verfrüht? Sie sind hier, um einen Auftrag zu erledigen", erinnerte er sie, als er ihre Verwirrung bemerkte. „Deute ich Ihre Absicht, Greythorpe Manor zu verlassen, richtig? Glauben Sie, Ihre Bemühungen wären erfolgreich gewesen, und ich hätte beschlossen, Lady Pelhams Wunsch zu erfüllen, der meine Halbschwester betrifft?"

Gegen ihren Willen bewunderte sie seinen Scharfsinn und seine unverblümten Worte. Gewiss, sie verhielt sich etwas anmaßend. Im Vertrauen auf seine Vernunft hatte sie tatsächlich erwartet, er würde den Vorschlag ihrer Patentante gutheißen, statt auf seine Rechte zu pochen.

„Offenbar habe ich zu viel vorausgesetzt, Sir", gestand sie. „Falls es so ist, kann ich nichts mehr tun, denn es würde mir wohl kaum gelingen, Sie umzustimmen. Also würde es weder Ihnen noch mir nützen, wenn ich hierbliebe."

„Da irren Sie sich, meine Liebe. Wenn Sie Ihren Aufenthalt

in diesem Haus verlängern, würden Sie einem sehr nützlichen Zweck dienen."

Entgeistert rang sie nach Luft. „Ich … ich verstehe nicht, Sir …"

Bevor er antwortete, stand er auf, trat ans Fenster und nahm die gleiche Pose ein wie bei dem ersten Gespräch mit Annis, das in diesem Raum stattgefunden hatte. Unleugbar bot er einen imposanten Anblick, kraftvoll gebaut, hochgewachsen, mit breiten Schultern. Trotzdem hatte er sie niemals eingeschüchtert, ganz im Gegenteil. Der Viscount strahlte eine ruhige Würde aus, die ihr seltsam tröstlich und vertraut erschien. Diese besondere Aura hatte sie jedes Mal gespürt, wenn ihre geliebte Mutter in ein Zimmer gekommen war.

„Gestatten Sie mir zunächst, die Angelegenheit zu erörtern, die meine Halbschwester angeht", begann er langsam, als würde er jedes einzelne Wort sorgsam erwägen. „Ich kann nicht behaupten, die Situation würde mich beglücken. Ebenso wenig gefällt mir die Art und Weise, wie Lady Pelham die alberne Schwärmerei ihrer Nichte bekämpfen will. Natürlich zweifle ich nicht an ihrer Überzeugung, sie würde das Allerbeste für Helen tun. Und niemand kann den Charakter des Mädchens so gut beurteilen wie sie. Deshalb werde ich mich zum jetzigen Zeitpunkt nicht einmischen."

Erleichtert atmete Annis auf. „Diesen Entschluss werden Sie nicht bereuen, Sir."

„Ich hoffe, das wird sich erweisen", sagte er fast brüsk und setzte sich wieder an den Schreibtisch. Forschend schaute er sie an. „Aber damit wir einander nicht missverstehen, möchte ich ganz offen mit Ihnen reden. Im Gegensatz zu Ihnen kenne ich Lady Pelham kaum. Aber mir kam nichts zu Ohren, was zu ihren Ungunsten sprechen würde. Seit vielen Jahren verwitwet, scheint sie einen untadeligen Ruf zu genießen. Andererseits wäre sie ein überirdisches Geschöpf, wenn sie keine

Fehler hätte. Und so frage ich mich, ob sie einen längeren Besuch in meinem Haus nur ablehnt, weil sie im Interesse ihrer Nichte handeln will. Oder versucht sie ihren Einfluss auf Helen weiterhin auszuüben, ohne dass jemand anderer eingreift?"

Diese Bedenken verstand Annis und suchte sie zu zerstreuen, so gut sie es vermochte. „Falls Sie herausfinden wollen, ob meiner Patentante Ihre Vormundschaft über Helen misshagt – während meines kurzen Aufenthalts in Bath hat sie nichts dergleichen erwähnt. Nach meiner Meinung begrüßt sie Ihr Interesse an Ihrer Halbschwester."

Seine Augen verengten sich. „Weiß Helen, dass ich für sie verantwortlich bin?"

Da sie es sinnlos fand, die Wahrheit zu verheimlichen, schüttelte sie den Kopf. „Um ehrlich zu sein, Sir – ich war schockiert, als ich davon erfuhr. Und ich kann mir vorstellen, was Helen empfinden wird, wenn sie das hört. Aber seien Sie versichert, Lady Pelham hat ihr diese Tatsache nicht absichtlich verschwiegen. Sie nahm einfach nur an, Sie würden sich ebenso verhalten wie Ihr Vater. Also war die Frage der Vormundschaft kein Thema. Unter diesen neuen Umständen wird sie Helen selbstverständlich darüber informieren – und den richtigen Moment wählen."

„Offensichtlich haben Sie die größte Hochachtung vor Ihrer Patentante, Miss Milbank."

„O ja", bestätigte Annis. „Sie ist warmherzig und sehr vernünftig. Außerdem steht sie immer zu ihrem Wort, und so wird sie Helen Ende März hierherbringen, damit Sie das Mädchen vor der Party kennenlernen können."

Als er sie schweigend musterte, vermutete sie, das Gespräch sei beendet, und wollte aufstehen. Aber der Viscount hielt sie mit einer knappen Geste zurück. „Um dem Beispiel Ihrer Aufrichtigkeit zu folgen, werde ich genauso freimütig sprechen, Miss Milbank. Ich möchte Helen aus mehreren Gründen zu einem längeren Besuch in Greythorpe Manor veranlassen – nicht zuletzt, weil Sarah gewisse Vorteile aus einer näheren Bekanntschaft ziehen würde.“ Um Annis’ fragenden Blick zu beantworten, fügte er hinzu: „Wie Sie vielleicht bemerkt haben, ist meine ältere Schwester ein verschlossener, in sich gekehrter Mensch. Ich dachte, für beide wäre es wünschenswert, wenn sie vor der Ankunft der restlichen Familienmitglieder genug Zeit fänden, um Freundschaft zu schließen.“ Seufzend studierte er den massiven Siegelring an seiner rechten Hand. „In diesen letzten Wochen führte die Anwesenheit unserer Cousine nicht zu dem Erfolg, den ich erhofft hatte. Was Ihnen wohl kaum entgangen ist – Sarah und Louise haben nur wenig gemein, obwohl sie sich mögen. Aber meine Schwester findet es ziemlich anstrengend, der jungen Dame die erforderlichen Abwechslungen zu bieten. Deshalb wäre ich sehr froh, wenn sie sich mit Helen besser verstehen würde.“

„Nachdem sie so lange voneinander ferngehalten wurden, ohne eigenes Verschulden, wäre es sicher erfreulich, wenn sie gut miteinander auskämen“, bemerkte Annis, da sie glaubte, Seine Lordschaft würde einen Kommentar erwarten. „Natürlich wird es eine Weile dauern, bis schwesterliche Bande entstehen.“

„Damit haben Sie völlig recht, Miss Milbank.“ Nun schaute er ihr wieder in die Augen. „Und leider steht der Faktor Zeit nicht auf meiner Seite. Aber die Vorsehung. Denn sie führte eine Frau in mein Haus, die …“, sekundenlang verstummte er, um ihr zum ersten Mal ein Lächeln zu schenken, das *nicht* verhalten wirkte, „… die das wundervolle Talent besitzt, auf ihre Mitmenschen einzugehen und ihnen alle Befangenheit zu nehmen. Wie sämtliche Hausbewohner inzwischen erkannt haben, ist Ihre Gegenwart unter meinem Dach ein wahrer Segen, Miss Milbank. Zum Beispiel haben Sie die Kluft zwischen meiner Schwester und meiner Cousine auf ganz natürliche Weise überbrückt – und die Atmosphäre merklich entspannt.“

Noch nie hatte Annis ein so nettes Kompliment gehört. Aber obwohl sie sich geschmeichelt fühlte, blickte sie den Konsequenzen dieses unerwarteten Lobs etwas misstrauisch entgegen. Allzu lange blieb sie nicht im Ungewissen.

„Diese Atmosphäre würde ich gern erhalten, wenn es möglich wäre“, fuhr der Viscount fort, „insbesondere um Sarahs willen. In der nächsten Zeit wird sie alle Hände voll zu tun haben, um die Geburtstagsfeier für unsere Großmutter vorzubereiten. Dann würde ihr eine hilfreiche Hausgenossin, die sich um Louise kümmert, die Mühe erleichtern.“ Greythorpe lächelte wieder – diesmal noch breiter. „Das ist sicher nicht die höflichste Einladung, die Sie je gehört haben, Miss Milbank. Aber ich möchte ehrlich mit Ihnen reden, so wie Sie mit mir. Hier geht es nicht um Höflichkeit. Ich lade Sie aus ganz bestimmten Gründen ein. Und glauben Sie bitte nicht, ich würde eine Gegenleistung fordern. Nichts könnte mir ferner liegen. Was immer Sie auch beschließen werden – ich bestehe nicht auf Helens Besuch in den nächsten Wochen.“

Wortlos hielt Annis seinem Blick stand, bis der Viscount wieder aufstand und ans Fenster zurückkehrte. War es richtig, hierzubleiben? Sie verstand ihr Zögern nicht – wo sie doch eben noch enttäuscht gewesen war, weil es keinen stichhaltigen Grund gegeben hatte, die Abreise hinauszuschieben. Solche widersprüchlichen Gefühle passten nicht zu ihr.

Nach einer Weile begann der Viscount wieder zu sprechen, und sie schenkte ihm die Aufmerksamkeit, die sie ihm schuldete. „Vielleicht haben Sie in Leicestershire Verpflichtungen, die Sie daran hindern, Ihren Besuch in Greythorpe Manor zu verlängern. Also möchte ich Sie nicht bedrängen. Würden Sie mir wenigstens die Ehre erweisen, ein oder zwei Tage über meinen Vorschlag nachzudenken? In der Zwischenzeit werde ich Ihre Rechnungen in der Poststation begleichen und Ihr restliches Gepäck unverzüglich hierherbringen lassen. Das Mindeste, was ich tun kann, um mich für Ihre erfreuliche Anwesenheit zu revanchieren."

Als sie nicht antwortete, drehte er sich um und begegnete einem faszinierenden Ausdruck in den graugrünen Augen, die ihn von Anfang an bezaubert hatten.

„Nachdem Sie mein Ansinnen nicht sofort ablehnen, Miss Milbank – darf ich hoffen, Sie werden uns Ihre Gesellschaft noch eine Zeit lang gönnen? Wenigstens eine weitere Woche?"

„Gewiss, Sir", stimmte Annis zu und starrte einen imaginären Punkt über seiner linken Schulter an. „Immerhin werde ich eine Gelegenheit finden, meine unersättliche Neugier zu befriedigen, die schon so oft gerügt wurde."

„Würden Sie mir das etwas näher erklären, Miss Milbank?"

„Ich würde gern zu der Stelle zurückkehren, wo ich Sie vor drei Tagen fand, Sir. Vielleicht entdecke ich irgendwelche Spuren, die auf die Identität des Angreifers hinweisen."

Gleichmütig zuckte er die Achseln. „Ich nehme an, der Kerl wird nicht mehr auftauchen. Trotzdem werde ich Sie begleiten, wenn Sie Nachforschungen anstellen möchten, Miss Milbank. Darauf bestehe ich sogar, für den unwahrscheinlichen Fall, der Schurke könnte sich immer noch in dieser Gegend herumtreiben. Sollen wir in – sagen wir – in einer Stunde aufbrechen? Wir würden meinen Phaeton benutzen. Oder finden Sie einen offenen Wagen in dieser kalten Jahreszeit unangenehm?"

„O nein – sogar ideal, Sir!", beteuerte sie und stand auf. „Da werde ich etwas mehr von der Landschaft sehen."

Wieder in ihrem Schlafzimmer, teilte sie der Zofe die geänderten Pläne mit.

„Also bleiben wir hier, Miss?", fragte Eliza mit dem Recht einer langjährigen, treu ergebenen Dienerin. „Eigentlich dachte ich, Sie wären nur widerwillig hierhergefahren – und Sie würden die Abreise herbeisehnen."

„Ja, das sollte ich. Aber heute Morgen erwachte ich, und da war ich furchtbar enttäuscht, weil die Abreise bevorstand. Denn es gab keinen Grund mehr, den Abschied hinauszuzögern." Annis schaute sich um – in einem der schönsten Gästezimmer des Hauses, wie der Butler ihr versichert hatte. Daran zweifelte sie nicht. Allein schon die Qualität der Chintz- und der passenden Bettvorhänge war einzigartig. Die Möbel aus Nussbaum mussten einer erstklassigen Werkstatt entstammen. Auch die Teppiche und Tapeten waren ohne Rücksicht auf beträchtliche Kosten ausgewählt worden. „Dieser Raum ist mindestens viermal so groß wie mein eigenes Schlafzimmer daheim. Trotzdem fühle ich mich keineswegs fehl am Platz. Seit ich zum ersten Mal einen Fuß in dieses Haus gesetzt habe, gewinne ich immer wieder den Eindruck, ich wäre *daheim.* Sogar in den verschwenderisch ausgestatteten Räumen, die nur zu offiziellen Anlässen benutzt werden! Das begreife ich nicht." Verwirrt schüttelte sie den Kopf. „Ja, ich weiß, ich bin die Tochter eines Gentleman. Und ich habe stets ein komfortables Leben geführt. Natürlich besteht ein Unterschied zwischen Komfort und Luxus. Und doch – wenn ich durch dieses Haus wandere, kommt es mir so vor, als würde ich hierhergehören."

„Kein Wunder, wenn Sie's recht bedenken, Miss Annis!", meinte die Zofe. „Denn Sie sind die Tochter Ihrer Mutter. Also liegt es in Ihrem Blut, die vornehmeren Dinge des Lebens zu würdigen. Und das ist zweifellos ein sehr elegantes Haus. Aber es lässt sich nicht mit dem Gebäude vergleichen, in dem Ihre liebe Mama aufwuchs. Tavistoke Court muss dreimal so groß sein wie Greythorpe Manor, Miss."

„Da muss ich mich auf Ihr Wort verlassen, denn es ist sehr unwahrscheinlich, dass ich jemals in dieses grandiose Gemäuer eingeladen werde“, erwiderte Annis. „Offen gestanden, teilweise war es reine Neugier, die mich bewog, den Auftrag meiner Patentante zu erfüllen und hierherzureisen. Ich wollte ein Haus sehen, das wenigstens so ähnlich eingerichtet ist wie Mamas Heim. Natürlich habe ich niemals erwartet, ich dürfte diesen Luxus so lange genießen.“

Besorgt runzelte Eliza die Stirn. „Das ist verständlich, Miss. Aber Sie sollten sich nicht so sehr an diese Lebensweise gewöhnen.“

„Keine Bange.“ Was die Zofe damit meinte, erriet Annis sofort. „Um mich irgendwelchen Illusionen hinzugeben, bin ich viel zu realistisch veranlagt. Die Gründe Seiner Lordschaft für diese Einladung sind durchaus ehrenwert. Wenn auch nicht besonders schmeichelhaft, was er selber zugab … Er glaubt, meine Anwesenheit wird sich günstig auf die Dame des Hauses auswirken. An mir persönlich ist er nicht interessiert.“

Das bezweifelte Eliza Disher. Obwohl ihre junge Herrin oft genug eine hervorragende Menschenkenntnis bewies und manche Ereignisse in geradezu unheimlicher Weise voraussah – in diesem Fall schien sie die Gefühle des Viscounts falsch einzuschätzen.

Die getreue Zofe und Gesellschafterin war nicht die einzige Person im Greythorpe-Haushalt, die über den Entschluss Seiner Lordschaft nachdachte. Damit befasste sich eine Stunde später auch Wilks, der Oberreitknecht, angesichts der jungen Dame, die den Viscount aus einer äußerst unangenehmen Notlage gerettet hatte. Diese gute Tat hätte ihm schon genügt, um Miss Milbank zu bewundern. Und während er jetzt beobachtete, wie sie leichtfüßig den Stallhof durchquerte, bemerkte er, wie hübsch sie in ihrem pelzbesetzten Umhang aussah – der wahrscheinlich eine wohlgeformte Gestalt verbarg. Trotzdem entsprach sie nicht dem Stil, den Seine Lordschaft bei seinen Kontakten mit dem schöneren Geschlecht bevorzugte.

Ebenso wie Dunster war Wilks ein ergebener Diener. Fast sein Leben lang hatte er für die Familie Greythorpe gearbeitet und den gegenwärtigen Träger des Titels auf sein erstes Pony gesetzt. Verglichen mit den anderen langjährigen Dienstboten, kannte der Reitknecht seinen Herrn vielleicht am besten, und er stand ihm besonders nahe. Wann immer Seine Lordschaft in die Hauptstadt fuhr, wurde er von Wilks begleitet. Und in London hatte er oft genug den Frauentyp gesehen, an dem der Viscount Gefallen fand.

Ohne jeden Zweifel schätzte Seine Lordschaft hinreißende Blondinen. Alle seine Geliebten – und im Lauf der Jahre hatte es mehrere gegeben – waren als anerkannte Schönheiten bezeichnet worden. Sogar seine „Flirts“, die sein Bett nur *vielleicht* geteilt und ihn ins Theater oder zu bedeutsamen gesellschaftlichen Ereignissen begleitet hatten, waren fashionable, weltgewandte Damen gewesen – keine unschuldigen jungen Mädchen, die womöglich den Grund missverstehen würden, warum sie die besondere Aufmerksamkeit des Viscounts erregten.

Und das musste man befürchten, falls man glauben durfte, was neuerdings die Klatschmäuler in diesem Haushalt faszinierte. Solche Gedanken beschäftigten Wilks, dann sprang er auf das hintere Trittbrett des Phaetons, nachdem Lord Greythorpe die Zügel ergriffen hatte. Erstaunlicherweise war es der Hausherr, der wünschte, dass Miss Milbank noch länger verweilte.

Während Wilks den eleganten Zylinder seines Herrn anstarrte, fand er das Benehmen Seiner Lordschaft höchst merkwürdig. Nur ganz selten duldete dieser Gentleman Frauen an seiner Seite, wenn er den Phaeton lenkte. Und noch seltener machte er dabei Konversation.

Noch erstaunlicher – die junge Dame, die neben ihm saß, beantwortete alle Fragen ohne Zaudern, und was sie sagte, schien ihn sogar zu interessieren. Jedenfalls hörte er ihr, wenn Wilks die Situation richtig deutete, nicht nur aus Höflichkeit zu.

Seine Verblüffung sollte noch wachsen. Am Ziel angekommen, postierte er sich bei den Köpfen der Pferde und fand die Vermutung bestätigt, Miss Milbank müsse eine außergewöhnliche Frau sein. Denn sobald sie vom Wagen gestiegen war, fragte sie ihn nach dem Zustand des rotbraunen Jagdpferds, das Seine Lordschaft an jedem verhängnisvollen Tag geritten hatte.

„Obwohl das arme Tier so lange im kalten Wind gestanden hat, ist es nicht krank geworden, Miss“, versicherte er. Hatte er jemals ein netteres Lächeln gesehen? Und so natürlich …

„Oh, das freut mich“, beteuerte sie, und ihre Erleichterung wirkte tatsächlich echt. „Es wäre schrecklich, wenn es einen ernsthaften Schaden erlitten hätte. So ein schönes Tier! Da ich aus den Shires stamme, verstehe ich einiges von Pferden. Und ich habe schon viele edle Jagdpferde gesehen.“

Auch die freundliche Geste, mit der sie die Hälse des Gespanns tätschelte, verriet dem Reitknecht, wie sehr sie seine Lieblingstiere schätzte. „Kommen Sie doch mal in den Stall, Miss, und schauen Sie sich die anderen Pferde an. Lauter erstklassige Vollblüter.“

Interessiert belauschte Deverel Greythorpe das kurze Gespräch und beobachtete, wie ein schiefes Grinsen dem wettergegerbten Gesicht seines vertrauenswürdigen Dienstboten noch mehr Falten verlieh. Wenn ein pedantischer, steifer alter Knochen wie Dunster dem ungekünstelten, bezaubernden Charme und dem gewinnenden Lächeln der jungen Dame erlag, würden ihr nur wenige Mitglieder des männlichen Geschlechts widerstehen.

Nun kauerte sie auf ihren Fersen. Voller Eifer inspizierte sie eine Stelle am Straßenrand, dann erhob sie sich abrupt und drehte sich um. Dabei glitt die Kapuze des pelzbesetzten Capes von ihrem Kopf und enthüllte glänzende kastanienbraune Locken, im Nacken von einem roten Satinband umwunden.

Greythorpe wusste ganz genau, dass seine beschleunigten Atemzüge nicht mit dem plötzlichen Windstoß zusammenhingen, der diese Lockenpracht zerzauste und einzelne Strähnchen gegen die sanft gerundeten Wangen wehte. Ungeduldig schob Annis ihr Haar beiseite und spähte in den Wald auf der anderen Straßenseite. In ihrer Konzentration merkte sie nicht, in welch fesselnden Bann sie den Viscount zog.

„Tut mir leid, Miss Milbank, ich war mit meinen Gedanken ganz woanders", entschuldigte er sich, als sie ihn ein zweites Mal ansprach und erwartungsvoll musterte. „Eh – was sagten Sie?"

„Ich wollte wissen, ob Sie sich an jenem Tag verfolgt fühlten, während Sie in der Stadt waren oder auf dem Heimritt."

Nur aus reiner Höflichkeit erweckte er den Anschein, über die Frage nachzudenken. Er glaubte immer noch, er wäre das zufällige Opfer eines Diebs geworden, den Miss Milbanks rechtzeitige Ankunft daran gehindert hatte, seine Missetat zu vollenden. „Nein, es war ein ganz normaler Dienstag, allerdings teuflisch kalt. Deshalb wollte ich möglichst schnell nach Hause reiten, bevor es zu schneien begann, zog meinen Hut tiefer in die Stirn und klappte den Mantelkragen hoch. Abgesehen vom brillanten Galopp meines neuen Jagdpferds ist mir nichts aufgefallen."

„Trotz des Wetters, Ihrer Eile und des Versuchs, sich vor der Kälte zu schützen, müssten Sie blind gewesen sein, wenn Sie eine lauernde Gestalt im Wald da drüben nicht entdeckt haben. Dort gibt es kein Unterholz, die Bäume stehen weit auseinander, und kein Stamm ist dick genug, um ein Kind zu verbergen, geschweige denn einen ausgewachsenen Mann. Also ist anzunehmen, dass sich der Schurke ein gutes Versteck gesucht hat."

Nach einem wehmütigen Blick auf seine blank polierten Reitstiefel folgte er seiner liebenswerten Gefährtin zum gegenüberliegenden Wald. Obwohl der Stolz seines peniblen Kammerdieners innerhalb weniger Sekunden mit Schlamm und Schneematsch bedeckt war, musste er lächeln. Miss Milbank erinnerte ihn lebhaft an einen heiß geliebten Terrier, den er in seiner Kindheit besessen hatte. Dieses hartnäckige kleine Geschöpf hatte es niemals aufgegeben, verheißungsvollen Spuren zu folgen, sobald ihm eine interessante Witterung in die Nase gedrungen war.

„Aha!", rief sie triumphierend und spähte in den Graben, den man von der Straße aus unmöglich einsehen konnte. „Hier muss er sich verkrochen und die Ankunft seines Opfers abgewartet haben. Meinen Sie nicht auch, Sir?"

Das konnte er nicht bestreiten. Allmählich fragte er sich, ob es richtig gewesen war, den ärgerlichen Zwischenfall auf die leichte Schulter zu nehmen. „Mein ganzes bisheriges Leben habe ich in dieser Gegend verbracht – und diesen tiefen Graben nie bemerkt."

„Gehört diese Stelle zu Ihren Ländereien?"

„Nein, einem gewissen Hastie, einem Nachbarn und engen Freund der Familie."

Verwundert starrte sie ihn an. „Etwa Colonel Hilary Hastie?"

„O ja, in der Tat! Kennen Sie ihn?"

Annis nickte. „Zwei- oder dreimal bin ich ihm begegnet. Er war mit meinem Großvater befreundet und ein leidenschaftlicher Jäger, wenn ich mich recht entsinne. Damals kam er oft in die Shires, und er versäumte keine einzige Saison, bis ihm seine Vorliebe für Portwein und Brandy zum Verhängnis wurde."

„Klingt ganz nach dem alten Colonel“, bestätigte der Viscount. „Er züchtet immer noch Pferde. Aber er steigt nur mehr selten in den Sattel. Übrigens, das Pferd, das ich an jenem Tag ritt, stammt aus seinem Stall.“

„Ihr Angreifer war sicher zu Fuß unterwegs, Sir. Sich selbst konnte er hier verstecken – ein Pferd wohl kaum. Oder vielleicht da hinten ...“, Annis zeigte in den Hintergrund des Waldes, wo die Bäume etwas dichter beisammenstanden, „ ... während er Ihnen in diesem Graben auflauerte.“

Schweigend dachte der Viscount nach. Diese Möglichkeit ließ sich nicht so einfach von der Hand weisen, wie er es noch vor wenigen Minuten getan hätte. „Also glauben Sie, er hatte es auf mich abgesehen?“

„Ja, das nehme ich an.“

„Nun, wahrscheinlich haben Sie die richtigen Schlüsse gezogen, Miss Milbank. Diese Straße wird selten benutzt – normalerweise nur von Personen, die mich besuchen. Wer Greythorpe Magna ansteuern möchte, ein Dorf an der Ostgrenze meines Besitzes, würde auf der Hauptstraße bleiben. Da kommt man schneller voran. Von der Stadt aus ist die Strecke wesentlich kürzer.

„Und die Abzweigung nach rechts, dort hinten?“, fragte Annis auf dem Rückweg zum Phaeton.

„Die führt nur zu Lord Fanhopes Grundbesitz – und zu den Cottages der Leute, die für ihn arbeiten.“ Eine Zeit lang überlegte er, und schließlich schüttelte er den Kopf. „Eine halbe Meile lang gibt es kein offenes Land an dieser Straße. Wenn man ein Mitglied der Familie Fanhope überfallen wollte, würde man woanders auf der Lauer liegen, nicht in diesem Graben. Und das Tatmotiv? Vermuten Sie, jemand hat einen Mordanschlag auf mich verübt?“

„So weit würde ich nicht gehen, Sir“, erwiderte er, zum ersten Mal leicht verunsichert. „Bevor wir die Beweggründe des Schurken ergründen, sollten wir die Fakten erörtern, die wir bereits gesammelt haben."

Der Viscount wartete, bis sie auf dem Phaeton Platz genommen hatten. Dann bat er Annis, weiterzusprechen, inzwischen von wachsendem Interesse erfüllt.

„Nach allem, was ich bis jetzt festgestellt habe", begann sie, „sind Sie ein Gentleman, der nur selten von seiner Routine abweicht. Um es unverblümt auszudrücken – ein Gewohnheitsmensch."

Obwohl es ihm missfiel, auf diese Weise charakterisiert zu werden, musste er zustimmen. „Gewiss, im Lauf der Jahre habe ich mich dazu entwickelt."

„Reiten Sie jeden Dienstag in die Stadt?"

Ehe er die Zügel ergriff und das Gespann in die Richtung des Herrenhauses lenkte, beobachtete er das schwache Lächeln, das Annis' schön geschwungene Lippen umspielte. Wenn er sich nicht täuschte, spürte sie, dass ihn dieses Gespräch irritierte. Und das schien sie zu belustigen. „Zumindest an jedem letzten Dienstag des Monats, wenn ich meinen Verwalter im Gasthaus treffe", erklärte er und räusperte sich. „Vielleicht würden Sie das – ein Ritual nennen."

„Und jeder, der Sie kennt, müsste darüber Bescheid wissen, Sir", betonte sie. „Sind Sie am fraglichen Dienstag zum üblichen Zeitpunkt nach Hause geritten?"

„Nein, etwas früher. Und ich wäre sogar noch eher aufgebrochen, hätte Colonel Hastie nicht das Gasthaus betreten, als ich es gerade verlassen wollte. Wir unterhielten uns, hauptsächlich über das Jagdpferd, das er mir kurz zuvor verkauft hatte."

Nach einer kurzen Pause bemerkte sie: „Da Sie ziemlich schnell unterwegs waren, könnten Sie auf dem Rückritt meine Kutsche überholt haben. Darauf haben Sie wohl kaum geachtet ... Aber wissen Sie noch, ob es zu schneien anfing, bevor

Sie angeschossen wurden?“

„Nein, erst später“, erwiderte er im Brustton der Überzeugung. „Und ich sah keine Menschenseele, nachdem ich von der Hauptstraße abgebogen war. Ich erinnere mich an einen plötzlichen brennenden Schmerz in meinem Arm – dann wachte ich in meinem Bett auf und starrte eine fremde Frau an …“ Die ich für ein überirdisches Wesen hielt, ergänzte er in Gedanken. Vor dem hellen Fenster hatte das Tageslicht ihren Kopf wie eine Gloriole umgeben.

„Nun, ich werde Ihnen erzählen, was in der Zwischenzeit geschah“, sagte sie in sachlichem Ton, störte unwissentlich die erfreulichen Fantasiebilder und zwang ihn, in die Gegenwart zurückzukehren. „Ich kam etwa zehn Minuten nach Ihnen zu dieser Stelle, höchstens eine Viertelstunde später. Das schließe ich aus der Tatsache, dass Ihre Wangen noch warm waren. In der dünnen Schneeschicht sah ich keine Fußspuren, nur die Hufabdrücke Ihres Pferdes. Wer immer Sie angeschossen hatte, fand genug Zeit, um zu verschwinden, bevor ich auftauchte. Offenbar hörte er die herannahende Kutsche, und so beeilte er sich und flüchtete, ohne Ihre Taschen zu leeren. Darauf hatte er es wahrscheinlich auch gar nicht angelegt. Wenn er aus irgendwelchen Gründen plante, sich an Ihnen zu rächen und Sie zu töten, warum hat er das Werk nicht vollendet?“ Verwirrt zog sie die Brauen zusammen. „Entweder war er ein sehr schlechter Schütze – oder ein sehr guter, was ich eher für möglich halte. Vielleicht wollte er Sie nur vorübergehend außer Gefecht setzen und Ihnen keinen bleibenden Schaden zufügen. Was ich nicht verstehe – warum?“

„Seien Sie versichert, Miss Milbank, das ist auch mir ein Rätsel“, gestand der Viscount. „Mit meinen Nachbarn und Pächtern verstehe ich mich recht gut. Mit einigen besser, mit anderen weniger. Seit ich den Titel trage, hatte ich mit niemandem Streit. Aber ich werde über Ihre Schlussfolgerungen nachdenken." Lächelnd fügte er hinzu: „Ich muss schon sagen, Sie besitzen eine beachtliche Beobachtungsgabe. Nur wenige Menschen hätten so viel registriert, wenn sie auf der Straße über einen bewusstlosen Fremden gestolpert wären."

„Das habe ich von meinem Vater gelernt, Sir. Wie ich wahrscheinlich schon erwähnt habe, war er Arzt. Manchmal wetteten wir, ob ich die Krankheit eines Patienten erkennen könnte, indem ich seine äußere Erscheinung studierte."

„Ist es Ihnen gelungen?", fragte Greythorpe fasziniert.

„In manchen Fällen – ja. Es ist ziemlich einfach, festzustellen, ob jemand die Pocken überlebt hat, als Kind Rachitis hatte oder von der Gicht geplagt wird. Sobald man jedoch einige Erfahrungen gesammelt hat, sucht man nach weniger offensichtlichen Anzeichen und Symptomen. Solche kleinen Anhaltspunkte weisen auf den Gesundheitszustand eines Menschen hin, auf das Leben, das er geführt hat, und gelegentlich sogar auf seinen Charakter."

„Offensichtlich haben Sie Ihren Vater sehr geliebt, Miss Milbank. Und Ihren Großvater ebenso." Als sie nickte, stellte er die Frage, die ihn schon seit einiger Zeit beschäftigte. „Beide Gentlemen haben Sie öfter erwähnt. Aber Sie sprechen nie von Ihrer Mutter."

Annis zog gerade die Kapuze über ihren Kopf, die der Wind heruntergeweht hatte. Sekundenlang erstarrte ihre Hand. „Auch meine Mutter liebte ich sehr, Sir. Seit ihrem Tod vermisse ich sie schmerzlich. Sie hat einen nachhaltigen Einfluss auf mich ausgeübt."

„Das kann ich mir vorstellen, Miss Milbank. Sie sind die Tochter eines Bürgerlichen aus gutem Haus. Aber Ihr Verhalten und Ihre Ausstrahlung deuten unmissverständlich auf das Blut eines höheren Standes hin, das in Ihren Adern fließt."

„Auch Ihre Beobachtungsgabe ist bemerkenswert, Sir", sagte sie leise.

„Darf ich nach dem Mädchennamen Ihrer Mutter fragen?“

„Sie war Lady Frances Stowe, die jüngste Schwester des gegenwärtigen Earl of Tavistoke.“

In diesem Augenblick erkannte der Viscount glasklar, was er in den letzten Tagen vergeblich zu ergründen versucht hatte.

5. KAPITEL

Beeindruckt von Annis' Scharfsinn und ihren überraschenden, wenn auch ziemlich beunruhigenden Beobachtungen, nahm der Viscount den Lunch ausnahmsweise mit den Damen ein. Danach zog er sich wieder in die Bibliothek zurück. Über den Schreibtisch gebeugt, studierte er alte Papiere, die den Stammbaum der Familie Greythorpe seit der Zeit Wilhelm des Eroberers zeigten. Diesen Moment wählte Sarah, um seiner privaten Domäne einen ihrer seltenen Besuche abzustatten.

Keineswegs verärgert über die Störung, winkte er sie gebieterisch zu sich. „Tritt nur näher und schau dir das an, Sally", sprach er sie mit dem Namen an, den er ihr in der Kindheit gegeben hatte.

Was er so interessiert betrachtete, erkannte sie sofort. „Diese Papiere habe ich jahrelang nicht mehr gesehen."

„Nein, ich auch nicht. Vorhin bat ich Dunster, sie herauszusuchen, und er fand sie in einer Truhe auf dem Dachboden." Unbewusst strich er sich übers Kinn. „Wie du selber oft genug festgestellt hast, ist Dunster ein ganz hervorragender Dienstbote, dem nichts entgeht. Nachdem ich von dir erfuhr, er habe Miss Milbank im exquisiten grünen Gästezimmer einquartiert, hätte ich sofort merken müssen, dass viel mehr in ihr steckt, als man es auf den ersten Blick wahrnimmt. Das muss unserem Butler schon am Tag ihrer Ankunft aufgefallen sein."

„Eigenartig – Miss Milbanks wegen bin ich zu dir gekommen. Warum hast du sie gebeten, noch länger bei uns zu bleiben?"

„Hast du etwas dagegen?", fragte er erstaunt. „Ich dachte, du würdest dich darüber freuen."

„O ja, natürlich", versicherte sie hastig. „Ich hatte nur den offensichtlich falschen Eindruck gewonnen, du würdest ihre baldige Abreise wünschen."

„Damit hattest du recht, und es war auch ihre Absicht." Greythorpe neigte sich wieder über die Papiere, die auf dem Schreibtisch lagen. „Aber ich habe sie überredet, unsere Gastfreundschaft noch etwas länger zu akzeptieren. Und ich hoffe sogar, sie wird uns bis zur Party im nächsten Monat Gesellschaft leisten." Er wandte sich wieder zu seiner Schwester, die verblüfft die Stirn runzelte, und fühlte sich zu einer Erklärung bemüßigt. „Nun, sie könnte uns helfen, Bekanntschaft mit unserer Halbschwester zu schließen, falls Helen hier eintreffen sollte. Und in der Zwischenzeit würde sie sich um Louise kümmern und dich somit entlasten. Dann hättest du genug Zeit, um Grandmamas Geburtstagsfeier vorzubereiten."

Prüfend schaute er sie an. Würde sie seine Worte als Kritik an ihren mangelnden Fähigkeiten auffassen? Das beabsichtigte er keineswegs. Nur zu gut wusste er, wie sehr sie unter dem zurückgezogenen Leben litt, das der selbstsüchtige, gefühllose Vater ihr aufgezwungen hatte. Er selbst war der beklemmenden Atmosphäre dieses Hauses wenigstens zeitweise entronnen, während er in Eton und Oxford studiert, den Familiensitz in Derbyshire verwaltet und ausgedehnte Reisen unternommen hatte. So glücklich war die arme Sarah nicht gewesen. Nach zwei Saisons in London, wo kein Bewerber Interesse an ihr gezeigt hatte, fand sie sich – nach der Meinung ihres Bruders – viel zu früh mit dem Dasein einer alten Jungfer ab. In Greythorpe Manor gefangen, hatte sie den kränkelnden Vater bis zu seinem Tod gepflegt, ohne liebevollen Dank für ihre Mühe zu erhalten. War es verwunderlich, dass sie sich zu einem verschlossenen Menschen entwickelt hatte und ihre eigene Gesellschaft bevorzugte?

„Natürlich freue ich mich, wenn Miss Milbank noch eine Weile bei uns bleibt", gab sie mit einem zaghaften Lächeln zu. „Ihre Nähe wirkt seltsam tröstlich auf mich. Und Cousine Louise ist ganz begeistert von ihr. Zweifellos ist unser Hausgast eine sehr tüchtige junge Dame, die nichts so leicht aus der Fassung bringt."

„Um das zu beurteilen, kenne ich sie nicht gut genug", entgegnete Deverel und fixierte einen imaginären Punkt an der Wand hinter dem Schreibtisch. „Ich bemerke nur die veränderte Atmosphäre, die seit Miss Milbanks Ankunft in diesem Haus herrscht. So als wäre ein Fenster geöffnet worden, um das Licht der Frühlingssonne hereinzulassen … Wie eine frische Brise kommt sie mir vor, die diesem Gemäuer so viele Jahre lang gefehlt hat." Plötzlich bemerkte er Sarahs Verblüffung und konzentrierte sich wieder auf die Papiere. „Miss Annis Milbank steckt voller Überraschungen. Wie ich soeben feststellte, sind wir ganz entfernt mit ihr verwandt. Denn wir haben dieselben Ururururgroßeltern. Und sie ist die Nichte des gegenwärtigen Earl of Tavistoke."

„Um Himmels willen!", rief Sarah tief beeindruckt. „Wieso um alles in der Welt hat sie das nicht erwähnt?"

Der Viscount lächelte grimmig. „Vermutlich, weil ihr Onkel die Verwandtschaft nicht anerkennt. Oder unsere – eh – Cousine Annis ist zu gut erzogen, um über solche Dinge zu sprechen."

„Gab es irgendwelche Streitigkeiten in der Familie?"

„Offensichtlich. Deshalb befragte ich Dunster. Wie du sicher weißt, ist er in solchen Dingen eine verlässliche Informationsquelle, und er erinnert sich lebhaft an den Skandal, den Tavistokes jüngste Schwester, Lady Frances Stowe, heraufbeschwörte. Nach einem ausgedehnten Besuch in den Shires wagte sie es, mit einem unbedeutenden Landarzt durchzubrennen. Anscheinend rang sich die Familie niemals dazu durch, diese Ehe anzuerkennen, und sprach nie wieder ein Wort mit der abtrünnigen Schwester."

„Oh, die arme Annis!", klagte Sarah.

„Glaub mir, Sally, dein Mitgefühl ist überflüssig. Wenn

mich nicht alles täuscht, ist ihr das völlig egal. Sie hat mir erzählt, sie sei wunschlos glücklich gewesen, bis ihre Eltern tragischerweise während einer Typhusepidemie starben. Danach lebte sie ebenso zufrieden bei ihrem Großvater väterlicherseits, den sie vergötterte. Was ihr vergönnt war, wurde uns niemals gewährt, Sally. Und nach ihrem Scharfsinn zu urteilen, den sie mir immer wieder beweist, hat sie das bereits festgestellt."

Der Viscount irrte sich nicht, denn Annis hatte schon längst den Verdacht geschöpft, die Greythorpe-Geschwister müssten eine sehr traurige Kindheit erlitten haben. Aber als sie im Salon saß, mit ihrer Stickerei beschäftigt, drehten sich ihre Gedanken nicht um die ferne Vergangenheit, sondern um verwirrende Ereignisse in der Gegenwart.

Normalerweise half ihr die Arbeit mit Nadel und Faden, logisch zu denken und Probleme zu lösen. Aber in diesem Fall wartete sie vergeblich auf einen Geistesblitz. Welcher vernünftige Mensch sollte in einem Graben auf der Lauer liegen, um Lord Greythorpe anzuschießen, der – wie er glaubwürdig versicherte – keine Feinde hatte? Dieses Rätsel beunruhigte sie in wachsendem Maße. Schlimmer noch – sie fürchtete, wer immer den Anschlag verübt hatte, wäre mit dem Resultat seiner Attacke unzufrieden und könnte den Viscount erneut angreifen, um ihm ernsthaft zu schaden.

„Missfällt Ihnen mein musikalischer Vortrag?", fragte Louise, als sie sich vom Pianoforte erhob und Annis' gerunzelte Stirn sah.

„Keineswegs. Wie ich Ihnen schon mehrmals versichert habe, spielen Sie sehr gut. Ihre Mama muss stolz auf Sie sein."

„Daran zweifle ich", seufzte Louise. „Niemals könnte ich mich mit Ihnen messen. Während Sie zahllose Fähigkeiten besitzen, kann ich nur Pianoforte spielen."

„Welch ein Unsinn! Was bringe ich denn schon zustande?"

„Sie können auch Pianoforte spielen", betonte Louise.

„Nicht annähernd so gut wie Sie."

„Und Sie können reiten."

„Ja, das stimmt. Aber glauben Sie bloß nicht, ich wäre eine großartige Reiterin. Eigentlich schaffe ich's nur, im Sattel zu bleiben."

„Dass Sie sehr gut nähen und sticken, können Sie nicht bestreiten", beharrte Louise, anscheinend fest entschlossen, ihren Standpunkt zu verteidigen. „Sogar Sarah, die beste Näherin in unserer Familie, hat erklärt, man müsste lange suchen, um schönere Handarbeiten zu finden als Ihre."

„Wollen Sie mich in Verlegenheit stürzen, Louise? Also gut, ich gebe es zu – ich kann ganz gut mit Nadel und Faden umgehen. Aber um die Wahrheit zu gestehen – damit befasse ich mich nicht, um diese Kunst zu vervollkommnen, sondern weil sie mir hilft, meine Gedanken zu ordnen. Wenn mir irgendetwas Sorgen bereitet, greife ich zu meinem Stickrahmen."

„Jetzt auch?", fragte Louise bestürzt. „Sie werden sich doch nicht anders besinnen und abreisen?"

„Im Augenblick nicht", beteuerte Annis lächelnd. *Wie schmeichelhaft, dass dieses junge Mädchen so viel Wert auf meine Gesellschaft legt ...* Doch sie wollte keine falschen Hoffnungen wecken. „Ich habe Lord Greythorpes Einladung angenommen, noch einige Tage hierzubleiben, vor allem meiner Zofe zuliebe. Die Gute wird nicht jünger. In so kurzen Abständen will ich ihr keine Reisen zumuten." Belustigt schüttelte sie den Kopf. „Seltsam – sie sollte *mich* betreuen. Aber manchmal habe ich das Gefühl, ich würde mich um *sie* kümmern."

Louise lachte leise. „Genauso ist es mit Sarah und Nanny Berry. Zumindest war's so, bevor die alte Frau vor etwa einem

Jahr zum Ruhestand überredet wurde. Morgen will Sarah wieder nach ihr sehen. Wollen Sie uns begleiten? Es ist wirklich amüsant, mit anzusehen, wie meine Cousine errötet, wenn sie von Nanny Berry wie ein kleines Kind behandelt wird. Diese gute alte Seele weiß alles über Sarah. Auch über meinen Vetter. Und sie zögert nicht, diese Geheimnisse auszuplaudern."

Eine Zeit lang schwieg Annis, bevor sie von ihrer Stickerei aufblickte. „Tatsächlich? Ja, ich begleite Sie sehr gern, Louise. Vielleicht wird dieser Besuch Licht ins Dunkel bringen."

Ehe das verblüffte Mädchen fragen konnte, was Annis damit meinte, betrat Sarah den Salon, gefolgt von Seiner Lordschaft.

Ohne Umschweife erklärte er, was ihn hierherführte. „Was ich heute Morgen erfuhr, bewog mich, unseren Familienstammbaum zu studieren. Und da fand ich heraus, dass wir dieselben Urururgroßeltern haben, Miss Milbank."

„Oh, welch eine nahe Verwandtschaft!", spöttelte sie.

Doch er ließ sich nicht beirren. „Immerhin stehen wir uns nahe genug, um auf Formalitäten zu verzichten, Cousine Annis", konterte er, ein herausforderndes Funkeln in den blauen Augen.

„Ist sie auch meine Cousine?", rief Louise aufgeregt.

„Nein, Liebes, die verwandtschaftliche Beziehung besteht nur zwischen Annis und den Greythorpes", erwiderte Sarah. „Und wenn Annis nichts dagegen hat, sollten wir die Formalitäten wirklich beiseite lassen."

Unschlüssig fragte sich Annis, ob sie Einwände erheben sollte – ob sie es dürfte.

In den letzten Jahren hatte sie sich manchmal geärgert, weil ihr Kontakte mit der Gesellschaftsschicht ihrer Mutter verwehrt wurden. Und jetzt wurde sie in diesem Kreis willkommen geheißen. Seit ihrer Ankunft begegnete der Viscount ihr sehr respektvoll. Das würde sich wohl kaum ändern, wenn er sie mit dem Vornamen ansprach.

Und seine Schwester schien sich ehrlich über die Verwandtschaft zu freuen. Sicher wäre es kleinlich, gegen die neue Vertraulichkeit zu protestieren, fand Annis, obwohl sie etwas Zeit brauchen würde, um sich daran zu gewöhnen.

Doch die wurde ihr nicht gewährt. In diesem Moment erschien der Butler und meldete, zwei Besucher seien eingetroffen, und Seine Lordschaft stellte Annis den beiden als seine Cousine vor.

Prompt sah sich Annis der unverhohlenen Neugier zweier identischer blauer Augenpaare ausgesetzt. Doch damit endete die Ähnlichkeit zwischen Miss Caroline Fanhope und ihrem Zwillingsbruder Charles auch schon.

Blond, gertenschlank und bildschön, bekundete Caroline Fanhope mit ihrem klaren, wenn auch nicht allzu freundlichen Blick eine bemerkenswerte Intelligenz. Hingegen zeigte ihr Bruder, obwohl erst vierundzwanzig Jahren alt, bereits eine Neigung zur Korpulenz. In seinem fleischigen Gesicht mit dem fliehenden Kinn entdeckte Annis nichts Gewinnendes, nicht einmal bemerkenswerte Züge. Trotzdem gewann sie den Eindruck, die eher geistlose Jovialität verberge einen ganz anderen Charakter.

„Erst heute erfuhren wir von dem Unfall, den du erlitten hast, Deverel“, erklärte Caroline nach dem Austausch der einleitenden Höflichkeitsfloskeln. „Und wenn Dr. Prentiss uns auch versichert hat, du seist nicht ernsthaft verletzt worden, fanden Charles und ich einfach keine Ruhe. Deshalb wollten wir mit unseren eigenen Augen sehen, wie es dir geht.“

Während Miss Fanhope sprach, versuchte Annis festzustellen, welche Gefühle die Neuankömmlinge in den Hausbewohnern erregten. Der Viscount, der in der Nähe der Gäste saß, starrte den Teppich an. Wie üblich verriet seine Miene nicht, was er dachte. Sarah lächelte liebenswürdig.

Aber am interessantesten benahm sich Louise. Offenbar

verkroch sie sich wieder ins Schneckenhaus ihrer Scheu. Nachdem sie neben Annis auf dem Sofa Platz genommen hatte, rückte sie immer näher zu ihr heran, als hoffte sie, Schutz vor den Besuchern zu finden.

„Außerdem hörten wir, Miss Milbank habe die gute Samariterin gespielt und dich in ihrer Kutsche nach Hause gefahren, Greythorpe“, fuhr der andere Zwilling fort, während seine Schwester die fremde junge Dame musterte. „An jenem Tag begaben wir uns mit Mama in die Stadt. Hätte sie nicht mit dem Colonel und Mrs. Hastie geplaudert, wären wir früher zum Schauplatz des Anschlags gelangt. Dann hätten wir Miss Milbank die Mühe erspart und dich hierhergebracht.“

„Oh, sie tat noch viel mehr, Fanhope“, erwiderte Seine Lordschaft. „Sie behandelte die Schusswunde, und Dr. Prentiss versicherte, er hätte es nicht besser machen können. Und so muss ich mich glücklich schätzen, weil Cousine Annis zufällig vorbeikam, nachdem ich angeschossen wurde. Übrigens, ob es ein *Unfall* war, bezweifle ich inzwischen.“

„Oh – aber …“, jammerte Miss Fanhope. „Um Gottes willen, wer sollte dich *absichtlich* mit einer Feuerwaffe angreifen? Soviel ich weiß, hast du keine Feinde.“

„Nur ganz wenige Gentlemen dürfen behaupten, sie seien überall beliebt“, warf Annis mit sanfter Stimme ein. „Und es ist erstaunlich, wie oft kleine Missstimmigkeiten manchmal – ohne besondere Provokation – erschreckende Ausmaße annehmen. Natürlich vermute ich nicht, dass – eh – Cousin Deverel jemandem die Nase eingeschlagen hat“, fügte sie hinzu und sah die dunkelblauen Augen des Viscounts glitzern. „Aber wie es nun einmal in der menschlichen Natur liegt, einige Leute hegen aus den seltsamsten Gründen einen wachsenden Groll gegen jemanden, der ihnen nichts zuleide getan hat.“

Entschieden schüttelte Caroline Fanhope den Kopf. „Würden Sie aus dieser Gegend stammen, Miss Milbank, wüssten Sie, welch hohes Ansehen Lord Greythorpe genießt. Hier werden Sie kein einziges böses Wort über ihn hören."

„Darauf kommt es an, Caroline", betonte der Viscount. „Meine Cousine lebt nicht hier. Deshalb kann sie die Ereignisse etwas objektiver betrachten als wir. Dies alles beurteilt sie auf eine erfrischende, bodenständige Art. Und ich schätze ihre Meinung. Übrigens, Sarah und ich hoffen, sie wird noch lange bei uns bleiben."

„Tatsächlich?" Caroline richtete einen kühlen Blick auf Annis. „Ist das Ihr erster Besuch in Greythorpe Manor, Miss Milbank? Wenn ich mich recht entsinne, sind wir uns nie zuvor begegnet."

„Nein, noch nie", bestätigte Annis. „Da ich nur sehr weitläufig mit den Greythorpes verwandt bin, habe ich diese familiären Bande nie erwähnt. Aber ich kenne Helen Greythorpe sehr gut, und ich kam hierher, um mit Seiner Lordschaft über seine Halbschwester zu sprechen. Nicht aus *persönlichen* Gründen."

Diese Enthüllungen schienen Caroline zu faszinieren. Eifrig begann sie Fragen zu stellen, die zumindest an der Oberfläche harmlos wirkten. „Da Sie in den Shires aufgewachsen sind, gehen Sie sicher oft zur Jagd, Miss Milbank."

„Keineswegs."

„Oh ... Haben Sie eine Abneigung gegen Pferde?"

„Ganz im Gegenteil, ich liebe Pferde, und ich reite sehr gern."

„Wie nett! Stellen Sie sich doch vor, unentwegt bitte ich Louise, wieder in den Sattel zu steigen und mit mir auszureiten. Leider ohne Erfolg ... Falls sie diese kindische Angst nicht überwindet, wird sie niemals irgendetwas zustande bringen. Finden Sie nicht auch, Miss Milbank?"

„Nein", entgegnete Annis energisch, worauf nicht nur

Miss Fanhope die Stirn runzelte. „Es ist sehr schwierig, solche Ängste zu bekämpfen. Das weiß ich aus eigener Erfahrung. Seit ich denken kann, fürchte ich mich vor dunklen, geschlossenen Räumen. Wenn man einen Menschen zwingt, der Ursache seines Grauens ins Auge zu blicken, wird man ihm eher schaden als nützen. Und Louise hat keinen Grund, sich zu schämen, weil sie Pferden aus dem Weg geht. Dafür brilliert sie am Pianoforte – ein Talent, das die Reitkunst in den Schatten stellt, zumindest nach meiner Meinung."

Offenbar war Miss Caroline Fanhope nicht daran gewöhnt, dass man ihre Ansichten infrage stellte. Statt zu antworten, presste sie die Lippen zusammen. Ihr Bruder blinzelte verwundert, und Sarah schien das Muster des Teppichs hochinteressant zu finden. Aber Louise strahlte über das ganze Gesicht.

Und der Viscount konnte ein boshaftes Lächeln nicht unterdrücken. Schließlich brach er das drückende Schweigen. „Auch ich weiß die musikalische Begabung unserer jungen Cousine zu schätzen. Vielleicht möchtest du uns bei Grandmamas Geburtstagsfeier etwas vorspielen, Louise? Natürlich musst du dich nicht dazu verpflichtet fühlen", fügte er hastig hinzu, als das Mädchen erschrocken nach Luft schnappte. „Wie wir alle wissen, hat die alte Dame an allem und jedem etwas auszusetzen. Aber wir anderen würden uns sehr über deine künstlerische Darbietung freuen."

„Unsere Mama ebenso, wenn du uns nächste Woche auf unserer Party mit einem kleinen Konzert unterhalten würdest, Louise", sagte Caroline, nachdem sie ihren Unmut bezähmt hatte. „Wird uns Miss Milbank auch beehren – wenn sie dann noch hier ist?"

„O ja", versicherte Greythorpe, bevor Annis die Einladung höflich ablehnen konnte. „Allerdings bleibt abzuwarten, ob sie sich ebenfalls ans Pianoforte setzen und ihr bemerkenswertes Talent beweisen wird."

Annis wusste nicht, ob sie sich geschmeichelt fühlen oder ärgern sollte. Eines Abends hatte sie in seiner Gegenwart mit Louise vierhändig gespielt und sein Lob für aufrichtig gehalten. Aber mit ihren vierundzwanzig Jahren pflegte sie ihre eigenen Entscheidungen zu treffen und selbst zu bestimmen, mit wem sie ihre Zeit verbringen wollte. Wieso erkundigte sich der Viscount nicht nach ihren Wünschen? Und warum sollte sie die Party seiner Nachbarn besuchen?

„Nun, dann freuen wir uns darauf, Sie nächste Woche bei uns zu begrüßen, Miss Milbank", betonte Charles Fanhope, da seine Schwester sich nicht zu einer solchen Lüge durchringen konnte. Wie Annis ihr anmerkte, wäre sie viel glücklicher, wenn sie ihr nie mehr begegnen müsste.

Trotzdem gelang es der arroganten Miss Fanhope, sich genauso höflich von den Damen zu verabschieden wie ihr Bruder, und der Viscount begleitete die Besucher hinaus.

Sobald sich die Tür hinter ihnen geschlossen hatte, machte Louise ihrem Ärger Luft. In der Gegenwart ihres Cousins hätte sie es nicht gewagt, dachte Annis verständnisvoll.

„Oh, diese unmögliche Person!", stieß das Mädchen zwischen zusammengebissenen Zähnen hervor.

„Offenbar sind Sie Miss Fanhope nicht sonderlich gewogen", meinte Annis und beobachtete, wie sie die kleinen Hände ballte.

„Allerdings nicht! Keine Gelegenheit lässt sie aus, um mich zu verunglimpfen! Nur weil ich nicht mehr reite!"

„Das macht sie sicher nicht mit Absicht", warf Sarah ein, was aber nicht allzu überzeugend klang. „Wahrscheinlich hängt es mit ihrer Erziehung zusammen. Lady Fanhope hat ihre Söhne sehr verwöhnt, vor allem Charles, den sie immer noch bevorzugt. Aber um ihre einzige Tochter kümmerte sie sich nur, um ihr sämtliche Fertigkeiten, die sich für eine vornehme Dame geziemen, und untadelige Manieren beizubringen."

Annis griff wieder nach ihrer Stickerei. „Wenn Miss Fanhope so tüchtig ist, wie du es sagst, Sarah – warum hat sie dann noch nicht geheiratet? Immerhin sieht sie wundervoll aus."

„Während ihrer Saison bekam sie mehrere Anträge, die sie alle ablehnte. Leider verlor Lord Fanhope vor ein paar Jahren wegen einiger ungünstiger Investitionen ein Vermögen und wurde gezwungen, seinen Besitz mit Hypotheken zu belasten. Da sich die Familie einschränken musste, kam für Caroline keine zweite Saison infrage. Aber ich glaube, mittlerweile geht es unseren Nachbarn nicht mehr so schlecht. Charles fährt einen fashionablen Phaeton mit einem edlen Gespann und besitzt eine eigene Reisekutsche."

Erstaunt schüttelte Annis den Kopf. „Wenn Caroline nur eine einzige Saison vergönnt war – wieso hat sie alle Bewerber abgewiesen?"

Als sie keine Antwort bekam, blickte sie auf und sah Sarah den Teppich anstarren, der auch vorhin ihr ungeteiltes Interesse erregt hatte. Da erriet Annis die Zusammenhänge, doch sie wusste nicht, warum ihr die Erkenntnis ein so schmerzliches Unbehagen bereitete. „Also hofft sie, ein Gentleman, der in ihrer Nähe lebt, würde um ihre Hand bitten?"

Sarah errötete. „Nun ja – Papa machte nie ein Geheimnis daraus, wie sehr ihn diese Verbindung beglückt hätte. Seit seiner Kindheit war er mit Lord Fanhope befreundet. Deverel hat nie mit mir darüber gesprochen, also weiß ich nicht, was er davon hält. Jedenfalls zieht er Caroline ihrem Bruder vor."

„Wohl kaum ein ausreichender Grund, um eine Ehe zu erwägen ...", bemerkte Annis trocken.

„O Sarah, heißt das etwa, Cousin Deverel würde ernsthaft überlegen, ob er *diese* Frau heiraten soll?", rief Louise entsetzt. „Wenn sie die nächste Viscountess Greythorpe wird, hättest du in diesem Haus nichts mehr zu lachen. Weißt du noch, wie sie letzte Woche hier auftauchte und behauptete, die

Köchin müsste die Lammkeule länger braten? Dann warf sie dir auch noch vor, du würdest die Dienstboten zu nachsichtig behandeln."

Halbherzig versuchte Sarah die Nachbarin zu verteidigen, aber ihr Protest stieß auf taube Ohren.

„Nach meiner Ansicht eignet sie sich nicht zur Gemahlin eines Viscounts", fuhr das Mädchen in entschiedenem Ton fort. Seit Annis' ermutigender Anwesenheit sprach Louise viel öfter aus, was sie dachte. „Sobald sie als Herrin hier einzieht, wird sie dich herumkommandieren."

„O nein", entgegnete Sarah. „Dazu wird es nicht kommen, denn ich werde das Haus verlassen, wenn Deverel eine Braut heimführt. Tante Beatrice hat mir vorgeschlagen, bei ihr in London zu wohnen."

Als Louise eine Grimasse schnitt, ahnte Annis, dass auch Tante Beatrice nicht zu den liebsten Menschen der jungen Dame zählte. Diese Meinung schien Sarah nicht zu teilen – und trotz ihrer zurückhaltenden Scheu genau zu wissen, was sie wollte. Niemals würde sie zu jemandem ziehen, den sie nicht mochte. Andererseits wäre eine Übersiedlung in die Hauptstadt eine schlechte Wahl für eine Frau, die das ruhige, schlichte Leben auf dem Lande schätzte. Oder hoffte sie mit ihren achtundzwanzig Jahren immer noch auf eine Ehe? In dieser Gegend würde sich vermutlich kein Heiratskandidat finden, sonst hätte Sarah schon längst einen annehmbaren Antrag erhalten.

Falls sie in London keinen geeigneten Gentleman kennenlernen würde – könnten sich in der beschaulichen Kurstadt, wo Lady Pelham lebte, bessere Möglichkeiten bieten? Bath lockte viele Witwer und Männer an, die ihre erste Jugendblüte hinter sich hatten und eine geruhsame Atmosphäre der geschäftigen Hauptstadt vorzogen.

„Verzeih mir, dass ich mich einmische, Sarah ...", begann Annis. „Aber ich fürchte, in London würdest du dich nicht wohlfühlen. Vielleicht wärst du in einer Kurstadt besser aufgehoben, zum Beispiel in Tunbridge Wells? Oder in Bath? Ich glaube, du wirst dich gut mit Helen verstehen. Und es gibt niemanden, der meine Patentante, Lady Pelham, *nicht* mag. Außerdem würdest du in Bath vielen netten Leuten begegnen. Übrigens, auch ich will mich dort niederlassen."

Interessiert hob Sarah die Brauen, doch es war Louise, die überschwengliche Begeisterung zeigte. „Oh, ich fände es wunderbar, wenn ihr beide in Bath leben würdet!" Wie ein aufgeregtes Kind klatschte sie in die Hände. „Nächstes Jahr möchte Mama mit mir hinfahren, um mich auf meine erste Saison in London vorzubereiten."

„Nun, dann ist es sehr vorteilhaft, dass du zur Fanhope-Party eingeladen und gebeten wurdest, auf dem Pianoforte zu spielen", meinte Sarah. „Je früher du dich daran gewöhnst, deine beträchtliche Begabung vor einem größeren Publikum zu beweisen, desto besser – und desto selbstbewusster wirst du in der Hauptstadt auftreten."

„Da hast du recht", seufzte Louise. „Ich wünschte nur, ich müsste nicht vor Caroline spielen. Natürlich wird sie die Ohren spitzen, um mich bei jedem winzig kleinen Fehler zu ertappen."

„Ja, da haben Sie wahrscheinlich recht, meine Liebe", stimmte Annis zu. „Aber versuchen Sie, optimistisch zu denken. Sie werden nicht aufgefordert, etwas zu tun, das Ihnen missfällt, denn Sie sollen musizieren – nicht reiten. In einem Punkt muss ich Miss Fanhope allerdings beipflichten, obwohl ich ihre Methoden nicht anwenden würde. Zweifellos werden Sie Ihre Angst vor Pferden nur überwinden, wenn Sie in den Sattel steigen."

„Mag sein", gab Louise widerstrebend zu, bevor sich ihre Miene wieder erhellte. „Immerhin werden Sie uns zu der Party begleiten und mich ermutigen."

Über diese Aussicht nicht sonderlich erfreut, zögerte Annis nicht, ihre Gefühle zu bekunden. „So gern ich Sie auch unterstütze, Louise – es passt mir nicht, wenn über meinen Kopf hinweg beschlossen wird, wie ich meine Zeit zu verbringen habe.“ Zu Sarah gewandt, fügte sie hinzu: „In dieser Kunst, anderen Leuten seinen Willen aufzuzwingen, ist dein Bruder ein wahrer Meister. Aber falls er glaubt, er könnte mir Vorschriften machen, irrt er sich. Das werde ich ihm unmissverständlich erklären.“

Verwirrt wechselten Sarah und Louise einen Blick, denn der Herr von Greythorpe Manor war nicht daran gewöhnt, dass man seine Entscheidungen kritisierte.

6. KAPITEL

Am nächsten Vormittag verlief der Besuch in Nanny Berrys Cottage nicht nur sehr erfreulich, sondern auch aufschlussreich. Annis und die alte Frau verstanden sich auf Anhieb. Deshalb zögerten Sarah und ihre junge Cousine nicht, die beiden allein zu lassen, und gingen mit der übermütigen jungen Hündin der einstigen Kinderfrau spazieren. Dabei wollten sie im Pfarrhaus vorbeischauen, wo Louise die Gesellschaft der ältesten Tochter des Vikars genießen würde, eines Mädchens in ihrem Alter.

„Miss Louise erscheint mir viel fröhlicher als bei unserer letzten Begegnung", sagte Nanny Berry. Wie üblich saß sie in ihrem Sessel am Fenster, wo sie das Kommen und Gehen der Nachbarn zu beobachten pflegte. „Trotzdem muss sie sich im Herrenhaus langweilen. Dort ging es niemals besonders lustig zu. Aber nachdem Master Deverel sein Erbe angetreten hat, sollte sich das ändern. Wahrscheinlich hängt sehr viel von der Frau ab, die er heiraten wird. Und er wird sicher eine aussuchen, die zu ihm passt. Er hat einen starken Willen, unser junger Herr. Immerhin war er der Einzige, der sich gegen den missmutigen alten Viscount zu behaupten wagte. Damit brachte sich der Bursche oft in Schwierigkeiten. Einmal widersprach er seinem Vater, und der sperrte ihn im Eiskeller ein. So eine grausame Strafe! Mitten im Dezember! Am Vortag hatte es ziemlich stark geschneit. Wie leicht hätte sich der Junge eine gefährliche Lungenentzündung holen können!" Kichernd fuhr sie fort: „Das ließen wir nicht zu. Wir verständigten den guten Wilks, der ihn rausholte und im Stall versteckte. Kein einziger Dienstbote verriet auch nur ein Sterbenswörtchen. Nicht einmal Dunster. Obwohl er damals noch ein einfacher zweiter Lakai war und mit aller Macht befördert werden wollte ..."

Gedankenverloren schüttelte die alte Nanny den Kopf. „Um jene Zeit begann sich der junge Master zu ändern und seinem Vater zu ähneln. Kühl und distanziert sei er geworden, meinten einige Leute. Das habe ich bezweifelt. Vermutlich hat er nur erkannt, dass seine Streitigkeiten mit dem Viscount der armen Miss Sarah schaden würden. Und so bemühte er sich, den alten Griesgram nicht mehr zu ärgern, und zügelte sein Temperament. Und doch – sein Geist war nicht gebrochen. Manchmal, wenn er mich jetzt besucht, sehe ich ein mutwilliges Funkeln in seinen Augen, wie in der Kindheit. Auch die Mutter, die schon früh verstarb, hatte ihrem Sohn und der Tochter keine übergroße Liebe geschenkt. Aber man hörte sie wenigstens lachen, wenn sie ins Kinderzimmer ging."

Mit diesen Enthüllungen bestätigte Nanny Berry, was Annis bereits geahnt hatte. „Da stimme ich Ihnen zu, Mrs. Berry. Sicher hat das Verhalten des Vaters den Sohn beeinflusst, ohne ihn vollends zu vernichten. So wie der alte Viscount braucht der neue hin und wieder Atempausen und zieht sich in die Einsamkeit zurück. Trotzdem kommt er mir weder kühl noch distanziert vor. Ganz im Gegenteil! Oft genug hat er mir seinen Humor bewiesen. Erst gestern Nachmittag, als ich ihm wegen einer – eh – gewissen Angelegenheit Vorwürfe machte ..."

In wachsendem Staunen musterte Nanny Berry ihre Besucherin, wurde jedoch an einer Antwort gehindert. Schrilles Gekläff erklang vor der Haustür, und Annis stand auf, um den jungen Spaniel hereinzulassen. Aufgeregt sprang er an ihr hoch und zeigte ihr seine Zuneigung, indem er mit den Vorderpfoten an ihren Röcken zerrte.

„Sieh mal einer an!", rief Nanny Berry. „Offenbar hat sich Rosie von der Leine losgerissen, weil Sie zurückgeblieben sind, Miss Milbank. Und das gefiel ihr nicht. O ja, sie war Ihnen sofort zugetan."

Erst nach einer kleinen Weile gelang es Annis, den Spaniel zu beruhigen, und dann saß er brav neben ihrem Sessel. Anbetend schaute er zu ihr auf, als wäre sie eine Göttin, deren Schutz ihm allein oblag.

„Verzeihen Sie mir, wenn ich das sage, Mrs. Berry …", begann sie und streichelte geistesabwesend die seidigen Ohren der Hündin. „Im Grunde geht es mich nichts an. Aber glauben Sie nicht, dass Rosie zu lebhaft für Sie ist? Sie braucht viel Auslauf, und Sie können keine langen Wanderungen mit ihr unternehmen – schon gar nicht, nachdem Sie sich den Knöchel verstaucht haben."

„Ja, natürlich bin ich zu alt, um für sie zu sorgen", gab Nanny Berry unumwunden zu, nicht im Mindesten gekränkt. „Gleichwohl muss ich mein Wort halten, denn ich versprach dem alten Ben Turner an seinem Sterbebett, ich würde mich um Rosie kümmern, bis ich jemanden finde, der sich besser dafür eignet. Schon in unserer Kindheit waren Ben und ich befreundet, Miss. Und ich weiß, wie sehr er seine Hündin liebte. Die Beste des Wurfs sei sie gewesen, meinte er. Genau wie ihre Mutter, die konnte eine Rose aus einer Jauchengrube herausriechen." Seufzend hob sie die Schultern. „Seine Lordschaft würde meine Kleine nicht aufnehmen, weil sein Wildhüter zwei Hunde hält – riesengroße langhaarige Biester. Sobald sie den Spaniel sehen, würden sie ihn zum Frühstück verspeisen. Im Herrenhaus gibt's keine Hunde mehr, seit Master Deverels Mutter gestorben ist. Also wäre es sinnlos, Miss Sarah zu fragen, ob sie Rosie zu sich holen würde. Ich glaube, sie mag keine Hunde. Bliebe nur der alte Colonel Hastie übrig. Und der geht nicht mehr zur Jagd …"

Um der unausweichlichen Frage zuvorzukommen, beteuerte Annis: „Tut mir leid, Nanny, ich kann Rosie auch nicht zu mir nehmen. Hätte ich ein eigenes Haus, wäre ich sofort dazu bereit. Sie ist wirklich ein Schatz. Aber ich lebe bei meiner

Tante und meinem Onkel. Und die Tante macht sich nichts aus Hunden. Außerdem dürfte ich Rosie nicht frei herumlaufen lassen. Sonst würde sie die Schafe meines Onkels erschrecken oder die Hühner und Enten im Hof aufscheuchen ..." Plötzlich hatte sie eine Idee. „Oh – zufällig weiß ich, wie sehr Helen Greythorpe für Hunde schwärmt. Immer wieder hat sie mir erklärt, sie würde sich irgendwann einen zulegen. Dagegen hätte Lady Pelham nichts einzuwenden. Noch heute werde ich den beiden schreiben und von Rosie berichten. Mal sehen, vielleicht finden wir ein neues Zuhause für das liebe Tier."

Sobald Helen erwähnt wurde, vergaß Nanny Berry die Zukunft des Spaniels. Bis zu diesem Moment war ihr die enge Verbundenheit zwischen der Besucherin und dem jüngsten Mitglied der Familie Greythorpe nicht bewusst geworden. Und nun wollte sie alles über das letzte Baby erfahren, das sie betreut hatte.

Nur zu gern befriedigte Annis die Neugier der alten Frau. Doch sie konnte ihr den Gefallen nicht allzu lange erweisen, weil Sarah ins Cottage zurückkehrte – leicht derangiert, den Hut schief auf dem dunklen Haar. Erbost starrte sie das Tier an, das sie eine halbe Stunde lang gesucht hatte.

Annis verabschiedete sich von Nanny Berry und Rosie, die herzzerreißend winselte.

„Elendes kleines Biest!", schimpfte Sarah, nachdem sie die Tür hinter sich geschlossen und mit ihrer Begleiterin die Richtung zum Pfarrhaus in Greythorpe Magna eingeschlagen hatte. „Nie wieder gehe ich mit Rosie spazieren!"

„Das war sicher sehr ärgerlich für dich, Cousine Sarah", meinte Annis und unterdrückte ein boshaftes Lächeln. „Insbesondere, weil bei der vergeblichen Suche dein Hut verrutscht ist."

Vorerst hätte sie den kleinen Hund aus ihren Gedanken

verbannt, wäre kein klagendes Gebell an ihr Ohr gedrungen, als sie die Gartenpforte des nahe gelegenen Pfarrhauses erreichten.

„Ah, du hast Rosie doch noch gefunden!“, rief Louise arglos und eilte ihnen auf dem Gartenweg entgegen.

Hastig mischte sich Annis ein, bevor die normalerweise stets gefasste Sarah die Beherrschung verlieren konnte. „Keine Bange, ich bringe den Hund ins Cottage zurück.“

„Da komme ich mit“, verkündete Louise. „Ich möchte Sie nämlich um etwas bitten.“

„Was wollen Sie mit mir besprechen, das Sarah nicht hören soll?“, fragte Annis wenig später. Als sie die Antwort hörte, wünschte sie, sie hätte sich nicht danach erkundigt.

Bedrückt starrte sie den kleinen Spaniel an, der glücklich neben ihr dahinsprang. Wäre sie vernünftig, würde sie Greythorpe Manor noch am selben Tag verlassen, bevor sie noch tiefer in die Probleme seiner Bewohner verstrickt wurde. Leider durfte sie nicht flüchten, weil sie Louises Drängen soeben nachgegeben und versprochen hatte, die Fanhope-Party zu besuchen. Doch sie wollte Lord Greythorpe möglichst bald mitteilen, sie würde nächste Woche abreisen.

An diesem Vormittag war der Viscount mit seinem Verwalter über die Ländereien geritten, und nun erhoffte er einen geruhsamen Lunch in der Gesellschaft der Damen. Vor allem sehnte er das Wiedersehen mit einer ganz bestimmten Dame herbei. Noch nie war er so frohen Mutes zurückgekehrt. Aber sobald er die Halle durchquerte, spürte er eine veränderte Atmosphäre.

Nein, das bilde ich mir nur ein, entschied er, als er aus seinem Schlafzimmer trat, wo er seinen Reitanzug mit einer für die Mahlzeit angemessenen Kleidung vertauscht hatte. *Was sagte Caroline, während ich gestern Nachmittag mit ihr und ihrem salbungsvollen Bruder zum Wagen ging?* Ach ja ... Jetzt erinnerte er sich an den genauen Wortlaut.

„Nachdem man so lange ans Haus gefesselt war, ist es ein wahrer Segen, wieder frische Luft zu atmen. Um diese Jahreszeit genügen schon ein paar sonnige Stunden, und alles erwacht zu neuem Leben. Sogar die Luft in unseren vier Wänden erscheint mir viel angenehmer, seit das Kaminfeuer nicht mehr ständig brennt. Hast du in deinem Haus nicht auch diese neue Aura bemerkt, Deverel? *Mir* ist sie jedenfalls aufgefallen.“

Nun, vielleicht hatte sie nur gemeint, in Greythorpe Manor würde reinere Luft herrschen als in Fanhope Hall, wo die Schornsteine oft qualmten – besonders bei starken Ostwinden, so wie in den letzten Tagen. Aber der Viscount vermutete, die scharfsinnige Caroline – stets bereit, Ratschläge zu erteilen, wenn sie in einem Haushalt irgendwelche Mängel entdeckte – hatte sofort den Beginn einer deutlichen Verwandlung unter seinem Dach bemerkt. Ob ihr das gefiel, stand auf einem anderen Blatt.

Völlig unerwartet traf er die Person, die diese Veränderung bewirkte, in der Ahnengalerie an und blieb abrupt stehen. Ins Porträt seines Vaters vertieft, bemerkte sie seine Anwesenheit nicht. Und so konnte er sie ungestört betrachten.

Ohne jeden Zweifel bot sie einen reizvollen Anblick.

Und doch – wäre er ihr zum ersten Mal in einem fashionablen Londoner Salon begegnet, hätte er ihr wohl kaum einen zweiten Blick gegönnt. Ganz sicher hätte er ihr keine Aufmerksamkeit geschenkt, weil sie das gerade Gegenteil des Frauentyps darstellte, den er törichterweise bevorzugt hatte – blendende goldblonde Schönheiten ohne Witz und Verstand, aber warmherzig, sanft und anschmiegsam. Wie blind war er in all den Jahren gewesen, die Überzeugung zu hegen, er müsste einfach nur eine Frau heiraten, die seinen Kindern eine fürsorgliche, liebevolle Mutter sein würde – und dass sie auch *ihn* beglückte, wäre überflüssig …

Unwillkürlich lächelte er. Das tat er sehr oft in diesen letzten Tagen, ohne zu wissen, warum. O ja, so erstaunlich es nach der kurzen Bekanntschaft auch anmuten mochte – er erwog ernsthaft, Miss Annis Milbank zu ehelichen. Ausgerechnet er, der niemals handelte, ohne vorher gründlich zu überlegen … Und ihm war klar, dass er sich zu einer jungen Dame hingezogen fühlte, die sich von allen Frauen seines Bekanntenkreises unterschied. Wie auch immer, wenn er sie für sich gewinnen wollte, war äußerste Vorsicht geboten. Zum Beispiel war es unwahrscheinlich, dass ihr sein Heiratsantrag schmeicheln oder dass ihr die Aussicht, seine Viscountess zu werden, ein Jawort entlocken würde. Und wenn er sich nicht täuschte, bedeuteten ihr Geld und eine hohe gesellschaftliche Position ebenso wenig. Womöglich glaubte sie sogar, sein Interesse an ihrer Gesellschaft beruhe nur auf höflicher Gastfreundschaft. Auf den Gedanken, ihren künftigen Gemahl in ihm zu sehen, käme sie gar nicht. Wollte er erfolgreich um sie werben, musste er ungewöhnliche Mittel und Wege finden.

Entschlossen ging er zu ihr. „Welch eine angenehme Überraschung, dich hier zu finden, liebe Cousine! Hast du einen erfreulichen Vormittag erlebt? Oder hast du dich noch immer nicht von deinem Ärger erholt?“

„Ärger?“ Misstrauisch wandte sie sich zu ihm. „Ich war nicht verärgert. Dazu würde viel mehr gehören als eine kleine Meinungsverschiedenheit. Und sei versichert, lieber Cousin, wenn ich mich *wirklich* ärgere, würdest du das sofort merken.“

Lachend warf er den Kopf in den Nacken, was sie mit einem anerkennenden Lächeln belohnte, bevor sie ihren Blick wieder auf das Porträt seines Vaters richtete. „Womit hat mein ach so liebevoller Erzeuger deine Aufmerksamkeit erregt?“

„Soeben dachte ich, welch eine Ironie es doch ist, dass ihm das Kind, das er niemals anerkannte, so ähnlich sieht."

Das war ihm neu. „Ist das so?"

„O ja. Helen gleicht ihm zwar nicht wie ein Ei dem anderen, aber gewisse Züge um ihre Augen und Lippen weisen eindeutig auf die Vaterschaft hin. Das wirst du merken, wenn sie hierherkommt." Um das Bild zu studieren, das neben dem Porträt des verstorbenen Viscounts hing, trat sie einen Schritt zur Seite. „Diesem jungen Gentleman siehst *du* sehr ähnlich, Cousin Deverel. Wer er ist, entsinne ich mich nicht, obwohl Sarah mir das bei unserem Rundgang durch das Haus sicher erklärt hat."

„Nun, das ist unser verstorbener Onkel Henry, der in Grandpapas Fußstapfen treten sollte. Unglücklicherweise erlitt er einen tödlichen Reitunfall, und so erbte der jüngere, längst nicht so populäre Sohn den Titel."

„Dein Vater?"

„Ganz recht, Cousine Annis. Von Anfang an wurde ihm sein älterer Bruder vorgezogen. Henry war größer, attraktiver und wesentlich liebenswerter, falls man diversen Aussagen glauben darf. Und so war es wohl unvermeidlich, dass mein Vater einen unstillbaren Groll entwickelte – insbesondere, nachdem er alle Erwartungen erfüllt und sogar die Frau geheiratet hatte, die für seinen Bruder bestimmt gewesen war. Seltsamerweise war die Ehe meiner Eltern, obwohl sie einander nicht besonders mochten, keine Katastrophe, aber auch nicht glücklich. Und so war es verständlich, dass er nach dem verfrühten Tod meiner Mutter eine zweite Gemahlin wählte, die seinen eigenen Vorstellungen entsprach. Ebenso begreiflich ist die Verbitterung, die ihn befiel, nachdem er den Eindruck gewonnen hatte, die Frau seiner Wahl würde ihn hintergehen."

„Bis zu einem gewissen Grad bedauere ich ihn", gab Annis zu. „Aber warum war er sich so sicher, dass Helen nicht von ihm stammte? In der Familie seiner zweiten Frau wurden immer wieder Kinder mit roten Haaren geboren. Wieso glaubte er so felsenfest, Helens Vater wäre jener junge Künstler, obwohl seine Gemahlin schwor, er würde sich irren?“

„Wer weiß?“ Der Viscount zuckte die Achseln, und der feine Wollstoff seines untadelig geschnittenen Gehrocks spannte sich über den breiten Schultern. „Da ich meinem Vater niemals nahestand, versuchte ich gar nicht, seine Beweggründe zu erforschen. Soweit ich es beurteilen konnte, stellte er seine Pflicht immer vor sein Glück. Und eins muss ich ihm zubilligen – er scheute niemals vor seiner Verantwortung zurück, und er hinterließ sein Vermögen und seine Ländereien in bester Ordnung. Aber was seine persönlichen Beziehungen angeht …“ Nachdenklich schüttelte er den Kopf.

„Seine zweite Ehe war wohl kaum der überwältigende Erfolg, den er erhofft hatte. Immerhin war meine Stiefmutter über zwanzig Jahre jünger als mein Vater. Allzu viel hatten sie sicher nicht gemein. Möglicherweise suchte er einfach nur eine Gelegenheit, die Frau loszuwerden, die er für eine Belastung hielt, und so beschuldigte er sie der Untreue. Zu jener Zeit besuchte ich ein Internat. Deshalb wusste ich nicht, was genau hier vorging. Darüber ist Sarah vermutlich etwas besser informiert. Jedenfalls glaube ich, er tat Helen und ihrer Mutter mit seinem Verhalten einen Gefallen. Helen musste wenigstens nicht die Launen eines Mannes ertragen, der allen Menschen in seiner Umgebung das Leben schwer machte. Das kann ich ihm am allerwenigsten verzeihen, Annis – die Art und Weise, wie er Sarah behandelte, die ihn in seinen letzten Jahren so aufopfernd pflegte. Und mich veranlasste er beinahe, auf mein Erbe zu verzichten, weil ich dieses Haus für ein Gefängnis hielt, nicht für ein *Heim.* Nun, zum Glück kam es nicht so weit. Endlich, nach so vielen Jahren, beginnen die Schatten der bösen Erinnerungen zu verblassen. Jetzt soll ein neues Glück in Greythorpe Manor einziehen, so wie zu den Lebzeiten meines Großvaters."

Plötzlich bemerkte er den Blick der schönen graugrünen Augen, die ihn eindringlich und respektvoll musterten.

„Was für eine Hexe du bist, Annis Milbank", bemerkte er lächelnd. „Du bringst mich dazu, viel mehr zu erzählen, als ich es eigentlich vorhatte. Aber wahrscheinlich hast du das alles schon von Nanny Berry erfahren."

„Da irrst du dich", protestierte sie, nachdem ihr der anklagende Unterton in seiner Stimme nicht entgangen war. „Deine alte Nanny interessierte sich viel mehr für deine Halbschwester Helen. Wie auch immer", fügte sie hinzu, während der Gong erklang, der den Lunch ankündigte, „heute Nachmittag möchte ich mit dir sprechen, wenn du mir ein bisschen Zeit opfern kannst. Da gibt es ein besonderes Thema, das ich mit dir erörtern will."

„Komm zu mir, wann immer du willst", schlug er nur vor. „Heute werde ich fast den ganzen Nachmittag in der Bibliothek verbringen."

Unglücklicherweise beschloss Annis, erst einmal zwei Briefe zu schreiben, bevor sie mit Deverel über ihre Rückkehr nach Leicestershire in der nächsten Woche sprach. Danach teilte Dunster ihr mit, Seine Lordschaft habe einen Besucher empfangen. Deshalb wollte sie sich die Wartezeit verkürzen, indem sie die Einladung annahm, die sie am Vortag erhalten hatte.

Der Märznachmittag war erstaunlich warm. Sie machte sich darum nicht erst die Mühe, ihren Umhang zu holen, bevor sie das Haus verließ. Für den kurzen Weg zum Stall würde ihr Wollschal sicher genügen. Wilks begrüßte sie erfreut. Offenbar hatte er nicht erwartet, sie würde sein Angebot, ihr die Pferde zu zeigen, schon so bald annehmen.

Während des Rundgangs wies er bei jedem Tier auf dessen

Vorzüge hin. Mit einer Ausnahme – wortlos ging er an einem gesattelten Pferd vorbei.

„Gehört dieser Hengst etwa dem Besucher Seiner Lordschaft?“, fragte Annis.

„Wäre mein Herr jemals so unvernünftig, so einen protzigen Gaul zu erwerben, würde ich sofort den Dienst in seinem Stall quittieren und für den alten Colonel Hastie arbeiten! Der hat mich oft genug gedrängt, den Master zu verlassen. Niemals kommt er hierher, ohne dass er mich fragt, ob ich mich anders besonnen hätte.“

„Und wem gehört dieses Pferd?“

„In dieser Gegend gibt's nur einen Gentleman, der so ein auffälliges Biest reiten würde – Mr. Charles Fanhope. Sein neuer Reitknecht, Jack Fletcher, kann einem nur leidtun. Oft genug beklagt er sich über seinen anspruchsvollen Herrn, wenn er abends in die Taverne geht. Aber er ist ein guter Junge, und er nimmt's gelassen. Schade, dass er keine bessere Stellung findet ... Im Krieg gegen Napoleon hat er seinem Land tapfer gedient, in einem dieser neumodischen Regimenter – im Rifle Regiment. Der kann gut mit Waffen umgehen. Sicher wäre er ein fabelhafter Wildhüter. Darüber müsste ich mal mit dem Master reden. Aber Seine Lordschaft will sicher nicht beschuldigt werden, er würde Dienstboten von den Fanhopes weglocken, nicht wahr, Miss?“

„Wohl kaum.“ Als er verlegen den Blick senkte, ahnte sie, dass er seine Worte bereute. Offenbar hatte er zu viel gesagt. Und so wechselte sie hastig das Thema und fragte, welches Pferd sich für eine etwas nervöse junge Dame eignen würde.

„Heiliger Himmel, meinen Sie etwa sich selber, Miss?“

„Nein, ich denke an Miss Louise.“

Verständnisvoll nickte er, denn er wusste Bescheid über den Unfall, bei dem sich die arme Louise vor zwei Jahren das Schlüsselbein gebrochen und der ihre Angst vor Pferden verursacht hatte. „Am besten fängt sie mit Miss Sarahs grauer Stute an. Unsere Herrin reitet nur noch selten aus. Und ein sanfteres Tier kann es gar nicht geben."

„Welches Pferd würden Sie mir empfehlen, Mr. Wilks? Natürlich würde Louise auf meiner Begleitung bestehen. Also darf es kein zu lebhaftes Tier sein. Nicht dass ich etwas dagegen einzuwenden hätte – aber ich möchte Miss Louise nicht erschrecken. Und so brauche ich ebenfalls ein sanftmütiges Lamm."

„Da habe ich genau das Richtige für Sie, Miss. Zur Sicherheit sollte ein Stallbursche mit Ihnen ausreiten. Am besten werde ich diese Pflicht selber übernehmen, das würde der Master wünschen."

Daran zweifelte Annis, doch sie hatte nichts gegen Wilks' Gesellschaft bei einem Ausritt einzuwenden. Natürlich würde sie die Ländereien nicht verlassen – zumindest nicht, bevor Louise ihre Angst halbwegs überwunden hatte. Und so kündete sie an, am nächsten Morgen einen Dienstboten in den Stall zu schicken und die Pferde satteln lassen. Dann wanderte sie durch den Park, da der Besucher Seiner Lordschaft noch immer anwesend war. Also wäre es sinnlos gewesen, ins Haus zurückzukehren.

Sie wanderte einen Weg entlang, bis sie zu einer Gabelung kam und dem schmaleren Pfad folgte, der einen Hügel umrundete. Wie sie vermutete, führte er zum Herrenhaus zurück.

Nur mit halbem Ohr hörte sie Zweige hinter sich knacken, denn ihre Aufmerksamkeit galt steinernen Stufen hinter dem Haus, an deren Fuß sie eine wuchtige, in den Hang eingelassene Tür entdeckte.

Der Eiskeller! Hier war Deverel in seiner Kindheit von seinem lieblosen Vater eingesperrt worden. Sicher hatte der arme Junge verzweifelt geschrien. Gewiss, man musste Kinder zur Disziplin anhalten, aber man durfte keine unnötige Grausamkeit zeigen. Zum Glück hatten die wachsamen Dienstboten den kleinen Master vor einem ernsthaften Schaden bewahrt. Kein Wunder, dass sich der Viscount so eng mit dem Oberreitknecht verbunden fühlte, der damals seine Stellung aufs Spiel gesetzt hatte, um ihn zu retten.

Unschlüssig blieb sie stehen, dann siegte ihre Neugier. Sie stieg die Treppe hinab und schob den schweren Eisenriegel zurück. Mit einiger Mühe öffnete sie die schwere Tür. Eisige Luft schlug ihr entgegen. Zögernd betrat sie den düsteren Keller. Solchen Prüfungen unterzog sie sich manchmal, um ihre Angst vor geschlossenen Räumen zu bekämpfen.

Nur zu gut konnte sie sich vorstellen, was der bedauernswerte Deverel in diesem eiskalten, dunklen Gefängnis empfunden haben musste, nachdem die Tür ins Schloss gefallen und verriegelt worden war. Vielleicht hatte sein herzloser Vater sogar draußen gestanden und schadenfroh gelacht …

Und genau das erlebte sie jetzt – denn irgendjemand hatte die Tür hinter ihr zugeworfen, und sie glaubte, höhnisches Gelächter zu hören … Einer Panik nahe, griff sie sich an die Kehle und konnte kaum atmen. Irgendwie gelang es ihr, mit einer bebenden Hand nach der feuchten Wand zu tasten und die Tür zu erreichen. Als sie auf die Klinke drückte, erwartete sie, in die Freiheit zu gelangen. Aber darauf hoffte sie vergeblich.

Bleib ganz ruhig, ermahnte sie sich, die Tür klemmt nur … Sie musste sich einfach dagegen stemmen.

Ja, natürlich. Wer um alles in der Welt würde ihr einen so niederträchtigen, sinnlosen Streich spielen und sie im Eiskeller einschließen?

7. KAPITEL

Der unerwartete schrille Schrei, vom klirrenden Geräusch zertrümmerten Porzellans gefolgt, irritierte den Viscount nicht sonderlich, störte ihn aber in seiner Konzentration und veranlasste ihn, hinter seinem Schreibtisch aufzustehen und nachzusehen, was geschehen war.

„Was zum Teufel …“, murmelte er, als er die Halle betrat und ein Durcheinander antraf.

Bei der offenen Haustür erhob sich ein Lakai vom Boden und berührte seine offenbar lädiere Kehrseite. Von Scherben umringt, saß ein kreischendes Dienstmädchen am Fuß der Treppe, während Dunster – ausnahmsweise sichtlich fassungslos – den unbefugten Eindringling einzufangen versuchte, der das Chaos verschuldete.

Aufgeregt eilte Sarah aus dem Salon. „O Gott, nicht *Rosie*!“, stöhnte sie, sobald sie die vierbeinige Unruhestifterin entdeckt hatte.

„Kennst du diesen missratenen Köter?“, fragte Greythorpe unwirsch.

„O ja, das ist Nanny Berrys Hündin.“

„Sicher sucht sie Annis“, meinte Louise, die ihrer Cousine in die Halle gefolgt war und die Situation anscheinend überaus komisch fand. „Heute Morgen war Rosie ganz begeistert von ihr und lief uns nach. Was für ein kluges Hündchen – es wusste ganz genau, wo Annis wohnt!“

So beeindruckt war Deverel Greythorpe nicht. Die Stirn gerunzelt, beobachtete er den Spaniel, der zwischen den Beinen des Butlers hindurchschlüpfte und schnüffelnd die Treppe hinaufstürmte.

„Um Himmels willen, holen Sie doch Hilfe, Dunster!“, befahl der Viscount, als der treue Diener hinter Rosie herrennen wollte. „Allein werden Sie das vermaledeite Biest nicht fangen.

Oder noch besser – suchen Sie Miss Milbank und überlassen Sie alles Weitere ihr, da der Hund es ganz offensichtlich auf *sie* abgesehen hat."

Nachdem er dem hysterischen Dienstmädchen einen ähnlich finsteren Blick wie dem Spaniel zugeworfen und die Frau in die Flucht geschlagen hatte, wandte er sich zu seiner Schwester.

„Übrigens, wo steckt unsere Cousine? Seit dem Lunch habe ich sie nicht mehr gesehen."

„Seltsam – ich auch nicht", erwiderte Sarah. „Sie hat erwähnt, sie würde ein paar Briefe schreiben."

„Aber das ist schon eine Ewigkeit her", betonte Louise. „Und Annis würde sich niemals in ihrem Schlafzimmer verkriechen, das sieht ihr gar nicht ähnlich. Vielleicht fühlt sie sich nicht gut?"

„Verzeihung, Mylord", mischte sich Dunster ein, der das Gespräch schamlos belauscht hatte, „Miss Milbank hält sich nicht in ihrem Zimmer auf. Zumindest glaube ich nicht, dass sie ins Haus zurückgekehrt ist. Vor ungefähr einer Stunde sah ich sie weggehen. Sie wollte mit Ihnen sprechen. Aber da Sie gerade Besuch von Mr. Fanhope hatten, überlegte sie vermutlich, wie sie sich die Zeit vertreiben sollte, und beschloss, frische Luft zu schnappen. Allzu weit dürfte sie nicht gegangen sein, denn sie nahm keinen Umhang mit, nur einen Schal."

Wortlos lief Greythorpe die Stufen hinauf. Was er soeben erfahren hatte, gefiel ihm überhaupt nicht. Annis war eine vernünftige junge Dame. Wenn sie beabsichtigte, etwas länger durch den Park zu wandern, hätte sie sich nicht nur mit einem Schal vor der Kälte geschützt – noch dazu, wo der Wind seit einer halben Stunde auffrischte.

Aus dem grünen Gästezimmer drangen leise Flüche und Drohungen. Offenbar hatte sich der Spaniel Zugang verschafft, was Annis' Zofe zu missbilligen schien. Nun versuchte sie den Hund zur Tür hinauszujagen.

„Miss Disher?“, fragte der Viscount und lenkte ihre Aufmerksamkeit auf sich. „Haben Sie Ihre Herrin in der letzten Stunde gesehen?“

„Nein, Mylord. Nachdem sie ihre Briefe geschrieben hatte, ging sie nach unten, um mit Ihnen zu reden …“ Seufzend unterbrach sie sich und beobachtete den unwillkommenen vierbeinigen Besuch, der am Teppich vor dem Kleiderschrank schnupperte. „Könnte das der kleine Hund sein, den Miss Annis heute Vormittag erwähnt hat? Sie sorgt sich um ihn und hofft, sie wird ein neues Zuhause für ihn finden.“

„Zweifellos ist er das. Nun werde ich sie suchen. Wenn Sie so freundlich wären – geben Sie mir bitte den Umhang Ihrer Herrin.“

„Sehr wohl, Mylord.“ Eliza nahm das gewünschte Kleidungsstück aus dem Schrank und reichte es dem Viscount.

Dann beobachtete sie, wie er es der Hündin hinhielt, die daran schnüffelte. Eifrig kläffte Rosie und folgte Seiner Lordschaft aus dem Zimmer.

Im Gegensatz zu seiner Schwester hatte er Hunde schon immer gemocht, vor allem die Tiere, die ihn im Lauf der Jahre regelmäßig zur Jagd begleitet hatten. Er hatte genug Erfahrungen gesammelt, um ein Tier zu beurteilen, das sich zum Jagdhund eignete. Und dieser kleine Spaniel ließ vielversprechende Fähigkeiten erkennen. Vielleicht musste er noch eine Zeit lang abgerichtet werden. Aber dass er von Nanny Berrys Cottage aus das zwei Meilen entfernte Herrenhaus gefunden hatte, war eine beachtliche Leistung.

Und als wollte Rosie diese Einschätzung bestätigen, nahm sie Annis' Witterung auf, sobald sie mit Greythorpe das Haus verlassen hatte. Zunächst rannte sie blitzschnell zum Stall, und er musste nach Atem ringen, um ihr auf den Fersen zu bleiben. Gerade noch rechtzeitig verhinderte er, dass sein Oberreitknecht ein Holzscheit nach ihr warf. „Schon gut, Wilks, die Hündin begleitet mich. Sie sucht Miss Milbank. Wie ich annehme, war die junge Dame hier?"

„Aye, Mylord, das ist schon eine ganze Weile her." Wilks fuhr mit allen Fingern durch sein graues Haar. „Wenn ich mich recht entsinne, ging sie in die Richtung ..." Abrupt verstummte er, als Rosie zu einem Weg zwischen hohen Büschen lief. „Ja, dorthin. Soll ich mitkommen?"

Deverel nickte und stürmte hinter der Hündin her. Mit jeder Sekunde wuchs sein Vertrauen in ihre untrügliche Witterung. Aber dann verdrehte er skeptisch die Augen, denn sie scharrte an der Tür des Eiskellers.

Hatte sie eine Ratte gerochen? Er wollte sie zu sich rufen, doch er besann sich eines Besseren und stieß die Tür auf.

Schmerzhaft kehrte das Gefühl in Annis' klamme Finger zurück, als sie in ihren Umhang gehüllt, hochgehoben und an eine muskulöse Brust gedrückt wurde. Vor einiger Zeit waren ihr vor Erschöpfung die Sinne geschwunden, nachdem sie pausenlos geschrien und an die versperrte Tür gehämmert hatte. Immer noch halb benommen, öffnete sie die Augen und erblickte ein markantes männliches Kinn und grimmig zusammengepresste Lippen.

Und dann kehrte sie vollends in die Wirklichkeit zurück. „Was bildest du dir eigentlich ein, Cousin Deverel? Ich kann aus eigener Kraft gehen. Lass mich sofort hinunter!" Da sie in ihrem eiskalten Gefängnis so lange vergeblich um Hilfe gerufen hatte, klang ihre Stimme rau und heiser.

Die gemurmelte Antwort verstand sie nur teilweise. Jedenfalls erschien sie ihr nicht besonders höflich, und sie ließ auch nicht vermuten, Seine Lordschaft würde ihren Wunsch erfüllen. Zielstrebig eilte er zum Haus.

In der Halle angekommen, verschwendete sie keinen Atem mehr mit Vorwürfen und Forderungen. Offensichtlich würde sie ihn nicht daran hindern, sie bis in ihr Schlafzimmer zu tragen.

Seit sie zum letzten Mal auf den Armen eines Gentleman gelegen hatte, war einige Zeit verstrichen. Trotzdem erinnerte sie sich sehr gut daran. Vor all den Jahren hatte sie ihren Fußknöchel verstaucht und war von ihrem Vater hochgehoben worden. Doch die seltsamen Emotionen, die jetzt in ihr aufstiegen, hatte sie damals nicht empfunden. Kein eigenartiges Flattern in der Magengrube, keine beschleunigten Pulsschläge ... Und warum erhitzte sich ihr Blut, wo sie doch eben noch so erbärmlich im Eiskeller gefroren hatte? Das verstand sie beim besten Willen nicht.

Als sie behutsam auf ihr Bett gelegt wurde und die starken Arme sie nicht mehr umfingen, wusste sie nicht, ob sie sich erleichtert oder enttäuscht fühlen sollte. Ebenso wenig wusste sie, ob Ärger oder Belustigung angemessen war, weil trotz ihres nachdrücklichen Protests der Arzt gerufen wurde und man ihr eine völlig überflüssige Untersuchung zumutete. Noch etwas konnte sie nicht entscheiden – sollte sie den Befehl Seiner Lordschaft, sie müsse den restlichen Tag im Bett verbringen, hinnehmen oder ignorieren?

Nur eins wusste sie. Nachdem Eliza Disher das Tablett mit dem Abendessen entfernt hatte, stattete der Viscount ihr einen Besuch ab, brachte ihr die vierbeinige Retterin mit, und da verspürte sie grenzenlose Dankbarkeit. Immerhin hatte er alles Menschenmögliche getan, damit sie sich nach dem unangenehmen Zwischenfall möglichst schnell erholte.

„Wenn du mir noch ein einziges Mal dankst, wirst du mich langweilen, meine liebe Cousine“, warnte er und hob eine Hand, um ihren Wortschwall zu unterbrechen. „Außerdem solltest du deiner Freundin Rosie danken, nicht mir.“

Sobald die Hündin ihren Namen hörte, fasste sie das als eine Einladung auf, aufs Bett zu springen, was sie prompt tat.

Glücklich kuschelte sie sich an die junge Dame, die sie zu ihrer Herrin erwählt hatte. Annis unternahm nichts dagegen. Wie sollte sie auch? Niemals hätte sie es über ihr Herz gebracht, das liebevolle kleine Tier wegzustoßen.

Inzwischen hatte Eliza ihr erzählt, durch die unerwartete Ankunft des Spaniels sei Seine Lordschaft veranlasst worden, nach ihrer Herrin zu suchen. Und obwohl Annis ahnte, Rosies Anwesenheit im Manor würde keine einmütige Begeisterung hervorrufen, bedauerte sie nicht im Mindesten, dass sich die Hündin hierhergewagt hatte.

„Was sollen wir jetzt mit ihr machen?“, fragte sie. Geistesabwesend streichelte sie das seidige Fell. Hatte sie ihre Gedanken tatsächlich laut ausgesprochen? Das merkte sie erst, als sie den Viscount, der in einem Sessel neben dem Bett saß, belustigt lächeln sah. „O nein, Cousin De-verel, niemals würde ich dich bitten, Rosie aufzunehmen“, beteuerte sie verlegen. „Du hast schon genug für sie getan. Außerdem weiß ich, du magst keine Hunde.“

„Da irrst du dich ganz gewaltig“, protestierte er erstaunt. „Gar nichts habe ich für sie getan. Wilks hat sie gebadet, von der Köchin wurde sie gefüttert. Und der Lakai, der über sie stolperte und stürzte, hat ihr längst verziehen. Er ging sogar mit ihr spazieren. Warum glaubst du, ich würde Hunde nicht mögen? Das begreife ich nicht.“

„Ach ja – ich bin ganz verwirrt. Es ist Sarah, die sich nichts aus ihnen macht.“

„Allerdings, sie zieht Katzen vor. Aber sogar meine Schwester findet, wir dürfen den Spaniel nicht zu Nanny Berry zurückbringen, die übrigens bereits über seinen Verbleib informiert wurde.“ Die Brauen vielsagend hochgezogen, fügte er hinzu: „Offenbar hatte dein Besuch im Cottage heute Vormittag – wie soll ich es ausdrücken? – gewisse Folgen.“

Annis gab nicht vor, die Bemerkung misszuverstehen. „Meinst du meine Neugier, die mich in den Eiskeller trieb?

Ja, ich gebe es zu. Nachdem ich gehört hatte, du seist als Kind darin eingesperrt worden, wollte ich herausfinden, was du damals empfunden haben musst.“ Bei dieser Erinnerung erschauerte sie. „Wie leichtfertig von mir …“

„Ja, ich war überrascht, weil du trotz deiner Angst vor dunklen geschlossenen Räumen hineingegangen bist. Davon hast du erst neulich gesprochen“, fuhr er fort, einen vorwurfsvollen Unterton in der Stimme. „Und warum bist du nicht herausgekommen? Weil du in Panik geraten bist? Wusstest du nicht, was du tun solltest?“

„Wovon um alles in der Welt redest du, Deverel?“, rief Annis verblüfft. „Die Tür war versperrt.“

Bestürzt hielt er den Atem an.

„Oder etwa nicht?“ Annis schüttelte verwundert den Kopf. „Ja, so muss es gewesen sein. Jedenfalls konnte ich die Tür nicht öffnen, zumindest nicht von innen. Immer wieder klopfte ich dagegen und rief um Hilfe.“

Hätte eine andere Frau behauptet, die Tür des Eiskellers sei verschlossen gewesen, wäre er zu der Überzeugung gelangt, die Angst müsste ihre Sinne verwirrt haben. Auf Annis traf das sicher nicht zu. Sie achtete viel zu sehr auf diverse Einzelheiten. Und sie würde sich niemals von unvernünftiger Furcht überwältigen lassen.

Jetzt runzelte sie nachdenklich die Stirn, und er glaubte zu spüren, dass sie sich an irgendetwas zu erinnern versuchte. „Ein Rätsel, nicht wahr? Vergiss es erst einmal“, empfahl er ihr sanft. „Wenn du tapfer genug bist, werden wir morgen zum Schauplatz deines unerfreulichen Abenteuers zurückkehren. Vielleicht können wir feststellen, warum sich die unverschlossene Tür nicht öffnen ließ.“

Da Rosie immer wieder in ihr Schlafzimmer zurückkehrte, nachdem sie dreimal in die unteren Regionen des Hauses gebracht worden war, gab Annis schließlich klein bei. Was anderes blieb ihr auch gar nicht übrig, und so erlaubte sie der Hündin, bei ihr zu bleiben. Nun verbrachte der Spaniel seine erste Nacht im neuen Heim. Am Fußende des Betts seiner geliebten Herrin zusammengerollt, schlief er tief und fest.

Auch Annis genoss eine erholsame Nacht. Nur ein einziges Mal schreckte sie aus einem lebhaften, beunruhigenden Traum hoch. Diese grausige Vision musste die Überzeugung hervorgerufen haben, sie wäre tatsächlich im Eiskeller eingesperrt worden, wenn auch nur für kurze Zeit. Und während sie die Besinnung verloren hatte, war der Riegel zurückgeschoben worden ... Diese Erkenntnis bestärkte sie in dem Entschluss, das unheimliche Gefängnis noch einmal aufzusuchen.

Am nächsten Vormittag ließ sich die Tür des Eiskellers von innen öffnen, wenn auch etwas mühsam. Annis trat erleichtert hinaus. Natürlich war es diesmal anders, denn der Viscount wartete draußen und hätte ihr sofort geholfen, wäre sie in Schwierigkeiten geraten.

Doch das änderte nichts an der Tatsache, dass sie sich aus eigener Kraft befreit hatte. „Ja, ich weiß, was du denkst, Cousin Deverel“, seufzte sie, als sie seine skeptische Miene sah. „Jetzt habe ich keine Angst, weil du bei mir bist. Obwohl das Holz verbogen ist und die Tür über das Kopfsteinpflaster des Bodens scharrt, konnte ich sie aufziehen. Und das wäre mir auch gestern gelungen, trotz meiner Furcht – hätte nicht irgendjemand, der mir durch den Park gefolgt sein muss, den Riegel vorgeschoben. Danach hörte ich ein boshaftes Gelächter. Nachdem ich das Bewusstsein verloren hatte, zog diese Person den Riegel wieder zurück.“

Mit schmalen Augen starrte er vor sich hin, und Annis erkannte, dass sie ihm wenigstens zu denken gab. Sofort nutzte sie die Gunst der Stunde.

„Der Wind frischte erst etwas später auf. Da hatte ich den Eiskeller bereits betreten. Also scheidet die Möglichkeit aus, die Tür könnte geklemmt haben, nachdem sie von einer plötzlichen Bö zugeworfen worden war. Schau doch …" Sie zeigte auf deutlich sichtbare Kerben im Türrahmen. „Um sie zu schließen, muss man einige Kraft aufwenden. So stark war der Wind gestern nicht."

Nachdem der Viscount die Tür ein paarmal geöffnet und geschlossen hatte, gab er Annis allerdings recht. Offenkundig war ihre Gefangenschaft im Eiskeller kein Missgeschick gewesen – auch keine Folge ihrer Panik, die sie verwirrt hatte. „Wer sollte so etwas tun?", fragte er sanft. „Verdächtigst du einen Dienstboten? Sarah? Louise? Oder mich?"

„Nein, selbstverständlich nicht!", erwiderte sie in entschiedenem Ton. „Kein Dienstbote würde einem Hausgast einen so üblen Streich spielen und seine Entlassung riskieren. Außerdem hat Sarah erwähnt, die meisten eurer Leute wären schon seit Jahren hier beschäftigt. Anscheinend sind sie zufrieden, und so würden sie ihre Positionen nicht gefährden."

Seufzend zuckte sie die Achseln. Sosehr sie sich auch den Kopf zerbrach, sie fand keine Erklärung für den Zwischenfall, den sie als Dummerjungenstreich abgetan hätte, wäre der Viscount in der vergangenen Woche nicht angeschossen worden.

„So wie der Anschlag auf dich erscheint mir diese Attacke gegen mich völlig sinnlos. Man ist versucht, einen albernen, kindischen Schabernack zu vermuten. Aber ich glaube keine Sekunde lang, dass ein Kind dahintersteckt."

„Wohl kaum", stimmte Greythorpe zu. „Andererseits – ein vernünftiger Erwachsener kann es auch nicht gewesen sein. Und so frage ich mich, welche bösartigen Wahnsinnstaten der Schuldige sonst noch plant."

„Konzentrieren wir uns erst einmal auf seine Beweggründe", schlug Annis vor. „Wenn wir Glück haben, werden uns solche Überlegungen auf die Spur des Missetäters führen."

Seite an Seite kehrten sie in den Stallhof zurück. Dort begegneten sie einer sichtlich nervösen Louise und beendeten die Diskussion über das Problem. Nach langem Zögern hatte sich die junge Dame zu dem Entschluss durchgerungen, wieder in den Sattel zu steigen. Zweifellos würde sie sich sofort anders besinnen, wenn sie herausfand, Annis' Gefangenschaft im Eiskeller wäre kein Zufall gewesen. Immerhin musste man befürchten, eine Person mit abartigem Humor würde irgendwo auf der Lauer liegen, um arglose Opfer zu überfallen.

Allzu begeistert war der Viscount nicht, als Annis verkündete, sie würde Louise bei deren erstem Ausritt nach so langer Zeit Gesellschaft leisten. Aber da sie die Tortur des Vortags gut überstanden hatte und Wilks die beiden Damen begleiten würde, erhob Deverel keine Einwände.

Und so sorgte er nur dafür, dass die neue Hausbewohnerin, die im Hof umhertollte, dem kleinen Reitertrupp nicht nachrannte. Er nahm Rosie an die Leine, und sie folgte ihm erstaunlich bereitwillig ins Haus, wo er sie sogar in sein Refugium mitnahm.

In der Bibliothek angekommen, erforschte die Hündin erst einmal die unbekannte Umgebung und schnüffelte in allen Ecken, bevor sie sich auf der Matte vor dem Kamin niederließ. Dort hätte sie glücklich und zufrieden die Rückkehr ihrer Herrin abgewartet, wäre Dunster nicht mit der Meldung erschienen, Mr. und Miss Fanhope seien eingetroffen.

Beinahe wäre der Viscount versucht gewesen, die unerwarteten Gäste der Fürsorge seiner Schwester zu überlassen. Aber dann entschied er, das könnten die beiden unhöflich finden. Und so rief er Rosie zu sich – erstaunlicherweise gehorchte sie sofort – und ging mit ihr in den Salon. „Du meine Güte, Fanhope, drei Besuche so kurz nacheinander! Offenbar müssen wir uns geehrt fühlen."

„Oh, das war *meine* Idee", erklärte Caroline hastig. „Mama hat ein großartiges Rezept für ein Lammragout erhalten. Und da dachte ich, Sarah würde sich für eine Abschrift interessieren." Argwöhnisch inspizierte sie das fremde vierbeinige Geschöpf, das ihren Bruder unfreundlich angeknurrt hatte und jetzt viel zu aufdringlich an ihren Röcken schnupperte. „Eigentlich nahm ich an, du magst keine Hunde, Deverel, und würdest sie nicht im Haus dulden."

„Keine Ahnung, wieso die Leute zu dieser völlig falschen Vermutung kommen", log er aalglatt, denn er wusste sehr gut, warum zumindest Caroline das glaubte. Er hatte sich nie bemüht, sein Missfallen über Lady Fanhopes übergewichtigen, verhätschelten Mops zu verbergen, der stets im bequemsten Sessel des Salons döste. „Natürlich würde ich meine beiden irischen Wolfshunde nicht im Haus herumlaufen lassen. Aber dieses kleine Mädchen wird keinen Schaden anrichten."

Inzwischen hatte sich Sarah hinzugesellt. „*Ich* bin es, die Papas Abneigung gegen Hunde geerbt hat. Nicht Deverel. Trotzdem habe ich nichts gegen Rosies Anwesenheit einzuwenden. Sie gehört übrigens nicht uns, sondern Miss Milbank."

„Wird uns die junge Dame heute nicht die Ehre geben?", fragte Charles Fanhope. „Ich hoffe, sie ist nicht indisponiert?"

Forschend schaute Greythorpe ihn an. Bildete er sich das nur ein – oder schwang eine gewisse Genugtuung in der Stimme seines Besuchers mit? „Keine Bange, Fanhope, es geht ihr ganz ausgezeichnet. Sie reitet gerade mit Miss Marshal aus."

„Was für wundervolle Neuigkeiten!", rief Caroline. „Wie ich mich freue, dass sie meinen Rat endlich befolgt hat und wieder in den Sattel gestiegen ist! Sonst würde sie ihre törichte Angst vor Pferden niemals überwinden."

Nur mühsam unterdrückte der Viscount ein sarkastisches

Lächeln. Caroline meinte es zweifellos gut. Aber wenn sie annahm, sie hätte Louises Entschluss in irgendeiner Weise beeinflusst, dann täuschte sie sich ganz gewaltig. Für diesen Sinneswandel war ganz jemand anders verantwortlich.

Nachdem er die Pflichten eines Gastgebers erfüllt und für Erfrischungen gesorgt hatte, sank er in einen Sessel und beobachtete die Besucher über den Rand seines Glases hinweg. Vor allem Caroline ... Er hatte sie stets bewundert. Schon als Kind war sie sehr hübsch gewesen, und im Lauf der Jahre hatte sie nichts von ihrer Schönheit eingebüßt. Es mangelte ihr auch nicht an Intelligenz. Niemals hatte sie gezögert, ihre Meinung zu äußern. Und das hatte schon oft zu lebhaften, interessanten Diskussionen geführt. Unglücklicherweise eiferte sie ihrer albernen, selbstsüchtigen Mutter nach, die unerschütterlich von ihrer eigenen Wichtigkeit überzeugt war. Und das bewirkte, dass auch die Tochter glaubte, sie wäre etwas Besseres.

War das der Grund, warum er sich geweigert hatte, die Erwartungen so vieler Leute zu erfüllen und ihr einen Heiratsantrag zu machen? Zweifellos wäre sie eine ideale Viscountess, und soviel er wusste, hätte sein Vater die Verbindung begrüßt. Allein schon das hatte wahrscheinlich genügt, ihn davon abzuhalten, der jungen Dame den Hof zu machen – ganz einfach, weil es ihm gegen den Strich gegangen war, die Wünsche seines lieblosen Erzeugers zu erfüllen. Außerdem – warum sollte *er* Lord Fanhope für den schlechten Rat entschädigen, den der alte Viscount ihm vor Jahren gegeben und der ihn fast um sein ganzes Vermögen gebracht hatte? Nicht dass Lord Fanhope, ein ehrenwerter Gentleman, die Folgen der katastrophalen Investition jemals einem anderen als sich selbst angelastet hätte ...

Geistesabwesend streichelte der Viscount Rosies seidigen hellbraunen Kopf. Ja, vor einiger Zeit hatte er ernsthaft erwogen, Caroline zu heiraten. Jetzt nicht mehr. Je eher er diese

Tatsache klarstellte, desto besser. Natürlich würde er das Herz der jungen Dame nicht brechen. Wenn Caroline ihren künftigen Ehegemahl wählte, würde sie so vulgäre Emotionen wie Liebe nicht berücksichtigen. Für sie zählten nur die gesellschaftliche Position und die Pflichten ihrer Familie gegenüber. Tiefere Gefühle überließ sie den Menschen, die sich dergleichen leisten konnten oder dumm genug waren, auf solche Banalitäten zu achten.

Wie auch immer, aufgrund der langjährigen Freundschaft war er ihr eine ehrliche Erklärung schuldig, damit sie andere Bewerber in Betracht ziehen konnte, statt auf einen Antrag zu warten. Ihre Familie litt nicht mehr unter finanziellen Schwierigkeiten, und so würde sie Caroline sicher eine zweite Londoner Saison bieten.

Während er der Konversation lauschte, schweiften seine Gedanken bald ab und wanderten zu der Besitzerin des Spaniels, der zu seinen Füßen saß. Wäre sie doch hier, dann würde sie die langweiligen Gespräche beleben …

Träumerisch lächelte er vor sich hin. Wie schnell er sich an Annis' unverblümte Äußerungen und ihren ironischen Humor gewöhnt hatte … Wie sehr er die amüsanten Wortgefechte genoss, die abends an der Dinnertafel stattfanden … Sie war eine höchst ungewöhnliche junge Dame, die ihn immer wieder überraschte. Inständig wünschte er, sie würde bald von ihrem Ausritt zurückkehren.

Wenn es der Viscount auch nicht ahnte – diese Hoffnung musste er begraben. Sobald Louise den Phaeton der Fanhopes in die lange, von Eiben gesäumte Zufahrt zum Herrenhaus biegen sah, spornte sie zur Verblüffung ihrer Begleiterin und des Oberreitknechts die graue Stute an und ritt zum Wald.

„Gut gemacht!“, lobte Annis, nachdem sie das Mädchen gemeinsam mit Wilks eingeholt hatte. „Nun hat sich wieder einmal gezeigt, wozu man fähig ist, wenn man seine Angst besiegt."

Louise lachte fröhlich. „Wenn ich mir aussuchen darf, ob ich meine Hand von Mr. Fanhope tätscheln lasse oder vom Pferd fallen will, ziehe ich Letzteres vor."

„Ja, das verstehe ich, meinem Geschmack entspricht er auch nicht", gab Annis zu. „Da fällt mir ein – ich muss Ihnen einen perfekten vernichtenden Blick beibringen. Wie ich oft genug festgestellt habe, ist das eine unentbehrliche Waffe im Kampf gegen die unwillkommenen Annäherungsversuche eines Gentleman. Nicht dass ich jemals in die Gefahr geraten werde, Mr. Fanhopes Liebesglut abwehren zu müssen, da ich wohl kaum den Frauentyp verkörpere, den er bevorzugt ..."

Neugierig wandte sich Louise zu ihr. „Sind Sie deshalb immer noch unverheiratet, Annis? Weil Sie alle Gentlemen entmutigt haben, die an Ihnen interessiert waren? In Ihrem Alter müssen Sie schon mehrere Heiratsanträge erhalten haben."

„Wie können Sie nur auf mein Alter hinweisen, Sie unartiges Mädchen!", schimpfte Annis im Scherz. „Um die Wahrheit zu gestehen, allzu viele Anträge bekam ich nicht", fügte sie hinzu, während sie in gemächlichem Tempo den Rückweg antraten. „Seit einigen Jahren meide ich die Gesellschaft jüngerer Männer, um keine Herzen zu brechen oder Selbstwertgefühle zu verletzen. Im Allgemeinen sind ältere Gentlemen etwas lebensklüger und fallen zarteren Emotionen nicht so leicht zum Opfer. Und ihre Gesellschaft erscheint mir erstrebenswerter."

„Sind Sie deshalb so oft mit meinem Cousin zusammen?", fragte Louise unschuldig. „Jedenfalls weiß ich, wie gern er sich mit Ihnen unterhält. Sogar Sarah meint, ihr Bruder hätte sich in der Gegenwart einer jungen Dame schon lange nicht mehr so wohlgefühlt."

Ist das wahr, fragte sich Annis verwundert. Und wenn ja, warum fand sie das so beglückend? Gewiss, sie verstand sich sehr gut mit dem Viscount. Da er, genau wie sie, von Natur aus zur Vorsicht neigte, war es erstaunlich, wie schnell sich ihre Freundschaft entwickelt hatte. Und seit dem unglückseligen Abenteuer im Eiskeller erschien ihr die Beziehung noch etwas – vertraulicher.

Nur sekundenlang empfand sie die gleichen eigenartigen Gefühle wie am Vortag, als sie von starken Armen ins Herrenhaus getragen worden war. Und dann gewann ihre Vernunft die Oberhand. Keinesfalls durfte sie sich albernen Illusionen hingeben, die zu Missverständnissen führen und den Viscount ebenso wie sie selbst in Verlegenheit bringen könnten. Zweifellos würde das der wunderbaren Freundschaft ein jähes Ende bereiten.

Trotzdem war sie ehrlich genug, um die Wahrheit zu gestehen. „Ja, Louise, ich genieße die Gesellschaft Ihres Cousins. Kein Wunder, denn er ist hochintelligent und warmherzig. Aber ich bitte Sie – deuten Sie diese Freundschaft nicht falsch. Niemals wäre ich so töricht, einen Bewerber in Lord Greythorpe zu sehen. Und er würde nicht einmal im Traum daran denken, mich zu heiraten.“ Noch während sie die Worte aussprach, wünschte sie, es wäre anders. Doch sie war viel zu vernünftig, um sich etwas vorzumachen. „Wenn ich auch die Tochter eines Gentleman bin – der Gesellschaftsschicht des Viscounts gehöre ich nicht an.“

Eine Zeit lang schwieg Louise, verwirrt und enttäuscht zugleich. Dann schaute sie zum Haus hinüber und runzelte die Stirn. „O Gott, die Fanhopes sind immer noch da!“

Da Annis sich nicht vorstellen konnte, Caroline würde ihren Besuch auf so unschickliche Weise in die Länge ziehen, beugte sie sich im Sattel vor und folgte dem Blick des Mädchens. „Da irren Sie sich, das ist kein Phaeton, sondern ein

Gig. Keine Ahnung, wer da gerade aussteigt. Jedenfalls nicht Charles Fanhope."

Louise kniff die Augen zusammen und musterte den Wagen etwas genauer. „Oh, das ist mein Bruder Tom!", jubelte sie. Und dann verblüffte sie ihre Eskorte erneut, indem sie die Stute zum Galopp antrieb.

8. KAPITEL

So wie der Viscount zählte auch Thomas Marshal zu den Menschen, die Annis sehr schnell einschätzte. Sie mochte ihn auf Anhieb und fand seine unbefangene, humorvolle Art sehr erfrischend, im Gegensatz zu den gestelzten Manieren, die so viele junge Gentlemen in seinen Kreisen anstrebten und zu perfektionieren suchten.

Wie sich bald herausstellte, liebte er seine jüngere Schwester heiß und innig – ein Gefühl, das sie ebenso rückhaltlos erwiderte. Jeden Wunsch las er ihr von den Augen ab, und er begleitete sie jedes Mal, wenn sie ausritt, was immer häufiger geschah. Meistens war er fröhlich gestimmt. *Zu* fröhlich, entschied Annis und begann ihn aufmerksam zu beobachten. Und da ertappte sie ihn manchmal dabei, wie er ins Leere starrte, die Stirn leidvoll gefurcht.

Aber obwohl sie seine Gesellschaft genoss, wollte sie sich nicht mit Problemen befassen, die sie nichts angingen und die sie vermutlich auch nicht zu lösen vermochte. Was wusste sie schon von den privaten Angelegenheiten unverheirateter junger Gentlemen? Gar nichts. Und so hätte sie niemals von seinem Kummer erfahren, wäre Tom eines Morgens nicht zufällig in die Bibliothek gekommen, während sie allein am Schreibtisch saß und einen Brief an ihre Tante und ihren Onkel verfasste.

„Wenn Sie Ihren Vetter suchen, Sir – er ist in die Stadt geritten“, erklärte sie. „Vor dem Lunch wird er sicher zurückkommen.“

„Oh, es ist nicht so wichtig.“ Sein lässiges Achselzucken hätte sie getäuscht, wäre ihr jene schwermütige Miene nicht so oft aufgefallen.

Skeptisch hob sie die Brauen. „Sind Sie sicher?“

Sein jungenhaftes Grinsen erlosch. „Ja, natürlich, Miss Milbank. Warum zweifeln Sie daran?“

Nun hätte sie einer warnenden inneren Stimme gehorchen und seine Antwort akzeptieren müssen, statt weitere Fragen zu stellen.

Hast du deiner Tante und deinem Onkel nicht soeben geschrieben, du würdest in absehbarer Zeit nach Hause fahren?

Sie war nicht hierhergekommen, um sich mit den Schwierigkeiten der Bewohner von Greythorpe Manor und ihrer Hausgäste zu beschäftigen. Und das durfte sie auch nicht veranlassen, länger unter diesem Dach zu bleiben. Je früher sie ihre Abreise vorbereitete, desto besser.

Trotzdem hörte sie sich sagen: „Irgendetwas stimmt nicht mit Ihnen, Mr. Marshal. Grämen Sie sich vielleicht wegen einer Frau oder …“

„Nichts dergleichen“, unterbrach er sie unbehaglich und zupfte an seinem Krawattentuch, als wäre es plötzlich zu eng geworden.

„Dann haben Sie vermutlich finanzielle Sorgen. Falls das zutrifft, wird Cousin Deverel Ihnen gewiss helfen.“

Offenbar hatte sie die falschen Worte gewählt, denn Tom erbleichte. Allein schon der Gedanke, mit einem solchen Ansinnen an den Viscount heranzutreten, schien ihn maßlos zu erschrecken. „Verdammt, Miss Milbank, das kann ich Seiner Lordschaft *niemals* zumuten“, betonte er und sank in den Sessel vor dem Schreibtisch. „Er ist ein Greythorpe! Kein Marshal! Nein, es ist einfach – unmöglich!“

„Seltsam … Wenn ich in der Klemme steckte, und er wäre ein naher Verwandter, würde ich mich sofort an ihn wenden.“

„Genau das ist es ja!“, platzte Tom heraus. In diesem Moment glich er trotz seiner einundzwanzig Jahre einem unglücklichen Kind. „Eine schlichte *Klemme* kann man's nicht nennen. Vor einer Weile habe ich etwas zu leichtfertig gespielt. Und jetzt bin ich bis über beide Ohren verschuldet.“

Mit jungen Gentlemen, die dem Lockruf der Spielsalons

erlagen, hatte Annis keine Erfahrungen gesammelt. Aber sie wusste, dass eine Moralpredigt unangebracht wäre. Laut ihrem verstorbenen Großvater, dessen Ansichten und Ratschläge sie sehr geschätzt hatte, gab es kaum einen Mann, der diesem Laster *nicht* hin und wieder frönte. Natürlich erkannte ein kluger Spieler, mochte er gewinnen oder verlieren, wann er aufhören musste. Niemals riskierte er seinen letzten Penny. Und ein echter Gentleman hielt es für eine Ehrensache, seine Spielschulden unverzüglich zu bezahlen, selbst wenn seine Schneiderrechnungen warten mussten.

„Sind Sie nicht einmal imstande, die Summe zu entrichten, wenn Sie Ihre nächste Apanage bekommen?“, fragte sie sanft und erriet die Antwort, noch bevor Tom den Kopf schüttelte.

„Nur unter uns beiden, Miss Milbank – deshalb bin ich hier. Ich wollte meinen Gläubiger um Aufschub bitten. Gewiss, ich habe meinem Vater geschrieben. Aber wer weiß, wann der Brief ihn erreicht? Er reist mit Mama durch ganz Italien, und ich habe keine Ahnung, zu welchem Zeitpunkt und wie lange sie sich an diesem oder jenem Ort aufhalten. Doch das spielt keine Rolle. Bis zum Monatsende muss ich den Betrag auftreiben.“

Bestürzt biss sie sich auf die Lippe, denn sie gewann den Eindruck, dieses Ultimatum wäre ihm erst nach seiner Ankunft hier in Greythorpe Manor gestellt worden. „Wem schulden Sie das Geld, Tom?“

„Charles Fanhope.“

„Sicher lebt er nicht mehr in Oxford? Er müsste sein Studium längst beendet haben.“

„O ja, er ist schon vor Jahren hierher zurückgekehrt. Trotzdem besitzt er immer noch ein Haus in dieser Stadt – das heißt, teilweise gehört es einem Freund, der mit seiner Mutter darin wohnt. An der Oberfläche geht es da durchaus ehrbar zu, kleine Kartenpartys und so ..." Tom errötete. „Aber es gibt auch Räume, die anderen Zwecken dienen."

Wieder einmal erinnerte sie sich an Informationen, die sie ihrem weltgewandten Großvater verdankte, und die er ihr freizügig verraten hatte, obwohl die meisten Gentlemen seiner Generation ein junges weibliches Familienmitglied niemals in solche Dinge eingeweiht hätten. „Ah, ich verstehe – illegales Glücksspiel ... Über diese Etablissements weiß ich Bescheid." Zufrieden lehnte sie sich im bequemen Ledersessel Seiner Lordschaft zurück, nachdem endlich eine Frage geklärt war, die ihr schon seit Tagen Rätsel aufgab. „Sieh mal einer an! *Das* ist also die Methode, mit der Mr. Fanhope seinen aufwendigen Lebensstil finanziert. Darüber habe ich mich bereits gewundert."

„Sobald er an einem Spieltisch sitzt, scheint er sich mit dem Teufel zu verbünden, denn er hat geradezu unheimliches Glück", seufzte Tom. „Wie auch immer, für meine derzeitige Notlage bin ich selbst verantwortlich. Wenn ich gewinne, dann nur einen Pappenstiel. Und wenn ich verliere ..."

Beschämt nannte er die Summe, und Annis bemühte sich ihr Entsetzen und ihre Missbilligung zu verhehlen. Da sie sich erst seit kurzer Zeit kannten, stand es ihr natürlich nicht zu, dem jungen Mann Vorwürfe zu machen. Die würde er ohnehin von seiner Familie zu hören bekommen. „Und was haben Sie jetzt vor? Können Sie das Geld irgendwie aufbringen?"

„Da gib es einen Verwandten, der bereit wäre, mir zu helfen. Großonkel Cedric würde mich zwar einen gottverdammten Narren nennen, aber nicht den Stab über mich brechen. Leider besucht er gerade ein paar Freunde in Irland. Es würde zu lange dauern, ihn aufzuspüren. Und wie ich erwähnt habe, will Fanhope sein Geld am Monatsende haben. Das darf ich ihm nicht einmal verdenken, denn er hat schon lange genug gewartet. Also wollte ich Greythorpe in der Bibliothek aufsuchen und ihm mitteilen, ich müsse sofort nach London fahren, um dringende Geschäfte zu erledigen. Natürlich wird Louise bitter enttäuscht sein, denn ich hatte versprochen, ich würde sie morgen Abend zu der Party bei den Fanhopes begleiten. Aber was soll ich tun, Miss Milbank? Ich muss das Geld beschaffen. Und ich sehe nur eine einzige Möglichkeit."

Erschrocken hielt sie den Atem an. „Denken Sie etwa an einen dieser skrupellosen Wucherer?" Ohne eine Antwort abzuwarten, beschwor sie ihn: „O nein, Tom, das dürfen Sie nicht! Sobald Sie in die Klauen eines solchen Schurken geraten, werden Sie sich nie mehr befreien können."

„Das weiß ich", stöhnte er und schlug die Hände vors Gesicht. „Aber ich habe keine Wahl. Niemals würde ich Verwandte und Freunde um Hilfe anflehen, es wäre zu demütigend. Nachdem ich mich so leichtsinnig in diese üble Lage gebracht habe, muss ich selber sehen, wie ich da wieder herauskomme."

Annis überlegte nicht lange. „Da Sie sich nicht an Seine Lordschaft wenden wollen, was Sie tun sollten, gibt es noch eine andere Möglichkeit – *ich* werde Ihnen das Geld leihen."

Zunächst glaubte sie, er hätte das Angebot nicht gehört, dann ließ er langsam die Hände sinken. „*Sie,* Miss Milbank? Aber …" Anscheinend fiel es ihm schwer, zu verstehen, was sie gesagt hatte. „Können Sie denn – eine solche Summe auftreiben?"

„Ja, natürlich", entgegnete sie und fürchtete, ihre Stimme hätte ziemlich bissig geklungen. „Glauben Sie, sonst hätte ich mich dazu bereit erklärt?"

„Großer Gott! Niemals hätte ich gewagt …"

„Das merke ich", unterbrach sie ihn und wartete, bis er wieder etwas klarer denken konnte. Es dauerte nicht lange, und sie beobachtete, wie die Verzweiflung in seinem Blick einem neuen, zaghaften Hoffnungsschimmer wich. Trotzdem schüttelte er den Kopf. „Wie edelmütig Sie sind, Miss Milbank ... Aber ich kann und darf Ihre Großzügigkeit nicht ausnutzen."

„Mein lieber Tom, offenbar stehen Sie unter dem falschen Eindruck, ich würde meinen Bankier beauftragen, einen einfachen Schuldschein auszustellen." Interessiert beugte er sich vor, und Annis schenkte ihm ein freundliches Lächeln. „O nein, keineswegs. Ich leihe Ihnen das Geld für einen bestimmten Zeitraum, zu einem festgelegten Zinssatz. Sobald ich nach Leicestershire zurückgekehrt bin, wird mein Vermögensverwalter alles Nötige in die Wege leiten und einen Vertrag aufsetzen, der uns beiden zusagt. Nun brauche ich nur noch Ihre Adresse in Oxford. Und Sie müssen vorerst nichts weiter tun, als Ihrer Schwester amüsante Gesellschaft zu leisten."

Am späteren Vormittag begegnete Annis dem Viscount in der Ahnengalerie, wo er das Porträt seines Vaters anstarrte, das sie neulich studiert hatte. Was er dachte, verriet seine Miene nicht. Seine Absicht war leichter zu erkennen, denn er trug seinen Reitrock. Offensichtlich befand er sich auf dem Weg zu seinen Privatgemächern im Westflügel, wo er sich umkleiden wollte.

Während er das Bild inspizierte, nahm er ihre Anwesenheit nicht wahr, und Annis nutzte die Gelegenheit, um ihn zu betrachten.

Als schönen Mann konnte man ihn nicht bezeichnen, doch seine markanten, maskulinen Züge machten ihn durchaus attraktiv. Und eins stand fest – er besaß eine wohlgeformte, kraftvoll gebaute Gestalt, die in seiner Reitkleidung gut zur Geltung kam. Ein Stiefelmacher würde wohl kaum längere, muskulösere Beine finden, die seine Ware ins rechte Licht rückten. Und so mancher Schneider wäre stolz, das Ergebnis seiner Arbeit an diesen breiten Schultern zu sehen. Jede Frau, die den Viscount nicht sofort bewundern würde, müsste blind sein …

„Ah, Annis, meine Liebe – gerade wollte ich dich suchen." Nun wandte er sich zu ihr, zog einen Brief aus der Tasche seines Reitrocks und legte ihn in ihre Hand. „Nur um zu beweisen, wie ernst ich deine Worte nehme, ritt ich schon heute in die Stadt, um meinen Geschäften nachzugehen. Sonst hätte ich an meiner Gewohnheit festgehalten und den Dienstag abgewartet."

Mit einem kurzen Blick auf den Brief erkannte sie Lady Pelhams unverwechselbare stilvolle Handschrift. „Und da du so gut gelaunt bist, vermute ich, niemand hat einen Anschlag auf dich verübt", scherzte sie.

„Nichts dergleichen", bestätigte er lächelnd. „Trotzdem will ich nicht bestreiten, dass ich auf dem Rückritt besonders wachsam war." Sein Gesicht nahm wieder ernstere Züge an. „Und nachdenklich. Unentwegt zerbreche ich mir den Kopf und versuche mich zu entsinnen, ob ich irgendetwas getan habe, das jemanden veranlassen könnte, tödliche Rache an mir zu üben. Aber mir fällt nichts ein, Annis, mein Engel."

Entschlossen ignorierte sie das Kosewort und richtete ihren Blick auf das Porträt. „Was für den alten Viscount sicher nicht gilt. Die Sünden der Väter …"

„Auch diese Möglichkeit zog ich in Betracht." Nicht zum ersten Mal bewunderte er ihren Scharfsinn. „Da gibt es allerdings ein Problem. In den letzten Jahren haben mein Vater und ich uns immer mehr entfremdet. Zynisch und in sich gekehrt, zog er seine Einsamkeit vor, und ich weiß fast nichts über sein Leben. Um ihn zu verteidigen, muss ich ihm jedoch zugestehen, dass ich niemals etwas Ehrenrühriges über ihn gehört habe. Nur einen einzigen Vorwurf durfte man ihm machen – dass er Lord Fanhope in einer finanziellen Angelegenheit schlecht beraten hat."

Wie ihre klaren graugrünen Augen verrieten, genoss er ihre ungeteilte Aufmerksamkeit.

„Das ist unverständlich, denn er war ein ausgezeichneter Geschäftsmann, und er wählte stets die besten Investitionen aus. Viele Gentlemen verließen sich auf sein Urteil. Soviel ich weiß, unterlief ihm nur jener eine Fehler. Für diese Investition lieh sich Lord Fanhope eine beträchtliche Summe, in der sicheren Hoffnung, es würde sich lohnen. Auch mein Vater wollte etwas Geld in dieses Unternehmen stecken, allerdings nicht so viel wie unser Nachbar. Und dann schlug das Schicksal zu. Wenige Tage, bevor er die Unterschrift leisten sollte, erfuhr er von der Notlage eines Freundes, den er an der Universität kennengelernt hatte – und der nun im Schuldgefängnis saß." Greythorpe lächelte grimmig. „So verwunderlich es auch erscheinen mag, war mein Vater hin und wieder zu selbstlosen Gesten fähig – zumindest in früheren Jahren, bevor ihn seine Verbitterung vollends übermannte. Und so benutzte er die Summe, die für die Investition in jenes Handelsgeschäft bestimmt war, um die Schulden seines Freundes zu begleichen. Der betreffende Gentleman revanchierte sich, indem er ohne ein Dankeswort das Land verließ. Wohin er sich begeben hatte, erfuhr mein Vater nicht. Also eine sehr schlechte Geldanlage, sollte man meinen. Wie sich herausstellte, erging es Lord Fanhope nicht besser. Das Unternehmen, in das er ein halbes Vermögen gesteckt hatte, musste den Bankrott anmelden, und er verlor jeden einzelnen Penny. Zehn Jahre später, während er immer noch unter den Folgen des Missgeschicks litt und seine Familie zu strikter Sparsamkeit gezwungen war, erschien ein Fremder in Greythorpe Manor – im Auftrag des Mannes, der nach seiner Entlassung aus dem Schuldgefängnis wie vom Erdboden verschwunden war. Dieser Bote überreichte meinem Vater mehrere exquisite Juwelen, die jetzt den Hauptbestandteil des Familienschmucks bilden, zudem eine

Geldanweisung. Darauf war eine Summe angegeben, die den damals entrichteten Betrag zur Begleichung der Schulden bei Weitem übertraf. Wie mein Vater herausfand, war sein Freund nach Südamerika ausgewandert und auf eine Smaragdmine gestoßen, die ihm zu unermesslichem Reichtum verholfen hatte. Natürlich erscheint es ungerecht, dass der eine Mann wegen einer vermeintlich lukrativen Investition alles verlor – während dem anderen, der nur zufällig davon Abstand genommen hatte, ein Vermögen in den Schoß fiel."

„Falls Lord Fanhope in Wut geriet, wäre es verständlich", meinte Annis nach einer kurzen Pause. „Aber falls er deinem Vater die Schuld an seinem Pech gab, hat er sehr lange gewartet, um sich zu rächen."

„Genau", stimmte der Viscount zu. „Und ich glaube auch gar nicht, dass er die Attacke gegen mich verübt oder arrangiert hat. Kein einziges Mal ist er mir oder einem Mitglied meiner Familie feindselig begegnet. Ganz im Gegenteil. Er förderte sogar einen engeren Kontakt zwischen den beiden Häusern, indem er Sarah und mich in unserer Kindheit sehr oft einlud. Außerdem hat er meinen Vater bis zu dessen Tod regelmäßig besucht. Diese Geschichte habe ich dir nur erzählt, um zu veranschaulichen, wie schwierig es ist, die Identität des Angreifers festzustellen. Ich wäre der Letzte, der behaupten würde, mein Vater sei ein liebenswerter Mensch gewesen. Im Lauf seines Lebens fand er nur wenige Freunde. Aber er hatte auch keine Feinde. Der alte Viscount hat nichts verbrochen, was irgendjemanden bewegen könnte, sich an seinem Erben zu rächen. Also scheidet dieses Tatmotiv aus."

„Ebenso wie ein Raubüberfall."

Seine Lordschaft nickte. „Was bleibt noch übrig?"

„Was mir zu denken gibt – du wurdest nur leicht verletzt. Vielleicht hat der Angreifer nicht erwartet, um diese Jahreszeit würden fremde Reisende die Straße entlangfahren und dich am Boden liegen sehen. Und du wurdest angeschossen, damit dich eine ganz bestimmte Person findet."

„Wenige Tage später sperrte der Missetäter dich im Eiskeller ein, weil du seine Pläne vereitelt hattest – ein ziemlich törichter Racheakt." Langsam wanderte er durch die Galerie in die Richtung des Westflügels.

„Immerhin wäre es eine Überlegung wert", erwiderte Annis. In Gedanken versunken, folgte sie ihm unwillkürlich. „Natürlich hat die Sache einen Haken. Niemand konnte wissen, dass ich an jenem Tag den Eiskeller erforschen würde. Das hatte ich ganz spontan beschlossen, ebenso wie meinen Besuch im Stall. Entweder muss mich jemand seit meiner Ankunft hier ständig beobachtet und eine Gelegenheit abgewartet haben, um mir etwas anzutun. Daran zweifle ich, denn deinen Dienstboten wäre eine dubiose Gestalt, die sich unbefugterweise hier herumtrieb, sicher aufgefallen. Oder die beiden Zwischenfälle hängen gar nicht zusammen."

„Und wenn es jemand war, der sich hier zeigen kann, ohne Aufsehen zu erregen? Dann müsste der Schurke zum Personal gehören – oder zur Familie."

„Nein, daran denkst du nicht ernsthaft", entgegnete Annis nach kurzem Zögern. „Und ich ziehe das auch nicht in Betracht. Möglicherweise war es doch ein Windstoß, der die Tür des Eiskellers zuwarf – und in meiner blinden Panik konnte ich mich nicht befreien ..."

Mit dieser Theorie überzeugte sie den Viscount ebenso wenig wie sich selbst. Plötzlich kam ihm ein neuer Gedanke. „An jenem Tag war Fanhope hier. Gewiss, es gibt keinen Grund, ihn zu verdächtigen. Wenn sein Vater keinen Groll gegen mich hegt – warum sollte Charles mir zürnen, der am allerwenigsten leiden musste, nachdem der alte Viscount jenen finanziellen Fehlschlag verursacht hatte?"

„Ja, das ist wahr." Eine Zeit lang schwieg Annis, dann

kehrte sie zu dem Gedanken zurück, der sie vorhin beschäftigt hatte. „Falls ich auf der richtigen Spur bin und eine ganz bestimmte Person dich damals auf der Straße finden sollte, lautet die interessanteste Frage – warum? Noch wichtiger – will der Schuldige einen weiteren Versuch riskieren, um sein Ziel zu erreichen? Womöglich würde dich ein zweiter Schuss ernsthaft verletzen."

„Eine erfreuliche Aussicht!", bemerkte Greythorpe trocken. „So unverblümt solltest du die Gefahren nicht ausmalen, die mir drohen, mein Engel."

Voller Genugtuung beobachtete er, wie der unerwartete Kosename ihr das Blut in die zarten Wangen trieb.

„Obwohl ich dir keinen unangebrachten Pessimismus vorwerfe und deine Sorge sicher begründet ist, Annis – ich kann nicht ständig hinter alle Hecken oder in sämtliche Straßengräben spähen, um nach einem potenziellen Angreifer zu suchen. Andererseits wäre es vernünftig, vorerst nicht mehr unbewaffnet auszureiten. Auch du musst dich in Acht nehmen. Vor allem darfst du nicht mehr allein durch den Park wandern."

Um ihre eigene Sicherheit sorgte sie sich nicht, denn sie würde nicht mehr lange hierbleiben. „Nächste Woche werde ich abreisen. Bis dahin wird mir sicher nichts zustoßen."

„Kann ich dich irgendwie umstimmen?", fragte er. „Wie gern würde ich meine gute Samariterin bei Grandmamas Geburtstagsfeier der Verwandtschaft vorstellen …"

„Tut mir leid, ich muss nach Leicestershire zurückkehren, um dringende Geschäfte zu erledigen."

Ohne ein weiteres Wort akzeptierte er ihre Entscheidung. Wenn er sich auch weder enttäuscht noch überrascht zeigte, spürte sie, dass er nicht an die „dringenden Geschäfte" glaubte. Selbstverständlich würde sie Toms finanzielle Probleme niemals erwähnen. Sie hatte ihm versprochen, die Angelegenheit für sich zu behalten. Und sie würde ihr Wort nicht brechen.

Da Greythorpe immer noch schwieg, fühlte sie sich bemüßigt zu beteuern: „Natürlich würde ich Helen und meine Patentante gern wiedersehen. Und ich bedauere es wirklich, dass ich an der Geburtstagsparty nicht teilnehmen werde ..." Erst jetzt erinnerte sie sich wieder an den Brief in ihrer Hand. „Hoffentlich enthält Lady Pelhams Billett erfreuliche Neuigkeiten aus Bath."

„Ach ja, das vergaß ich zu erwähnen – in meinem Büro fand ich noch einen Brief. Nachdem du mich über die beunruhigende Schwärmerei meiner Halbschwester für einen fragwürdigen Gentleman informiert hattest, schrieb ich einem Freund, der in Exeter lebt. Und heute bekam ich eine Antwort." Ein kühles Lächeln umspielte seine Lippen. „Offenbar hat Lady Pelham diesen Mann völlig richtig eingeschätzt. Was Draycots Umgang mit dem schöneren Geschlecht betrifft, genießt er einen miserablen Ruf. Eine distinguierte Familie, in Okehampton beheimatet, erinnert sich deutlich genug an ihre unglückselige Bekanntschaft mit einem gewissen Mr. Daniel Denby, wie er sich damals nannte. Davon erzählten diese Leute meinem Freund in allen Einzelheiten. Offenbar schenkte Draycot oder Denby der Tochter des Hauses die gleiche Aufmerksamkeit wie neuerdings meiner Halbschwester. Bei jener anderen jungen Dame kam er schneller zum Ziel, denn sie erklärte sich schon nach wenigen Wochen bereit, mit ihm durchzubrennen. Zweifellos wäre es dazu gekommen, hätte der Vater des Mädchens dem Schurken nicht eine beträchtliche Summe gezahlt, um ihn von seinen Plänen abzubringen. Wie ich wohl kaum betonen muss, erloschen seine romantischen Gefühle für die bemitleidenswerte Dame sehr schnell. Unverzüglich verschwand er aus der Gegend, ohne auch nur einen Gedanken an das gebrochene Herz zu verschwenden, das er zurückließ."

„Bist du sicher, dass Draycot und Denby ein und dieselbe Person sind?"

„Ganz sicher“, bekräftigte der Viscount. „Um sich zu vergewissern, fuhren mein Freund und der Vater des unglücklichen Mädchens nach Bath, und der Gentleman aus Okehampton versicherte, es würde sich eindeutig um denselben Kerl handeln. Natürlich ergriffen sie die nötigen Vorsichtsmaßnahmen, damit der junge Schuft nicht merkte, dass er beobachtet wurde.“

„Vielleicht hat Lady Pelham in Devon einige Informationen über Draycots Vergangenheit gesammelt, und er ist in verschiedenen Orten unter mehreren Namen aufgetreten ... Was meinst du? Geht er immer auf die gleiche Weise vor? Betört er unschuldige junge Mädchen und lässt sich von deren Familien großzügig bezahlen, damit er nicht mit ihnen davonläuft? Wird er auch meine Patentante erpressen?“

„Das befürchte ich. Jedenfalls werde ich ihr noch heute schreiben und den Brief meines Freundes beilegen. Ob sie ihrer Nichte verraten soll, welch ein ruchloser Gauner dieser Draycot ist, muss sie selbst entscheiden. Wie ich festgestellt habe, kann sie sich in so heiklen Situationen auf ihren Instinkt verlassen“, fügte er mit einem rätselhaften Lächeln hinzu. „Und jetzt musst du mich bitte entschuldigen, meine liebe Annis, falls es keine weiteren Probleme zu erörtern gibt. Ich möchte mich umziehen.“ In seinen Augen erschien ein provozierendes Glitzern. „Natürlich darfst du mich begleiten und mir Gesellschaft leisten, während ich mich für den Lunch umkleide.“

Sofort machte sie auf dem Absatz kehrt und eilte davon. In ihrem Zimmer angekommen, schloss sie die Tür, lehnte sich dagegen und rang nach Atem. Nur gut, dass sie nächste Woche abreisen würde ...

9. KAPITEL

Während Annis am nächsten Abend mit den Geschwistern Greythorpe, Louise und Tom in einer gut gefederten Kutsche zum Landsitz der Fanhopes fuhr, wuchs ihre Überzeugung. Ja, ganz eindeutig – es wäre am besten, wenn sie möglichst bald nach Leicestershire zurückkehrte.

Louise, die neben ihr saß, schwatzte wie ein aufgeregtes Kind. Aber Annis hörte ihr nicht zu, denn ihre Gedanken galten einzig und allein dem Viscount, der ihr gegenüber Platz genommen hatte. Entschlossen weigerte sie sich, in seine Richtung zu schauen, weil sie fürchtete, wieder diesen warmen Glanz in seinen Augen zu sehen. So wie vorhin, als sie die Treppe hinabgestiegen und seinem Blick begegnet war …

Obwohl sie Leicestershire ziemlich überstürzt verlassen hatte, war sie dank ihrer umsichtigen Zofe nicht ohne ausreichende Garderobe in Bath eingetroffen.

Früher hatte Eliza Disher der Tochter eines ranghohen Aristokraten gedient und demzufolge eine hervorragende Ausbildung genossen. Deshalb wusste sie stets ganz genau, was ihr Schützling brauchen würde. Tüchtig wie eh und je, hatte sie mehrere Kleider für jede Gelegenheit eingepackt.

Und so fühlte sich Annis passend gekleidet und entsprechend selbstbewusst, während sie die Stufen zur Halle hinabstieg, wo sich Lord Greythorpe und seine Familie versammelt hatten. Ihr Kleid aus türkisfarbener Seide war unverkennbar die Kreation einer ausgezeichneten Schneiderin, die sich dezent und stilvoll an der derzeitigen Mode orientierte. Trotz des fortgeschrittenen Alters besaß Eliza immer noch geschickte Finger. Kunstvoll hatte sie das rötlich-braune Haar ihrer Herrin zu einem schimmernden Lockengebilde arrangiert und mit der Perlenspange geschmückt, die Annis' Mutter vor vielen Jahren anlässlich ihres Debüts erhalten hatte. Dazu trug die junge Dame drei passende Schmuckstücke, ebenfalls aus Perlen, lange Abendhandschuhe und einen elfenbeinweißen Seidenschal.

Im Allgemeinen mit ihrer äußeren Erscheinung zufrieden, geriet sie niemals in die Versuchung, die Sünde der Eitelkeit zu begehen. Vielmehr unterschätzte sie ihr Aussehen. Sie hatte nie den Wunsch verspürt, als Schönheit zu gelten. Ebenso wenig war sie für die bewundernden Blicke der Gentlemen empfänglich, die sie seit ihrem siebzehnten Lebensjahr oft genug auf sich zog, oder für unaufrichtige Schmeicheleien.

Und doch – während sie zu Lord Greythorpe in die Halle hinabgegangen war, hatte das unverhohlene Entzücken in seinen dunkelblauen Augen ihr Herz so tief bewegt wie nichts anderes je zuvor.

Reiner Wahnsinn, solche Gefühle zu hegen, ermahnte sie sich energisch und starrte durch das Wagenfenster auf die Landschaft, die im schwindenden Tageslicht vorbeiglitt. Natürlich sollte sie die Anerkennung des Viscounts nicht so wichtig nehmen – aber sie bedeutete ihr trotzdem unendlich viel, das gestand sie sich ehrlich ein. Genauso wenig ließ sich bestreiten, dass sie ihn von Anfang an gemocht hatte. Danach war ihr kaum bewusst geworden, wie ihre Zuneigung stetig gewachsen war. Und jetzt zählte er zu den wenigen Menschen, deren Ansichten sie respektierte und schätzte.

Könnte sie sicher sein, die Hochachtung, die sie ihm entgegenbrachte, würde sich niemals in etwas anderes verwandeln, wäre ihr nicht so unbehaglich zumute. Bedauerlicherweise wusste sie nicht, ob es ihr gelingen würde, ihre Emotionen, die den Viscount betrafen, zu kontrollieren – und die sie zum ersten Mal in so beklemmender Intensität erfüllten.

„Tut mir leid, ich habe nicht zugehört“, entschuldigte sie

sich, nachdem Sarahs Stimme die beunruhigenden Gedanken unterbrochen hatte.

„Meine Schwester hat nur deine Perlen bewundert und gefragt, wo sie gekauft wurden“, erklärte Deverel und zwang Annis, ihn anzuschauen.

„Bei Rundell and Bridge, nehme ich an“, antwortete sie. „Früher gehörten sie meiner Mutter.“

„Sehr schön“, meinte er und betrachtete die Kette, die ihren schlanken Hals schmückte. „Aber dank deiner Haar- und Augenfarben müsste dir jeder Schmuck gut stehen“, fuhr er fast versonnen fort. „Wahrscheinlich würden Smaragde am besten zu dir passen. Hm – sehr schade …“

Inständig hoffte sie, das Dunkel im Innern der Kutsche würde ihr Erröten verbergen. Aber es zeigte ihr deutlich die weißen Zähne, die Greythorpe lächelnd entblößte. Also war ihm ihre Verlegenheit nicht entgangen.

Zum ersten Mal seit langer Zeit fiel es ihr schwer, klar zu denken. Worauf hatte er mit seinen Worten hingewiesen? War es nur eine harmlose Bemerkung gewesen? Oder eine subtile Anspielung?

Falls er andeuten wollte, die Juwelen der Familie Greythorpe würden niemals meinen Hals, meine Handgelenke und Finger zieren, war dieser Kommentar völlig überflüssig, dachte sie bitter.

Ihre Verwirrung wich heißem Zorn. Bildete er sich etwa ein, sie hätte nicht schon längst verstanden, dass das Verhalten ihrer Mutter höchst unkonventionell gewesen war? Und dass die gehobene Gesellschaft die Tochter einer solchen Frau niemals als Gemahlin eines Aristokraten dulden würde? Wenn er wirklich glaubte, sie würde sich in törichten Illusionen wiegen, würde sie ihn sofort eines Besseren belehren.

„Vielleicht hast du es noch nicht festgestellt, Cousin Deverel …“, begann sie in frostigem Ton, als die Kutsche vor dem imposanten Eingang von Fanhope Hall hielt. „Ich lege keinen Wert auf kostbaren Schmuck. Da ich einen sehr einfachen Geschmack habe, finde ich keinen Gefallen an den Symbolen des Reichtums oder illustrer gesellschaftlicher Positionen. Daran wird sich auch in Zukunft nichts ändern."

Bevor er aus dem Wagen stieg, verengten sich seine Augen kaum merklich. Aber seine Schwester nickte anerkennend. Auf dem Weg zum Haus verkündete Sarah, nach ihrer Meinung beweise eine Dame guten Stil, wenn sie in der Wahl ihrer Schmuckstücke bescheidene Zurückhaltung übte.

Deshalb fragte sich Annis, was Sarah von der Gastgeberin hielt, deren Brust unter der Fülle von Diamanten und Rubinen fast verschwand.

Ob die Juwelen echt waren, musste angesichts der finanziellen Schwierigkeiten, die der Familie vor einigen Jahren solchen Kummer bereitet hatten, bezweifelt werden. Doch das interessierte Annis nicht besonders, und so verzichtete sie darauf, den üppigen Schmuck anzustarren. Stattdessen beobachtete sie, wie Lady Fanhope die Gäste empfing.

Da sie den Viscount geradezu überschwenglich begrüßte, konnte man ihr Benehmen fast kriecherisch nennen. Seiner Schwester begegnete sie viel kühler, der armen Louise sogar herablassend, fast verächtlich. Und Annis selbst wurde mit eisiger Höflichkeit zur Kenntnis genommen. Allerdings taute die Baroness etwas auf, als sie erfuhr, der Hausgast der Greythorpes würde am Anfang der nächsten Woche abreisen.

Hätte Annis die unnötige Bemerkung des Viscounts in der Kutsche nicht so ärgerlich gefunden, wäre sie vielleicht an seiner Seite geblieben. Aber so, wie die Dinge lagen, mischte sie sich unter die anderen Gäste, nachdem der Hausherr sie liebenswürdig willkommen geheißen hatte. Zu ihrer Freude entdeckte sie das vertraute rosige Gesicht eines Gentleman, der sich soeben in einem komfortablen Sessel zurücklehnte.

Sichtlich erfreut über ihren Anblick, stand Colonel Hastie, der alte Freund ihres verstorbenen Großvaters, sogar auf, als sie zu ihm ging.

„Seit einigen Wochen leide ich wieder an meinem üblichen Gebrechen, meine Liebe", seufzte er und sank in den Lehnstuhl zurück, nachdem sie neben ihm Platz genommen hatte. „Wenn ich zu lange stehe, rebellieren die abgenutzten Gelenke. Sonst hätte ich dich schon längst besucht, um herauszufinden, ob es stimmt, was mir zu Ohren kam – ob du tatsächlich bei den Greythorpes wohnst."

Annis drückte ihr Bedauern über seine Unpässlichkeit aus, und er beteuerte, der Tod ihres Großvaters habe ihn schmerzlich getroffen. Dann befriedigte sie seine Neugier, indem sie in knappen Worten erläuterte, warum sie nach Hampshire gefahren war.

„Darüber habe ich mich schon gewundert", gestand er leise. „Erst gestern sagte ich zu meiner alten Sophie, dein Aufenthalt in dieser Gegend sei seltsam, weil du hier niemanden kennst außer uns."

Da er nun seine charmante, leidgeprüfte Gemahlin erwähnte, erkundigte sich Annis nach deren Befinden. Bisher hatte sie sich im eleganten Salon der Fanhopes vergeblich nach Mrs. Hastie umgeschaut.

„Oh, sie sitzt gerade im Spielzimmer bei einer Kartenpartie mit Freundinnen, meine Liebe", erklärte der Colonel. „Vorhin erfuhr sie, du würdest diese Party besuchen. Sie freut sich so darauf, dich wiederzusehen. Also wird sie sicher bald hierherkommen."

Obwohl er manchmal etwas schroff und sogar unhöflich wirkte, was mit seinem schlechten Gesundheitszustand zusammenhing, besaß er einen goldenen Humor. Und so zögerte Annis nicht, ihn ein wenig zu necken. „Erstaunlich, dass Sie Ihr Glück nicht ebenfalls am Spieltische suchen, Colonel. Wie

Grandpapa mir erzählt hat, begeistern Sie sich nicht nur für Pferde, sondern auch für Spielkarten."

„Oh, du boshaftes Mädchen – warum musst du mich an mein Laster erinnern?", tadelte er gutmütig. „Natürlich hast du recht. Aber was das betrifft, verdanke ich der Weisheit des Alters eine gewisse Selbstkontrolle, und ich spiele nur mehr selten. Außerdem hatte ich unter diesem Dach kein Glück – schon gar nicht, wenn ich am Tisch des jungen Fanhope saß. Keine Ahnung, wie er das macht ... Jedenfalls gewinnt er fast immer."

„Tatsächlich?" Annis nippte an dem Champagnerglas, das ein Lakai ihr soeben überreicht hatte. „Wissen Sie zufällig, ob auch der junge Thomas Marshal im Spielsalon sitzt, Colonel? Da er in der Greythorpe-Kutsche keinen Platz gefunden hat, ist er vorausgeritten. Das hat ihn nicht gestört, und er versicherte sogar, er würde sich sehr gern frischen Wind um die Nase wehen lassen."

„Jetzt, wo du davon sprichst, meine Liebe ... Ja, ich erinnere mich. Vor einer Weile sah ich den Jungen hereinkommen. Aber ich glaube, er schaut den Spielern nur zu."

Dem Himmel sei Dank, dachte Annis erleichtert. Wenn sie ihr Versprechen, dem jungen Mann das Geld für die Begleichung seiner Schulden zu leihen, auch nicht bereute – einen unverbesserlichen Spieler wollte sie keineswegs unterstützen. Nun, ihre Sorge war anscheinend unbegründet. „Später werde ich vielleicht auch ein bisschen spielen, Colonel. Gibt es außer Charles Fanhopes Tisch noch einen, den ich besser meiden sollte?"

„Eigentlich nicht. Aber falls ich dir einen Rat geben darf, lass dich von unserer Gastgeberin nicht zur Partnerschaft beim Whist überreden. Im Gegensatz zu ihrem Sohn spielt sie miserabel."

„Keine Bange, sie wird mich sicher nicht zur Partnerin erwählen. Allzu glücklich war sie nicht, als sie einen unerwarteten Gast der Greythorpes begrüßen musste."

„Kein Wunder", meinte der Colonel. „Dein Aufenthalt im Greythorpe Manor regt gewisse Leute zu Spekulationen an. Und da gibt's einen ganz bestimmten Personenkreis, der deine Anwesenheit für eine Bedrohung hält. Gerade jetzt, wo man in wachsender Spannung auf eine Erklärung des Viscounts wartet ..."

Was der alte Mann damit meinte, erriet sie mühelos, und Annis spürte, wie sich ihre Kehle verengte. „Also glauben Sie, Lord Greythorpe wird seine Absicht, Caroline Fanhope zu heiraten, öffentlich bekannt geben?"

„Drücken wir's mal so aus, meine Liebe – es würde mich nicht überraschen. Obwohl Deverel und der alte Viscount nicht allzu gut miteinander auskamen, in manchen Dingen gerät der Junge ganz nach seinem Vater. Zum Beispiel würde er niemals gegen die Regeln der Schicklichkeit verstoßen. Deshalb hat er während der Trauerzeit auf einen Heiratsantrag verzichtet. Er ist schon sehr lange mit Caroline befreundet. Und soviel ich weiß, hat er bei seinen zahlreichen Saisons in London kein Interesse an anderen Mädchen gezeigt. Und so hofft man hier natürlich, dass er sich möglichst bald für eine passende Gemahlin entscheidet."

„Ja, in der Tat", stimmte Annis notgedrungen zu und bekämpfte die seltsamen schmerzlichen Gefühle in ihrer Brust. „Aber warum sollte ich diese Hoffnungen bedrohen? Einfach lächerlich!" Mit einer wegwerfenden Geste und einem erzwungenen Kichern unterstrich sie ihre Worte, was die Tochter des Hauses aufmerksam registrierte.

„Offenbar unterhält sich dein Gast sehr gut mit unserem Nachbarn, Deverel", meinte Caroline.

Da war sich Greythorpe, der Annis diskret, aber wachsam im Auge behielt, nicht so sicher. „Sieht so aus. Wie ich zufällig weiß, kennen sich die beiden schon seit vielen Jahren. Und so müsste sich Hastie in Miss Milbanks Gesellschaft wohlfühlen, obwohl er sonst nicht viel mit weiblicher Gesellschaft anfangen kann. Außerdem lässt sie sich nicht so leicht schockieren, und sie ist auch nicht zimperlich, was einem Mann vom Kaliber des Colonels zweifellos gefällt. Übrigens auch anderen Männern."

Dass er mit diesen Worten das besondere Interesse der Frau erregte, die er stets für überdurchschnittlich klug gehalten hatte, verblüffte ihn nicht. Ihre unverblümte Frage überraschte ihn ebenso wenig. „Heißt das, auch du schätzt Miss Milbanks Gesellschaft?"

„Allerdings, Caroline", bestätigte er leise. Sobald sie die Lider senkte, wusste er Bescheid. Was seine Absichten anging, durfte er sich weitere Andeutungen ersparen, die waren überflüssig. Nachdem er die Hoffnungen der Frau, die er seit Jahren schätzte, zunichte gemacht hatte, empfand er weder Mitleid noch Reue. Vielmehr bewunderte er Caroline, weil sie die bittere Nachricht so würdevoll verkraftete.

Wie er es vorausgesehen hatte, wies ihre Miene nicht auf ein gebrochenes Herz hin. Ihr Wunsch, ihn zu heiraten, war keineswegs irgendwelchen tieferen Gefühlen entsprungen, sondern einfach nur dem Bestreben, die Erwartungen ihrer Familie zu erfüllen.

Und so plagte ihn kein schlechtes Gewissen, denn er hatte ihr niemals zu verstehen gegeben, irgendwann einmal um ihre Hand anzuhalten. Seit er sein Erbe angetreten hatte, dachte er etwas ernsthafter über eine Ehe nach – und über den Frauentyp, der am besten zu ihm passen würde. Dieses Idealbild entsprach keiner der geistlosen, zärtlichen Blondinen, die er bisher bevorzugt hatte. Und Caroline wäre ohne jeden Zweifel eine wundervolle Viscountess. Zumindest hatte er das vermutet, bis eine ungewöhnliche junge Dame ganz plötzlich in sein Leben getreten war und ihn gezwungen hatte, neue Pläne zu schmieden.

Nicht sofort, aber schon bald nach der ersten Begegnung hatte er sich in mancher Hinsicht zu ändern begonnen. Und er fand es immer noch erstaunlich, dass allein schon ihre Anwesenheit unter seinem Dach genügte, um ihn zu veranlassen, den Landsitz seiner Ahnen mit anderen Augen zu betrachten. Früher hatte er jede Gelegenheit genutzt, um dem düsteren alten Gemäuer zu entfliehen. Und jetzt herrschte heitere Zufriedenheit in Greythorpe Manor – einfach nur, weil Miss Annis Milbank darin wohnte.

Noch erstaunlicher war die Seelenverwandtschaft, die ihn mit ihr verband. Im Lauf seines Lebens war er sehr wenigen Frauen begegnet, mit denen er eine so intensive, rein platonische Beziehung genossen hatte – zumindest keinen jungen, begehrenswerten Damen. Die Gesellschaft einiger etwas reiferer Frauen hatte er gesucht, um anregende, geistreiche Gespräche zu führen. Andere, jüngere, hatten ihn ausschließlich auf erotische Weise gereizt. Kaum eine war ihm jemals als geeignete Braut erschienen, und wenn, dann nur kurzfristig.

Vor Annis Milbanks Ankunft in Greythorpe Manor hatte er nicht geglaubt, eine einzige Frau könnte *alle* seine Bedürfnisse erfüllen. Attraktiv und intelligent, war sie auch in moralischer Hinsicht über jeden Verdacht erhaben, dabei aber äußerst unkonventionell, was ihren natürlichen Charme noch steigerte.

O ja, er verstand sehr gut, warum Colonel Hastie an ihrer Seite so entspannt und zufrieden wirkte. Er selbst wurde ihrer Gegenwart niemals müde. Und er bezweifelte, dass sie ihn jemals langweilen würde, denn er fühlte sich nicht nur körperlich zu ihr hingezogen.

An diesem Abend fand er ihr fein gezeichnetes Gesicht und ihre wohlgeformte Figur besonders reizvoll. Als sie die

Treppe herabgestiegen war, hatte sein Atem gestockt. Und weil ihr Wesen ihn ebenso bezauberte, stand es einwandfrei fest – eine bessere Gemahlin konnte er sich nicht wünschen.

Aber warum hatte seine belanglose Bemerkung über die Juwelen ihren Ärger erregt? Das beunruhigte ihn, denn normalerweise pflegte sie kein Wort auf die Goldwaage zu legen. Und sie war auch nicht übertrieben empfindlich oder leicht zu kränken. Eigentlich durfte sie sich nicht beleidigt fühlen – nur weil er erwähnt hatte, er würde lieber Smaragde an ihr sehen. Hatte er eine Barriere durchdrungen, hinter der sie sich verschanzte? Großer Gott, wovor wollte sie sich schützen?

Wie auch immer, weder dieser Ort noch der Zeitpunkt eigneten sich für solche Grübeleien. Deshalb musste er einen günstigeren Moment abwarten, um das Rätsel zu lösen. Und so frage er Caroline, die ihre enttäuschte Hoffnung auf seinen Heiratsantrag mit bewundernswerter Fassung hinnahm: „Würdest du mir die Ehre des ersten Kontertanzes erweisen? Wenn ich mich nicht irre, wird die Musik bald erklingen."

Als erfahrene Gastgeberin hatte Lady Fanhope berücksichtigt, dass mehrere junge Leute die Party besuchen würden, und eine ältere Dame gebeten, am Pianoforte zum Tanz aufzuspielen.

Caroline beobachtete, wie die Freundin ihrer Mutter an dem kostbaren Instrument Platz nahm, das in einer Ecke des Salons stand. Dann wandte sie sich wieder zu Greythorpe, die schönen blauen Augen voller Wehmut. „Sehr gern, Deverel. Aber du musst dich zu nichts verpflichtet fühlen, wenn du keine Lust hast, mit mir zu tanzen."

Während er ihren Arm ergriff und sie zur Tanzfläche führte, bekundete sein Lächeln echte Zuneigung. Vermutlich würde sie immer einen besonderen Platz in seinem Herzen einnehmen. „Glaub mir, Caroline, nichts würde mir größeres Vergnügen bereiten."

Das meinte er ernst. Sie war eine versierte, anmutige Tänzerin, die sogar komplizierte Schritte formvollendet beherrschte. Bedauerlicherweise hatte er mit seiner zweiten Partnerin nicht so viel Glück. Entweder war sie nervös oder von Natur aus ungeschickt – jedenfalls trat sie ihm immer wieder auf die Füße. Doch er riskierte trotzdem weitere Unannehmlichkeiten, indem er vor dem nächsten Kontertanz ein blutjunges, schüchternes Mädchen aufforderte. Schließlich schien die Dame am Klavier Mitleid mit ihm zu empfinden, denn sie kündigte eine Walzerserie an.

Da verschwendete der Viscount keine Zeit, geleitete seine unbeholfene junge Partnerin zu ihrer stolzen Mama zurück und steuerte die Frau an, die er endlich über das Parkett wirbeln wollte. Mit keiner anderen würde er den Tanz genießen, der in seiner Generation immer populärer wurde. Allmählich hatten sogar die strengsten Matronen ihre anfängliche Missbilligung des, wie sie fanden, allzu intimen Tanzes aufgegeben.

Greythorpe fand Annis bei Sarah, Colonel Hastie und seiner schwatzhaften Gattin. Offenbar hatte sie ihren unerklärlichen Unmut mittlerweile überwunden, denn sie begleitete ihn bereitwillig zur Tanzfläche, nachdem sie – erstaunt über die Aufforderung – die Brauen hochgezogen hatte.

Erst als er einen Arm um ihre Taille schlang und ihre Hand ergriff, schien sie in Verwirrung zu geraten. Nein, er täuschte sich nicht – ein rosiger Hauch färbte ihre Wangen, und die graugrünen Augen starrten wie gebannt auf sein elegant gebundenes Krawattentuch. Erwartete sie, etwas Bedrohliches würde zwischen den Seidenfalten auftauchen? Beschleunigte Atemzüge hoben und senkten ihren Busen.

Zufrieden mit diesen aufschlussreichen Symptomen, unterdrückte der Viscount ein Lächeln. Da Annis zumeist gelassen und selbstbewusst auftrat, konnte man leicht vergessen, dass sie im Grunde eine unschuldige junge Dame war – unberührt, noch in Erwartung eines Lehrers, der ihr helfen würde, intimere Erfahrungen zu sammeln.

Eine reizvolle Aufgabe, die er natürlich selbst übernehmen wollte ... Die Genugtuung, die er bei diesem Gedanken empfand, wurde allerdings von dem Verdacht beeinträchtigt, irgendetwas würde Annis bedrücken. Was es sein mochte, konnte er vorerst nicht ergründen, und so versuchte er sie von ihrem Kummer abzulenken. „Falls du zum ersten Mal in der Öffentlichkeit Walzer tanzt, darfst du dich nicht unbehaglich fühlen. Heute Abend wurden meine armen Zehen oft genug misshandelt. Daran sind sie inzwischen gewöhnt."

Obwohl sie es nicht wusste, entzückte sie ihn mit ihrem Lachen, und er sorgte sich nicht mehr so sehr um ihre Gemütslage.

„Wie ich gestehen muss, habe ich die Bemühungen deiner verschiedenen Partnerinnen beobachtet, Deverel", sagte sie, „und deine Langmut bewundert. Noch dazu, wo du laut Sarah nur selten das Tanzbein schwingst – eigentlich nur mit Miss Fanhope ..."

„Ach ja, die gute Caro! Auf ihre hervorragenden Tanzkünste kann man sich stets verlassen, und ich wünschte, jede junge Dame würde sich so graziös bewegen."

In diesem Moment erkannte Annis die Berechtigung des Sprichworts, es gebe für alles ein erstes Mal. Nie zuvor hatte sie diese heiße Eifersucht empfunden, die plötzlich in ihr aufstieg. Zum Glück konnte sie ihre Selbstkontrolle wahren und in beiläufigem Ton erwidern: „Natürlich bin ich nicht so geübt wie Miss Fanhope, aber sei versichert, Deverel, ich werde deine Zehen verschonen. Sogar in den Shires wird Walzer getanzt. Zufällig ist es einer meiner Lieblingstänze."

Das bewies sie mit einer makellosen Darbietung, was jedoch zu einem beklagenswerten Versäumnis führte. Fest entschlossen, der anmutigen Caroline Fanhope nachzueifern, konzentrierte sie sich nur noch auf ihre Füße und ignorierte die Konversation ihres Partners.

Erst später, während er sie zu seiner Schwester zurückbegleitete, verfluchte sie ihren albernen Stolz, der sie daran gehindert hatte, den Tanz mit ihm zu genießen. Vielleicht wäre es ihr sogar gelungen, ihre heftigen, von Deverels betörender Nähe provozierten Herzschläge zu besänftigen, hätte sie nicht so verbissen bekundet, dass sie *keine* zwei linken Füße besaß. Sicher hatte Greythorpe den Eindruck gewonnen, eine Schneiderpuppe durch den Salon zu wirbeln. Kein Wunder, dass er sich sofort entfernte, ohne sie zu einem weiteren Tanz aufzufordern.

Ihre Enttäuschung ließ ein wenig nach, denn Tom kam zu ihr und bat sie um den Supper-Tanz. Danach geleitete er sie zur Tafel, wo sich Sarah, deren Begleiter und Louise hinzugesellten. In bester Laune genoss das Mädchen die Aufmerksamkeit eines schneidigen jungen Offiziers in einer eleganten Uniform.

An diesem Tisch war kein Platz mehr, als der Viscount an der Seite einer etwas älteren Dame in den Speiseraum schlenderte, und Annis bedauerte, dass sie auf seine Gesellschaft verzichten musste. Niedergeschlagen beobachtete sie, wie die beiden einen Tisch in der Ecke des Zimmers ansteuerten, wo die Tochter des Hauses Hof hielt, und Platz nahmen.

Nur mühsam bekämpfte sie ihr Selbstmitleid und zwang sich, das fröhliche Gelächter zu überhören, das aus der Ecke des Raums drang. Dabei halfen ihr Toms amüsantes Geplauder und diverse Scherze auf Kosten seiner Schwester, die diese Hänseleien gutmütig hinnahm.

Ob ihr neues Selbstvertrauen an der besiegten Angst vor den Pferden lag oder an dem Wunsch, dem jungen Gentleman im roten Waffenrock zu imponieren, wusste Annis nicht. Jedenfalls konnte Louise ihre eben erst errungene Selbstsicherheit gut gebrauchen. Nach dem Dinner kehrte die ganze Gesellschaft in den Salon zurück, und das Mädchen wurde von der Gastgeberin um einen Vortrag am Pianoforte gebeten.

Annis ermutigte Louise mit eindringlichen Worten. Dann setzte sie sich neben Sarah, und Tom stand hinter ihnen, da es nicht genug Stühle für die Leute gab, die das kleine Konzert hören wollten. Aber nicht alle interessierten sich für die Darbietung. Mehrere Personen suchten das Spielzimmer auf.

Zunächst dachte Annis, auch Deverel würde sich als Kulturbanause erweisen. Aber dann sah sie ihn neben dem grauhaarigen Hausherrn stehen. Wie sein anerkennendes Lächeln verriet, wusste er die fehlerlose Darbietung seiner jungen Cousine zu würdigen. Errötend bedankte Louise sich für den Applaus und blieb nur zu gern am Pianoforte sitzen, um ihre Freundin, die älteste Tochter des Vikars, zu begleiten. Mit einem wohlklingenden Sopran gab die junge Dame eine Ballade zum Besten.

Auch ein Gentleman, den Annis nicht kannte, zeigte seine Künste an dem schönen Instrument, bevor sich die Tochter des Hauses erhob und in die Ecke des Salons ging.

In diesem Moment merkte Annis, dass Tom nicht mehr hinter ihr stand. Suchend schaute sie sich um, ohne Erfolg. Sie entschuldigte sich bei Sarah und verließ den Salon. Natürlich hatte das nichts mit dem unfreundlichen Wunsch zu tun, auf Miss Fanhopes Darbietung zu verzichten, sondern mit dem Verdacht, der junge Mr. Marshal wäre der Versuchung erlegen und ins Spielzimmer entflohen.

Diese Vermutung bestätigte sich, denn sie entdecke ihn tatsächlich an einem der Spieltische. Aber wie seine qualvolle Miene bezeugte, genoss er seine Rolle als Lady Fanhopes Partner bei einer Whist-Partie kein bisschen. Offenbar war er dazu genötigt worden.

Um ihn moralisch zu unterstützen, trat Annis hinter ihn

und klopfte ihm auf die Schulter. Bald stellte sich heraus, dass Colonel Hastie die Fähigkeiten der Gastgeberin richtig einschätzte. Sie spielte miserabel. Immer wieder trieb sie Tom zur Verzweiflung.

Annis' Interesse an der einseitigen Partie ließ allmählich nach, und ihr Blick schweifte zu einem anderen Tisch, an dem ein Spieler das Glück offensichtlich gepachtet hatte. Neben seinem Ellbogen ragte ein beträchtlicher Münzenstapel empor.

Plötzlich presste Annis eine Hand auf den Mund und schloss sekundenlang die Augen, um wenigstens kurzfristig zu verdrängen, was sie gesehen hatte. O nein, lieber Gott, betete sie stumm, nur *das* nicht …

10. KAPITEL

Verdammt, Fanhope!“, rief der glücklose Gegner des Gentleman, der eine Partie nach der anderen gewann, und warf seine Karten angewidert zu Boden. „Wann immer ich mit Ihnen spiele, werde ich vom Pech verfolgt!“

„Dieses Gefühl kenne ich“, murmelte Tom, nur für Annis’ Ohren bestimmt, und animierte sie zu einem rätselhaften Lächeln.

Vermutlich würden die meisten Männer, die mit Charles Fanhope spielten, früher oder später aufstehen, unbelastet von prall gefüllten Börsen. Und Annis glaubte zu wissen, warum.

Wenn sie es auch nicht ahnte – die Entscheidung, die sie in den nächsten Minuten treffen sollte, würde ihren Lebensweg ändern. Unschlüssig schaute sie Charles Fanhopes letztem Opfer nach, das den Spielsalon erbost verließ. Sollte sie ihren Verdacht für sich behalten und Hampshire in drei Tagen verlassen, ohne irgendjemanden einzuweihen? Nicht einmal Lord Greythorpe? Nein, dagegen rebellierte ihr Gerechtigkeitssinn. Einem so niederträchtigen Betrüger musste sie das Handwerk legen.

„Mal sehen, ob wir die launische Glücksgöttin dazu überreden können, ihre Gunst jemand anderem zu schenken“, flüsterte sie Tom zu, bevor sie in die Ecke des Spielzimmers schlenderte.

„Ah, Miss Milbank!“ Erstaunt hob Charles Fanhope den Kopf, dann entsann er sich seiner Manieren und sprang auf. „Gerade wollte ich in den Salon zurückkehren. Immerhin habe ich Mama versprochen, nicht den ganzen Abend im Spielsalon zu verbringen und stattdessen die Gäste zu unterhalten. Darf ich Sie begleiten? Und würden Sie mir die Ehre des nächsten Kontertanzes erweisen? Jeden Moment müsste die Musik ertönen."

In gespielter Enttäuschung runzelte Annis die Stirn. „Eigentlich hatte ich gehofft, mit Ihnen zu spielen, Sir. Um die Wahrheit zu gestehen – nachdem ich schon so oft getanzt habe, brauche ich ein bisschen Abwechslung. Aber wenn Sie es vorziehen …"

„Keineswegs!", versicherte er hastig und bot ihr so eifrig einen Platz an seinem Tisch an, dass sie beinahe geglaubt hätte, er wäre an ihrer Gesellschaft und nicht an ihrer Börse interessiert. „Und was wünschen Sie zu spielen, Ma'am?", fragte er und setzte sich wieder. „Piquet? Sagen wir – ein Shilling pro Punkt?"

Wieder einmal heuchelte sie Enttäuschung. „Wenn Sie das wollen, Sir … Aber wäre es nicht ein bisschen langweilig?" Ihr Blick streifte die schimmernden Goldmünzen neben seinem Ellbogen. „Heute Abend sind Sie wohl recht erfolgreich. Wollen wir uns für dasselbe Spiel entscheiden, mit dem Sie Ihren letzten Gegner geschlagen haben?"

Mit diesem Vorschlag schien sie ihn erneut zu überraschen. Aber sie erregte kein Misstrauen. „Verstehen Sie was von französischem Whist, Miss Milbank?"

„Ein- oder zweimal habe ich diese Variante schon gespielt, und ich erinnere mich an die Regeln. Wenn mein Gedächtnis mich nicht trügt, gleicht es unserem gewöhnlichen Whist, nicht wahr?"

Wie sie seinem selbstzufriedenen Grinsen entnahm, hielt er sie bereits für eine sichere Beute. „Ganz recht, Ma'am", bestätigte er. Begierig starrte er die Börse an, die sie aus ihrem Retikül nahm. „Oh, eine gut situierte Dame", meinte er und grinste noch breiter – anscheinend unfähig, den prall gefüllten Lederbeutel aus den Augen zu lassen.

Inständig hoffte Annis, er wäre seiner Sache sicher genug,

um jede Vorsicht außer Acht zu lassen. Doch sie durfte ihn nicht einfach als habgierigen Betrüger einschätzen, der fast alles tun würde, um sich zu bereichern. Da er seine üblen Machenschaften schon so lange und offensichtlich sehr geschickt verschleierte, musste sie damit rechnen, dass er sehr diskret vorgehen würde. Jedenfalls würde es nicht schaden, ihn ein wenig anzustacheln. Insbesondere, weil ein so selbstgefälliger Gentleman niemals annehmen würde, eine Frau könnte ihn überlisten ... „Gewiss, Sir, ich bin nicht mittellos. Also brauchen Sie keineswegs zu befürchten, ich würde meine Schulden nicht begleichen – falls ich verliere."

„Daran habe ich wirklich nicht gedacht, meine liebe Miss Milbank", beteuerte er. „Außerdem habe ich nicht vor, um hohe Einsätze zu spielen. Du meine Güte, nein!" In ihren Ohren klang sein Gelächter übertrieben und falsch. „Zweifellos wäre Greythorpe pikiert, wenn ich einer Dame, die unter seiner Obhut steht, Geld abzuknöpfen versuchte."

„Wenn ich Sie aufklären dürfte, Sir", entgegnete sie und schenkte ihm ein honigsüßes Lächeln, „zwischen dem Viscount und mir besteht eine sehr distanzierte Beziehung. Um mein Verhalten braucht er sich nicht zu kümmern. Sollte er sich in meine Angelegenheiten einmischen, werde ich ihn eines Besseren belehren. Außerdem", fügte sie hinzu, weil Fanhope unbeeindruckt die Achseln zuckte, „werde ich Hampshire Anfang nächster Woche verlassen, und mein hoch geschätzter Cousin wird sich in der kurzen Zeit, die ich noch unter seinem Dach verbringen möchte, wohl kaum die Mühe machen, mein Verhalten zu tadeln."

Annis glaubte ein triumphierendes Funkeln in Charles Fanhopes blauen Augen zu lesen. Offenbar fand er die Information über ihre baldige Abreise sehr erfreulich. Und das bestärkte ihn wahrscheinlich in seinem Entschluss, seine üblen Methoden auch an ihr auszuprobieren.

Eine Zeit lang verlief die französische Whist-Partie ausgeglichen, bis sie fünf Spiele hintereinander gewann. Da beschloss sie – was jeder vernünftige Spieler an ihrer Stelle tun würde –, den Einsatz zu erhöhen.

Charles Fanhope hatte vorerst keine betrügerischen Tricks angewandt. Das änderte sich jetzt. Als er sein halb volles Weinglas umstieß, ließ sie sich nicht zum Narren halten. Selbstverständlich war das kein Zufall. Auf diese Taktik fiel sie nicht herein. Wie sie es erwartet hatte, schob er die nassen Karten beiseite und nahm ein neues Päckchen aus einer Schublade an der Seite des Tisches.

Gezinkte Karten! Ohne jeden Zweifel! Dieser infame Schwindler! Mit schmalen Augen beobachtete sie, wie er geschickt die Karten mischte.

Zu ihrem Bedauern konnte sie das neue Päckchen nicht genauer zu inspizieren, ohne Mr. Fanhopes Argwohn zu erregen. Doch das war auch gar nicht nötig, denn mit seiner rechten Hand suchte er nach seinem Monokel. Ein nichts ahnender Beobachter mochte glauben, der Mann hätte sich angewöhnt, unschuldig mit dem schwarzen Band zu spielen, an dem das Einglas hing. Aber Annis bemerkte die zusätzlichen Gesten. Und so war sie nicht überrascht, als er die nächsten drei Spiele gewann – und damit jede Münze, die sie an diesem Abend bei sich trug.

Während er seinen Gewinn über die Tischplatte zu sich heranschob, entdeckte Annis eine hochgewachsene Gestalt, die zwischen den Spieltischen näher kam. Lord Greythorpe hätte in keinem günstigeren Moment auftauchen können. Allerdings bezweifelte sie, dass ihr Gegner diese Ansicht teilte. Da sie ihn auch weiterhin konzentriert beobachtete, entging ihr der wachsame Ausdruck in seinen Augen nicht. Schätzungsweise verdankte er seinen Erfolg nicht nur seiner Fingerfertigkeit, sondern auch dem Talent, drohende Gefahren sofort zu wittern.

Nachdem sie von jenem gewissen Etablissement in Oxford gehört hatte, war sie erstaunt gewesen, warum Fanhope seine Schwindeleien nicht in der Hauptstadt praktizierte. Nun erkannte sie den Grund. Obwohl er in London viel höhere Summen ergaunern könnte, würde er in fachmännischen Spielerkreisen viel eher das Risiko eingehen, entlarvt zu werden.

Ein geübter Spieler würde ihm niemals zum Opfer fallen. Ebenso wenig ein intelligenter, erfahrener Mann wie Deverel Greythorpe. Deshalb ging Charles Fanhope in der Universitätsstadt auf Beute aus, wo jedes Jahr aristokratische Grünschnäbel eintrafen, die Söhne reicher Väter, die anstandslos alle Spielschulden bezahlten.

Offensichtlich schreckte er nicht einmal davor zurück, Frauen zu hintergehen. Dass er sie, Annis, für ein naives Gänschen hielt, das ihm arglos auf den Leim gehen würde, war nicht besonders schmeichelhaft, geriet ihr aber zum Vorteil.

In Deverels Gegenwart das naive Spatzenhirn zu spielen, war allerdings ein sinnloses Unterfangen. Und so konnte sie nur hoffen, der kluge Viscount würde sofort merken, was hier nicht stimmte, in dem kleinen Drama mitwirken, das sie inszenierte, und ihr notfalls helfen.

Daran musste sie keine Sekunde lang zweifeln. Ihr strahlendes Lächeln und die klimpernden Wimpern genügten, um ihn sofort zu alarmieren.

„Bitte, mein lieber Deverel, du darfst nicht mit mir schimpfen“, flehte sie in affektiertem Ton.

Aber ihre Augen, die sekundenlang zur anderen Seite des Tisches hinüberblickten, sprachen eine andere Sprache. Sie spürte, dass er verstanden hatte, worum es ging.

Die Stirn leicht gerunzelt, inspizierte er die Münzen, die Charles Fanhope gerade sortierte.

„Ja, mein teurer Cousin, ich hatte schreckliches Pech! Du weißt, wie sehr ich es hasse, so hohe Verluste zu erleiden."

Noch eine eklatante Lüge, falls er eine gebraucht hätte, um seinen Verdacht bestätigt zu finden ... Irgendetwas war hier faul. Das wusste er, denn er hatte oft genug mit Annis Karten gespielt, und sie war niemals aus der Fassung geraten. Außerdem ließ sie sich, wenn sie von einer Pechsträhne verfolgt wurde, niemals dazu überreden, ihr Glück noch einmal zu versuchen. Normalerweise hätte sie die Kartenpartie mit Fanhope längst beendet, statt so viel Geld einzubüßen.

„Wärst du so freundlich – würdest du Mr. Fanhope versichern, dass er nicht zögern muss, einen Schuldschein von mir anzunehmen, Deverel?", bat sie in einschmeichelndem Ton.

„Oh, da fällt mir eine viel bessere Lösung ein, Annis, mein Liebling", erwiderte der Viscount und unterbrach Fanhopes gestotterte Beteuerung, er würde niemals an Miss Milbanks Integrität zweifeln.

Lächelnd genoss Deverel die Verwirrung, die er in Annis' Augen las und die der unerwartete Kosename hervorgerufen hatte. Dann griff er in eine Tasche und warf eine schwere Börse direkt vor ihr auf den Tisch. „Eigentlich wollte ich heute Abend selber spielen. Aber darauf verzichte ich, da ich die Rolle deines Bankiers übernehmen muss. Nur eins musst du mir versprechen – verspiel nicht auch noch das Hemd, das ich am Leib trage."

Natürlich fürchtete sie, Fanhope würde sich nicht gezwungen sehen, sein eigenes Hemd auszuziehen, oder – genauer ausgedrückt – Greythorpes Anwesenheit würde ihn entmutigen, seine Betrügereien fortzusetzen. Sie entdeckte tatsächlich eine gewisse Anspannung in seinen kraftlosen Schultern, während er seinen einflussreichen Nachbarn zu dem Tisch wandern sah, wo der arme Tom Marshal immer noch versuchte, die katastrophalen Spielzüge seiner unfähigen Partnerin wettzumachen. Also übte die Gegenwart des Viscounts tatsächlich die erwartete Wirkung auf Charles aus, und Annis gewann die nächsten beiden Spiele.

„Oh, welch eine Freude, schon wieder habe ich einen Sieg errungen", zirpte sie und klatschte wie ein aufgeregtes Kind in die Hände. „Das wusste ich ja – ich *musste* meinem verheißungsvollen Gefühl vertrauen. Sicher wäre es ein schwerer Fehler gewesen, die Partie zu beenden."

Mit einem gequälten Lächeln starrte Fanhope ihre schlanken Finger an, die mehrere Münzen zusammenscharrten. „Vielleicht sollten Sie Ihrem Cousin für seine Großzügigkeit danken. Nicht dass ich mich geweigert hätte, Ihren Schuldschein zu akzeptieren, Miss Milbank", ergänzte er hastig.

„Dazu hätten Sie auch gar keinen Grund", protestierte sie scheinbar gekränkt. „Ich bin keineswegs mittellos, Mr. Fanhope. Und das weiß mein Cousin sehr gut." Der abschätzende Blick, der ihren Perlen galt, entging ihr nicht. „Glauben Sie, sonst hätte er mir seine Börse so bereitwillig übergeben?"

Fanhope sammelte die Karten ein und begann sie mit seinen erstaunlich geschickten Wurstfingern zu mischen. „Wie ich gestehen muss, war ich etwas verblüfft, weil er keine Sekunde lang zögerte ... Nicht einmal im Traum würde ich behaupten, er sei geizig. Aber soviel ich weiß, neigt er zu äußerster Vorsicht, sobald er an einem Spieltisch sitzt. Und er bringt kein Verständnis für Leute auf, die zu viel riskieren."

Gleichmütig zuckte Annis die Achseln. „Da ich als Gast in seinem Haus wohne, fühlte er sich sicher verpflichtet, mir das Geld zu leihen." Aus den Augenwinkeln sah sie den Viscount mit seinem jungen Vetter flüstern, der zustimmend nickte. Kurz danach schaute Tom zu ihr herüber. „Und Sie müssen bedenken, Mr. Fanhope, Seine Lordschaft ist ein Gentleman. Zudem weiß er, dass meine Familie mich niemals zur Sparsamkeit zwingen würde."

Diese Behauptung wurde mit einem herablassenden Grinsen quittiert. „Ach ja! Wie ich mich entsinne, erwähnte Mama erst neulich, sie habe vor vielen Jahre Ihre Mutter gekannt … *Bevor* diese geschätzte Dame beschloss, aus den gehobenen Gesellschaftskreisen zu verschwinden, um nie wieder darin aufzutauchen.“

„Wenn Lady Fanhope das glaubt, unterliegt sie einem bedauerlichen Irrtum“, konterte Annis genüsslich. Von einer so kindischen Provokation ließ sie sich nicht beirren. „Meine Mutter bewegte sich sehr oft in illustren Kreisen. Allerdings hielt sie nur sehr wenige Mitglieder dieser Schicht für ihre Freunde, die ihre Aufmerksamkeit verdienten.“

Ob es an diesem Vergeltungsschlag lag oder an Lord Greythorpes Entschluss, in diesem Moment nonchalant aus dem Spielsalon zu schlendern, wusste Annis nicht. Jedenfalls war sie nicht überrascht, als ihr Gegner das nächste Spiel und die folgenden gewann. Die Börse des Viscounts war fast leer. Trotzdem erhöhte Annis den Einsatz für ein letztes Spiel.

Um diese späte Stunde suchten mehrere Leute die beschauliche Ruhe, die im Spielzimmer herrschte, während die temperamentvollen jüngeren Gäste immer noch die Tanzfläche frequentierten.

Gierig strich Fanhope seinen Gewinn ein, und Annis musterte das Publikum, das den Tisch umringte. Zu den interessierten Zuschauern gehörten Colonel Hastie und seine Frau, außerdem Tom, der einen arglosen Gentleman veranlasst hatte, ihn als Lady Fanhopes Partner abzulösen.

Das unerwünschte Interesse der Neuankömmlinge lenkte Annis nicht von ihrem Ziel ab. Leider hinderten sie jedoch Mr. Fanhope an weiteren betrügerischen Manipulationen. Die Zeit lief ihr davon. Und so beschloss sie den gewissenlosen Schurken zu entlarven, indem sie ihm beim nächsten Spiel mit einer ungewöhnlichen Taktik in Versuchung führte.

Vielleicht bildete sie sich das nur ein – aber sie glaubte zu hören, wie alle Zuschauer nach Luft schnappten, als sie ihre Perlenkette abnahm und auf den Tisch legte. Sekunden später folgte diesem geliebten Schmuckstück das passende Armband und der Ring, zum Unbehagen zumindest eines Beobachters.

„Nein, Kindchen, das darfst du nicht tun", mahnte Colonel Hastie erschrocken. „Das waren die Juwelen deiner Mutter! Bedeuten sie dir so wenig?"

Gleichmütig hob sie die Schultern – eine Geste, die sämtlichen Umstehenden bedeuten mochte, der Verlust ihrer Perlen würde sie nicht stören. Mit einer Ausnahme ... Der junge Tom eilte davon, anscheinend in der Absicht, Hilfe zu holen. Ja, jetzt wurde die Zeit wirklich knapp.

„Nun, Mr. Fanhope, was sagen Sie dazu?", fragte Annis. „Sind Sie bereit, Ihren ganzen Gewinn gegen diese Perlen einzusetzen? Bei unserem letzten Spiel?"

Drängend klopfte jemand Greythorpe, der sich gerade mit dem Gastgeber unterhielt, auf die Schulter. Als er sich umdrehte, schaute er in das ernste Gesicht seines jungen Cousins.

„Bitte, Deverel, komm mit mir!", flehte Tom. „Du musst Miss Milbank zurückhalten. An alldem bin *ich* schuld ... Aber auf mich würde sie nicht hören."

Diese Aufforderung, in den Spielsalon zurückzukehren, überraschte Greythorpe nicht. Was genau Annis plante, wusste er nicht. Jedenfalls hatte sie ihn auf irgendetwas hinweisen wollen. Mit ausdrucksvollen, beschwörenden Blicken, die im krassen Widerspruch zu ihrer sonderbaren Koketterie gestanden hatten ... Mit diesem frivolen Benehmen schien sie einen ganz bestimmten Zweck zu verfolgen. Aber warum glaubte Tom, er hätte sie dazu getrieben? Das verstand er nicht.

„Was meinst du, lieber Cousin?“, fragte er betont beiläufig, um seine Sorge zu verbergen. „Wieso nimmst du an, du könntest Miss Milbank irgendwie beeinflussen?“

„Warum sollte sie das denn sonst tun?“, klagte Tom und verwirrte Greythorpe noch mehr. „Sie hat versprochen, sie würde mir helfen – und mir das Geld leihen. Natürlich dachte ich nicht, sie würde solche Dummheiten machen. Und ich darf nicht zulassen, dass sie ihre Perlen verliert!“

Obwohl der Viscount noch immer nicht durchschaute, worum es ging – jetzt gab es zumindest *einen* Anhaltspunkt, der ihn beunruhigte.

Lebhaft erinnerte er sich an ein Gespräch, das er eines Abends mit Annis geführt hatte. Dabei hatte sie erstaunlicherweise erwähnt, ihrer Mutter seien nur wenige Andenken an ihre einst privilegierte Existenz geblieben, nachdem sie mit Arthur Milbank davongelaufen war, um ihn zu heiraten. In der schicksalhaften Nacht ihrer Flucht habe Lady Frances nur das Allernötigste mitgenommen, darunter die Perlen.

Und jetzt hielt Annis diesen Schmuck, das Erbe ihrer geliebten Mutter, sorgsam in Ehren. Niemals würde sie sich davon trennen.

Greythorpe stellte seinem Vetter keine weiteren Fragen. Stattdessen folgte er ihm ins Spielzimmer, wo Annis seine Ankunft sofort zur Kenntnis nahm. Doch sie wandte sich ihm nicht zu. Sie spürte die wachsende Anspannung des Publikums, sah einen Muskel in Charles Fanhopes Kinn zucken. Immer wieder schweifte sein Blick zu den schimmernden Perlen. Nachdem er die Herausforderung angenommen hatte, konnte sie nur noch hoffen, die Habgier würde ihn zu einem letzten verhängnisvollen Betrug verleiten.

Langsam verstrichen die Sekunden, und jede einzelne erschien ihr wie eine halbe Ewigkeit.

Greythorpe betrachtete die goldenen Münzen und Perlen,

die in der Mitte des Tisches lagen. Dann musterte er Annis und ihren Gegner. Einer der beiden würde nach diesem Spiel viel reicher sein, der andere wesentlich ärmer.

Wie ruhig sie wirkten, wie sorglos trotz der Tatsache, dass einer von ihnen ein Vermögen einbüßen würde ... Wie gut Annis ihre Gefühle kontrollieren konnte, wusste er. Auch das hatte ihn, neben all ihren anderen Vorzügen, von Anfang an beeindruckt. Die Aussicht auf einen hohen Gewinn bedeutete ihr vermutlich wenig. Umso schmerzlicher würde der Verlust ihrer Perlen sie treffen. Warum ging sie dieses Risiko ein?

Aus den Augenwinkeln sah er Colonel Hastie an seine Seite treten. Die buschigen grauen Brauen zusammengezogen, schien der alte Mann ernsthaft zu missbilligen, was er beobachtete. „Verdammt, Greythorpe! Wollen Sie diesen Unsinn nicht unterbinden?“, fragte er mit einer Stimme, die er für gedämpft hielt. Aber alle Anwesenden hörten die Worte. Und alle wandten sich gespannt zu Seiner Lordschaft. „Um Himmels willen, sie setzt die Perlen ihrer Mutter aufs Spiel!“

„Wenn Annis das wünscht, ist es ihr gutes Recht, Colonel“, betonte Deverel. „Ich kann ihr keine Vorschriften machen. Selbst wenn ich die nötige Vollmacht besäße, würde ich es nicht tun. Fanhope hat die Herausforderung akzeptiert. Also müssen die Dinge ihren Lauf nehmen.“

Was er entschieden hatte, klang endgültig. Klugerweise versuchte der Colonel nicht, ihn erneut zu bedrängen. Stattdessen suchte er Trost bei seiner Schnupftabakdose. Vor lauter Aufregung nahm er eine zu große Prise und musste heftig niesen. Die Wolke aus bräunlich gelbem Pulver, die in die Luft stieg, veranlasste einige Leute, zurückzutreten. Und Annis’ Gegner holte sein Taschentuch hervor.

Und da fiel es Greythorpe wie Schuppen von den Augen. Nein, es gab keinen Zweifel, obwohl Charles Fanhope das feine weiße Leinentuch ostentativ umherschwenkte, bevor er es wieder in die Tasche steckte. Noch wichtiger – seine Gegnerin ließ sich ebenso wenig täuschen. Und so fand der Viscount es nicht verwunderlich, was jetzt geschah.

Annis legte drei Karten ab und ersetzte sie mit jenen, die auf dem Päckchen in der Tischmitte zuoberst lagen. Dann erklärte ihr Gegner seine Absicht, diesem Beispiel zu folgen. Als er nach den Karten griff, umfassten Annis' schmale Finger sein Handgelenk und drehten es herum, ehe er sich wehren konnte. Die drei Karten, die ihm entglitten, entlockten mehreren Zuschauern einen Schreckensschrei.

Und danach entstand ein drückendes Schweigen, das Tom schließlich brach. „Elender Betrüger, Fanhope! Diese Karten haben Sie nicht vom Stapel genommen, sondern aus Ihrer Tasche!"

„Nein, nicht aus seiner Tasche", widersprach Annis zur Verblüffung des jungen Mannes. „Diese Karten holte er aus seinem Ärmel. Und nicht zum ersten Mal. Sicher wird eine genauere Untersuchung seines Jacketts ein paar geschickt eingenähte Fächer enthüllen, die zahlreiche Karten enthalten."

Obwohl Fanhope abrupt aufsprang, wirkte er eher empört als entsetzt. Verächtlich starrte er seine Anklägerin an. „Von einer Dame Ihres Formats hätte ich eine so alberne Beschuldigung nicht erwartet, Miss Milbank. Hüten Sie Ihre Zunge, sonst wird Sie die Tatsache, dass Sie eine Frau sind, nicht vor mir schützen."

„Aber *ich* werde sie schützen."

Lord Greythorpes sanfte und zugleich energische Stimme ließ das Gemurmel rings um den Tisch verstummen. Den meisten Gästen war die Anklage gegen den Sohn eines angesehenen Nachbarn wie eine schlechte Farce erschienen. Nun wurden sie gezwungen, ihr Urteil zu revidieren. Wenn Viscount Greythorpe die diffamierende Behauptung der Dame zu unterstützen beschloss, musste es gute Gründe dafür geben.

„Am besten verschaffen wir uns Klarheit, hier und jetzt.“ Tom eilte um den Tisch herum und packte die Aufschläge von Charles Fanhopes elegantem Abendfrack.

Natürlich wehrte sich der so Bedrängte verbissen. Aber ein Gentleman kam Tom zur Hilfe, und den vereinten Kräften dieser beiden war Fanhope nicht gewachsen. Noch bevor das Jackett von seinen Schultern gezerrt wurde, fielen die Beweise seiner Schuld zu Boden. Ein schriller Schrei aus der Richtung des Whist-Tisches unterbrach die lebhaften Diskussionen des Publikums, das die verstreuten Karten anstarrte, nur vorübergehend.

Nachdem der Missetäter seine vergebliche Gegenwehr aufgegeben hatte, wandte er eine andere Taktik an und behauptete, die „kleine Schwindelei“ sei nur ein Scherz gewesen – die Einlösung einer Wette mit einer ungenannten Person, die bezweifelt hatte, er könnte eine Kartenpartie auf diese Weise manipulieren. Selbstverständlich hätte er keinen einzigen Penny von seinem Gewinn behalten. Aber diese plumpen Lügen stießen auf taube Ohren.

Nun erschien der Gastgeber, den irgendjemand auf den peinlichen Zwischenfall im Spielsalon hingewiesen hatte. Greythorpe war einer der Ersten, der Lord Fanhopes Anwesenheit bemerkte. Schon immer hatte er seinen Nachbarn geschätzt, und jetzt bewunderte er erneut die würdevolle Haltung des Mannes, der seinen missratenen Sohn geringschätzig betrachtete. Noch verächtlicher wandte sich der Hausherr zu dem peinlichen Spektakel, das am Whist-Tisch stattfand. Dort saß seine Frau zusammengesunken auf ihrem Stuhl, den Mund weit aufgerissen, ohne die fürsorglichen Bemühungen ihrer Freundinnen wahrzunehmen.

Als er eine Hand hob, trat Caroline an seine Seite. „Offenbar fühlt sich deine Mutter nicht wohl, meine Liebe. Würdest du sie in ihr Zimmer bringen und dich um sie kümmern?“

Danach richtete er seinen frostigen Blick wieder auf den zerknirschten Sohn. „So unterhaltsam deine Aktivitäten auch waren – ich glaube, für den restlichen Abend können wir auch auf *deine* Gesellschaft verzichten, Charles. Geh in dein Zimmer und denk über deine Zukunft nach. Später erwarte ich dich in der Bibliothek – wenn ich die Pflichten als Gastgeber erfüllt und den letzten Besucher hinausbegleitet habe."

Schließlich bat er den Viscount, dafür zu sorgen, dass die Ordnung wiederhergestellt wurde.

„Würdest du mir einen weiteren Gefallen erwiesen?", fügte er hinzu. „Versichere jedem, der heute Abend am Spieltisch meines Sohnes Verluste erlitten hat, dass er von mir eine Entschädigung erhält."

„Natürlich", stimmte Deverel zu, „verlass dich doch auf mich."

In diesem Moment betrat Sarah den Spielsalon und teilte ihm mit, sie könne unmöglich noch länger bleiben. Das verstand er, denn sie wusste, wie sehr sie skandalöse Szenen hasste. Fast alle Gäste bekundeten lauthals ihre Empörung über Charles Fanhopes betrügerische Machenschaften. Das wollte sich seine Schwester nicht länger anhören. Noch wichtiger erschien es ihm jedoch, die junge Frau, die das blamable Ereignis heraufbeschworen hatte, aus dem Mittelpunkt allgemeiner Aufmerksamkeit zu entfernen.

Seit Annis den Schurken entlarvt hatte, saß sie schweigend am Tisch, ohne ihre Perlen anzurühren. Was sie getan hatte, schien sie nicht zu bereuen. Aber offensichtlich bereitete es ihr auch keine Genugtuung. Bedrückt starrte sie vor sich hin. Vorerst konnte er sie weder trösten noch seiner bedingungslosen Unterstützung versichern und sie nur vor den neugierigen Fragen schützen, die zweifellos bald auf sie einstürmen würden. Und so bat er Tom Marshal, die Damen nach Hause zu bringen. Sie machten sich rasch auf den Weg.

Erst nach Mitternacht erreichte der Viscount auf einem von Lord Fanhope geliehenen Pferd seinen Landsitz. Trotz der späten Stunde wurde er von Dunster erwartet, der gerade die Kerzen in der Halle löschte und ihm mitteilte, Mr. Marshal würde in der Bibliothek warten.

Erstaunt ging Deverel in sein Refugium und traf seinen jungen Vetter in einem der bequemen Sessel an. Ein halb leeres Glas in der Hand, starrte Tom nachdenklich in den Kamin, wo nur mehr rötliche Asche schwelte.

Da der liebenswerte junge Mann ihm sonst nie Gesellschaft leistete, wenn sich die Damen am Abend zurückgezogen hatten, vermutete der Viscount, es müsse einen besonderen Grund für diese Abweichung von der Routine geben. Nach den Ereignissen der letzten Stunden fühlte er sich erschöpft, und eine nächtliche Diskussion war das Letzte, was er sich wünschte. Aber es wäre zu unfreundlich gewesen, Tom wegzuschicken. Stattdessen würde er einen Schlummertrunk mit ihm teilen.

„Bleib nur sitzen." Abwehrend hob er eine Hand, als sein Vetter aufstehen wollte. „Trink dein Glas leer, ich schenke dir noch etwas ein."

Nachdem er zwei Schwenker mit edlem Brandy gefüllt hatte, nahm er in einem Sessel auf der anderen Seite des Kamins Platz. Geduldig wartete er, während Tom nach Worten suchte.

Erst nach einem längeren Schweigen begann der junge Mann zu sprechen. „Hoffentlich glaubst du nicht, ich wäre zu weit gegangen, als ich Fanhope am Kragen packte. Um zu erklären, warum ich so schrecklich wütend war – ich glaube, auch ich war ein Opfer seiner Betrügereien."

„Das dachte ich mir bereits."

„Keine Ahnung, wie ich jetzt vorgehen soll … Ich fühlte mich verpflichtet, meine Spielschulden bei Fanhope zu begleichen. Dazu hatte ich auch die Möglichkeit. Aber nach allem, was ich an diesem Abend herausfand, sehe ich mich wirklich nicht mehr dazu gezwungen. Dieser niederträchtige Betrüger verdient keine Rücksicht."

„Allerdings nicht." Der Viscount zog eine der Karten, die er in Lord Fanhopes Spielsalon vom Boden aufgehoben hatte, aus der Tasche und inspizierte sie, bevor er sie wieder einsteckte. „Vermutlich betreibt er diese Gaunereien schon sehr lange und hat unzählige Leute hintergangen. Lord Fanhope möchte sie entschädigen, soweit es möglich ist. Aber ich fürchte, sämtliche Opfer seines Sohnes lassen sich nicht ermitteln."

„Du gehörst sicher nicht zu ihnen, oder?"

„Nein. Mit mir spielte er nur sehr selten. Und er hat es nie gewagt, mich zu beschwindeln."

„Warum hast du mich aufgefordert, die Ereignisse an seinem Spieltisch zu beobachten?" Verwirrt runzelte Tom die Stirn. „Offenbar hast du einen Verdacht geschöpft."

Ein sanftes Lächeln umspielte Deverels Lippen. „Das tat ich, weil ich mir sicher war, dass Miss Milbank irgendetwas geahnt hat. Sie ist eine hochintelligente junge Dame. Und Fanhope beging den Fehler, sie zu unterschätzen. Ihr Scharfsinn ist bewundernswert."

„Zweifellos", bestätigte Tom eifrig. „Außerdem ist sie wirklich eine gute Geschäftsfrau. Wenn ich auch gestehen muss – als sie ihre Perlen einsetzte, dachte ich, sie hätte sich anders besonnen, was das Darlehen betraf. Und sie würde versuchen, meine Schuldscheine auf eine andere Weise zurückzuerobern. Deshalb eilte ich sofort zu dir. Denn ich wollte nicht mit ansehen, wie sie womöglich ihre Juwelen verloren hätte."

Falls er erwartet hatte, diese Enthüllung würde ihm ein Lob einbringen, enttäuschte sein Cousin ihn. Abrupt erlosch

Deverels Lächeln, und seine Stimme nahm einen eisigen Klang an. „Heißt das, du hast Miss Milbank um einen Kredit gebeten, um deine Spielschulden zu begleichen?"

„Großer Gott, nein, so war es doch überhaupt nicht!", beteuerte Tom bestürzt. „Eigentlich wollte ich ja niemandem davon erzählen ... Aber Miss Milbank spürte, dass irgendetwas nicht mit mir stimmte, und so – entlockte sie mir ein Geständnis."

Hätte er aufgeblickt, statt in sein Glas zu starren, wäre ihm die anerkennende Miene seines Cousins aufgefallen.

„Ich hatte geplant, nach London zu fahren und einen Geldverleiher aufzusuchen. Davon wollte Miss Milbank nichts hören. Sie versprach, mir das Geld zu leihen und Anfang nächster Woche nach Leicester zu fahren, um mit ihrem Vermögensverwalter zu reden." Jetzt hob Tom den Kopf und erkannte sofort, dass sein Vetter etwas zugänglicher wirkte. „Glaub mir, alles hatte seine Ordnung. Wir wollten einen Vertrag schließen, und ich sollte ihr das Geld mit Zinsen zurückzahlen. Aber nun weiß ich nicht, ob ich Miss Milbanks Angebot annehmen soll – nach dem Zwischenfall auf Fanhopes Party."

„Am besten überlässt du alles Weitere mir, Tom. Ich werde mich um die Angelegenheit kümmern. Wolltest du nicht nächste Woche nach Oxford zurückkehren?"

„Sehr gern, wenn du damit einverstanden bist." Von Toms Schultern schien eine schwere Last zu fallen. Erleichtert stand er auf, trank sein Brandyglas leer und ging zur Tür. „Miss Milbank meinte übrigens, ich hätte mich dir anvertrauen müssen. Wenn sie selber in Schwierigkeiten stecken würde, gäbe es niemanden, an den sie sich eher wenden würde. Auch damit hatte sie recht ... Gute Nacht, Deverel."

„Oh, hat sie das gesagt?", flüsterte der Viscount, nachdem sein Vetter lautlos die Tür hinter sich geschlossen hatte. Selbstzufrieden lächelte er, dann folgte er Toms Beispiel und leerte seinen Brandyschwenker in einem Zug. „Nicht nur du warst unsicher, wie du dich in einer gewissen Sache verhalten solltest, mein Junge. Mir ging es genauso. Aber bei Gott – jetzt nicht mehr!“

11. KAPITEL

Zwei Tage später fand sich kein einziges Mitglied der Familie Fanhope zum Gottesdienst ein. Das überraschte Annis nicht. In der Kutsche der Greythorpes wurde nicht darüber gesprochen, während man von der Kirche zurückfuhr.

Auch das verblüffte sie nicht, denn sie hatten es seit der Party alle vermieden, die unglückseligen Ereignisse zu erwähnen – mit einer Ausnahme. Am vergangenen Nachmittag war Tom zur ihr gekommen, um von der Rückgabe seiner Schuldscheine zu berichten.

„Trotzdem fühle ich mich unbehaglich“, gestand er, „weil es nicht Charles war, der mich von der ungerechtfertigten Schuldenlast befreite, sondern sein Vater. Nur eins ist an der ganzen leidigen Sache vorteilhaft – ich muss mir kein Geld von Ihnen leihen, Miss Milbank. Deverel riet mir, Lord Fanhopes Angebot zu akzeptieren und ihm einen Dankesbrief zu schreiben.“

Dass der Baron die Verantwortung für die Missetaten seines skrupellosen Sohnes übernahm, hatte Annis erwartet. Aber sie verstand nicht, warum Tom sich seinem Vetter anvertraut hatte, und fragte nach seinen Gründen.

„Unter diesen Umständen fühlte ich mich dazu verpflichtet“, hatte er erklärt und verlegen gegrinst. „Sie hatten übrigens völlig recht, Miss Milbank. Jetzt begreife ich nicht mehr, wieso es mir dermaßen widerstrebt hat, Deverel um Hilfe zu bitten. Was für ein wunderbarer Mann! Keinen einzigen Vorwurf hat er mir gemacht. Allerdings war er nicht sonderlich erfreut, weil ich Ihr Darlehen annehmen wollte. Erst gestern schärfte er mir ein, ich soll mich an *ihn* wenden, falls ich jemals wieder in finanzielle Schwierigkeiten gerate. Was natürlich nicht geschehen wird. Ich habe meine Lektion gelernt.“

Lächelnd erinnerte sie sich an Toms eifriges Versprechen, den Pfad der Tugend nie wieder zu verlassen, und sie hoffte, er würde sein Wort halten.

Was der Viscount von den aufregenden Ereignissen hielt, wusste sie nicht.

In ihr Schlafzimmer zurückgekehrt, faltete sie geistesabwesend ein Kleid zusammen und legte es in eine fast vollgepackte Reisetruhe. Durch das geöffnete Fenster drang das Geräusch rollender Räder herein, und sie nahm an, der Besucher, der vorhin erschienen war, würde wegfahren. Dann kehrten ihre Gedanken zu Deverels verwirrendem Verhalten in den letzten Tagen zurück – und zu den seltsamen Gefühlen, die es in ihr weckte.

Einige Tage zuvor hatte sie ihm mitgeteilt, eine dringende geschäftliche Angelegenheit würde ihre baldige Heimreise erfordern. Sie war erleichtert gewesen, weil er sich nicht etwas genauer nach ihren Beweggründen erkundigt hatte, und dankbar für sein Angebot, seine Kutsche zu benutzen. Außerdem wollte er ihr Dienstboten für die Fahrt zur Verfügung stellen.

Obwohl sie es beschämend fand – sie gestand sich ein, dass sie etwas pikiert war, weil er sie kein einziges Mal ernsthaft gebeten hatte, ihren Aufenthalt in seinem Haus zu verlängern. Neuerdings hatte sich sein Benehmen ihr gegenüber geändert. Grollte er ihr, weil sie Charles Fanhopes wahren Charakter entlarvt hatte? Fand er ihre Anwesenheit in seinem Haus seit jener aufsehenerregenden Szene peinlich? Wie auch immer, er ging ihr aus dem Weg und verbrachte den Großteil seiner Zeit in seinem Refugium, der Bibliothek.

Nun betrat Eliza das Zimmer und unterbrach die Gedanken ihrer Herrin. Und so konzentrierte Annis sich vorerst auf die Aufgabe, ihre Sachen für die Abreise am nächsten Morgen zu packen.

„Das ist meine Aufgabe, Miss“, protestierte die Zofe und

legte einen Stapel frisch gewaschener Wäsche beiseite, die sie mitgebracht hatte. „Gerade traf ich Dunster in der Halle. Seine Lordschaft wünscht Sie in der Bibliothek zu sprechen, sobald Sie ein paar Minuten erübrigen können. Offenbar handelt es sich um eine dringende Angelegenheit."

„Großer Gott!", rief Annis erstaunt. Mit einer solchen Einladung hatte sie nicht gerechnet – so, wie er sich seit der Party ihr gegenüber benahm. „Was will er denn von mir?"

„Das hat der Butler nicht erwähnt, Miss. Hoffentlich wird Lord Greythorpe sein Angebot, uns die Kutsche zu leihen, nicht zurückziehen. Ich hatte mich so darauf gefreut, stilvoll zu reisen."

„Was für ein Snob Sie sind!", mahnte Annis lächelnd und eilte aus dem Zimmer, bevor ihre treue Dienerin gegen diesen schockierenden Vorwurf protestieren konnte.

Äußerlich ruhig und gelassen, in ihrem Inneren aufgewühlt, öffnete sie die Tür der Bibliothek. Unbehagen und der hartnäckige Ärger wichen einer wachsenden Verwirrung, als Greythorpe ihre Hand ergriff und sie zum Kaminfeuer führte. So würde er sich wohl kaum verhalten, wenn er ihr zürnte, weil sie seine nachbarschaftlichen Beziehungen zu den Fanhopes gestört hatte.

„Danke, dass du so schnell zu mir gekommen bist, meine Liebe", begann er. Nur widerstrebend, wie es ihr erschien, ließ er ihre Hand los, bot ihr Platz in einem der Ohrensessel an und setzte sich in den anderen. „Gerade hat Lord Fanhope mich besucht. Der arme Mann ist völlig verzweifelt. Offensichtlich weigert sich Charles, die Verantwortung für seine Missetaten zu übernehmen. Stattdessen floh er letzte Nacht. Welches Ziel er ansteuert, hat er nicht erwähnt. Nicht einmal Caroline kennt seine Pläne."

„Ach, du meine Güte", seufzte Annis und nippte an dem Madeiraglas, das der Viscount ihr gereicht hatte. Leider hellte der Alkohol ihre trübe Stimmung nicht auf. „Lord Fanhope nimmt mir sicher übel, dass ich seine Familie in solche Schwierigkeiten gebracht habe."

„O nein, daran gibt er sich selber die Schuld", versicherte Deverel. „Und wie ich hinzufügen muss, mit gutem Grund – worauf ich ihn allerdings nicht hinwies. Schon seit geraumer Zeit fragt er sich, wie Charles seinen aufwendigen Lebensstil mit seiner eher bescheidenen Apanage finanzieren konnte. Und nun bereut er es, seinen Sohn nie zur Rede gestellt zu haben." Sekundenlang hielt er inne, um sein Glas an die Lippen zu heben und ebenfalls einen Schluck Madeira zu nehmen. „Außerdem macht er sich Vorwürfe, weil er seiner Frau erlaubt hat, den Jungen seit seiner Kindheit zu verwöhnen. Jeden Wunsch las sie ihm von den Augen ab. Aber offenbar hat Charles wenigstens eingesehen, dass er für seine Verfehlungen geradestehen und das ergaunerte Geld zurückzahlen muss. Sonst wird man ihn in seinen Gesellschaftskreisen nie wieder akzeptieren."

„Und warum ist er davongelaufen, wenn er bereit war, seine Opfer zu entschädigen?"

„Weil er ein unreifer Dummkopf ist. Er glaubt, wenn er das Geld zurückzahlt, würde das zu seiner Ehrenrettung vollauf genügen. Er hat keine Lust, für längere Zeit auf die Westindischen Inseln zu übersiedeln und die Plantage zu verwalten, die der Familie gehört – und die bedauerlicherweise nur einen geringen Gewinn abwirft."

Niemals hätte Annis erwartet, sie würde den niederträchtigen Sohn des Barons bemitleiden. Doch sie irrte sich. „Also das hat Lord Fanhope mit ihm vor. Warum Charles dagegen rebelliert, verstehe ich – nachdem er sich an ein luxuriöses Leben gewöhnt hat."

Wie sie seiner Miene entnahm, teilte Deverel ihre Meinung nicht. „Wenn er sich einbildet, nach der Rückerstattung der Gelder würde die Gesellschaft ihn mit offenen Armen wieder aufnehmen, ist er ein Narr. So oberflächlich die Mitglieder des *ton* auch sein mögen und so bereitwillig sie sich neuen Klatschgeschichten und Skandalen zuwenden werden – was Charles verbrochen hat, werden sie nicht so schnell vergeben und vergessen."

Nachdenklich nickte Annis.

„Wenn es auch unglaublich klingt – in unserer Welt hält man einen Mord für ein geringeres Verbrechen als unbezahlte Spielschulden oder Betrügereien am Spieltisch. Aus diesem Grund findet Lord Fanhope, dass sein Sohn erst einmal von der Bildfläche verschwinden muss. Das wäre nicht nur für Charles, sondern auch für die Familie am besten. Bis Gras über die Sache gewachsen ist, wird es eine ganze Weile dauern." Seufzend wandte Greythorpe sich zum Kamin und blickte in die Glut. „Weiß Gott, ich will mich wirklich nicht mit alldem belasten. Andererseits muss ich den Fanhopes in diesen schweren Zeiten beistehen."

Den Blick auf die glühenden Kohlen gerichtet, bemerkte er Annis' forschenden Blick nicht.

„Und so sehe ich mich gezwungen, meine Pläne für die unmittelbare Zukunft zu ändern." Obwohl er in beiläufigem Ton sprach, als würde er ein belangloses Thema erörtern, spürte sie sein Bedauern und seine Enttäuschung. „Fanhope ist nicht mehr der Jüngste und jetzt, wo die Sorge um die Familie an seinen Kräften zehrt, wohl kaum imstande, allein auf Reisen zu gehen und Charles zu suchen. Deshalb versprach ich ihm, ihn zu begleiten. Da seine Kutsche ziemlich antiquiert und nicht besonders komfortabel ist, werden wir meine eigene benutzen. Den Wagen seines Sohnes möchte er sich nicht aneignen, das verbietet ihm sein Gewissen – trotz der beklagenswerten Umstände."

Erstaunt hob Annis den Kopf. „Ist Charles nicht in seiner eigenen Chaise weggefahren?"

„Nein, meine Liebe. Mitten in der Nacht stieg er auf seinen

protzigen Fuchs und ritt davon. Vielleicht dachte er, eine Flucht auf dem Pferderücken wäre erfolgreicher. Außerdem musste er auf seinen Kutscher verzichten, denn sein Vater hatte ihn veranlasst, alle seine persönlichen Dienstboten zu entlassen."

Unwillkürlich lächelte Annis. Der Gedanke, ein Flüchtling würde auf einem Pferd, das sich eher für einen Ausritt in Londoner Hyde Park eignete, durch Hampshire galoppieren, war zweifellos amüsant. Plötzlich kam ihr ein neuer Gedanke. „Wäre es möglich, dass er bei irgendjemandem in dieser Gegend Zuflucht gesucht hat?"

„Wenn du das glaubst, traust du ihm eine Intelligenz zu, die er nicht besitzt", erwiderte der Viscount verächtlich. „Bedenk bitte – seine Fähigkeit, minderwertige Pferde auszuwählen, ist unübertroffen. Nein, ich nehme an, er möchte sich viel weiter entfernen. Wahrscheinlich reitet er nach Oxford. Wie viele Meilen er schaffen wird, bevor er sich genötigt sieht, das Pferd zu wechseln, kann ich nur vermuten."

Diesmal bezwang Annis ihre Belustigung. „Wann wirst du aufbrechen?"

„In einer Stunde. Tom wird uns begleiten, da er weiß, wo diese Spielhölle liegt, deren Mitbesitzer Charles ist. Wenn wir den Taugenichts dort antreffen, schön und gut. Und wenn nicht, müssen wir uns auf ein viel schwierigeres Unterfangen vorbereiten und ihn in London suchen. Sollte er beschließen, sich für längere Zeit zu verstecken, wäre er in der Hauptstadt am besten aufgehoben. Das würde bedeuten, dass ich erst in ein paar Tagen hierher zurückkehren könnte. Natürlich würde ich in meiner Londoner Residenz wohnen und die Gelegenheit nutzen, um ein paar Geschäfte zu erledigen." Während einer kurzen Pause musterte er Annis. Die Gedanken hinter seiner gerunzelten Stirn blieben unergründlich. „Warum ich dich zu mir gebeten habe – leider musst du auf meine Reisekutsche verzichten, weil ich sie selber brauche."

Ob ihn das bedrückte, ließ sich nicht feststellen, denn seine Stimme verriet ebenso wenig wie sein Gesicht. Annis pflegte nicht in selbstsüchtigen Unmut zu verfallen, nur weil gewisse Dinge nicht nach Plan verliefen. „Mach dir deshalb keine Gedanken. Vielleicht wird es ein paar Tage dauern, bis ich eine Postkutsche mieten kann. Deshalb müsste ich deine Gastfreundschaft etwas länger …“

„Selbstverständlich.“ Deverel nahm ihr das halb volle Madeiraglas aus der Hand. Behutsam zog er sie auf die Beine, und die sanfte Berührung jagte einen sonderbaren prickelnden Schauer durch ihren Körper. „Ich wollte dich ohnehin bitten, bis zu meiner Rückkehr hierzubleiben. Normalerweise würde ich den Besitz nicht verlassen, während Grandmamas Geburtstagsfeier immer näher rückt und so vieles vorbereitet werden muss. Wie du sicher weißt, ist Sarah durchaus fähig, das alles zu organisieren. Leider sorgt sie sich immer wieder um unwichtige Kleinigkeiten. Wenn irgendetwas nicht so reibungslos abläuft, wie sie es wünscht, regt sie sich furchtbar auf. Zum Glück bist du anders veranlagt, Annis. Du würdest einen beruhigenden Einfluss auf sie ausüben und sie beraten – falls sie das will. Außerdem müssen wir die Ankunft unseres ersten Gastes berücksichtigen. In der übernächsten Woche wird deine Patentante eintreffen. Natürlich möchte ich möglichst bald zurückkommen. Aber sollte ich länger wegbleiben müssen, würde es eine schwere Last von meiner Seele nehmen, wenn ich wüsste, dass hier eine vernünftige Person nach dem Rechten sieht und in meiner Abwesenheit die richtigen Entscheidungen trifft.“

Vielleicht war das nicht ein Lob, wie es die meisten Frauen hören wollten. Eigentlich nicht einmal ein Kompliment … Trotzdem spürte Annis, wie aufrichtig er seine Worte meinte, und so versicherte sie ihm, seinen Wunsch zu erfüllen. Erleichtert ließ er ihre Hände los, verabschiedete sich und eilte aus der Bibliothek, um seine Reisevorbereitungen zu treffen.

Während Annis die Treppe zum oberen Stockwerk hinaufstieg, erinnerte sie sich noch nicht an ihre Devise, niemals überstürzte Entscheidungen zu treffen. Das geschah erst, nachdem sie das Schlafzimmer betreten und die Zofe angewiesen hatte, alles wieder auszupacken. Doch schon wenige Minuten später wurde sie von ernsthaften Zweifeln geplagt.

„Also haben Sie Ihren Entschluss, möglichst bald abzureisen, bereits revidiert?", rief Eliza irritiert und schüttelte den Kopf. „Offenbar übt Seine Lordschaft keinen guten Einfluss auf Sie aus, Miss Annis. Ich dachte immer, Sie wären eine junge Dame, die weiß, was sie will. Jetzt glaube ich das nicht mehr! Offensichtlich fällt es Seiner Lordschaft nicht schwer, Sie um den kleinen Finger zu wickeln!"

„Welch ein Unsinn!", widersprach Annis und wusste nicht, ob sie diese absurde Anklage nun beleidigend oder amüsant finden sollte. „Warum bilden Sie sich ein, der Viscount hätte mich bewogen, meine Pläne zu ändern?"

„Wer denn sonst? Um die Wahrheit zu gestehen, Miss – wenn ich annehmen dürfte, Sie wären sich in einer gewissen Sache sicher, würde ich mich wirklich freuen."

„Leider habe ich keine Ahnung, wovon Sie reden. Nur zu Ihrer Information – wegen der Ereignisse am Freitag auf der Party ist Charles Fanhope letzte Nacht durchgebrannt. Und Seine Lordschaft hat dem Baron angeboten, er würde ihm bei der Suche nach dem Flüchtling helfen."

„Und?"

„Deshalb braucht Lord Greythorpe seine Reisekutsche selber."

„Nun, wenn das so ist, können wir eine Postkutsche mieten", wandte Eliza zum wachsenden Ärger ihrer jungen Herrin ein.

„Ja, das stimmt", musste Annis zugeben. „Aber er bat mich, bis zu seiner Rückkehr hierzubleiben, um Miss Greythorpe bei den Vorbereitungen für die Geburtstagsfeier zu helfen."

„Das glauben Sie ihm?" Mit einiger Mühe erhob sich Eliza vom Boden, wo sie vor einer Truhe gekniet hatte, und starrte Annis entgeistert an. „Was ist denn bloß in letzter Zeit mit Ihrem Verstand passiert, Miss? Offenbar nehmen Sie neuerdings für bare Münze, was Ihnen gefällt, und ignorieren die schlichte Wahrheit – selbst wenn sie Ihnen ins Gesicht schaut. Nun, ich behaupte keineswegs, Miss Sarah sei die tüchtigste junge Dame auf Erden", fuhr die Zofe hastig fort, bevor ihre erboste Herrin gegen die ungeheuerlichen Anklagen protestieren konnte. „Aber man darf ihr wohl kaum vorwerfen, sie könnte keinen Haushalt führen. Klar, manchmal ist sie ein bisschen verunsichert und macht ein gewaltiges Aufhebens um Dinge, die es gar nicht wert sind. Aber ihr tatkräftiges, gut geschultes Personal weiß ganz genau, worauf es ankommt. Also muss sie sich nicht um diese Geburtstagsfeier sorgen. Nicht einmal, wenn es ein aufwendigeres Fest wird, als es ursprünglich geplant war."

Verblüfft hob Annis die Brauen. „Was heißt das, Eliza? Wieso soll plötzlich ein größeres Fest gefeiert werden?"

Die Zofe warf ihr einen durchdringenden, prüfenden Blick zu. Dann wandte sie sich ab und hängte zwei Kleider in den Schrank zurück. „Offiziell wurde mir nichts mitgeteilt, Miss. Nur eins kann ich Ihnen sagen – in diesem Haus wird viel geredet."

„Dienstbotentratsch!", meinte Annis geringschätzig.

„Nicht nur, würde ich sagen. In meiner Gegenwart halten die Leute den Mund, weil ich eine Außenseiterin bin. Trotzdem weiß ich, was Seine Lordschaft dem Butler befohlen hat. In diesem Haus sollen alle Gästezimmer hergerichtet werden. Und Dunster muss genügend Vorräte bestellen. Außerdem munkelt man, Seine Lordschaft habe erst neulich den Weinkeller inspiziert. Und das tat er angeblich noch nie, seit er den Titel des Viscounts trägt."

„Nun, es ist *sein* Weinkeller, nicht wahr?", betonte Annis. „Also ist es sein gutes Recht, den Weinvorrat zu sichten, wenn es ihm gefällt. Ebenso ist er berechtigt, den Geburtstag seiner Großmutter in großem Stil zu feiern."

„Wie Sie meinen, Miss." Das war alles, was Eliza dazu sagte, bevor sie das Zimmer verließ.

Verwirrt blieb Annis zurück und überlegte, was in Greythorpe Manor vorgehen mochte, von dem sie nichts wusste.

Am nächsten Morgen ging sie wie üblich in den Morgensalon, um zu frühstücken. Zu ihrer Überraschung saß Louise bereits am Tisch.

Normalerweise stand die junge Dame viel später auf, und vor der Ankunft ihres Bruders hatte sie es vorgezogen, das Frühstück in ihrem Zimmer einzunehmen. Danach war sie froh über jede Minute in Toms Gegenwart gewesen.

Annis hätte sich sicher über ihre Gesellschaft gefreut. Aber Louise war kein Ersatz für den Viscount, mit dem sie das Frühstück allmorgendlich genossen hatte.

O Gott, wie sie ihn vermisste ... Erst vor knapp vierundzwanzig Stunden war er abgereist, und er fehlte ihr schon jetzt. Beinahe hatte sie das Gefühl, ein Teil ihrer Seele wäre ihr entrissen worden.

„Nur weibliche Gesellschaft am Frühstückstisch – welch eine angenehme Abwechslung", log sie. „Eigentlich dachte ich, nach der Abreise Ihres Bruders würden Sie diese Mahlzeit wieder in Ihrem Zimmer einnehmen."

„O nein“, erwiderte Louise, „ich esse sehr gern in Gesellschaft. Früher kam ich nur deshalb nicht herunter, weil Sarah lieber allein in ihrem Zimmer frühstückt, und so folgte ich ihrem Beispiel. Aber in Zukunft werde ich mich jeden Morgen zu Ihnen setzen, solange Sie noch hier sind. Heute bin ich sogar dankbar für die Abwesenheit meiner Cousine, denn ich möchte etwas mit Ihnen besprechen, das sie nicht hören soll.“ Nachdem sie sich mit einem kurzen Blick vergewissert hatte, dass sie Annis' ungeteilte Aufmerksamkeit genoss, fuhr sie fort: „An diesem Vormittag wollte ich wie üblich ausreiten. Aber Sarah erwähnte gestern, sie wolle Lady Fanhope besuchen. Angeblich liegt die Baroness fast den ganzen Tag im Bett. Muss ich meiner Cousine anbieten, sie zu begleiten – da ich bezweifle, dass Sie einen so langweiligen Zeitvertreib schätzen?“

„Ob ich es wünsche oder nicht, spielt keine Rolle. Lady Fanhope würde mich wohl kaum willkommen heißen, nachdem ich ihre Familie in solche Schwierigkeiten gebracht habe.“

„Regen Sie sich deshalb auf, Annis? Das schien mein Cousin anzunehmen. Jedenfalls empfahl er uns, in Ihrer Gegenwart nicht darüber zu reden, damit Sie nicht an jenes unglückselige Ereignis erinnert werden.“

„Wie rücksichtsvoll von Lord Greythorpe … Nein, ich rege mich nicht besonders auf. Aber es beglückt mich auch nicht, dass ich es war, die Charles Fanhopes Gaunereien aufgedeckt und seiner Familie so großen Kummer bereitet hat.“

„Was danach geschehen ist, darf Ihnen niemand verübeln“, betonte Louise, anscheinend eifrig bestrebt, ihre Meinung zu äußern, nachdem sich der Viscount nicht mehr in Hörweite befand. „Tom war ganz begeistert, weil Sie so scharfsinnig herausgefunden haben, warum Charles immer wieder große Summen gewann. Sogar Sarah erklärte, dass sie Ihre starken

Nerven und Ihren Mut bewundert, und keine andere Frau es gewagt hätte, eine so skandalöse Szene heraufzubeschwören. Wie wir beide wissen, tut meine Cousine fast alles, um Konfrontationen zu vermeiden." Seufzend schüttelte sie den Kopf. „Deshalb glaube ich, sie sollte nicht allein gehen, denn ich traue es Lady Fanhope durchaus zu, Sie zu verunglimpfen."

In der Tat, es war erstaunlich, wie sehr sich Louise während der letzten Wochen zu ihrem Vorteil verändert hatte. So freimütig hätte sie früher nie gesprochen. Sogar in der Gegenwart des Viscounts hatte sie ihre Scheu abgelegt. Und Sarah musste nicht mehr mühsam nach einem Gesprächsstoff suchen, wenn sie mit ihrer jungen Cousine beisammensaß.

„Gewiss würde Sarah Ihre Begleitung begrüßen", sagte Annis. „Unter anderen Umständen würde ich nicht zögern, mich anzuschließen. Aber im Augenblick bin ich wahrscheinlich die letzte Person, die man im Hause Fanhope sehen möchte."

Eine Stunde später tauchte Sarah aus ihrem Schlafzimmer auf, bereits für die Ausfahrt gekleidet. Sie akzeptierte Annis' Entschluss kommentarlos. „Und wie willst du dich während unserer Abwesenheit amüsieren? Nicht dass ich beabsichtige, den Besuch bei Lady Fanhope in die Länge zu ziehen … Dafür muss ich hier zu viele Pflichten erfüllen."

„Sorg dich nicht um mich, Sarah", bat Annis. „Nachdem dein Bruder abgereist ist, bin ich wieder für Rosie verantwortlich. Deverel hat sich so rührend um sie gekümmert. Jeden Tag ging er mit ihr spazieren. Sicher wird sie ihn ganz schrecklich vermissen."

„Ja, genauso wie ich", gestand Sarah zu Annis' Verblüffung. „Gerade jetzt kommt mir seine Abreise sehr ungelegen. Immerhin wird die Geburtstagsfeier in drei Wochen stattfinden, und bisher ist noch nichts offiziell geregelt."

Ihr sichtliches Unbehagen erinnerte Annis an Eliza Dishers verwirrende Andeutungen. „Wie ich gehört habe, möchte Deverel ein größeres Fest veranstalten, als es zunächst geplant war. Stimmt das?“

„Nun …“ Verlegen senkte Sarah den Kopf. „Ja – nein – ich meine, ich bin mir nicht ganz sicher. Das steht noch nicht fest. Zumindest hat er bisher nichts mit mir besprochen. Auch mit niemand anderem, nehme ich an. Vielleicht glaubt er ja, dass es besser wäre, noch abzuwarten. Welch ein Pech, dass er ausgerechnet jetzt wegfahren musste! Sonst wäre alles schon organisiert worden, nichts würde in der Luft hängen … Wie soll ich denn wissen, was ich machen soll …? Oh, da ist ja Louise. Jetzt sollten wir aufbrechen.“

Hastig führte sie ihre junge Cousine zu dem altmodischen Landauer hinaus, den früher ihre Mutter benutzt hatte. Annis schaute ihr verwundert nach. Wenn Deverels Schwester auch zur Nervosität neigte – so konfus war sie ihr noch nie erschienen.

Hätte ein Fremder dieses Gestammel vernommen, würde er womöglich glauben, in manchen Generationen der Familie Greythorpe tauchten geistige Störungen auf, dachte Annis, während sie mit Rosie durch den Park wanderte. Natürlich wusste sie es besser. Die arme Frau litt immer noch unter dem lieblosen Verhalten ihres Vaters, der sie ständig kritisiert hatte. Und nun geriet sie aus der Fassung, wann immer etwas von ihrer Routine abwich – oder wenn etwas geschah, das den alten Viscount erzürnt hätte.

Aber in diesem Fall muss etwas mehr hinter Sarahs Aufregung stecken, entschied Annis. Im Gegensatz zu seinem Vater war Deverel nicht übermäßig kritisch. Offenbar hatte er seiner Schwester ein Geburtstagsfest in größerem Rahmen angekündigt, ohne sie vollends ins Vertrauen zu ziehen. Aber warum verschwieg sie die wenigen Informationen, die sie erhalten hatte? *Und wieso wollte er mich nicht einweihen, als er mich bat, vorerst hierzubleiben? Soll ich aus einem ganz bestimmten Grund im Dunkel tappen? Oder wurde er von den letzten Ereignissen veranlasst, seine Pläne zu ändern? Wenn ja – warum? Wie können die Sorgen der Fanhopes seinen Entschluss beeinflussen, eine größere Party zu veranstalten?*

In ihrem Kopf drehte sich alles. So viele unbeantwortete Fragen ... Zum ersten Mal verstand sie, wie sich die arme Sarah manchmal fühlte – ganz durcheinander, ohne die leiseste Ahnung, was sie tun sollte.

Und dann ging ihr plötzlich ein Licht auf, das all die Rätsel löste. Vermutlich hatte Deverel entschieden, die Geburtstagsparty für seine Großmutter wäre eine ideale Gelegenheit, um noch ein anderes Ereignis zu feiern.

Als sie diese Erklärung fand, hätte sie zur Normalität zurückkehren müssen. Aber nun geschah das Gegenteil. Vor ihren Augen begann die Landschaft des Parks zu verschwimmen, ihr schwindelte, und weil die Beine sie nicht mehr trugen, sank sie auf einen gefällten Baumstamm.

Nie zuvor hatte sie einen so schweren Schock erlitten. Es dauerte eine Weile, bis sie sich fasste – bis sie überlegen konnte, was diese heftigen Gefühle bewirkt hatte.

Vor der Realität zurückzuschrecken, mochte sie auch noch so grausam und schmerzlich sein – das passte nicht zu ihrem Naturell, und sie würde ihr auch jetzt ins Auge blicken. Sie liebte einen Mann, der in drei Wochen seine Verlobung mit Caroline Fanhope bekannt geben würde. Ohne jeden Zweifel, sie liebte ihn über alles.

Ihre Gedanken schweiften zu der Party zurück. In ihrer Fantasie erschienen mehrere Bilder – Deverel in Carolines Gesellschaft, sichtlich zufrieden und voller Zuneigung, und wie sie miteinander getanzt hatten, in vollendeter Harmonie, zwei Hälften einer untrennbaren Einheit ...

Hatte er schon an jenem Abend die Verlobung verkünden wollen? Stöhnend griff Annis sich an die Kehle. Wenn das stimmte, durfte sie sich nicht über Deverels distanziertes Verhalten vor seiner Abreise wundern. Unwissentlich hatte sie die Hoffnung der beiden zerstört, ihr Glück mit Verwandten und Freunden zu teilen.

Natürlich hat die gute Eliza die Wahrheit erraten, dachte Annis bedrückt, als sie sich an die verwirrenden Anspielungen ihrer Zofe erinnerte. Nun ergab das alles einen Sinn.

O ja, offenbar hatte Eliza die wachsenden zärtlichen Gefühle ihrer Herrin für den Viscount bemerkt, aber keinen Grund zur Sorge gesehen, denn sie nahm an, Annis würde ihre Emotionen unter vernünftiger Kontrolle halten und verstehen, dass ihre Beziehung zu Greythorpe niemals über eine enge Freundschaft hinausgehen konnte.

Und damit sollte Eliza wohl recht behalten. Wenn sie irgendwo in der Tiefe ihres Herzens diese Tatsache auch bestritten hatte – jetzt fand sie sich damit ab. Selbstverständlich bildete das Schicksal ihrer Mutter eine Ausnahme. Nur ganz selten heiratete ein Mitglied der Aristokratie jemanden, der nicht aus illustren Kreisen stammte. Und vielleicht war das gut und richtig, denn wer wusste besser als sie, welche Schwierigkeiten auftauchten, sobald man von dieser Norm abwich?

Für Lord Greythorpe war Caroline Fanhope die ideale Braut. Dass sie einander nicht heiß und innig liebten, spielte keine Rolle. Vielleicht zog er das sogar vor. Immerhin war die erste arrangierte Ehe seines Vaters erfolgreicher gewesen als die zweite, nachdem er die Frau seiner Wahl geheiratet hatte. Annis würde niemals eine Vernunftehe eingehen, aber in ihren Adern floss ja auch kein reines aristokratisches Blut. Trotzdem hatte sie oft genug bewiesen, dass sie die Tochter ihrer Mutter war – zumindest, was die vornehme Fähigkeit betraf, unpassende Emotionen vor der Welt zu verbergen. Das gelang ihr auch jetzt.

Und so hätte die hochgewachsene Gestalt, die sie unbemerkt beobachtete, von Bäumen verdeckt, niemals erraten, was ihre Seele quälte.

Aber während sie aufstand, sich umsah und den Mann herankommen sah, bekundete sie nur ein einziges, verständliches Gefühl – ein beklemmendes Unbehagen.

12. KAPITEL

Rosie ließ sich nirgends blicken. Doch das beunruhigte Annis nicht. Oft genug nahm der Spaniel die Witterung eines Hasen oder eines anderen kleinen Tieres auf und verschwand im Wald, kehrte aber jedes Mal nach kurzer Zeit zurück. Auch die Waffe in der großen Hand des Unbekannten erschreckte sie nicht sonderlich, denn sie wurde nicht drohend erhoben. Nur eins jagte ihr Angst ein – diesen Mann kannte sie nicht.

Sie war allen Bediensteten Seiner Lordschaft begegnet, sogar dem Wildhüter und seinen beiden Gehilfen. Aber diesen Mann hatte sie noch nie gesehen. Was machte er hier am Waldrand? Tagsüber würde er wohl kaum wildern, entschied sie, und so fragte sie ihn, ob er in den Diensten des Viscounts stand.

„Nein, Miss, ich arbeite für niemanden. Was ich *Ihnen* verdanke."

Diese Information hätte sie erschrecken müssen. Aber der Klang seiner Stimme erschien ihr ebenso ungefährlich wie die Schusswaffe – eher gleichmütig. Und seine Miene wirkte fast belustigt. Nun verflog ihre Furcht.

„Tut mir leid – sollte ich Sie kennen?", erkundigte sie sich, als er sie wortlos musterte.

„Nein, Miss, Sie kennen mich nicht." Langsam trat er näher. „Aber ich habe Sie schon mal gesehen. Am Tag Ihrer Ankunft in dieser Gegend." Er lächelte schmerzlich. „Damals hätte ich nicht gedacht, dass ich Ihretwegen meine Stellung verlieren würde. Allzu traurig bin ich nicht darüber."

In wachsender Neugier schaute sie ihn an. „Und warum wurden Sie entlassen?"

„Nachdem Sie Lord Fanhope vor Augen geführt hatten, wieso sich sein kostbarer Sohn eigene Dienstboten leisten konnte, fand er, Master Charles müsse auf seinen Kammerdiener und meine Wenigkeit verzichten.“ Lässig hob er die breiten Schultern. „Nicht dass es mich übermäßig stören würde. Von Anfang an hat es mir nicht gefallen, für Master Charles zu arbeiten. Und der Baron war anständig genug, uns den Lohn bis zum nächsten Zahltag auszuhändigen. Außerdem gab er uns fabelhafte Empfehlungsschreiben, aus denen klar hervorgeht, dass wir unsere Stellungen nicht durch eigene Schuld verloren haben. Der Kammerdiener ist schon auf dem Weg nach London. Dort will er einen neuen Arbeitsplatz suchen. Wahrscheinlich werde ich ihm bald folgen. Hier gibt's nicht viel zu tun. In den letzten Tagen habe ich mich umgehört. Ohne Erfolg. Aber bevor ich aufbreche, muss ich noch was erledigen – etwas, das mich sonst belasten würde.“

„Oh …“ Fasziniert hob sie die Brauen, doch sie bat den Mann nicht um nähere Erklärungen. Das wäre zu indiskret gewesen. „Ich bin mir nicht sicher, aber vielleicht könnte Lord Greythorpe noch einen Dienstboten brauchen. Wenden Sie sich an seinen Verwalter.“

Leicht verärgert blinzelte sie, als er ihren Versuch, ihm zu helfen, mit schallendem Gelächter quittierte. „Großer Gott, Miss, niemals wäre ich so dreist, Seine Lordschaft um Arbeit zu bitten. Nach allem, was ich getan habe … Nein, eigentlich kam ich hierher, um mit seinem Oberreitknecht zu reden, Jeremiah Wilks. Den kenne ich seit meiner Kindheit. Und nun will ich ihm mein Herz ausschütten.“

„Habe ich Ihren Namen schon einmal gehört?“

„Wohl kaum, Miss. Wenn ich mich vorstellen darf – Jack Fletcher.“

„Ja, natürlich, Wilks hat neulich von Ihnen gesprochen. Und wenn ich mich recht entsinne, erwähnte er, Sie hätten am Krieg teilgenommen und könnten sehr gut mit einer Pistole umgehen. Außerdem erzählte er, Sie hätten einem sogenannten ‚neumodischen Regiment' auf der Halbinsel angehört, einem Rifle Regiment."

„Aye, Miss, das stimmt."

Plötzlich musste sie an eine naheliegende Möglichkeit denken. „Sie sagten vorhin, Sie hätten mich am Tag meiner Ankunft in dieser Gegend gesehen. Und warum habe ich *Sie* nicht bemerkt? So leicht entgeht mir nichts. Das habe ich schon oft bewiesen, und deshalb nehme ich an, Sie *wollten* nicht beobachtet werden."

Bevor er grinste, erschien ein wachsamer Ausdruck in seinen Augen. „Wenn es so wäre, Miss – würden Sie das verdächtig finden?"

„Vielleicht ... Übrigens, heute können Sie nicht mit Wilks reden. Auch nicht in den nächsten Tagen. Er ist nämlich mit Seiner Lordschaft nach Oxford gefahren, um Ihren ehemaligen Herrn zu suchen."

Davon hörte Fletcher offensichtlich zum ersten Mal, denn er runzelte die Stirn, bevor er verächtlich zu Boden spuckte. „Nun, dann hat's wohl keinen Sinn, wenn ich mich noch länger hier herumtreibe, Miss."

In diesem Moment rannte Rosie aus dem Wald. Normalerweise begegnete sie fremden Leuten äußerst vorsichtig, manchmal sogar feindselig. Aber nun wedelte sie heftig mit dem Schwanz und sprang an Fletchers Beinen hoch, um seine Aufmerksamkeit zu erregen. Sichtlich erfreut, kniete er nieder, legte seine Waffe beiseite und streichelte die Hündin.

Von ihr selbst abgesehen, kannte Annis niemanden, der Rosies Herz so schnell gewonnen hätte. Und sie sah keinen Grund, dem Instinkt des Tieres zu misstrauen – insbesondere, weil er mit ihren eigenen Gefühlen übereinstimmte. „Wie gut Sie mit Hunden umgehen können, Mr. Fletcher", meinte sie, nachdem er den aufgeregten Spaniel beruhigt hatte. „Vermutlich gehören Sie sogar zu den Menschen, die alles tun würden, um ein Lebewesen vor Schaden zu bewahren. Natürlich mussten Sie während Ihres Kriegsdiensts eine andere Haltung einnehmen – zumindest, was die zweibeinige Kategorie betrifft. Da werden Sie Ihre Schießkünste mehrmals erprobt haben. Aber fanden Sie es richtig, dieses Prinzip auch bei Viscount Greythorpe anzuwenden?“

Erschrocken schnappte er nach Luft, und Annis fuhr in entschiedenem Ton fort: „Bitte versuchen Sie nicht, meine Intelligenz zu beleidigen, indem Sie es abstreiten. Sicher würden Sie nicht den Wunsch hegen, dem guten Wilks ihr Herz auszuschütten, wenn Sie einen Groll gegen den Herrn hegten, den er anbetet. Nein, natürlich nicht. Viel wahrscheinlicher kommt mir die Tatsache vor, dass man alte Gewohnheiten nur schwer ablegt. Nach Ihren Jahren bei der Army fällt es Ihnen schwer, einen Befehl zu missachten. Was ich allerdings nicht weiß“, fügte sie hinzu, während er sie in eisigem Schweigen anstarrte, „wer hat Ihnen befohlen, auf Lord Greythorpe zu schießen?“

Nach einer langen Pause antwortete er: „Master Charles Fanhope, Ma’am.“

Hätte er Lord Fanhope erwähnt, wäre sie nicht so verblüfft gewesen. Zumindest hätte sie verstanden, warum der Baron Rache an Deverel üben wollte. Aber was mochte den Sohn gegen den Viscount einnehmen? „Hasst er Lord Greythorpe?“

„O nein, da irren Sie sich, Miss – Master Charles mag ihn sogar recht gern.“

„Was?“ Annis blinzelte entgeistert. „Und warum hat er Ihnen dann befohlen, auf Lord Greythorpe zu schießen?“

„Weil er sich eingebildet hat, das würde Seine Lordschaft etwas schneller zu einem Entschluss veranlassen.“ Wie Fletcher ihrer Miene entnahm, hatte sie kein einziges Wort verstanden, und so erklärte er grinsend: „Also, Master Charles glaubte, wenn Lord Greythorpe einige Zeit in Fanhope Hall verbringen würde, in Miss Carolines zärtlicher Obhut, würde er sich dankbar zeigen und ein Hochzeitsdatum festlegen."

„Um Himmels willen! Und war Miss Caroline an diesem idiotischen Plan beteiligt?"

„Nicht dass ich wüsste, Ma'am. Ich glaube, das war einzig und allein Master Charles' Idee."

„Unglaublich! Wie konnte er bloß erwarten, damit würde er das angestrebte Ziel erreichen?"

„Jedenfalls hat er darauf gehofft. Ich sollte den Viscount verwunden. Danach wollte Master Charles ihn zusammen mit seiner Schwester auf der Straße finden, nach Fanhope Hall bringen, und Miss Caroline würde den Patienten liebevoll pflegen. Aber er schärfte mir ein, Lord Greythorpe nicht ernsthaft zu verletzen. Natürlich hätte ich mich nicht darauf einlassen dürfen. Im Krieg sah ich zu viele vermeintlich leichte Wunden, die sich infizierten und zum Tod führten. Und seien Sie versichert, Miss – ich wäre bei Seiner Lordschaft geblieben, als das Pferd ihn abgeworfen hatte. Da hörte ich Ihren Wagen heranfahren und konnte gerade noch rechtzeitig in Colonel Hasties Wald fliehen. In meiner maßlosen Erleichterung beobachtete ich, wie Sie sich um den Viscount kümmerten. Etwa fünf Minuten, nachdem Sie mit ihm Greythorpe Manor angesteuert hatten, tauchten Master Charles und seine Schwester auf. Ich berichtete, der Viscount sei angeschossen worden und eine fremde Dame habe ihn in ihren Wagen verfrachten lassen. Da geriet mein Herr in helle Wut. Letzten Endes war es vielleicht meine gerechte Strafe, dass ich die Stellung verlor. Aber darüber beklage ich mich nicht."

Lächelnd schaute sie auf den Spaniel hinab, der inzwischen zu ihr zurückgekehrt war. Nachdem sie während ihres Aufenthalts im Greythorpe Manor bereits ein heimatloses Wesen zu sich genommen hatte, würde es keinen großen Unterschied machen, auch für ein zweites zu sorgen. Noch dazu, wenn sie bis zu einem gewissen Grad für seine derzeitige Notlage verantwortlich war.

Sie betrachtete sein ungekämmtes Haar, die zerknitterte Kleidung. „So, wie Sie aussehen, haben Sie seit Ihrer Entlassung einige Unannehmlichkeiten erduldet, Mr. Fletcher."

„Wenigstens hat's nicht geregnet. Da hinten im Wald hatte ich einen trockenen Schlafplatz. Und jetzt muss ich nicht mehr hierbleiben, nachdem ich mit Ihnen geredet habe."

„Hätten Sie etwas dagegen, für eine Frau zu arbeiten? Das meine ich ernst, Mr. Fletcher", betonte Annis, als er sie halb überrascht, halb belustigt musterte. „Aber ich möchte Sie warnen – Sie müssten mir nach Bath folgen und mehrere Pflichten erfüllen. Falls Ihnen eine drastische Veränderung Ihres Lebensstils widerstrebt, sollten Sie mir das sofort sagen."

Obwohl ihm seine Zunge plötzlich den Dienst versagte, fiel es ihr nicht schwer, seine gestammelten Dankesworte und die Beteuerung zu verstehen, er würde sämtliche Pflichten gern übernehmen.

„Dann müssen wir eben eine Unterkunft für Sie finden, Mr. Fletcher. Ich werde Greythorpe Manor erst nach der Rückkehr Seiner Lordschaft verlassen. Sicher wird er meinen neuen Dienstboten beherbergen – vorausgesetzt, Sie schießen nicht mehr auf ihn. Aber das muss ich erst einmal mit ihm besprechen ... Übrigens", fuhr sie fort, nachdem er seinen Lachreiz bezwungen hatte, „die Frau, der ich Sie zunächst anvertrauen werde, ist dem Viscount treu ergeben. Also wäre es besser, Sie verschweigen ihr, was Sie in Mr. Fanhopes Auftrag getan haben."

„Aber Sie werden Seiner Lordschaft erzählen, dass ich der Schütze war?"

„Nein, eher nicht", antwortete sie. Während sie ihm in den Wald folgte, wo er seine spärlichen Habseligkeiten unter der knorrigen Wurzel eines Baums hervorholte, ergänzte sie in Gedanken: Warum sollte Caroline wegen der lächerlichen, völlig überflüssigen Aktion ihres Bruders eine weitere Demütigung erleiden? Vielleicht ist es unter diesen Umständen am besten, wenn Deverel nichts von alldem weiß. Da sich Charles' Hoffnungen, die seine Schwester betreffen, ohnehin erfüllen werden, bringt er den Viscount sicher nicht mehr in Gefahr …

Vor der Ankunft in Nanny Berrys Cottage erfuhr Annis etwas mehr über ihren neuen Diener. Zu ihrer Verblüffung hatte er Lesen und Schreiben gelernt, dank der Bemühungen eines jungen Captains in einem französischen Kriegsgefangenenlager.

Auch Nanny Berry hatte zu Beginn ihres Arbeitslebens eine gewisse Ausbildung genossen, als Zofe einer freundlichen Herrin. Nun versprach sie, Jack Fletcher noch einiges beizubringen, solange er bei ihr wohnte, und er würde ihr im Haushalt zur Hand gehen.

„Nein, Miss Milbank, das macht mir gar nichts aus", versicherte sie, nachdem er in den Garten gegangen war, um Holz zu hacken. „Ich erinnere mich gut an Jacks Vater. So ein hübscher, tüchtiger Bursche war das … Nun freue ich mich auf die Gesellschaft seines Sohnes. Er wird hier in der Küche schlafen, am Boden vor dem Feuer. Allerdings hätte Seine Lordschaft gewiss nichts dagegen, wenn Sie den Jungen im Dienstbotentrakt unterbringen würden."

„Gewiss nicht, Mrs. Berry", bestätigte Annis. „Aber ich möchte seine Großzügigkeit nicht ausnutzen. Für Jack bin ich allein verantwortlich, weil er meinetwegen seine Stellung verloren hat." In knappen Worten schilderte sie, was in Lord Fanhopes Spielsalon geschehen war.

Falls sie erwartete, die alte Frau mit diesem Geständnis zu überraschen, wurde sie enttäuscht. Eine Zeit lang schwieg Nanny Berry, dann seufzte sie. „Ja, davon habe ich gehört. Ich kannte Master Charles sein Leben lang. So ein boshafter, hinterlistiger kleiner Junge war das ... Und meines Wissens ändern die Kinder ihren Charakter nicht, wenn sie erwachsen werden."

„Also erregt seine derzeitige Notlage kein Mitleid?", fragte Annis.

„Wohl kaum. Die meisten Dienstboten in Fanhope Hall bedauern ihn nicht. Wenn man mit ihnen redet, meinen fast alle, der junge Giles sei viel mehr wert als sein älterer Bruder."

„Und Caroline? Anscheinend liebt sie Charles."

„Nun ja, kein Wunder, Miss Milbank. Zwillinge fühlen sich immer sehr eng verbunden. Aber ich glaube, nicht einmal Miss Caroline ist blind für Master Charles' Fehler. Sie kam ein paar Minuten vor ihm zur Welt. Und sie ist viel klüger. In seiner Kindheit war er ein schlechter Schüler, im Gegensatz zu ihr. Vielleicht lag's an seiner schwierigen Geburt", fügte Nanny Berry hinzu und zuckte die Achseln. „Damals erzählte die Hebamme, sein Kopf sei zu groß gewesen."

Da die alte Frau in ihren Erinnerungen versank, beschloss Annis, sich zu verabschieden.

In diesem Moment kam Jack Fletcher in die Küche zurück, die Arme voller Brennholz. Er begleitete sie bis zum Waldrand, wo sie sich vorher zufällig getroffen hatten. Nachdem sie sich getrennt hatten, dachte sie bald nicht mehr an ihren neuen Dienstboten, und als sie im Haus ankam, vergaß sie, Sarah und Louise von ihm zu erzählen.

In den nächsten Tagen verstrich die Zeit viel zu langsam, und Annis versank in tiefer Melancholie. Obwohl sie immer wieder eine Beschäftigung suchte, ließ sich die trübe Stimmung nicht verscheuchen. Nur wenn sie mit Louise ausritt, besserte sich ihre Laune – allerdings nur kurzfristig.

Am schlimmsten waren die Stunden, die sie mit Sarah verbrachte. Ständig redete die Schwester des Viscounts über die bevorstehende Party. Annis musste ihre ganze Selbstbeherrschung aufbieten, um zu verbergen, dass sie jedes Interesse an diesem Ereignis verloren hatte und auch gar nicht daran teilnehmen wollte. Zudem hatte sie die Überzeugung gewonnen, es dürfte gar nicht stattfinden.

Lord Fanhope kehrte vor dem Viscount nach Hampshire zurück, und sein Besuch bot ihr wenigstens vorübergehend eine gewisse Abwechslung. Allzu viel hatte er nicht zu berichten, nur dass sein älterer Sohn und Erbe tatsächlich nach Oxford geritten und von dort zur Hauptstadt gereist war. Er hatte seine Spuren so geschickt verwischt, dass sein derzeitiger Aufenthaltsort nicht festgestellt werden konnte.

„Verzeihen Sie, wenn ich das sage, Sir", begann Annis, während sie seine erstaunliche Bitte erfüllte, sie möge ihn zum Stall begleiten. „Obwohl Sie Ihren Sohn vergeblich gesucht haben, erscheinen Sie mir nicht sonderlich bekümmert."

Der Baron seufzte tief auf. Aber seine Stimme nahm einen überraschend energischen Klang an. „Sosehr es mich auch beschämt, das zu gestehen, Miss Milbank – allzu traurig wäre ich nicht, wenn ich Charles nie wiedersehen würde. Viel zu lange habe ich vor dem miserablen Charakter meines Erben die Augen verschlossen – und ihn einfach gewähren lassen, ohne seine schändlichen Taten zu unterbinden. Ich schöpfte schon vor einiger Zeit den Verdacht, er würde sich auf unlautere Weise Geld beschaffen. Aber ich ließ es dabei bewenden, weil ich meinen beschaulichen Lebensstil nicht stören wollte."

Bedrückt schüttelte er den Kopf.

„Bereits in seiner Kindheit hätte ich ihn strenger behandeln und meiner Frau verbieten müssen, ihn dermaßen zu verhätscheln. Und schließlich war Hopfen und Malz verloren; er konnte sich nicht mehr bessern. Da Lady Fanhope sich nur um sein Wohl sorgte, wollte ich meine anderen Kinder für die Vernachlässigung entschädigen und kümmerte mich umso intensiver um unsere Tochter und den jüngeren Sohn. Ich glaube, Giles würde sich viel besser als Charles dafür eignen, in meine Fußstapfen zu treten, wenn es an der Zeit ist. Was aber nichts an der Tatsache ändert, dass Charles mein Erbe ist. Wenn es auch zu spät ist, dem Jungen wenigstens ein bisschen Ehrgefühl beizubringen – ich möchte ihn zumindest zwingen, die Konsequenzen seiner Handlungsweise zu tragen. Diesen Entschluss werde ich in die Tat umsetzen, ganz egal, wie lange es dauern wird, ihn aufzuspüren."

Da Annis niemals gezögert hatte, die Folgen ihrer eigenen Aktivitäten zu akzeptieren, beteuerte sie: „Glauben Sie mir, Sir, es hat mir keine Genugtuung bereitet, Ihre Familie ins Unglück zu stürzen und ..."

„Bitte, mein liebes Kind", unterbrach er sie und ergriff ihre Hände, „was Sie getan haben, nehme ich Ihnen wirklich nicht übel. Greythorpe vermutet, dass Ihr Gewissen Sie quält. Aber dafür besteht kein Grund. An diesem Skandal sind gewisse Mitglieder meiner Familie schuld – vor allem ich selbst."

Annis' Taktgefühl verbot ihr, ihm beizupflichten. Und da es weder ihm noch ihr nützen würde, noch länger über die unglückseligen Ereignisse zu reden, wechselte sie das Thema und fragte gespannt, wann der Viscount zurückkehren würde.

„Das kann ich Ihnen leider nicht sagen, meine Liebe", erwiderte Lord Fanhope zu ihrer Enttäuschung. „Ich gewann den Eindruck, da wäre er sich selber noch nicht sicher. Wie ich bereits erwähnt habe, war er so freundlich, mir für meine Heimreise seine Reisekutsche zu leihen. Am Morgen meines Aufbruchs wollte er London ebenfalls verlassen, in der Begleitung eines Freundes, dessen Landsitz in Nottinghamshire liegt. Dorthin brachen die beiden auf." Als er Annis' Verblüffung bemerkte, fügte er hinzu: „Was Greythorpe zu dieser

Reise in den Norden bewogen hat, weiß ich nicht. Allerdings besitzt er ein kleines Landgut in Derbyshire."

„Ja, das habe ich gehört. Trotzdem finde ich es seltsam, dass er dieses Anwesen gerade jetzt besucht, nur wenige Wochen vor der Geburtstagsfeier für seine Großmutter."

„Die wird er wohl kaum vergessen – schon gar nicht, weil er ein grandioses Fest veranstalten möchte, viel aufwendiger, als es ursprünglich geplant war. Vielleicht möchte er den Antritt seines Erbes zelebrieren." Der Baron lächelte strahlend. „Darauf freuen wir uns alle schon sehr."

Wie sich bald herausstellte, teilte Sarah diese Vorfreude. Von neuer Energie erfasst, widmete sie sich der Organisation der Party. Offenbar hing das mit einem Brief ihres Bruders zusammen, den der treue Wilks ihr am Tag seiner Rückkehr aus London übergeben hatte. Doch das konnte Annis nur vermuten, denn die Hausherrin erzählte ihr nichts vom Inhalt dieses Schreibens.

Annis tat ihr Bestes, um zu verhehlen, wie beklommen sie dem Ereignis entgegenblickte. Während sich die Tage dahinschleppten, fiel es ihr immer schwerer, Begeisterung zu heucheln, wenn sie um Rat gebeten wurde. Schließlich ging sie Sarah aus dem Weg, indem sie ausgedehnte Wanderungen mit Rosie unternahm.

Natürlich wusste sie, dass sie ihr Problem damit nicht löste. Am Ende der Woche fühlte sie sich gezwungen, höchst unangenehmen Tatsachen ins Auge zu blicken. Wenn sie Sarahs Gesellschaft auch mied – der Wahrheit, die ihre eigenen Gefühle betraf, konnte sie nicht länger ausweichen. Allein schon der Gedanke, der Viscount würde sich mit Caroline Fanhope verloben, erfüllte sie mit heißer Eifersucht. Wie sollte sie es ertragen, diese Party zu besuchen? Alle Anwesenden würden behaupten, Lord Greythorpe habe die ideale Braut gefunden.

Und sie, Annis, musste für sich behalten, dass *sie* es war, die ihn wahrhaft liebte, mit allen Fasern ihres Seins. Nur *sie* wäre die geeignete Gefährtin, die seine Zukunft teilen dürfte.

Und was ihr als besondere Ironie erschien – Greythorpe würde sehr gut verstehen, was sie empfand. Ja, er wüsste es zu schätzen, dass sie nicht hierbleiben wollte, um ihm heuchlerisch alles Gute zu wünschen.

An diesem Vormittag suchte sie Zuflucht auf der steinernen Gartenbank und hing ihren trüben Gedanken nach.

Plötzlich hörte sie auf dem Kiesweg die Schritte, die sie so gut kannte. Der Hausherr war endlich zurückgekehrt. Gab es eine bessere Gelegenheit, ihm mitzuteilen, was sie beabsichtigte?

Langsam stand sie auf. Wie in Trance ging sie ihm entgegen und sah ihn strahlend lächeln, bevor er ihr die Arme entgegenstreckte. Instinktiv hob sie ihre Hände, die er ergriff, und dann zog er sie an sich. Warme Lippen streiften ihre Wange, dann verschlossen sie ihren Mund. Viel zu bereitwillig erwiderte sie den Kuss.

13. KAPITEL

Greythorpe war gerade noch rechtzeitig nach Hause zurückgekehrt, um den Lunch gemeinsam mit seiner Schwester und Louise einzunehmen – und vor allem mit der jungen Dame, die seine Gedanken so oft beherrschte, seit sie in sein Leben getreten war.

So schnell wie möglich vertauschte er seine staubige Reisekleidung mit sauberen Sachen. Dabei verzichtete er auf die Dienste seines Kammerdieners, dessen penible Sorge um geringfügige Mängel nur wertvolle Zeit gekostet hätte. Wieder im Erdgeschoss, beobachtete er den Butler, der gerade zwei Lakaien beauftragte, eine große Truhe aus der Halle nach oben in Miss Milbanks Zimmer zu bringen.

Ein kurzer Blick auf die Wanduhr verriet ihm, wo sich seine Schwester aufhielt, die nur selten von ihrer Routine abwich. „Warten die Damen im Salon auf den Lunch-Gong?"

„Dort finden Sie Ihre Schwester und Miss Louise, Mylord. Aber ich glaube, Miss Milbank ist noch nicht von ihrem Spaziergang zurückgekommen." Dunster räusperte sich. „Falls sie ihre neuen Gewohnheiten nicht geändert hat, wird sie erst in der allerletzten Minute erscheinen."

Greythorpe war auf dem Weg zur Bibliothek gewesen, um einen besonderen Gegenstand in eine Schreibtischschublade zu legen, den er vorerst verstecken wollte. Nun hielt er inne und drehte sich erstaunt zu seinem Butler um. „Stimmt irgendwas nicht, Dunster?"

„Nun, das wäre übertrieben ausgedrückt, Mylord. Aber in letzter Zeit bevorzugt Miss Milbank ihre eigene Gesellschaft. Den Großteil ihrer Zeit verbringt sie im Freien. Natürlich wird sie die Kirchturmuhr hören, die alle halbe Stunde schlägt."

„Sehr gut, Dunster." Deverel musterte seinen Butler anerkennend. „Offenbar haben Sie während meiner Abwesenheit alles im Auge behalten. Zögern Sie den Lunch hinaus, wenn es nötig ist – ich gehe in den Park."

Ohne eine Antwort abzuwarten, eilte er aus dem Haus. Natürlich verließ er sich auf seinen treuen, tüchtigen Butler, der verhindern würde, dass jemand nach dem Hausherrn suchte – obwohl er selbst nicht genau wusste, warum er in diesem Augenblick seine Privatsphäre wahren wollte. Falls Dunster die Situation richtig einschätzte, war irgendetwas nicht in Ordnung. Was keinesfalls bedeuten musste, dass es einen ernsthaften Grund zur Sorge geben würde ... Wie auch immer, der Zeitpunkt eignete sich wohl kaum für eine Erklärung, sollte Annis, die große Liebe seines Lebens, von Kümmernissen geplagt werden.

Aber sobald er eine Biegung des Gartenwegs umrundete und die junge Dame auf einer Bank sitzen sah, vergaß er ohnehin all die Worte, die er für diesen besonderen, wichtigen Moment geprobt hatte.

Er sah, wie sie den Kopf zu ihm wandte, nachdem sie seine Schritte gehört hatte, sah unverhohlene Freude in den klaren graugrünen Augen leuchten, ein strahlendes Lächeln. Dann stand sie auf und kam ihm entgegen. Impulsiv streckte er beide Arme nach ihr aus. Und sie hob ihre Hände, die er umfasste. Schweigend zog er sie an sich.

Welche Erklärung war jetzt noch erforderlich, nachdem die geliebte Frau an seine Brust gesunken war? Hingebungsvoll schmiegte sie sich an seinen Körper, dessen Regungen er fast verzweifelt zu kontrollieren suchte.

Die schön geschwungenen Lippen leicht geöffnet, forderte Annis einen Kuss heraus – das erste intimere Zeichen seiner Liebe, die er notgedrungen viel zu lange verheimlicht hatte. Tagelang hatte er gehofft, die Frau, deren Selbstbeherrschung er so sehr bewunderte, würde seine Heimkehr begrüßen. Doch er hatte nicht erwartet, sie würde so rückhaltlos zeigen, was sie für ihn empfand.

Erwiderte Liebe und ungestillte Sehnsucht bildeten einen betörenden Reiz, und Deverel wäre versucht gewesen, Annis in wachsender Leidenschaft zu küssen, hätte ein leiser, atemloser Laut, der in ihrer Kehle aufstieg – halb Schluchzen, halb Stöhnen –, ihn nicht daran gehindert.

Als sie sich aus seiner Umarmung zu befreien versuchte, ließ er sie sofort los. Vorsichtshalber trat er einen Schritt zurück, damit er seine Selbstkontrolle nicht auf eine allzu harte Probe stellte, und betrachtete Annis' zauberhaftes Gesicht, das Zerknirschung und Verwirrung widerspiegelte.

„O Gott ..." Mit bebenden Fingern berührte sie ihre von Schamröte verfärbte Wange. „Wie schrecklich! Das durfte nicht geschehen ... Was musst du nur von mir denken?"

„Dass du soeben verraten hast, was du verbergen wolltest, mein Engel." Deverel nahm sie bei der Hand und führte sie zu der Bank zurück. Mit sanfter Gewalt drückte er sie auf den sonnenwarmen Stein und setzte sich zu ihr. „Ich muss dich warnen. Falls du dich bemühen möchtest, deine wahren Gefühle zu verhehlen, von jetzt an wäre das völlig sinnlos."

„Nein, bitte nicht ...", flehte sie, den Tränen nahe. „Was soeben passiert ist – das wollte ich wirklich nicht. Und ich kann nur einen einzigen Entschuldigungsgrund vorbringen – ich hatte keine Ahnung, dass du heute zurückkommen würdest. Und dein plötzlicher Anblick hat mich überrumpelt."

„Tatsächlich?" Die Versuchung, Annis ein wenig zu hänseln, war unwiderstehlich. „Wenn das so ist, muss ich dich immer wieder überraschen, mein teurer Schatz – um einen so süßen Lohn zu verdienen."

„Wie kannst du nur scherzen?", mahnte sie. „Man hat mir zwar erklärt, Gentlemen würden solche Dinge etwas freizügiger betrachten. Trotzdem finde ich deine leichtfertige Einstellung skandalös. Außerdem – du unterliegst einem bedauerlichen Irrtum."

Amüsiert beobachtete er ihre Verwandlung in eine strenge Gouvernante. Nur mühsam zügelte er seinen Lachreiz. „Jetzt machst du mich neugierig. In welchem Punkt irre ich mich?"

Ehe sie empört aufspringen konnte, ergriff er ihre Handgelenke.

„Lass mich sofort los, Deverel!"

Diese Forderung stieß auf taube Ohren. „Beruhige dich, mein Engel, und erklär mir, was dich so maßlos erzürnt."

Eine Zeit lang musterte sie ihn wortlos und spielte mit dem Gedanken, seinen Wunsch zu ignorieren. Dann siegte ihre Vernunft. Einen Fluchtversuch zu unternehmen wäre unsinnig. Natürlich wollte sie sich nicht auf eine würdelose Rangelei einlassen, bei der Deverel so oder so die Oberhand gewinnen würde. Und so beschloss sie, klein beizugeben, wenn sie auch nicht verstand, warum er so hartnäckig auf einer Erklärung beharrte.

„Also gut, wenn du es unbedingt wissen musst – willst du auf der Geburtstagsparty deiner Großmutter eine Verlobung bekannt geben?"

In gutmütigem Spott hob er die dunklen Brauen. „Angesichts deines Verhaltens vor wenigen Minuten halte ich diese Frage für überflüssig, meine Liebste. Oder habe ich deinen Charakter falsch beurteilt? Bist du daran gewöhnt, die Annäherungsversuche eines Gentleman so offenherzig zu ermutigen? Nicht dass ich etwas dagegen hätte", fügte er lächelnd hinzu. „Vorausgesetzt, es handelt sich ausschließlich um *meine* Annäherungsversuche."

„Mein Verhalten ...?", stieß sie entrüstet hervor. „Und deines? Nutzt du bei allen jungen Damen eine momentane Schwäche aus, um deine niederen Instinkte zu befriedigen?"

„Diese Beschuldigung muss ich entschieden zurückweisen. Gewiss, ich habe nicht das Leben eines Mönchs geführt. Aber niemand darf mir vorwerfen, ich sei nicht wählerisch gewesen."

„Wie kannst du in solchen Dingen nur alberne Witze machen!", schimpfte sie. „Ich verstehe einfach nicht, warum du dein künftiges Glück aufs Spiel setzt, indem du so leichtsinnig mit einer Frau tändelst – die nicht zu dir passt ..."

„Ganz im Gegenteil", konterte er, immer noch belustigt. „Ich bin fest entschlossen, die Frau zu heiraten, der mein ganzes Herz gehört und die mein Wesen vollkommen ergänzt. Ohne sie zu leben – das erscheint mir unvorstellbar. Insbesondere, nachdem sie vorhin, in jenen kostbaren Minuten, meine letzten Zweifel zerstreut hat. Nun weiß ich Bescheid – du erwiderst meine unsterbliche Liebe mit gleicher Glut."

Diesen Worten folgte ein langes Schweigen, und er fürchtete, Annis hätte nichts verstanden. Oder vielleicht wollte sie nichts verstehen. Dann schaute sie ihn an – maßloses Staunen in den schönen grüngrauen Augen, bevor sie die Lider senkte, um ihre Tränen zu verbergen.

Dankbar nahm sie das Taschentuch entgegen, das er in ihre bebende Hand drückte. Dann legte er besänftigend einen Arm um ihre Schultern, und sie lehnte sich an ihn. Die Erkenntnis, dass es kein belangloser Kuss gewesen war, dass der geliebte Mann ihre Gefühle teilte, war so überwältigend, dass sie ihre kostbare Selbstkontrolle verlor und ihren Tränen freien Lauf ließ.

„Ach, du lieber Gott, was musst du von mir denken?", flüsterte sie, nachdem sie sich einigermaßen gefasst und das feine Leinentuch benutzt hatte, um ihre feuchten Wangen abzuwischen.

„Dass du mir eine Erklärung schuldest, mein Liebling. Offenbar hast du erwartet, ich würde auf Grandmamas Geburtstagsparty eine Erklärung abgeben, die aber nicht uns beide betrifft."

„Ja, natürlich habe ich mit einer anderen Verlautbarung gerechnet", gab sie zu, weil sie keinen Grund sah, ihn zu belügen. „Ich dachte, du willst Miss Fanhope heiraten."

„Was, Caroline? Aber …" Verblüfft schüttelte er den Kopf. „Wer um alles in der Welt hat dich auf diese absurde Idee gebracht? Und sag bloß nicht, es sei Sarah gewesen. Das würde ich dir nicht glauben. Gewiss, ich schrieb ihr, ich würde in London ein paar Freunde besuchen und zu unserer Feier einladen. Aber ich kenne sie gut genug. Selbst wenn sie ahnt, was dahintersteckt, würde sie ihre Vermutung für sich behalten, solange sie nicht offiziell informiert ist." Deverel rückte ein wenig von Annis ab, um die schuldbewusste Miene zu studieren, die sie nicht unterdrücken konnte. „Das hast du dir selber zusammengereimt!", rief er anklagend.

„Ja – nein … Also, ja", gestand sie schließlich. „Sobald ich herausfand, du würdest ein größeres Fest geben, als es ursprünglich geplant war, fragte ich mich nach deinen Gründen. Schließlich sagte ich mir, du willst etwas ganz Besonderes feiern. Nämlich eine Verlobung. Und damit hatte ich recht."

„Allerdings. Du hast nur auf die falsche Braut getippt."

„Wie sollte ich denn wissen …?"

„Dass ich mich rettungslos in dich verliebt habe?", vollendete er den Satz, nachdem sie in mädchenhafter Scheu verstummt war und erneut errötete. Behutsam legte er einen Finger unter ihr Kinn, hob ihr Gesicht empor und zwang sie, ihn anzuschauen. „Wie solltest du auch auf einen so abwegigen Gedanken kommen, während ich alles tat, um dich hier festzuhalten, außer dich in deinem Zimmer einzusperren? Allmählich fand ich keine Argumente mehr, um deine Abreise zu verhindern."

„Wenn keine Gefühle im Spiel sind, sieht man die Dinge viel klarer", verteidigte sie sich lächelnd. Dann wurde sie wieder ernst, von einer beklemmenden Erinnerung an ihre gesellschaftliche Position gepeinigt. „Hast du dir das auch gut überlegt, Deverel? Vielleicht werden nicht alle deine Verwandten und Freunde die Wahl deiner künftigen Gemahlin billigen. Bedenk doch – ich stamme nicht aus deiner Welt, denn das Verhalten meiner Mutter …“

„Hör auf damit!“, unterbrach er sie in so scharfem Ton, dass sie zusammenzuckte. „Ja, schau nur erschrocken drein, mein Mädchen! Und verschone mich mit diesem Unsinn! Wenn dir bisher die gesellschaftliche Anerkennung, die du verdienst, auch verweigert blieb, deine Mutter hat dich zu einer echten Dame erzogen. Nur ein blinder Idiot würde dich anders beurteilen. Zu unserer Hochzeit werden wir *alle* Mitglieder deiner und meiner Familie einladen. Falls irgendjemand nicht erscheinen möchte – sei's drum. Jedenfalls wird mich dieses Problem nicht um den Schlaf bringen. Aber ich glaube, du wirst staunen, wie viele Leute uns beehren werden.“

Im Brustton der Überzeugung machte er ihr klar, dass sie die Situation völlig falsch einschätzte. Für ihn war ihre untergeordnete gesellschaftliche Stellung von Anfang an unwichtig gewesen. Und was andere Menschen denken mochten, interessierte ihn nicht.

„Offenbar hast du darüber nachgedacht“, meinte sie leise.

„Nur ein bisschen. Etwas anderes hat mir viel mehr Kopfzerbrechen bereitet“, fügte er hinzu und zog das glitzernde Schmuckstück aus seiner Tasche, das er ihr eigentlich erst später hatte präsentieren wollen. Sekunden später zierte es den dafür vorgesehenen Finger ihrer linken Hand, bevor sie eine Gelegenheit fand, den perfekten funkelnden Stein zu betrachten. „Zunächst dachte ich an die Smaragde. Aber dann erinnerte ich mich an deine Abneigung gegen diesen Edelstein.“

Annis gab nicht vor, sie würde ihn missverstehen. Nur zu lebhaft entsann sie sich, wie töricht sie seine Worte missdeutet hatte. „Du hast mein Verhalten falsch interpretiert, Deverel.

Genauso, wie ich deine Bemerkung, Smaragde würden mir besser stehen als mein Schmuck. In Zukunft werden wir solche dummen Missverständnisse vermeiden." Lächelnd hob sie ihre Hand, um den kostbaren Diamanten zu bewundern. „Einen schöneren Ring hättest du gar nicht aussuchen können. Und er passt perfekt! Wie ist das möglich?"

„Ganz einfach. Du hast in Fanhopes Spielsalon deine Perlen auf den Tisch gelegt. Während der allgemeinen Aufregung nahm ich den Ring unbemerkt an mich, um die Größe abzumessen, und danach übergab ich ihn deiner Zofe."

Als er jenen unerfreulichen Abend erwähnte, sah er einen Schatten über ihr Gesicht gleiten. Abrupt stand er auf und zog sie auf die Beine. „Komm, gehen wir ins Haus. Nun will ich das ganz besondere Glück genießen, unsere Verlobung bekannt zu geben."

Am nächsten Morgen wollte Annis gar nicht aus dem Bett steigen. Zufrieden schwebte sie in einem warmen Kokon zwischen der Wirklichkeit und einer magischen Märchenwelt, in der die Prinzessin nach langen Irrwegen endlich die Liebe ihres Prinzen gewonnen hatte.

„Oh, ich fühle mich einfach himmlisch als Braut, Eliza!", jubelte sie.

„Das sehe ich Ihnen an, Miss", lautete die trockene Antwort. „Noch dazu, weil Sie dauernd diesen Stein anstarren, der an Ihrem Finger steckt. Allerdings begreife ich nicht, warum Sie ihn keine Sekunde lang aus den Augen lassen. Sie können sich unmöglich einbilden, er wäre nicht da. Immerhin ist er so groß wie ein Hühnerei."

Annis ließ ihre linke Hand sinken und warf ihrer Zofe einen missbilligenden Blick zu. „Wenn man Ihnen zuhört, könnte man glauben, mein kostbarer Besitz wäre protzig und vulgär! Das ist er nicht, sondern einfach nur *perfekt.* Ebenso wie der wundervolle Mann, der mir diesen Diamanten geschenkt hat."

Seufzend verdrehte Eliza Disher die Augen. „Bald werden Sie wieder auf die Erde zurückkehren, Miss Annis. Immerhin haben Sie die Vernunft Ihrer Mutter geerbt."

„Ja, genau das denkt Seine Lordschaft auch. Zumindest bildet er sich ein, ich wäre meiner lieben Mama viel ähnlicher, als ich's selber vermute. Aber ich vermute, es war mein schelmischer, von meinem unverbesserlichen Grandpapa geerbter Charme, der den Viscount zuerst bezaubert hat. Habe ich das nicht trefflich ausgedrückt?"

„Wenn Sie meinen, Miss ...", seufzte Eliza.

„O ja, genau das meine ich." Prüfend musterte Annis ihre langjährige treue Gefährtin. „Sie wussten es, nicht wahr? Als ich gestern heraufstürmte, um Ihnen von meiner Verlobung zu erzählen, waren Sie kein bisschen überrascht."

„Natürlich nicht, Miss", bestätigte die Zofe und lächelte selbstgefällig. „Übrigens habe ich versucht, Sie darauf hinzuweisen. Erinnern Sie sich? Als ich betonte, Seine Lordschaft würde eine grandiosere Party planen."

„Nun ja – was die Beweggründe des Viscounts betrifft, war ich ziemlich begriffsstutzig. Da fällt mir ein – weder Sarah noch Louise zeigten sich erstaunt, als sie von meiner Verlobung erfuhren. Beide waren entzückt, aber kein bisschen verblüfft. Offenbar hat hier jeder damit gerechnet – nur ich nicht. Keine Sekunde lang dachte ich, er wäre nach Norden gefahren, um meine Tante und meinen Onkel kennenzulernen und die beiden zu der Party einzuladen. Darüber freue ich mich – obwohl es ein bisschen anmaßend von ihm war, einfach vorauszusetzen, ich würde seinen Heiratsantrag annehmen. Und dann war er auch noch so fürsorglich, eine Truhe mit meinen Kleidern mitzubringen." Plötzlich runzelte Annis unwillig die Stirn. „Aber ich darf mich nicht zu sehr verwöhnen lassen.

Eigentlich missfällt es mir, dass er darauf bestand, ich müsse heute Morgen im Bett frühstücken.“

„Überlegen Sie doch mal, Miss!“, mahnte Eliza. „Was glauben Sie denn, warum er mich gestern Abend in den Salon gebeten hat – und warum er das heute wieder tun wird? Weil Sie unter demselben Dach wohnen wie Ihr Bräutigam! Mit Ihrem ehrbaren Namen darf sich nicht einmal der Hauch eines Skandals verbinden, wenn er's verhindern kann. Gewiss, seine Schwester wird bis zur offiziellen Bekanntgabe der Verlobung die Rolle der Anstandsdame übernehmen. Aber Seine Lordschaft weiß, wie schnell sich die Klatschmäuler über solche Dinge aufregen. Deshalb sehnt er Lady Pelhams Ankunft herbei. Zum Glück wird Ihre Patin morgen eintreffen.“

„Damit könnten Sie recht haben. Nachdem Colonel Hastie uns gestern Abend vor dem Dinner unangemeldet besucht hat, weiß auch seine Frau über die Verlobung Bescheid. Bald wird sich die Neuigkeit wie ein Lauffeuer verbreiten. Ehe man sich's versieht, wird man von mir erwarten, meinen persönlichen Reitknecht mitzunehmen, wenn ich in den Sattel steige ...“ Ruckartig setzte Annis sich auf und warf beinahe das Frühstückstablett um, das auf der Bettdecke lag. „Heiliger Himmel, ich habe ganz vergessen, Jack Fletcher zu erwähnen! Oh, da wird es Schwierigkeiten geben!“

Um ein Missgeschick zu verhindern, entfernte Eliza das Tablett und stellte es auf eine Kommode. „Warum machen Sie sich deshalb Sorgen, Miss?“ Vor ein paar Tagen hatte sie ihre Herrin auf einem Spaziergang zu Nanny Berrys Cottage begleitet und Mr. Fletcher als arbeitsamen, anständigen Burschen eingeschätzt. „Vielleicht braucht Seine Lordschaft im Augenblick keinen zusätzlichen Dienstboten. Aber er wird Jack sicher nicht wegschicken, ohne ihm eine neue Stellung zu verschaffen.“

„Darum geht es nicht.“ Annis schlug die Decke zurück

und schwang ihre Beine über den Bettrand. „Was unseren Freund Jack Fletcher betrifft, habe ich Ihnen nicht alles erzählt. Das muss der Viscount erfahren. Unverzüglich!“

„Auf keinen Fall, bevor Sie angekleidet und frisiert sind, Miss!“, entschied die Zofe in einem Ton, der keinen Widerspruch duldete. „Und schauen Sie mich nicht so erbost an, junge Dame! Als wollten Sie mich mit Ihrem Blick erdolchen ... An den Gefühlen Seiner Lordschaft für Sie habe ich nie gezweifelt. Allerdings war ich mir nicht ganz sicher, was *Sie* für ihn empfinden – denn ich wusste nicht, ob Sie Ihre kostbare Freiheit aufgeben und auf ein gewisses ungewöhnliches Benehmen verzichten würden. Nun ist's zu spät, um darüber nachzudenken. Wenn's nach dem Willen Seiner Lordschaft geht, werden Sie bald die Viscountess Greythorpe sein. Also sollten Sie am besten schon jetzt akzeptieren, dass sich einiges ändern wird! Sie müssen immer untadelig aussehen, nicht nur dann, wenn's Ihnen zufällig gerade in den Kram passt, sich darum zu bemühen. Und damit fangen wir *sofort* an!“

Da Eliza Disher mit aller Macht beweisen wollte, wie hervorragend sie die Pflichten einer Kammerzofe wahrnahm, dauerte es eine ganze Weile, ehe Annis dem Schlafzimmer entfliehen durfte. Perfekt zurechtgemacht, in einem der Kleider, die Lord Greythorpe aus Leicestershire mitgebracht hatte, das seidige, rötlich braune Haar kunstvoll hochgesteckt, stieg sie die Treppe hinab – vom Scheitel bis zur Sohle eine elegante Dame.

Der Viscount hatte angekündigt, den Vormittag damit zu verbringen, Verwaltungsangelegenheiten aufzuarbeiten, die während seiner Abwesenheit liegen geblieben waren. Deshalb wusste sie, wo sie ihn finden würde, und betrat die Bibliothek. Wie erwartet, saß er hinter dem Schreibtisch, über einige Papiere gebeugt. Trotzdem war der freudige Glanz in seinen Augen unverkennbar, als er den Kopf hob und feststellte, wer ihn besuchte.

„Verzeih mir die Störung, Deverel", bat Annis, nachdem sie seinen Begrüßungskuss errötend erwidert hatte. „Normalerweise würde ich nicht wagen, dich von deiner Arbeit abzuhalten. Ich weiß, wie beschäftigt du bist, nachdem du so lange verreist warst. Aber ... ich fürchte, wenn ich dieses Gespräch hinauszögere, würde ich mich vielleicht anders besinnen. Und das wäre nicht richtig."

„Irgendwie klingt das bedrohlich", meinte er, nachdem er ihrer verwirrenden Erklärung gelauscht hatte. „Sei versichert, Liebling – wenn du mir etwas Wichtiges erzählen möchtest, bin ich niemals zu beschäftigt. Nun, was bereitet dir Sorgen?"

„Also – es geht um einen jungen Mann. Während deiner Abwesenheit fand ich heraus, wer vor ein paar Wochen auf dich geschossen hat."

Ohne mit der Wimper zu zucken, erklärte er: „Und du hast aus einem ganz bestimmten Grund beschlossen, die Identität des Missetäters nicht zu verraten."

„Ich würde dich einweihen – vorausgesetzt, du versprichst mir, die Sache nicht weiterzuverfolgen."

Deutlich genug gab ihr sein Schweigen zu verstehen, dass ihm ihr Wunsch missfiel.

„Da Lord Fanhope der Friedensrichter in dieser Gegend ist", fuhr sie eindringlich fort, „solltest du die Angelegenheit auf sich beruhen lassen – besonders angesichts der jüngsten Ereignisse."

„Um Himmels willen!" Stöhnend verdrehte Greythorpe die Augen. „Erzähl mir bloß nicht, der elende Charles würde hinter jenem Anschlag stecken!"

„Doch. Er hat jemandem den Auftrag gegeben."

„Aber – *warum?*", fragte er ungläubig. „Was habe ich verbrochen, um so heftige Rachegelüste zu erregen?"

„Nach allem, was ich herausgefunden habe, wurde er weder von Zorn noch von Rachsucht dazu veranlasst." Lächelnd legte sie ihre Hände auf seine Schultern. „So seltsam du das auch finden magst – sogar andere Leute hatten sich in den Kopf gesetzt, du würdest Caroline Fanhope heiraten. Charles glaubte, du würdest ihr irgendwann einen Antrag machen. Um das zu beschleunigen, schmiedete er einen verrückten Plan. Du solltest verwundet und dann von seiner Schwester liebevoll gepflegt werden. Vor lauter Dankbarkeit würdest du einen Hochzeitstermin festsetzen."

„Großer Gott!", flüsterte Deverel entgeistert. „Keine Bange, ich werde nichts gegen diesen jungen Mann unternehmen."

Nach dem Lunch ritt der Viscount zu Nanny Berrys Cottage, nur von Rosie begleitet, die beschlossen hatte, ihre geliebte Herrin für eine kleine Weile zu verlassen, um sich an der frischen Luft zu bewegen.

Annis hatte nicht mitkommen wollen. Warum, wusste er nicht genau. Vielleicht zog sie es vor, Sarah bei den Arrangements für die bevorstehende Party zu helfen. Oder sie glaubte – und er neigte etwas eher zu dieser Vermutung –, er müsse allein mit Jack Fletcher reden, damit sie sein Urteil über Charles Fanhopes ehemaligen Reitknecht nicht beeinflusste. Er hatte ihr versprochen, keine Anklage gegen den Burschen zu erheben. Und er würde sein Wort halten.

Ob er den Mann, der unverschämterweise auf ihn geschossen hatte, einstellen würde, das stand auf einem anderen Blatt. Wie auch immer, als er sein Pferd an den Pfosten vor dem frisch getünchten, gut instand gehaltenen Cottage der alten Frau festband, beschloss er, Jack Fletcher unvoreingenommen zu begegnen.

Zunächst verbrachte er einige Zeit mit Nanny Berry, eine der wenigen Personen, die ihm in seiner Kindheit echte Liebe entgegengebracht hatten. Die Neuigkeit von seiner Verlobung, zweifellos von Dienstboten verbreitet, war bereits zu ihr gedrungen. Nun beteuerte sie, wie sehr sie sich darüber freue und dass sie seine Wahl aus vollem Herzen gutheiße.

Dann sang sie ein Loblied auf den jungen Mann, der den verwilderten Garten hinter dem Haus innerhalb weniger Tage vom Unkraut befreit und Gemüsebeete angelegt hatte.

Was immer man gegen Jack Fletcher vorbringen mochte – er war keinesfalls arbeitsscheu. Und nachdem er ihn kennengelernt hatte, beschloss Deverel schon sehr bald, jene Missetat zu vergessen. „Also, Sie junger Schurke – wollen Sie für mich arbeiten, da Miss Milbank in Greythorpe Manor bleiben wird?"

„Aye, Mylord, sehr gern."

„Nach allem, was mein Oberreitknecht mir mitgeteilt hat, wären Sie ein idealer Nachfolger meines Wildhüters, der in ein oder zwei Jahren seinen Ruhestand antreten wird. An Ihrer Fähigkeit, mit Schusswaffen umzugehen, besteht wohl kein Zweifel", fuhr er ironisch fort. „Übrigens, die künftige Viscountess behauptet, Sie hätten mich wesentlich schwerer verletzt, wären Sie nicht ein so ausgezeichneter Schütze. Und so wäre es bedauerlich, Ihr Talent zu vergeuden. In der Zwischenzeit müssten Sie im Stall arbeiten und meiner Braut als persönlicher Reitknecht dienen. Niemals darf sie allein ausreiten, nicht einmal im Park."

Jacks Augen verengten sich. „Schwebt die junge Dame in Gefahr, Mylord?"

„Wenn ich das bloß wüsste … Gestern besuchte mich Colonel Hastie und erklärte, er habe Charles Fanhopes auffälligen Fuchs auf einer Landstraße gesehen, mit einem Reiter, den er nicht erkannte. Er fragte mich, ob Ihr ehemaliger Herr zurückgekehrt sei. Heute Morgen schickte ich Lord Fanhope eine Nachricht. Offenbar ist Charles nicht mehr in dieser Gegend aufgetaucht. Oder falls doch, hält er sich vom Landsitz seiner Familie fern."

„Könnte sich der Colonel geirrt haben? Seine Vorliebe für Brandy ist allgemein bekannt. Und wahrscheinlich sieht er auch nicht mehr so gut wie früher."

„Hätte er mir erzählt, er wäre Charles begegnet, würde ich gewisse Zweifel hegen. Er sprach jedoch nur von diesem Fuchs. Und mit Pferden kennt er sich aus."

„Aber warum sollte Master Charles zurückkehren, Mylord?" Verständnislos runzelte Jack die Stirn.

„Nun, ich hatte gehofft, das würden *Sie* mir verraten."

Eine Zeit lang schwieg Jack und schürte das Herdfeuer. Dann strich er über den Stoppelbart an seinem Kinn. „Soviel ich weiß, würde er in dieser Gegend keine Frau besuchen. Er hat eine Geliebte in Oxford. Falls er wirklich zurückgekommen ist – er möchte seine Familie ganz sicher nicht wiedersehen. Vermutlich haben Sie recht, Sir, dass man Miss Milbank vorerst im Auge behalten muss. Immerhin hat sie seine betrügerischen Machenschaften entlarvt. Und wenn er eine Gelegenheit findet, sich an ihr zu rächen – also, ich würde ihm fast alles zutrauen."

Genauso dachte auch der Viscount, seit der Colonel jene Beobachtung erwähnt hatte, und er nickte. „Natürlich wissen wir nicht, ob Fanhope wieder hier ist. Vielleicht hat er auf dem Weg nach Oxford die Pferde gewechselt, den Fuchs im Stall einer nahe gelegenen Taverne untergebracht, und jemand wollte das Tier einfach nur bewegen. Jedenfalls müssen wir in der nächsten Zeit unsere Augen und Ohren offen halten. Bleiben Sie heute noch hier, Jack. Morgen früh melden Sie sich bei Wilks."

Da er seiner Braut keinen unnötigen Kummer bereiten wollte, verschwieg Deverel ihr seine Vermutung, Charles Fanhope sei in die nähere Umgebung zurückgekehrt. Und so ging sie an diesem Abend unbeschwert und zufrieden ins Bett.

Louise hatte diesen Tag bei der ältesten Tochter des Vikars verbracht, und Annis hatte stundenlang mit Sarah im Salon gesessen, um die Organisation der großen Party zu erörtern. Dafür interessierte sie sich geradezu enthusiastisch, seit sie wusste, dass auf diesem Fest ihre *eigene* Verlobung verlautbart werden sollte. Nur zu gern überließ Sarah ihr alle wichtigen Entscheidungen, die den Speiseplan und die Dekoration des Ballsaals betrafen.

Außerdem hatten sie Sarahs Zukunft besprochen. Dadurch war der wundervolle Tag etwas überschattet worden.

Sosehr sich Sarah auch über die Verlobung ihres Bruders und die Wahl seiner Braut freute – nach der Hochzeit wollte sie nicht mehr hier wohnen, und Annis konnte sie nicht von ihrem Entschluss abbringen, woanders einen Hausstand zu gründen.

Da Sarah den Wunsch hatte, nach Bath zu ziehen, blickte sie dem Besuch ihrer Halbschwester und Lady Pelhams gespannt entgegen.

Auch Annis konnte die Ankunft der beiden kaum erwarten, aber aus anderen Gründen. Endlich würde sie die letzten Neuigkeiten erfahren. Wie sie einem Brief ihrer Patentante entnommen hatte, waren Helens Gefühle für Mr. Daniel Draycot merklich abgekühlt. Und obwohl Lady Pelham nicht genau wusste, ob ihre Nichte ihm bereits den Laufpass gegeben hatte, schien sie dieses Problem nicht mehr wichtig zu nehmen.

Lächelnd streckte sich Annis in ihrem komfortablen Bett aus. *Was werden die beiden sagen, wenn sie mich morgen in der Halle stehen sehen?* In ihrem letzten Brief hatte sie erwähnt, sie würde nicht an der Geburtstagsfeier für Lord Greythorpes Großmutter teilnehmen. Also würden sie nicht erwarten, sie hier anzutreffen – und ganz gewiss nicht, dass der Viscount sie zu seiner Braut erkoren hatte.

„O Rosie, wenn ich ihre Gesichter sehe … Warum kratzt du denn dauernd an der Tür? Willst du schon wieder hinaus?“

Offenbar hatte Annis richtig geraten, denn der Spaniel winselte erbärmlich. Und so stieg sie widerstrebend aus dem Bett.

„Was für ein lästiges Tier du bist!“, schimpfte sie. Um diese Stunde würde sie sich selbst um Rosies Bedürfnisse kümmern müssen, denn das Personal hatte sich bereits zurückgezogen. „Erst vor einer Stunde war jemand mit dir draußen. Warum hast du die Gelegenheit nicht genutzt?“

Statt einer Antwort wedelte die Hündin erwartungsvoll mit dem Schwanz, während Annis in den Morgenmantel und die Pantoffeln schlüpfte. Da sie nicht wusste, wie lange sie im Freien bleiben musste, legte sie auch noch ein Cape um ihre Schultern. Dann nahm sie die Kerze von ihrem Nachttisch und stieg mit dem Spaniel die Hintertreppe hinab, die normalerweise nur von den Dienstboten benutzt wurde. Auf diesem Weg würde sie am schnellsten in den Stallhof gelangen.

Nachdem Rosie im Dunkeln verschwunden war, stand Annis auf der Schwelle der Hintertür und wartete mehrere Minuten lang. Hatte die Hündin die Witterung einer Ratte aufgenommen, die irgendwo in den schwarzen Schatten lauerte?

Schließlich nahm Annis eine Laterne von einem Tischchen neben der Tür, stellte die Kerze ab und ging auf die Suche. Nichts rührte sich, als sie leise nach Rosie rief und pfiff. Beinahe hatte sie den Hof zur Hälfte durchquert, da hörte sie ein dumpfes Geräusch, gefolgt von schrillem Gekläff, das aus der Richtung des größten Stalltrakts drang. Unter normalen Umständen hätte sie sich nicht weitergewagt – gewiss nicht, in dieser unheimlichen Finsternis.

Aber es sah Rosie gar nicht ähnlich, einen Ruf ihrer Herrin

zu missachten. Noch bevor Annis das Stalltor erreichte, ahnte sie, dass hier irgendetwas nicht stimmte. Und sobald sie das flackernde Licht unter dem Tor und die beiden massiven, zurückgeschobenen Riegel sah, glaubte sie ihren Verdacht bestätigt. Dahinter würde sich nicht nur ein vierbeiniges, sondern auch ein zweibeiniges Wesen aufhalten.

Vor lauter Sorge um den Spaniel ignorierte sie eine warnende innere Stimme und betrat den Stall. Verwirrt rang sie nach Luft.

„Was zum Teufel machen Sie hier?“

14. KAPITEL

Der Viscount blickte von der bernsteinfarbenen Flüssigkeit in seinem Glas auf und wandte sich zu der schönen Uhr aus vergoldeter Bronze, die auf dem Kaminsims in der Bibliothek stand. Schon vor einer ganzen Weile hatten sich die Damen zurückgezogen, ebenso wie die Dienstboten.

Auch für ihn war es an der Zeit, sein Schlafzimmer aufzusuchen. Aber er fand erst an diesem späten Abend Muße, sich entspannt zurückzulehnen und jener gütigen Vorsehung zu danken, die an einem bitterkalten Februartag die Liebe seines Lebens zu ihm gesandt hatte.

Wie war es nur möglich, dass ein Mann und eine Frau aus verschiedenen Welten eine so vollkommene Harmonie bildeten? Schon kurz nach der ersten Begegnung hatte er in Annis die zweite Hälfte seines Wesens erkannt. Er würde zwar nicht so weit gehen und behaupten, sie wisse stets, was er dachte und fühlte. Und manchmal verwirrte ihn ihr Verhalten. Doch das kam nur selten vor. Meistens sah er voraus, wie sie sich in gewissen Situationen benehmen würde. An so vielen Abenden während der letzten Wochen hatten sie einander im Salon angeschaut, um ein geheimes Amüsement zu teilen, wenn Sarah in redselige Stimmung geraten oder Louise allzu albern gewesen war.

Annis hatte ihn von den bösen Erinnerungen an seine lieblose Kindheit befreit – an eine Zeit, in der es verboten war, sich einfach nur zu freuen oder Emotionen zu zeigen.

Lächelnd hob er sein Glas und prostete dem Fantasiebild der künftigen Viscountess Greythorpe zu. Wie ungeduldig er die Hochzeit herbeisehnte … Die hinterlistigen Strategien, die er angewandt hatte, um Annis in seinem Haus festzuhalten, waren erfolgreich gewesen. Doch er konnte nicht bestreiten, dass ihre fortgesetzte Anwesenheit unter seinem Dach seine Selbstkontrolle auf eine harte Probe gestellt hatte, von seinen ehrbaren Absichten ganz zu schweigen. Zum Glück würde Lady Pelham am nächsten Tag eintreffen. Denn seine Braut brauchte vermutlich nicht nur den Schutz ihrer Zofe mit den untrüglichen Argusaugen, bevor sie in den heiligen Ehestand treten würde.

In einem einzigen Zug leerte er seinen Brandyschwenker, dann erhob er sich und löschte die Kerzen. Nur eine einzige ließ er brennen, die ihm den Weg nach oben zu seinem Schlafzimmer weisen sollte. Mit leisen Schritten durchquerte er die Halle. Es war nicht ungewöhnlich, dass er als letztes Haushaltsmitglied zu Bett ging. Aber er fand es höchst ungewöhnlich, eine Tür knarren zu hören und einen Luftzug zu spüren, der die Kerzenflamme löschte.

Offenbar war außer ihm noch jemand um diese späte Stunde auf den Beinen – wahrscheinlich der pflichtbewusste Dunster, der sich vergewissern wollte, ob alle Haustüren und Fenster geschlossen waren. Ein paar Sekunden lang blieb der Viscount am Fuß der Treppe stehen und lauschte. Kein Geräusch drang zu ihm. Plötzlich erwachte erneut jenes Unbehagen, das ihn seit Colonel Hasties Besuch immer wieder befiel, und er beschloss, nach dem Rechten zu sehen. Lautlos schlich er die Stufen hinauf.

Zu seiner Bestürzung sah er Annis' Tür angelehnt. Mit einem kurzen Blick stellte er fest, dass sie nicht in ihrem Bett lag. Und er erriet auch, warum sie es mitten in der Nacht verlassen hatte. Stets rücksichtsvoll, würde sie niemals nach einem Diener läuten, um die Bedürfnisse ihrer Hündin zu befriedigen, sondern sich selbst darum kümmern. Und da sie die schlafenden Familienmitglieder nicht stören wollte, würde sie nicht die Haupttreppe benutzen, sondern die Hintertreppe zum Stallhof hinabsteigen. Deshalb weiß sie natürlich nicht, dass ihr Verlobter noch wach ist, dachte er grimmig, und bis vor Kurzem in der Bibliothek saß. Nun, das wird sie bald merken ... In Zukunft würde er diese nächtlichen Wanderungen unterbinden – zumindest, bis er sicher war, dass keine Gefahr von Charles Fanhope ausging.

Entschlossen eilte er die Dienstbotentreppe hinab. Bevor er die Verfolgung aufnahm, zündete er eine der Laternen an, die neben der Tür auf einem Tischchen bereitstanden.

In der Mitte des Hofs angekommen, fand er seine schlimmsten Befürchtungen bestätigt, denn plötzlich erklang jenes kindische, boshafte Gelächter, das er zu oft vernommen hatte, um nicht zu wissen, wer sich hinter dem geschlossenen Tor des größten Stalltrakts aufhielt. Und er ahnte in wachsendem Entsetzen, dass der unwillkommene Gast nicht allein war.

Auch Annis erkannte das meckernde Gelächter, und sie erinnerte sich sofort, wo sie es zuletzt gehört hatte. Warum war ihr die Identität des Schurken nicht schon viel früher klar geworden? Immerhin hatte sie in seiner Gegenwart ihre Angst vor dunklen, geschlossenen Räumen erwähnt.

„Also waren *Sie* so liebenswürdig, mich damals im Eiskeller einzusperren“, beschuldigte sie ihn und stellte ihre Laterne auf den Boden.

Allmählich erholte sie sich von dem Schock, den Charles Fanhopes Anblick ihr im Stall versetzt hatte, und ihre Angst verflog. Aber sie ermahnte sich zur Vorsicht, denn sie sah ein verräterisches Glitzern in seinen Augen. Außerdem schwankte er ein wenig, und das verriet ihr zusätzlich, dass er nicht ganz nüchtern war. Soviel sie wusste, erlagen manche Gentlemen ihren niedrigen Instinkten, wenn sie zu viel Alkohol getrunken hatten. Deshalb fand sie es besser, Lord Fanhopes unberechenbaren Erben nicht zu erzürnen.

„Darf ich erfahren, womit ich Ihren Unmut erregt habe?

Zuvor waren wir uns nur ein einziges Mal begegnet." Natürlich kannte sie die Antwort. Aber sie hoffte, wenn sie ihn in ein Gespräch verwickelte, würde er ihr erzählen, warum er sich im Stall des Viscounts versteckte.

„Sie haben meine Pläne für die Zukunft meiner Schwester vereitelt, Miss Milbank." Abgesehen von einer abstoßenden Grimasse, wirkte er zum Glück nicht bedrohlich. „Hätten Sie sich nicht eingemischt, wäre sie jetzt mit Greythorpe verlobt."

Hastig senkte sie den Blick, um zu verbergen, was sie dachte. Allem Anschein nach hatte er noch nichts von Deverels Heiratsabsichten gehört. Und in ihrer gegenwärtigen Situation hielt sie es für klüger, ihm diese Neuigkeit zu verschweigen. Zweifellos war es vorteilhafter, wenn er sich einbildete, seine Schwester könnte immer noch mit dem Viscount vor den Traualtar treten. Zudem fand sie es ratsam, ihn nicht über die Stellung zu informieren, die Jack Fletcher am vergangenen Tag angetreten hatte.

Nun, es würde sicher nicht schaden, wenn sie ihm eine Gelegenheit dazu verschaffte, seinen Gefühlen Luft zu machen. Danach würde er sich ja vielleicht beruhigt entfernen und somit keine weiteren Unannehmlichkeiten heraufbeschwören.

„Leider verstehe ich nicht, was Sie meinen, Mr. Fanhope", log sie. „Wieso hat meine Ankunft Ihre Pläne für die Zukunft Ihrer Schwester durchkreuzt?"

Er öffnete den Mund und schloss ihn sofort wieder. Offenbar wollte er nicht gestehen, er habe Jack Fletcher beauftragt, auf den Viscount zu schießen. Das fand er vermutlich zu riskant. Und so murmelte er nur: „Seit Sie hier sind, gibt's dauernd Ärger."

„Was keineswegs in meiner Absicht lag, Sir", erwiderte sie wahrheitsgemäß. „Meine Patentante hat mich hierhergeschickt, weil ich mit Seiner Lordschaft eine gewisse Angelegenheit besprechen sollte, die seine Halbschwester betraf – das war alles."

„Und warum bleiben Sie dann so lange in diesem Haus? Hoffen Sie Greythorpe für sich selbst zu gewinnen?" Anklagend stieß er hervor: „Ihretwegen musste ich mein Heim verlassen!"

„Glauben Sie mir, Sir, was auf der Party geschah, erfüllt mich keineswegs mit Genugtuung. Aber erwarten Sie nicht, dass ich mich dafür entschuldige. Sie wollten Thomas Marshal um eine hohe Summe betrügen. Und wie ich höre, haben Sie auch anderen Leuten Geld aus der Tasche gezogen – mit unlauteren Mitteln. Deshalb bedauere ich nicht, dass ich Ihren unrühmlichen Machenschaften ein Ende gesetzt habe."

Das schien ihn zu amüsieren, denn er lachte laut auf. „Wenn Sie das glauben, irren Sie sich ganz gewaltig, Ma'am. Sie haben meine profitable – eh – Tätigkeit nur kurzfristig unterbrochen."

„Soll ich Ihren Worten entnehmen, dass Sie *nicht* zurückgekehrt sind, um mit Ihrer Familie Frieden zu schließen, fortan ein anständiges Leben zu führen und die Wünsche Ihres Vaters zu erfüllen?"

„Genau das wollte ich andeuten. Ich kam nur zurück, weil ich ein paar Sachen brauchte, die ich bei meinem überstürzten Aufbruch zurückgelassen hatte. Und diese Juwelen werden mir einen komfortablen Lebensstil ermöglichen, bis ich mich auf dem Kontinent etabliert habe." Fanhope griff er unter seinen voluminösen Umhang und klopfte liebevoll auf seine Taschen. „Einer der Dienstboten war schon immer bestechlich. Deshalb musste ich nicht einmal einen Fuß in mein Vaterhaus setzen."

Empört über sein selbstgefälliges Grinsen, hätte Annis ihm am liebsten ins Gesicht geschlagen. Irgendwann und irgendwo würde er erneut jemanden ins Unglück stürzen, um sich zu bereichern. Oh, wie sie diesen Gauner verabscheute … „Ihre Familie macht sich große Sorgen um Sie, Sir. Haben Sie versucht, Verbindung mit Ihren Angehörigen aufzunehmen?“, fragte sie und hoffte, ihre Stimme würde ihre Verachtung nicht bekunden.

Sein gleichmütiges Achselzucken überraschte sie nicht. „Vielleicht werde ich Caro schreiben. Was die anderen angeht – die werde ich in absehbarer Zeit wiedersehen, wenn ich mein Erbe antrete. Allzu lange wird mein Vater nicht mehr am Leben bleiben.“

Mit diesen kaltblütigen Worten erstaunte er sie ebenso wenig. In seiner maßlosen Selbstsucht kümmerte er sich kein bisschen um die Gefühle seiner Mitmenschen, nicht einmal um den Kummer seiner nächsten Verwandten.

„Und warum habe ich Sie eigentlich im Stall von Greythorpe Manor entdeckt? Wohl kaum, weil Sie dem Viscount persönlich danken möchten, nachdem er Ihrem Vater bei dem erfolglosen Versuch geholfen hat, Sie aufzuspüren.“

„Was für ein schlaues kleines Ding Sie sind, Miss Milbank!“ Langsam und abschätzend, fast beleidigend, ließ er seinen Blick über ihre Gestalt wandern. „Wenn ich Sie etwas genauer betrachte, muss ich zugeben – Sie besitzen einen gewissen Charme …“ Plötzlich runzelte er misstrauisch die Stirn. „Oh, vielleicht interessiert Greythorpe sich tatsächlich für Sie. Er scheint kluge Damen zu bevorzugen, während ich mich eher zu äußeren weiblichen Reizen hingezogen fühle. Und ganz sicher nicht zu aufdringlichen Frauen, die sich überall einmischen!“

„Nun, wieso sind Sie hier?“, fragte sie, um ihn von seinem Groll gegen sie abzulenken. „Sicher nicht, um im Heu zu schlafen.“

Mit ihrer Taktik erzielte sie die gewünschte Wirkung. Ungeduldig schüttelte er den Kopf. „Der Idiot, dem ich mein

Pferd anvertraut habe, wollte es unbedingt bewegen. Dabei wurde sein Sprunggelenk verletzt. Ich musste auf einem elenden, schlecht beschlagenen Gaul hierherreiten. Unterwegs verlor er prompt einen Huf. Deshalb brauche ich ein frisches Pferd." Seufzend wischte er eine Spinnwebe von seinem Umhang. „Gewiss, ich könnte dem alten Hastie einen seiner Prachthengste entwenden. Aber ich entschied mich für Greythorpes Lieblingsjagdpferd." Sein Lächeln wirkte fast gewinnend. „Und Sie, meine liebe Miss Milbank, werden die Rolle meines Reitknechts übernehmen und sich nützlich machen. Damit können Sie mich wenigstens halbwegs für die Schwierigkeiten entschädigen, die ich Ihnen verdanke."

„Verdammt will ich sein, wenn ich das tue!", fauchte Annis, um nach langer Zeit wieder einmal die Ausdrucksweise ihres verstorbenen Großvaters zu benutzen.

„Wenn Sie sich weigern, werden Sie's bereuen", mahnte er, trat beiseite und enthüllte, was sein weiter Umhang verborgen hatte.

Verzweifelt rang sie nach Atem. Vor lauter Entsetzen über Charles Fanhopes Anwesenheit im Stall hatte sie Rosie ganz vergessen.

Ohne an ihre eigene Sicherheit zu denken, stieß sie ihn beiseite, brachte ihn beinahe aus dem Gleichgewicht und kniete neben dem reglosen Hündchen nieder. Erst nachdem sie sich vergewissert hatte, dass es nach einem Schlag auf den Kopf nur bewusstlos war, drehte sie sich zu dem Mann um, der hinter ihr stand.

„Eigentlich sollten Sie mir danken, Miss Milbank, statt mich so vernichtend anzustarren. Immerhin habe ich das widerwärtige Biest nur bewusstlos geschlagen, nachdem es so dreist war, mich ins Bein zu beißen. Genauso gut hätte ich es erwürgen können." Obwohl er nicht ganz nüchtern war, gelang es ihm, ein Holzscheit aufzuheben – die Waffe, mit der er

Rosies Angriff abgewehrt hatte.

Als Annis versuchte, ihm das Stück Holz zu entreißen, entfernte er es grinsend aus ihrer Reichweite.

„Falls Sie nicht das gleiche Schicksal erleiden wollen wie dieser elende Köter, werden Sie meinen Befehl befolgen. Und zwar sofort!"

Vor einem Mord mochte er zurückschrecken. Aber sicher nicht vor der Misshandlung einer wehrlosen Frau. Widerstrebend stand sie auf.

Seit ihrer Ankunft hatte sie den Stall schon oft besucht und jedes Mal ein paar Leckerbissen mitgenommen. Deshalb freuten sich die Pferde immer wieder, wenn sie zu ihnen kam. Das kostbare Jagdpferd Seiner Lordschaft – allen Fremden feindselig gesinnt – hatte sich schon bald an sie gewöhnt. Obwohl ihm die unübliche Störung zu dieser späten Stunde sichtlich missfiel, rebellierte es nicht, als Annis seine Box betrat.

Widerstandslos ließ sich der Hengst das Zaumzeug anlegen. Während sie die Riemen festzurrte, hörte sie ein leises Geräusch, das aus dem Stallhof drang. So langsam wie möglich führte sie den großen Braunen aus der Box und warf verstohlen einen Blick zum Tor. Fanhope hatte anscheinend nichts bemerkt. Natürlich konnte eine Ratte oder ein Dachs im Hof umherhuschen, auf der Suche nach Nahrung. Andererseits war es möglich, dass ein Stallbursche oder sogar Wilks die Stimmen in diesem Teil der Stallungen gehört hatte und nachsehen wollte, was das bedeutete. Falls diese Vermutung zutraf, musste sie Fanhope ablenken, damit ihr Retter unbemerkt hereinkommen konnte.

„Glauben Sie wirklich, Sie können mit Assaye umgehen? Der Viscount ist ein ausgezeichneter Reiter. Sogar er findet diesen Hengst manchmal ziemlich widerspenstig."

„Glauben Sie mir, Miss Milbank, Ihre Sorge um mein Wohl ist völlig deplatziert", entgegnete Fanhope herablassend.

Während er eine Kerze hinter sich in ein Regal stellte, überlegte Annis, dass sie nur wenige Menschen kannte, die sie so abgrundtief verachtete wie Charles Fanhope. Hätte der Baron nicht ihr Mitgefühl erregt, würde sie beinahe wünschen, sein egoistischer Sprössling würde von Pferd stürzen und sich den Hals brechen.

Sofort verdrängte sie den verwerflichen Gedanken und beobachtete, wie er den Sattel ergriff, den er offenbar schon früher aus dem Zeugraum geholt hatte. In aller Eile sattelte er das Pferd. Allem Anschein nach traute er ihr nicht zu, diese Aufgabe zufriedenstellend zu erfüllen, und erledigte sie lieber selbst. Und dann sah sie zu ihrer maßlosen Freude, wie das Tor langsam aufschwang und der Mann, den sie über alles liebte, lautlos hereinschlich.

„So leid es mir tut, Miss Milbank, bis zum nächsten Morgen muss ich Ihnen einige Unannehmlichkeiten zumuten", verkündete Fanhope. „Da Sie so unglaublich klug sind, werden Sie das sicher verstehen. Ich kann Sie unmöglich zurücklassen, sonst würden Sie Alarm schlagen, sobald ich davongeritten bin. Deshalb muss ich Sie fesseln und knebeln – und ich hoffe, Sie sind nicht so dumm, mich daran zu hindern."

„Miss Milbank vielleicht nicht – aber ich!"

Entgeistert zuckte Charles zusammen, als Lord Greythorpes sanfte Stimme erklang. Angesichts seiner verwirrten Miene wäre Annis beinahe in schallendes Gelächter ausgebrochen.

Aber ihre Genugtuung war unglücklicherweise nur von geringer Dauer. Fanhope fuhr zu Seiner Lordschaft herum, sein Umhang blähte sich und streifte die Flanken des Jagdpferds. Und das gefiel Assaye ganz und gar nicht. Wütend rächte er sich, indem er zur Seite sprang und den Gentleman gegen das Regal schleuderte. Nicht nur die Kerze fiel zu Boden, auch ein paar Tonkrüge und Flaschen, die ihren Inhalt auf das Stroh ergossen. Und mitten darin lag die bewusstlose Hündin.

Was immer die Gefäße enthalten mochten – es konnte völlig harmlos sein. Aber von der Kerzenflamme erfasst, erwies es sich als gefährliches Gebräu. Fluchend richtete Fanhope sich auf, und im nächsten Moment schnellte eine Flamme empor, entzündete nicht nur das Heu rings um Rosie, sondern auch noch andere Ballen in der Ecke des Stalls. Sekunden später erreichte das Feuer die Stützbalken des Heubodens.

Einer Panik nahe, stürzte sich Annis auf den Spaniel, um ihn zu retten. Unterdessen versuchte der Viscount das verängstigte Jagdpferd zu beruhigen, das sich wiehernd aufbäumte. Unbeachtet schwang Fanhope das Holzscheit hoch, mit dem er Rosie niedergeschlagen hatte. Ehe Annis erkannte, was er plante, und einen warnenden Schrei ausstoßen konnte, schmetterte er die Waffe auf die breiten Schultern Seiner Lordschaft.

Warum sich Deverel so schnell von der brutalen Attacke erholte, warum er nicht das Gleichgewicht verlor und unter Assayes wirbelnde Hufe geriet, würde Annis niemals verstehen. Rosie in den Armen, vermochte sie ihm nicht zu helfen. Aber als sie zum Tor rannte, beobachtete sie erleichtert, wie der Viscount einen weiteren Angriff seines Gegners abwehrte.

Atemlos lief sie aus dem Stall. In sicherer Entfernung legte sie Rosie behutsam auf den Boden, dann verschwendete sie keine Zeit und eilte zu der Glocke, die neben dem Stalltor hing. Mit aller Kraft zog sie am Strang und läutete, um die Dienstboten zu alarmieren. Erst als mehrere Lichter im Herrenhaus aufflammten und Wilks verschlafene Stimme erklang, kehrte sie in den Stall zurück. Nun musste sie dem Viscount beistehen.

Ein kurzer Blick genügte ihr, um festzustellen, dass sie nichts tun konnte, um dem Feuer Einhalt zu gebieten. Glücklicherweise hatte Seine Lordschaft den ungebetenen Gast inzwischen unter Kontrolle.

Mit eiserner Faust packte er den Eindringling am Kragen, redete auf ihn ein und versuchte ihn zur Vernunft zu bringen. Er würde ihn nicht zu seinem Vater bringen, versicherte er, und Charles solle einfach nur verschwinden, allerdings zu Fuß.

Bedauerlicherweise stießen diese Worte auf taube Ohren. Entweder wollte sich der verwöhnte Gentleman keinen Fußmarsch zumuten, oder sein Gehirn war von dem Brandy benebelt, den er am früheren Abend getrunken hatte. Jedenfalls schien er die unmittelbare Gefahr, in der er schwebte, nicht zu erkennen. Wie ein ungebärdiges Kind wehrte er sich gegen den harten Griff und zerrte schreiend an den Händen des Viscounts. Schließlich verlor Deverel die Geduld.

In diesem Moment wollte Annis die verschreckten Pferde aus dem Stall führen.

Sie löste gerade Assayes Zügel von dem Pfosten, an dem Seine Lordschaft ihn festgebunden hatte, als ihr Verlobter seinen Arm zurückschwang, um seinen wütenden Widersacher außer Gefecht zu setzen. Sein Ellbogen traf Annis' Schläfe, und nur Wilks' rechtzeitige Ankunft bewahrte sie davor, halb benommen zusammenzubrechen.

Was ihr zugestoßen war, bemerkte Deverel nur vage. Ein kraftvoller Schlag traf Fanhopes fleischiges Kinn und sandte den taumelnden jüngeren Mann in die verhängnisvolle Nähe der Flammen. Vielleicht fürchtete er, der Viscount würde ihn endgültig niederstrecken. Oder er war so verwirrt, dass er das Feuer für eine geringere Bedrohung hielt. Zum Entsetzen aller Anwesenden sprang er ins brennende Stroh.

Warum er glaubte, er würde den züngelnden Flammen entrinnen und den Hinterausgang des Stalls erreichen, wusste Annis nicht. Wie auch immer – in diesem Augenblick verließ ihn die Glücksgöttin, die ihm stets gewogen gewesen war. Ein brennender Balken stürzte mit tödlicher Wucht auf seinen Kopf.

Die verängstigten Pferde wurden in Sicherheit gebracht. Ebenso wie ihre Retter hatten sie nur geringfügige Schäden erlitten. Mit vereinten Kräften verhinderten die Dienstboten, dass die Flammen die anderen Gebäude rings um den Hof erfassten. Erst einige Stunden später konnte Charles Fanhope tot aus der schwelenden Ruine des Stalltrakts geborgen werden.

15. KAPITEL

Obwohl Annis nach den tragischen nächtlichen Ereignissen müde und erschöpft war, wollte sie sich am nächsten Morgen dem Befehl ihres Verlobten widersetzen, im Bett zu bleiben. Aber Eliza Disher führte den Auftrag Seiner Lordschaft gewissenhaft aus und verhinderte, dass ihre Herrin aufstand.

Zum Glück wurde die unfreiwillige Muße am späteren Vormittag beendet, als der Viscount das Schlafzimmer betrat. Gelassen schlenderte er herein, wobei er den Eindruck erweckte, dies wäre sein gutes Recht und sein Besuch sogar üblich.

Noch erstaunlicher – die normalerweise überaus prüde Zofe erhob keine Einwände. Stattdessen knickste sie höflich und ergriff das Frühstückstablett, verließ das Zimmer und schloss sogar die Tür hinter sich, um die Privatsphäre des Brautpaars zu schützen.

„Dein Einfluss auf meine treue Gefährtin ist bemerkenswert, Deverel“, meinte Annis, nachdem er ihr eine zusätzliche Überraschung bereitet und auf der Bettkante Platz genommen hatte.

„Ja, Miss Disher und ich verstehen uns sehr gut. Da ich ein Mann bin, vertraut sie mir wahrscheinlich nicht rückhaltlos. Aber ich glaube, sie hält mich für einen Gentleman und hofft, ich würde die Situation nicht ausnützen.“

Trotz der bedrückenden Erinnerung an die letzte Nacht gelang Annis ein Lächeln. „Und wenn ich mich vergesse und dich in Versuchung führe?“

Er betrachtete das züchtige, hochgeschlossene Nachthemd seiner Liebsten, das ihren Busen bedeckte, und das seidig schimmernde Haar, das sie offen trug. Am liebsten hätte er eine seidige Strähne um seinen Finger gewickelt. Aber weil er seiner Selbstkontrolle misstraute, verzichtete er sogar auf diese eher harmlose Provokation. „Nun, ich wäre dir dankbar, wenn du mich *nicht* vom Pfad der Tugend ablenken würdest ... Ich bin nämlich aus ehrbaren Gründen zu dir gekommen – um dir von meinem Besuch bei den Fanhopes zu erzählen."

„Und?", fragte Annis leise, als er verstummte und an die schmerzliche, aber unausweichliche Pflicht dachte, die er erfüllt hatte.

„Nun, ich entschied, es würde niemandem nützen, die ganze Wahrheit zu erfahren, schon gar nicht der Familie Fanhope."

Im Gegensatz zu Deverel wollte sie der Versuchung nicht widerstehen und strich zärtlich über seine Wange. „Das war gut und richtig."

„Also wird die Welt annehmen, Charles Fanhope hätte sein Leben verloren, während er seinem Nachbarn half, die Pferde aus dem brennenden Stall zu bringen. Man wird ihn als einen jungen Mann in der Erinnerung behalten, der in seinem kurzen Dasein wenig Wert auf seine Ehre legte, aber vor seinem Tod Anstand und Mut bewies."

Annis nickte seufzend. Immerhin war es ein gewisser Trost für die leidgeprüfte Familie Fanhope, dass sie ihren Erben erhobenen Hauptes begraben konnte. „Von mir wird niemand hören, was wirklich geschah. Auch nicht von Wilks. Aber ... hat Lord Fanhope dir geglaubt?"

„Offen gestanden, daran zweifle ich", antwortete Deverel nach einer kurzen Pause. „Jedenfalls ist er mir dankbar. Und ich vermute, er fühlt sich erleichtert. Was den Charakter seines älteren Sohnes betraf, gab er sich niemals irgendwelchen Illusionen hin. Wie du mir erzählt hast, gestand er dir freimütig, nach seiner Ansicht würde sich Giles viel besser zum künftigen Baron eignen. Nun hat das Schicksal ihm ermöglicht, den Jungen zu seinem Erben einzusetzen – was ich nicht bedauere.

Ich würde es allerdings vorziehen, Lord Fanhopes Wunsch hätte sich auf andere Weise erfüllt."

Beschwörend drückte sie seine Hand. „Bitte, du darfst dein Gewissen nicht belasten. An der Tragödie der vergangenen Nacht trifft dich keine Schuld. Genauso gut könntest du mich oder den Baron dafür verantwortlich machen, der seinen Sohn zu nachsichtig behandelt hat."

„Ja, natürlich hast du recht", stimmte er zu. „Und es ist ohnehin sinnlos, zu überlegen, was gewesen wäre, wenn ... Blicken wir lieber in die Zukunft." Ein heller Glanz verdrängte die Schatten der Trauer aus seinen Augen. „In eine wundervolle Zukunft, die wir miteinander teilen werden."

Plötzlich vergaß er seinen Entschluss, die Schicklichkeit zu wahren, und zog Annis an sich. Seine Lippen mieden die Stelle an ihrer Schläfe, die sein Ellbogen so unsanft getroffen hatte, und glitten an ihrer anderen Wange zu ihrem Mund hinab. Trotzdem zuckte sie zusammen.

„Mein armer Liebling, habe ich dir so wehgetan?", flüsterte er. „Das tut mir unendlich leid. Soll ich den Arzt holen lassen? Vielleicht wird er dir eine Salbe geben, die deine Schmerzen besser lindert als das Mittel, das unsere tüchtige Miss Disher angewendet hat."

„Was? Wegen dieser unbedeutenden kleinen Schramme willst du Dr. Prentiss bemühen? Das lasse ich nicht zu. Womöglich wird er woanders viel dringender gebraucht."

„Eh – kleine Schramme?", wiederholte er und erregte Annis' Argwohn.

„Bring mir den Spiegel!", befahl sie und schrie auf, nachdem er gehorcht hatte. Stöhnend musterte sie den violetten Fleck, der fast ihr ganzes linkes Auge umgab.

„Kein Wunder, dass Eliza heute Morgen alle Spiegel aus meiner Reichweite entfernt hat! Oh, wie grauenhaft!", jammerte sie, ohne zu bemerken, dass der Viscount seine Belustigung nur mühsam verbarg. „Und ich wollte doch gut aussehen, wenn deine Verwandten und Freunde ankommen – die Spitzen der Gesellschaft, falls man Sarah glauben darf. Nun muss ich meine Verlobung mit einem blauen Auge feiern. Sicher werden mich alle Leute für eine Landstreicherin halten, die du am Straßenrand aufgelesen hast – nicht für eine wohlerzogene junge Dame …"

Da konnte Deverel seinen Lachreiz nicht mehr bezähmen, was Annis kein bisschen tröstete.

„Wenn ich dich auf etwas hinweisen darf, Mylord …", begann sie in vorwurfsvollem Ton. „Nachdem du laut eigener Aussage nur selten gelacht hast, bevor du mir begegnet bist, scheinst du in erstaunlich kurzer Zeit einen ziemlich makabren Humor entwickelt zu haben."

Statt zu antworten, küsste er sie voller Leidenschaft. Dann hallte sein Gelächter noch viel lauter durch das ganze Haus, und es sollte im Lauf seines langen, glücklichen Ehelebens noch sehr oft erklingen.

– ENDE –

Paula Marshall

Der gewagte Antrag

Roman

Aus dem Englischen von
Hartmut R. Zeidler

MIRA®

1. KAPITEL

Was war nur in dich gefahren, Charles?", fragte Guy kopfschüttelnd. „Wie konntest du dich so aufführen? Ein solches Verhalten sieht dir doch überhaupt nicht ähnlich! Aber dein Benehmen bei Watier, noch dazu vor Trenchard, war wirklich der Gipfel! Hörst du mir eigentlich zu, Charles? Um vier Uhr nachmittags kannst du doch nicht immer noch betrunken sein!"

Charles Augustus Shadwell, Viscount Halstead, Erbe des dritten Earl of Clermont, einst Captain der Kavallerie unter Wellington und seit fünf Jahren außer Dienst, war bemüht, sich im Bett aufzurichten, doch vergebens. Alles drehte sich ihm vor den Augen; der Mund war ausgetrocknet, und im Magen hatte er ein abscheuliches Gefühl. „Musst du solchen Lärm machen?", murmelte er und stöhnte laut.

„Lärm?", wiederholte Guy indigniert. „Und ich habe stets von dir gedacht, du würdest nicht trinken, zumindest nicht seit deinem Eintritt in die Armee! Welcher Teufel hat dich gestern Abend geritten? Ganz London weiß bereits Bescheid, und Trenchard war, was dich nicht wundern darf, längst bei Vater und hat ihm alles brühwarm berichtet."

„Was denn?", brummte Charles, setzte sich seufzend auf und merkte, dass er sich nachts in trunkenem Zustand vollbekleidet hingelegt hatte. „Weshalb hältst du mir eigentlich eine Standpauke, Guy? Um Himmels willen, lass die Vorhänge zu, wenn dir noch ein Funke Zuneigung für mich geblieben ist! Im Dunklen geht es mir schon schlimm genug, doch im Hellen …"

„Ach, halt den Mund!", herrschte Guy ihn an und zog mit einem Ruck die Portièren zurück. Bei Licht betrachtet, bot der stets von ihm verehrte Bruder in der unordentlichen, abstoßend fleckigen Kleidung einen jämmerlichen, bleichen und übernächtigten Anblick. Guy war zutiefst erschüttert und machte keinen Hehl aus seiner Meinung.

Charles versuchte, sich zu entsinnen, was er gesagt oder getan haben sollte, das den im Allgemeinen respektvollen Bruder so gegen ihn aufgebracht haben konnte. Er konnte sich nur erinnern, dass er am vergangenen Nachmittag wutschnaubend und außer sich vor Zorn Miss Mertons Haus verlassen hatte. Danach musste er sich sinnlos betrunken und etwas Furchtbares angestellt haben, das Guys Worten zufolge offenbar einen gewaltigen Aufruhr erzeugt hatte. Doch was das sein konnte, hatte er längst vergessen. Von dem Augenblick an, da die Tür zu Miss Mertons Salon mit lautem Knall hinter ihm zugefallen war, hatte er eine Gedächtnislücke, als sei nie etwas geschehen.

Von Charles enttäuscht, äußerte Guy mit bekümmerter Miene: „Vater will dich umgehend sehen. Du meine Güte, Charles! Warum musstest du das tun, ausgerechnet jetzt, da ihr wieder einigermaßen miteinander auskommt? Und was soll Miss Merton denken, wenn sie die Neuigkeit erfährt?"

„Ich gebe keinen Deut darum, was sie denkt!", antwortete Charles schroff, stand auf und torkelte zum Pilasterspiegel. Was er sah, verursachte ihm Entsetzen. Die kurzen schwarzen Locken hingen ihm zerzaust in die Stirn; die Augen waren rotgerändert und blutunterlaufen, und das markante, jetzt eingefallen wirkende Gesicht hatte eine ungesunde, beinahe gelbliche Blässe. So, wie er sich im Moment präsentierte, musste er jeden abschrecken. Ihm konnte das nur recht sein, denn je mehr Frauen sich voll Grausen von ihm abwandten, desto wohler war ihm ums Herz. In den vergangenen Jahren hatte er viel zu sehr im Mittelpunkt ihres Interesses gestanden, und jede von ihnen war im Grunde ihres Herzens ein leichtfertiges Weib gewesen. Julia Merton war nur die letzte in dieser lange Reihe gewesen, so wahr Gott ihm helfe.

Guy hörte nicht auf, den Bruder mit Vorwürfen zu überschütten und im Zimmer auf und ab zu gehen.

„Sei endlich still!“, knurrte er barsch und wankte zum Toilettentisch. Er goss kaltes Wasser aus der Porzellankanne in die Waschschüssel und tauchte das Gesicht ein. Vielleicht half es, ihm einen klareren Kopf zu verschaffen, und außerdem entging er des Bruders ewigen Tiraden. Nach einem Moment straffte er sich, schüttelte sich die Nässe aus den Haaren und murrte: „Hab wenigstens die Güte, Guy, mir zu erklären, was ich gemacht habe oder angeblich gesagt haben soll!“

„Von angeblich kann nicht die Rede sein!“, erwiderte Guy erbost. „Ich weiß, wovon ich rede! Schließlich war ich ja da! Und wer, glaubst du, hat dich heimgebracht und Ulric Tallboys davon abgehalten, dich auf der Stelle umzubringen?“

„Meinen herzlichsten Dank!“, knurrte Charles, ergriff den Bruder bei den Schultern und schüttelte ihn kräftig. „Willst du mir jetzt endlich sagen, was ich getan haben soll? Oder muss ich dich so lange beuteln, bis dir die Worte von allein über die Lippen kommen? Ich möchte unverzüglich wissen, wessen ich beschuldigt werde.“

„Das weißt du wirklich nicht?“, wunderte Guy sich keuchend und war froh, dass Charles ihn losließ. „Gestern bist du bei Watier erschienen, warst bereits halbbetrunken und konntest dich kaum noch auf den Beinen halten. Du hast wie ein Verrückter gespielt, und dann …“

„Oje!“, stöhnte Charles auf und sank matt auf das Bett. „Das genügt, Guy. Leider erinnere ich mich nun an alles.“

„Puh, welche Erleichterung!“, murmelte Guy, ging zum Toilettentisch und goss Wasser in ein Glas. Er kehrte zum Bruder zurück, reichte es ihm und forderte ihn auf: „Hier, trink das! Danach wirst du dich wohler fühlen.“

„Nichts kann mir helfen, mich je wieder in Ordnung zu fühlen“, meinte Charles niedergeschlagen. Er bedauerte, dass er schuld war an Guys unübersehbarem Ärger. Mit neunzehn Jahren war der Bruder elf Jahre jünger als er und hatte stets bewundernd zu ihm aufgeschaut. Vielleicht lag es daran, dass sie beide im Äußeren und im Wesen so unterschiedlich waren. Er ähnelte seinem Vater, während Guy blond war, schlank und reichlich schüchtern.

„Ich werde deinem Kammerdiener läuten", sagte Guy entschlossen. „Du solltest dich herrichten lassen, wenn du zu Vater willst. Im Augenblick siehst du furchtbar zerknittert und mitgenommen aus."

Charles hatte nichts dagegen, dass der Bruder ihn kommandierte. Guy hatte ihn gern, immer seine Partie ergriffen und auch jetzt nur die besten Absichten.

Einige Zeit später stand er wartend im Gang vor den Gemächern des Vaters, dessen Sekretär ihm mit Leichenbittermiene mitgeteilt hatte, dass Seine Lordschaft noch beschäftigt sei, den Sohn jedoch in Kürze empfangen werde. Er war sicher, dass der Vater ihn absichtlich hinhielt. In Anbetracht dessen, was tags zuvor bei Watier geschehen war, hatte er wohl keine bessere Behandlung verdient. Als der Sekretär ihn schließlich in das Arbeitszimmer bat, war er nicht überrascht, den Vater in starrer Haltung vor dem Schreibtisch stehen zu sehen, hinter dem das wundervolle Porträt der verstorbenen Mutter an der Wand hing.

„Du weilst also wieder unter den Lebenden", stellte George Shadwell, Earl of Clermont, in ironischem Ton fest. „Stimmt es, was ich von Trenchard gehört habe?"

„Da mir nicht geläufig ist, was er dir berichtet hat, finde ich deine Frage schwer zu beantworten."

„Lass die Wortklauberei, Charles! Ich spreche von deinem gestrigen Besuch bei Watier. Du hast eine abscheuliche Wette abschlossen und dich über deren Anlass auch noch in der peinlichsten Weise lustig gemacht. Das ist wahrlich nicht das Benehmen, welches ich von meinem Sohn und Erben verlangen kann!"

Seit dem vergangenen Abend hatte Charles' Selbstvertrauen sehr gelitten. Daher unternahm er keinen Versuch, sich zu verteidigen, sondern erwiderte nur verbittert: „Ich habe nie aufgehört, den Tag zu verfluchen, an dem ich dein Erbe wurde. Gott weiß, wie hart ich mich bemüht habe, Fredericks Platz auszufüllen, doch dir kann ich nie etwas recht machen. In deinen Augen ist Frederick unvergleichlich."

„Was du in der Tat nicht bist!"

Charles hatte den Eindruck, dass er sich nun doch etwas zur Wehr setzen müsse. „So, wie du mich siehst, wohl nicht", entgegnete er kühl. „Aber Fredericks Tod hat mir nicht nur den Bruder genommen, dem ich in der Erbfolge keineswegs folgen wollte, sondern mich auch meiner Karriere in der Armee beraubt. Beim Militär habe ich mich sehr wohl gefühlt und hatte mir auch bereits einen Namen gemacht. Vergiss das bitte nicht!"

„Ach, was!", sagte George schroff. „Mein Erbe konnte nicht bei der Kavallerie bleiben, und außerdem ist der Krieg vorbei. Du wurdest hier gebraucht, damit du lerntest, den Besitz vernünftig zu verwalten."

„Darum habe ich mich nach Kräften bemüht", erwiderte Charles fest. „In dieser Hinsicht hast du nicht den geringsten Grund zur Klage. Green hat dir gewiss nicht nur über meine Tüchtigkeit berichtet, sondern auch von den in Pinfold eingeführten Neuerungen. Indes, Frederick kann ich natürlich nicht ersetzen, und das ist der wahre Grund, warum es ständig Spannungen zwischen dir und mir gibt. Lediglich in der Zeit, als ich beim Militär war, hatten wir keinen Streit."

George fand, dass sein Sohn nicht ganz unrecht hatte, ließ sich jedoch nicht anmerken, was er dachte. „Du warst immer ein ungebärdiger, wilder Junge, Charles", äußerte er und zeigte offen seine Geringschätzung für den zweitältesten Sohn. „Und dann ist aus dir ein zügelloser, eigensinniger Mann geworden.

Isabella hast du gegen meinen Willen geheiratet, und du weißt selbst, zu was das geführt hat. Deine …"

Charles spürte, dass ihm das Blut aus den Wangen wich. „Erspar mir das", unterbrach er den Vater. „Dafür habe ich wahrlich teuer genug bezahlt. In den fünf Jahren seit Fredericks Tod habe ich mich eines mustergültigen Lebenswandels befleißigt und mich ganz deinen Wünschen gefügt. Warum veranlasst dich der gestrige Zwischenfall, der erste Fauxpas nach so langer Zeit, mich heute so abzukanzeln? Ich bedauere ihn mehr als du."

„Weil ich mit Sir Chesney Beaumont, dem Onkel der Dame, deren Namen du gestern in deinem trunkenen Zustand besudelt hast, über eine Ehe mit dir gesprochen habe und mit ihm einig geworden bin. Wir hatten vereinbart, dass er zu Lady Malplaquet nach Yorkshire fährt und ihr heute den Vorschlag unterbreitet, derweilen ich zum gleichen Zeitpunkt mit dir rede. Du hingegen warst nicht ansprechbar, da du deinen Rausch ausschlafen musstest."

Zum ersten Male verlor Charles die Fassung. „Habe ich richtig gehört?", fragte er entgeistert. „Du hast für mich eine Ehe mit der Countess of Malplaquet eingefädelt, ausgerechnet mit ihr, ohne mich vorher zu informieren? Du erwartest, dass ich sie heirate, nur weil du es so willst?"

„Ich sehe, es war ein Fehler", gestand George frostig. „Ich bin davon ausgegangen, dass du dich wie Frederick verhalten hättest und meine Wünsche dir Befehl gewesen wären. Er hätte diese exzellente Partie nie ausgeschlagen. Durch die Trauung mit Lady Malplaquet wärest du zum reichsten Manne im Lande geworden."

„Du machst es dir sehr einfach!", entgegnete Charles erbost. „Eine Diskussion gibt es nicht. Entweder ich füge mich, oder ich falle in Ungnade, nicht wahr? Du wusstest doch, dass ich mich für Miss Merton interessierte und die Absicht hatte, mich mit ihr zu vermählen. Jedenfalls bis gestern."

„Ach, für mich stand diese Verbindung nie zur Debatte", erwiderte George achselzuckend. „Ich habe darin nur einen weiteren Beweis gesehen, dass du deine jugendlichen Torheiten noch immer nicht abgelegt hast. Du brauchst eine zuverlässige, solide Frau, die dich zur Vernunft bringt. Doch nun frage ich mich, was Lady Malplaquet wohl vom Heiratsantrag eines Mannes halten würde, der ihren Namen in einem Spielclub durch den Schmutz gezogen hat. Warum hast du ausgerechnet sie zur Zielscheibe deines Hohnes erkoren?"

Charles wusste nicht, was er antworten solle. Jedes Wort hätte die Sache gewiss nur noch schlimmer gemacht. Er war stets auf seine Selbstbeherrschung stolz gewesen und schämte sich nun des taktlosen Verhaltens, das er bei Watier an den Tag gelegt hatte. „Es heißt", sagte er steif, „Lady Malplaquet sei eine alte Jungfer und ein Blaustrumpf, die ein Gesicht habe, das Pferde abschrecken könne. Außerdem soll sie so sittsam sein, dass vor ihrer Tugend jeder Mann zu Eis erstarrt. Ihr überaus tadelloser Ruf hat mich gestern dazu gebracht, meinen zu verlieren."

„Allerdings!", bestätigte George in kaltem Ton. „Trenchard hat mir berichtet, du habest eine ungeheure Summe ... zwanzigtausend Pfund, wenn ich mich recht erinnere ... darauf gewettet, dass keine Frau so anständig sein könne und selbst Lady Malplaquet, dieses deiner Meinung nach lächerliche Musterbeispiel an Sittenstrenge, sich deinen Wünschen fügen würde, solltest du sie in Versuchung bringen."

Im Stillen schickte Charles ein Stoßgebet zum Himmel, Gott möge ihm das scheußliche Betragen vergeben. Wahrscheinlich war der Anlass die grausame Erkenntnis gewesen, dass ihn zum zweiten Male eine Frau, die ihn seiner Überzeugung nach liebte, betrogen hatte. Und dann hatte er in trunkenem Zustand mit anhören müssen, wie Bobus Beaumont, der Vetter der Countess of Malplaquet, ihre Vorzüge verherrlichte. Er entsann sich, dass er geäußert hatte, alle Frauen, selbst die hochstehendsten, seien leichtfertige Weiber.

„Du hast allen Grund, beschämt zu sein, Charles!", fuhr George in abfälligem Ton fort und gab sich keine Mühe, die Verachtung zu verbergen, die er stets für den unwürdigen Nachfolger seines geliebten Frederick empfunden hatte.

In gleichem Maße wie die Nachwirkungen des nach jahrelanger Abstinenz allzu großen Alkoholgenusses am vergangenen Abend hatte Charles jetzt der abweisende Klang der Stimme des Vaters frösteln gemacht.

„Und nun hast du die Pflicht, die Dinge wieder in Ordnung zu bringen!", sagte George herrisch. „Noch ist vielleicht nicht alles verloren. Ich werde meinen ganzen Einfluss einsetzen, um deine neueste Torheit zu vertuschen, noch ehe sie Lady Malplaquet zu Ohren gelangt. Du wirst umgehend zu ihr reisen und um ihre Hand anhalten. Ein in allen Ehren vorgebrachter Heiratsantrag wird gewiss dein widerwärtiges Betragen gutmachen."

„Bist du nicht mehr ganz bei Trost?", wunderte sich Charles und starrte verblüfft den Vater an. „Was sollte meinen Fauxpas je aus der Welt schaffen können? Im Übrigen habe ich nicht die Absicht, Lady Malplaquet um ihre Hand zu bitten. Ich will sie nicht zur Gattin, selbst wenn man sie mir auf einem silbernen Tablett servieren würde. Mehr noch, ich verspüre nicht den Wunsch, überhaupt noch einmal zu heiraten."

„Du wirst tun, was ich anordne", entgegnete der Earl schroff. „Oder ich enterbe dich. Wie du sehr wohl weißt, ist Clermont kein festvererbliches Grundeigentum. Nach Fredericks Tod habe ich ohnehin bereits mit dem Gedanken gespielt, dich zu übergehen und Guy an deine Stelle zu setzen. Ich habe es jedoch aus Ehrgefühl unterlassen. Solltest du dich mir jetzt widersetzen, dann werde ich ..."

„Du bist nicht gezwungen, irgendetwas zu tun“, fiel Charles zornig dem Vater ins Wort. „Fünf Jahre lang habe ich wie ein Verrückter geschuftet, um das Durcheinander, das Frederick bei der Verwaltung von Clermont angerichtet hat, in Ordnung zu bringen. Das kann Green dir bestätigen. Früher wollte ich dir das nie sagen, doch unter diesen Umständen …“ Angesichts der betroffenen Miene des Vaters hielt Charles inne. Er konnte ihm nicht die ganze Wahrheit über den verstorbenen Bruder erzählen. Das würde dem Vater das Herz brechen. „Tu, was du nicht lassen kannst“, fuhr er ruhiger fort. „Ich werde mich nach Glen Ruadh zurückziehen, das Mutter mir vererbt hat und das du mir nicht nehmen kannst. Mit Clermont kannst dann nach deinem Gutdünken verfahren.“

„Das kleine Gut in Schottland wird dir das verschwenderische Leben nicht finanzieren können, das du in London führst“, gab George dem Sohn kühl zu bedenken.

„Darauf lege ich es gar nicht an“, entgegnete Charles gereizt. „Du kennst mich nicht, Vater! Wahrscheinlich kehre ich zur Kavallerie zurück. In der Armee war ich wenigstens glücklich. Ich hätte den Dienst nie quittieren dürfen.“

„Solltest du diesen Raum verlassen, ohne dich meinen Lady Malplaquet betreffenden Wünschen zu fügen, kannst du dich meinetwegen zur Hölle scheren!“, erwiderte George barsch.

„Mit dem größten Vergnügen! Und da Lady Malplaquet dich offenbar so bezaubert hat, schlage ich vor, dass du sie zu deiner Gemahlin machst!“ Brüsk drehte Charles sich um und stürmte aus dem Arbeitszimmer. Er hatte angenommen, dass durch seinen fünfjährigen hingebungsvollen Einsatz für den Besitz es dem Vater möglich gewesen war, den Verlust des ältesten Sohnes zu verwinden und sich mit Nachfolge des Zweitgeborenen abzufinden. Doch nun hatte er begriffen, dass er einem Irrtum erlegen war. Aufgrund seines unüberlegten gestrigen Benehmens hatte sich an der Einstellung des Vaters zu ihm nichts geändert. Er bedauerte nur, dass er unter den gegebenen Umständen auf Guys Gesellschaft würde verzichten müssen.

Guy erwartete ihn in der Halle und verlor die Farbe, als er Charles sah. „Oh, nein, Shad!“, sagte er bestürzt und benutzte vor Schreck den Kosenamen aus der Kindheit, mit dem er den Bruder schon lange nicht mehr angesprochen hatte. „Wie ich sehe, hast du dich hoffnungslos mit Vater entzweit!“

„Ja, so sehr, dass er mich enterbt hat. Er will, der Himmel möge es verhüten, dass ich die Countess of Malplaquet heirate. Ohne mich vorher zu Rate zu ziehen, hat er die Angelegenheit hinter meinen Rücken betrieben. Ich habe jedoch abgelehnt und mich entschlossen, sofort nach Schottland abzureisen und nie mehr herzukommen. Mit dir werde ich indes in Verbindung bleiben. Tu für Vater, was du kannst. Er lebt nicht in der Realität, sondern in einer Welt, wie er sie sich vorstellt. Zum anderen hängt Fredericks Schatten noch immer über mir.“

„Dann werde ich Vater die volle Wahrheit über unseren Bruder erzählen, da du dich dazu offenbar nicht überwinden konntest.“

„Das wirst du nicht!“, entgegnete Charles heftig und ergriff Guy bei den Schultern. „Für ihn wäre das ein furchtbarer Schlag, den er nie überstehen würde.“

„Hat er dir denn keinen versetzt, Shad?“, fragte Guy ärgerlich. „Hast du ihn immer noch gern, obgleich er dreißig Jahre lang an dir herumgenörgelt und dich schlecht behandelt hat? Hoffst du etwa, er würde dich doch noch ins Herz schließen? Unfassbar!“, fügte Guy kopfschüttelnd hinzu. „Dich mit Lady Malplaquet verheiraten zu wollen!“

„Nein, ich mache mir keine Illusionen mehr, dass er die

Einstellung zu mir ändert“, sagte Charles bitter. „Ich hätte der Kavallerie nie den Rücken kehren sollen, doch ich war des Glaubens ... Ach, zum Teufel mit meinen damaligen Ansichten! Die Geschichte ist ein für alle Mal vorbei, und das tut mir nicht einmal leid.“ Charles wandte sich ab, ging die Treppe hinauf und rief nach seinem früheren Burschen und jetzigem Kammerdiener. Als Vinnie hastig herbeieilte, befahl er ihm, so schnell wie möglich seine Sachen für die Reise zu packen und ihn nach Glen Ruadh zu begleiten. Jahrelang hatte er versucht, mit seinem Vater ins reine zu kommen, doch nun waren seine Hoffnungen zu Asche zerfallen.

Elinor meinte, sich verhört zu haben, und schaute entgeistert den im Türkischen Salon vor ihr stehenden Bruder der Mutter an.

Schloss Campions lag am Rande der Moore von Yorkshire, war über dreihundert Jahre alt und beherrschte nicht nur die es umgebende Landschaft, sondern auch das Leben all derer, die in der Nähe wohnten. Der Salon, über dessen Kamin der Wahlspruch der Tallboys „Wie der Anfang, so das Ende“ auf dem marmornen Wappen eingraviert war, wurde so genannt, weil ihn viele Kunstgegenstände schmückten, die ein früherer Earl of Malplaquet während seiner Zeit als Botschafter aus der Türkei mitgebracht hatte.

Manchmal war Elinor, durch Erbrecht Countess of Malplaquet, Viscountess Wroxton und Baroness Sheveborough, Herrin des Besitzes in Yorkshire und vieler anderer Anwesen, zudem in einem alle Vorstellungen übersteigenden Maße reich, der Meinung, sie sei das einzige, was im ganzen Haus nicht als Kunstwerk bezeichnet werden konnte. Sie fand sich nicht hübsch und trug meistens schlichte Kleider. Auch heute hatte sie sich für ein graues Gewand entschieden, dessen einziges modisches Zugeständnis ein kleiner Rüschenkragen war. Die

Locken hatte sie sich zu einem einfachen Knoten frisieren lassen und auf jede Art von Schmuck verzichtet.

„Nein, nie und nimmer!“, antwortete sie nach einer Weile. „Und das ist mein letztes Wort in dieser Angelegenheit, Onkel Chesney!“

Er begriff ihren Starrsinn nicht und gab ihr zu bedenken: „Du solltest dir die Sache noch einmal gut überlegen. Wirklich!“

„Nein!“, wiederholte sie mit Nachdruck. „Ich denke nicht daran, sie noch einmal in Betracht zu ziehen. Ich habe nicht die Absicht zu heiraten, und schon gar nicht, das Angebot eines Mannes zu berücksichtigen, dessen Sohn mir nie begegnet ist und den ich auch nicht kennenlernen will.“

„Aber du musst dich vermählen, meine liebe Elinor“, wandte Chesney ein.

Sie war ein selbstbewusster, entschlossener Mensch, den selten etwas umstimmen konnte. „Ich muss?“, fragte sie und lächelte flüchtig. „Des Wortes müssen solltest du dich in Bezug auf mich enthalten.“

Ihr Lächeln nahm der Antwort die Schärfe, doch Chesney merkte, dass sie sich, wie immer, nicht beeinflussen ließ. „Also gut“, murmelte er gequält, „dann werde ich auf dieses Wort verzichten. Du bist jedoch siebenundzwanzig Jahre alt und brauchst einen Gatten, damit deine Güter und Titel einen Erben bekommen. Du willst doch gewiss nicht, dass alles an Ulric fällt.“

„Keinesfalls!“, erwiderte Elinor und dachte voll inneren Schauderns an ihren Cousin, der durch seinen verschwenderischen Lebenswandel bereits seinen Besitz an den Rand des Ruins gebracht hatte. Es war kaum auszudenken, was geschehen würde, konnte er die Hand auf ihr Vermögen legen.

„Was hält dich dann davon ab, mit jemandem die Ehe zu schließen?“, wunderte sich Chesney und fügte bekümmert hinzu: „Deine Besitztümer benötigen einen Herrn."

„Ach, wirklich?", fragte Elinor in ironischem Ton. „Hast du dich eigentlich schon einmal bei Henson erkundigt, wie es im Vergleich zu Großvaters Einnahmen um meine Einkünfte bestellt ist, seit ich nach seinem Tod die Zügel in die Hand genommen habe? Wenn seine Geschäftsführung ein Beispiel dafür ist, wie ein Mann sie betreibt, dann ziehe ich es vor, meine eigene Herrin zu sein."

Darauf wusste Chesney nichts zu erwidern. Ihm war zu gut bekannt, dass die Güter um ein Zehnfaches ertragreicher geworden waren, seit seine Nichte im Alter von einundzwanzig Jahren geerbt und mithilfe des von ihr bestallten Verwalters die Kontrolle über ihre ausgedehnten Ländereien übernommen hatte. „Trotzdem bitte ich dich", sagte er nach kurzer Pause eindringlich, „das Angebot des Earl of Clermont, seinen Sohn Charles, Viscount Halstead, zu heiraten, nochmals einer gründlicheren Prüfung zu unterziehen. Dieser Antrag ist wirklich sehr ehrenvoll für dich!"

„Und nur dazu gedacht, möglichst ehrenvoll an meinen Besitz zu gelangen", entgegnete Elinor trocken. „Was ich über Halstead weiß, nimmt mich nicht für ihn ein. Er hat eine misslungene Ehe hinter sich, tötete den Liebhaber seiner Gattin im Duell, ist mit seinem Vater entzweit und …"

„Du bist nicht ganz auf dem laufenden", unterbrach Chesney hastig. „Inzwischen hat er sich mit ihm versöhnt und lernt, die Geschäfte seines Vaters zu führen."

„Dann ist es nicht nötig, dass er sich bei mir in der Administration mehr Routine verschafft", erwiderte Elinor kühl. „Ein Mann wie er, der arrogant, reizbar und unbeherrscht sein soll, ist wahrlich nicht der Gatte, den ich mir wünsche. Ich danke dir, Onkel Chesney, für deine Bemühungen, aber meine Antwort auf dein Ansinnen lautet nach wie vor nein!"

„Empfange Halstead doch wenigstens einmal, wie sein Vater vorgeschlagen hat", bat Chesney verzweifelt. „Entweder hier oder an einem anderen dir genehmen Ort. Nur, damit du siehst, ob ihr zusammenpasst."

„Nirgendwo!", weigerte Elinor sich erneut in keinen Widerspruch duldendem Ton. „Und dabei bleibt es! Halstead ist der letzte, mit dem ich verheiratet sein möchte. Ich würde ihn nicht nehmen, und brächte er ein komplettes Königreich in die Ehe ein. Nicht einmal dann, wenn er vor mir auf den Knien läge."

Leise aufstöhnend, schüttelte Chesney fassungslos den Kopf.

„Gib doch zu, Onkel, dass der einzige Grund, warum jemand mich zur Gemahlin will, sein Wunsch ist, an mein Vermögen zu kommen", fuhr Elinor unbeirrt fort. „Welcher Mann, der seine Sinne beisammen hat, würde eine hässliche alte Jungfer wie mich haben wollen? Du selbst hast mir mit deiner Argumentation bestätigt, dass ich recht habe. Du hast mir stets nur mit dem Hinweis zur Ehe geraten, ich hätte an das Wohl meiner Besitztümer und die Erbfolge zu denken."

„Diese Bemerkung war unfair!", warf Chesney rasch ein.

„Unfair?", wiederholte Elinor, hob die Brauen und erblickte sich im gleichen Moment in dem herrlichen, über dem Kamin hängenden venezianischen Spiegel. Sie war tatsächlich keine schöne Frau. Das Gesicht war zu grobgeschnitten, zu kantig, und die Statur zu groß. Obendrein war sie viel zu langweilig gekleidet. Nur die grauen Augen und der Glanz der kastanienbraunen Locken milderten etwas die strenge Wirkung ihrer Erscheinung. „Weißt du, Onkel Chesney", sagte sie und richtete wieder den Blick auf ihn, „mir ist seit Langem klar, dass ich nur eine Vernunftehe eingehen werde. Aber ich möchte zumindest die Möglichkeit haben, mir den Gatten auszusuchen."

„Und wie willst du das?", fragte Chesney, verärgert über

die Starrköpfigkeit der Nichte. „Du hast ja ständig nur die Dienstboten um dich, dazu den alten Challenor, den noch älteren Payne und den nicht mehr jungen Henson, desweiteren die liebedienerischen Lakaien, angeführt von dem betagten Aisgill, der deine ganz besondere Wertschätzung genießt. Du lebst wie eine Einsiedlerin“, fügte Chesney hinzu und verzog abfällig die Lippen. „Wie willst du dir einen Gemahl suchen, wenn du nie in die Öffentlichkeit gehst oder gestattest, dass ein Verehrer dich hier aufsucht? Lass wenigstens Halstead herkommen und rede mit ihm. Vielleicht versteht ihr euch. Er war früher bei der Kavallerie und soll ein vernünftiger Mann sein, dessen Qualitäten nicht nur von seinem Vater unterschätzt werden.“

„Ich bin mit dem, was ich habe, zufrieden. Ich will keine Besucher, weder weibliche noch männliche. Du vergisst, dass Tante Annabelle bei mir lebt und ich genug damit zu tun habe, mich um den Besitz zu kümmern.“ Elinor wandte sich ab, weil ihr unwillkürlich die Augen feucht wurden. Nach einer vergeblichen Londoner Saison vor neun Jahren und einem halben Dutzend abgewiesener Verehrer, deren heuchlerische Beweggründe sie tief verletzt hatten, war sie zu dem Entschluss gelangt, sich in die Abgeschiedenheit von Campions zurückzuziehen und nie mehr am gesellschaftlichen Leben teilzuhaben. Sie war Waise, seit die Eltern vor Jahren bei einem Schiffsunglück ertrunken waren, und der Tod des Großvaters nach langer Krankheit hatte sie in dem Wunsch bestärkt, nie mehr nach London zu fahren. Annabelle Conybeare, ihre Tante und Gesellschafterin, hasste die Stadt ebenso wie sie. Nachdem sie beide die Vorteile des selbständigen Lebens in Yorkshire kennengelernt hatten, waren sie mit dem abgeschiedenen Dasein in Campions vollauf zufrieden.

„Du wirst deine Entscheidung bereuen, meine liebe Elinor“, äußerte Chesney verstimmt. „Ich glaube beinahe, es wäre besser für dich, Ulric zu heiraten, statt so wie du zu leben."

„Du weißt, dass du das nicht wirklich so meinst", erwiderte sie leichthin und drehte sich zu ihm um. „Gut, ich werde Halstead empfangen, sollte er mich aufsuchen. Aber ich warne dich! Es wird ihm nicht gefallen, was ich ihm zu sagen habe." Verabschiedend reichte sie dem Onkel die Hand zum Kuss und wartete, bis er den Türkischen Salon verlassen hatte.

Dann begab sie sich zur Tante, berichtete ihr von dem Gespräch und musste zu ihrem Erstaunen feststellen, dass Annabelle nicht wie sonst für sie Partei ergriff.

Annabelle druckste einen Moment verlegen und sagte schließlich leise: „Ich finde, liebste Nell, dass dein Onkel nicht unrecht hat. Wenn es dir unmöglich ist, Lord Halstead zu akzeptieren, dann sollten wir vielleicht doch noch einmal eine Saison in London mitmachen."

„Du kannst das gern tun", erwiderte Elinor und schlug zum ersten Male der Tante gegenüber einen schroffen Ton an. „Ich werde es nicht! Ich heirate, wenn ich dreißig bin, irgendeinen alten Tattergreis, der gerade noch imstande ist, einen Sohn zu zeugen, und so viel Wert auf seine Bequemlichkeit legt, dass er sich nicht in mein Leben mischt." Angesichts der enttäuschten Miene, die ihre Tante nach diesen Worten zog, ging sie zu ihr, nahm sie herzlich in die Arme und sagte entschuldigend: „Es tut mir leid, Tante Annabelle. Es war ungehörig von mir, mich über dich lustig zu machen. Du warst immer nett zu mir, aber du müsstest besser denn jeder andere wissen, was ich von der Ehe halte."

„Ich weiß, wie gut und erfüllend sie für eine Frau sein kann", äußerte Annabelle verhalten. „Ich bedauere noch immer, dass mir mein lieber Geoffrey so vorzeitig genommen wurde. Eines Tages wirst du bestimmt einen Mann kennenlernen, den du liebst und umsorgen möchtest, und der dir dieselbe Einstellung entgegenbringt."

„Ich bin nicht du", sagte Elinor schmunzelnd. „Mein Vermögen steht mir im Wege und blendet alle, die sich für mich interessieren."

2. KAPITEL

Das Wetter war schlecht, doch das hielt Charles nicht davon ab, die Pferde auf dem Weg nach Schottland zum äußersten anzutreiben. Glen Ruadh war für ihn zum Zufluchtsort geworden, und er konnte es kaum erwarten, dort einzutreffen. Das alte Leben und sein früheres Ich lagen jetzt hinter ihm, und beides hatte er zu verabscheuen begonnen.

Irgendwann hatte er plötzlich den Eindruck gewonnen, dass er und sein Kammerdiener verfolgt wurden. Wann er zum ersten Male dieses Gefühl bekommen hatte, konnte er jedoch nicht sagen. Sie hatten die Nacht in einer schmuddeligen Herberge verbracht und waren nach einem miserablen Frühstück auf der sich ständig verschlechternden Straße nördlich von Bradford durchs Moor weitergefahren. Dort hatten sie zunehmend das Gefühl, beobachtet zu werden, und auch Vinnie war der Meinung gewesen, dass man ihnen nachstellte. Meile auf Meile war verstrichen, und Charles hatte sich mehrfach gewünscht, nicht die Karriole genommen zu haben, sondern wie sein Kammerdiener geritten zu sein. Doch bislang war nichts geschehen, und deshalb glaubte er nach einiger Zeit, dass er sich in seiner Annahme getäuscht hatte.

Dann indes, als sie am höchsten Punkt des Moores angekommen waren und der Weg sich vor ihnen den Abhang hinunterschlängelte, merkte er, dass seine bösen Vorahnungen gestimmt hatten. Jäh knallten zwei Schüsse. Eine Kugel flog an seinem Kopf vorbei, die andere traf den neben ihm herreitenden Kammerdiener in die Brust und riss ihn vom Pferd. Im Krieg war es den Franzosen nicht gelungen, Vinnie zu töten, doch irgendwelche Wegelagerer hatten es geschafft.

Im nächsten Moment sah Charles die Bande durch das Moor auf sich zureiten. Sie versperrten ihm den Weg, feuerten ein weiteres Mal auf ihn und verlangten, er solle widerstandslos seine Wertsachen herausrücken.

„Kampflos ergebe ich mich nicht!“, schrie er ihnen entgegen.

Ein neuer Schuss krachte. Charles wurde in die Schulter getroffen und verlor die Kontrolle über das Gespann. Einer der Halsabschneider beugte sich vor und versetzte ihm mit einem Knüppel einen harten Schlag auf den Schädel. Er taumelte, verlor das Gleichgewicht und stürzte rücklings in die Kutsche.

Benommen hörte er die Räuber das Gepäck abladen und plündern. Begeisterte Ausrufe wurden laut, als sie seine Duellpistolen und das Gewehr fanden. Ein Weilchen verging, bis man ihn vom Wagen zerrte. Bei schwindendem Bewusstsein versuchte er schwach, sich zu wehren, doch es half ihm nichts. Er wurde zu Boden geworfen, und dann zerrten ihm die Verbrecher den blutigen Carrick und alle übrigen Kleider vom Leibe, bis er nackt und zitternd im Gras lag.

Der Anführer der Rotte, ein verwahrlost aussehender Kerl, der so groß wie sein Opfer war, zog sich die schmutzigen Sachen aus und die geraubten an, setzte sich grinsend den Kastorhut auf und befahl dann seinen Kumpanen, den Niedergeschlagenen in die Lumpen zu hüllen.

Charles sträubte sich, erhielt einen weiteren Hieb auf den Kopf und verlor die Besinnung. Als er wieder zu sich kam, fand er sich in der Karriole wieder, den toten Kammerdiener zusammengesunken neben sich. Einer der Räuber saß auf dem Kutschbock, trieb das Gespann an und fuhr seinen inzwischen aufgesessenen Gefährten zu einem Steinbruch nach, den Charles zuvor aus der Ferne erblickt hatte. Am Rande hielten sie an; der Mann stieg aus, und seine Handlanger schwangen sich aus den Sätteln. Die Pferde vor der Karriole wurden ausgespannt und der Wagen dann mit vereinten Kräften über die Kante geschoben. Er kippte, fiel und krachte mit den Rädern gegen herausragendes Gestein. Charles wurde vom Sitz geschleudert und prallte in einem Gebüsch auf. Seine letzten klaren Gedanken waren, dass sein Vater nie erfahren und wohl auch keinen Wert darauf legen würde, was aus ihm geworden war, er selbst jedoch unter allen Umständen überleben wollte.

Der Tag begann wie alle anderen. Nach dem Frühstück ging Elinor mit William Payne die Post durch und musste im Stillen zugeben, dass die Kritik des Onkels an ihrem Sekretär berechtigt war. Sie würde ihn bald in den Ruhestand entlassen müssen, denn er hatte seine beste Zeit längst hinter sich. Der Gedanke, einen jüngeren Nachfolger einzustellen, behagte ihr nicht sonderlich, da sie ihn mithilfe des Verwalters einarbeiten musste.

Der Tag war sonnig, und nach einem kalten Mittagsimbiss beschloss sie, einen Ausritt zu unternehmen, um besserer Stimmung zu werden. Statt jedoch einen Lakaien mit dem Auftrag in den Stall zu entsenden, ihr das gesattelte Pferd zum Hauptportal zu bringen, begab sie sich gleich durch das große, von einem galoppierenden Zentaur gekrönte Tor über den Sattelplatz zum Marstall. Er bestand aus mehreren schönen, im Renaissancestil erbauten Gebäuden und bot den darin untergebrachten Rossen eine bessere Unterkunft, als viele Menschen sie hatten.

Vor den Stallungen fand sie eine beträchtliche Menschenmenge in heftiger Diskussion versammelt, die von Aisgills Stimme übertönt wurde. Er redete heftig auf den Verwalter ein, der wie üblich einen schwarzen Gehrock zu gleichfarbigen Pantalons trug und sich mit seinem schmalen, intelligenten Gesicht sehr von den Umstehenden abhob.

Sobald Stuart Aisgill endlich innegehalten hatte, um Atem zu schöpfen, sagte John Henson in kühlem, ruhigem Ton:

„Campions kann nicht der Zufluchtsort für jeden Streuner sein, der von der Straße oder im Moor aufgelesen wird!"

„Aber die Menschlichkeit verlangt …", erwiderte Stuart, bemerkte die Countess of Malplaquet und schaute sie hilfesuchend an.

„Worum geht es?", erkundigte sie sich mit einem Blick auf die Stallburschen, Gärtner, Reitknechte und einige der übrigen Bediensteten, die sich vor der zum Quartier der im Marstall Beschäftigten drängten.

Stuart und John begannen gleichzeitig zu sprechen.

„Einer nach dem anderen!", unterbrach Elinor sie und schlug zum ersten Male einen gebieterischen Ton an. „Aisgill, was ist geschehen?"

Nun wurde er sich der Neugierigen bewusst, die sich um ihn geschart hatten, während er mit dem Verwalter stritt. „An die Arbeit, Jungen!", herrschte er die Stallburschen an, wandte sich dann an die Countess und wies auf einen Mann, der jetzt, nachdem die Gaffer sich sichtlich unwillig zerstreut hatten, auf der Treppe zur Unterkunft zu sehen war. „Dieser arme Kerl dort wurde vorhin von Mr. Outhwaite aus Overbeck zu uns gebracht", erklärte er. „Er hat ihn auf dem Weg nach Campions angetroffen. Der äußeren Verfassung des Mannes nach zu urteilen, muss er auf Händen und Knien durchs Moor gekrochen sein. Mr. Outhwaite nahm an, dass Sie, Mylady, dem Bedauernswerten beistehen würden, da Sie solchen Unglücklichen oft Hilfe angedeihen und sie manchmal bei uns arbeiten ließen."

Elinor betrachtete den Fremden. Er war kräftiger als jeder der untersetzten Einheimischen, die ihn zuvor umringt hatten. Seine vollen schwarzen Locken waren unordentlich, und Wangen und Kinn bedeckte dunkler Bartwuchs. Die Kleidung war zerrissen und so ärmlich, dass Mr. Outhwaite ihm eine alte Decke um die breiten Schultern gelegt hatte. Er fröstelte dennoch, denn seine Füße waren bloß und bluteten. Plötzlich richtete er den Blick auf Elinor, und sie sah, dass er blaue, fiebrig schimmernde Augen hatte, deren Ausdruck beinahe herausfordernd auf sie wirkte.

„Mr. Henson wird mir bestimmt wieder vorhalten, dass wir nicht jeden Herumlungernden bei uns aufnehmen können“, fuhr Stuart grimmig fort, „aber ich meine, den Ärmsten dort können wir nicht abweisen. Er muss halbverhungert sein, denn er hat auf Mr. Outhwaites Wagen eine Steckrübe aufgegessen, als habe er tagelang nichts Nahrhaftes bekommen. Vermutlich ist er etwas einfältig, denn er kennt nicht einmal seinen Namen.“

„Das stimmt nicht“, murmelte der Mann, die Augen fest auf die Countess gerichtet. Er schien einen Moment mit sich zu kämpfen und murmelte dann etwas, das wie Chad klang.

„Mehr nicht? Nur Chad?“, wunderte sie sich. „Fragen Sie ihn, Aisgill, wie sein Familienname lautet.“

Stuart befragte ihn, erntete jedoch nur ein verwirrtes Kopfschütteln. „Er weiß den Namen nicht“, teilte er Ihrer Ladyschaft mit. „Nur, dass er Chad heißt. Wie Mr. Outhwaite uns berichtete, hat dieser Chad auch keine Ahnung, woher er stammt, noch wo er sich hier befindet.“

„Auf mich macht er nicht den Eindruck eines Schwachkopfes“, erwiderte Elinor.

„Mr. Henson meinte, der Mann sei nicht zur Arbeit tauglich und nur ein weiteres Maul, das es zu stopfen gälte“, sagte Stuart ärgerlich.

„Er soll mir seine Hände zeigen!“, forderte Elinor spontan.

Chad schaute sie wieder an, streckte dann lächelnd die Hände aus und fragte in beinahe unverfrorenem Ton, der in krassem Gegensatz zu seinem vorherigen unsicheren Verhalten stand: „Nun, sind sie gut genug zum Arbeiten?“

Jäh spiegelten sich Verwirrung und Zweifel in seiner Miene, und unversehens ließ er den Kopf hängen. Elinor betrachtete seine aufgeschürften, blutigen Hände und die eingerissenen, abgebrochenen Fingernägel. Das waren die Hände eines Mannes, der hart mit ihnen arbeiten musste. Die Art, wie er sprach, ließ jedoch vermuten, dass er kein Tagelöhner war. Wieder fing Elinor einen Blick von ihm auf, ehe er die Lider senkte und seine Miene starr wurde. Der Ausdruck, mit dem er sie angeschaut hatte, war seltsam bezwingend, beinahe verlangend gewesen und übte einen merkwürdigen Reiz auf sie aus.

„Er muss vor Kurzem einen Schlag auf den Kopf bekommen haben, oder er ist schwer gestürzt", meinte Stuart nachdenklich. „Außerdem hat er eine schlecht verheilte Wunde an der Schulter."

„Bringen Sie ihn in das Quartier über den Stallungen, Aisgill", erwiderte Elinor kurzentschlossen. „Wascht ihn, gebt ihm zu essen und sorgt für anständige Kleidung. Falls er krank ist, soll Dr. Ramsden sich um ihn kümmern. Sobald er gesund ist, kann er als Stallbursche bei uns tätig werden. Erst gestern haben Sie mir doch erklärt, Sie hätten nicht genügend Leute."

Chad hob den Kopf und sah die Dame an. Ihre Haltung war aufrecht und doch anmutig. Sie trug eine hellbraune Jockeymütze, eine gleichfarbige Spenzerjacke und ein flaschengrünes Reitkleid, unter dem glänzende Stiefelspitzen hervorlugten. „Wer sind Sie?", erkundigte er sich dreist.

„Wahre den Respekt!", herrschte John Henson ihn zornig an.

„Er hat es nicht despektierlich gemeint", sagte Elinor beschwichtigend. „Natürlich möchte er wissen, wen er vor sich hat, vor allem dann, wenn er sich nicht mehr erinnern kann. Ich bin die Countess of Malplaquet", wandte sie sich in freundlichem Ton an Chad. „Tun Sie, was Mr. Aisgill von Ihnen verlangt, denn sonst müssen Sie Campions verlassen. Haben Sie das verstanden?"

Chad nickte, erneut verunsichert. „Ja, ich soll tun, was Mr. Aisgill von mir verlangt", murmelte er und fügte mit einer kleinen Verbeugung hinzu: „Mylady."

In diesem Jahr war es Anfang Oktober bereits viel kälter als sonst, doch das flackernde Feuer verbreitete wohlige Wärme. Seit Elinor dem heimatlosen Chad begegnet war, hatte sie unerklärlicherweise oft an ihn denken müssen. Sie hatte sich eine Närrin gescholten und sich wiederholt gefragt, was sie eigentlich in seinen bemerkenswert blauen Augen gesehen zu haben meinte. Sein Blick war derart irritierend gewesen, dass sie beschlossen hatte, Chad aus dem Weg zu gehen. Nur einmal hatte sie sich beim Stallmeister erkundigt, ob Chad noch in Campions weilte. Aisgill hatte ihr geantwortet, der Mann sei noch da und arbeite in den Stallungen. Danach hatte sie es vermieden, Chad noch einmal zu erwähnen, und war auch nicht mehr in den Marstall gegangen.

Sie klappte den Bericht des Landwirtschaftsministerium über ertragreichere Anbaumethoden zu, schaute die stickend vor dem Kamin sitzende Tante an und bemerkte beiläufig: „Ich frage mich, wie es dem Vagabunden ergehen mag, den Aisgill bei uns aufgenommen hat. Entschuldige, aber ich brauche frische Luft", füge sie hinzu, legte das Buch auf ein Tischchen und stand auf. „Ich werde einen kleinen Spaziergang machen. Nein, hab keine Angst, Tante Annabelle. Zum Schutz nehme ich Sanders mit."

Sie verließ den Salon, begab sich in ihr Ankleidezimmer und ließ sich von der Zofe in eine Redingote und schwarze Stiefeletten helfen. Anschließend ging sie in die Halle hinunter und trug dem Butler auf, ihr den Lakaien zu rufen. Sobald Sanders bei ihr war, wies sie ihn an, einen Schirm mitzunehmen, überlegte jedoch amüsiert, wie er ihn im starken Wind halten solle, falls er ihn öffnen musste.

Gefolgt vom Lakai, schlenderte sie durch das imposante Tor auf den Sattelplatz. Das Gestüt von Campions war im ganzen Land berühmt, da viele hier gezüchtete Pferde ständig die großen Rennen gewannen. Ein Stalljunge, der eines der Rosse striegelte, bemerkte sie, hielt in der Arbeit inne und erkundigte sich ehrerbietig nach ihrem Begehr.

„Wo ist Mr. Aisgill?", fragte sie. „Ich möchte mit ihm sprechen."

„Er ist in der Reitschule, Mylady. Soll ich ihn holen?"

„Danke, nein", antwortete sie höflich, da sie auch den Dienstboten gegenüber stets einen korrekten Ton anschlug, und ging in das Hippodrom, in dem, wie immer zu dieser Stunde, die Pferde trainiert wurden.

Stuart sah sie den runden Kuppelbau betreten und näherte sich ihr mit strahlender Miene. „Wie schön, dass Sie zu uns kommen, Mylady", sagte er herzlich. „In der letzten Zeit haben wir Sie hier vermisst. Haben Sie einen Wunsch, Madam?"

Suchend schaute sie durch die Halle und antwortete leichthin: „Ach, ich bin nicht aus einem besonderen Grund hier. Ich wollte mich nur vergewissern, dass alles in Ordnung ist. Was haben Sie eigentlich mit dem Landstreicher gemacht, den Mr. Outhwaite uns vor vierzehn Tagen gebracht hat?"

„Was ich mit ihm gemacht habe?" Stuart war verdutzt und fuhr schmunzelnd fort: „Sie sollten mich besser fragen, was er gemacht hat und noch tut. Schauen Sie", fügte er hinzu und wies auf einen Reiter, der einen Rappen im Kreis traben ließ. „Er exerziert Rajah."

Chad hatte angehalten und saß aufrecht, in perfekter Haltung und ganz Herr des rassigen Hengstes, im Sattel. Aufmerksam geworden, drehte er den Kopf zum Stallmeister um und schaute die Countess of Malplaquet an.

„Sie lassen ihn Rajah reiten?“, staunte sie. „Kann er ihn denn kontrollieren?“

Stuart war sich bewusst, dass Chad ihn und die Countess beobachtete, und fand es ratsamer, die Stimme zu dämpfen. „Oh, er versteht es prächtig, mit Pferden umzugehen. Schon am ersten Tag hat er den Hengst, der sich losgerissen hatte, eingefangen und beruhigt. Kein anderer war dazu imstande. Einige Tage später bat er mich, ihn Rajah reiten zu lassen, und da ich miterlebt habe, wie geschickt er ihn gebändigt hat, gab ich ihm die Erlaubnis. Er behauptet zwar, sich an nichts erinnern zu können, doch ich bin überzeugt, Madam, dass er früher bei der Kavallerie gewesen sein muss. Er versteht etwas von Pferden und hat zudem eine große Narbe auf der Brust. Wahrscheinlich ist er ein Soldat, für den es nach dem Krieg keine Verwendung mehr gab und der seit der Entlassung harte Zeiten durchgestanden hat. Für uns war es gut, ihn aufzunehmen.“

Elinor hatte ebenfalls diesen Eindruck. Rajah, der stattlichste Hengst des ganzen Gestüts, war von unberechenbarem Wesen, und die meisten Stallknechte fürchteten sich davor, ihn an der Longe zu führen, ganz zu schweigen davon, ihn zu reiten.

Chad hatte den Rappen in die Mitte der Reitbahn geführt und ließ ihn auf der Stelle treten. Der Hengst zeigte deutlich seinen Unwillen bei dieser Übung, doch Chad sprach besänftigend auf ihn ein und behielt ihn fest an der Kandare.

Fasziniert von der meisterhaften Art, wie er mit Rajah verfuhr, beobachtete Elinor ihn und äußerte nach einer Weile bewundernd: „Welche Kraft dieser Mann hat, und welche Ausdauer!“

„Ja, das stimmt“, bestätigte Stuart etwas überrascht. Obgleich Ihre Ladyschaft im Allgemeinen großen Anteil an den in der Reitschule gemachten Fortschritten nahm, hatte sie indes noch nie so viel Interesse bekundet. „Aber ich meine, es wird Zeit, dass Chad mit dem Training aufhört. Rajah scheint nervös zu werden."

Im gleichen Moment beendete Chad die Übung, lenkte den Rappen zum Stallmeister und saß ab. Den Rappen am Halfter haltend, verbeugte er sich vor Lady Malplaquet und sagte: „Für heute hat Rajah genug, Sir. Er sollte sich jetzt ausruhen."

Er benahm sich und sprach wie ein guter, beflissener Bediensteter, doch abgesehen davon, hatte er Elinors Meinung nach nichts Serviles an sich. Er trug die hübsche und dennoch zweckdienliche grüne Uniform der Reitknechte, die keine schmutzige Stallarbeit verrichten mussten, dazu polierte schwarze Stiefel, war rasiert, hatte jedoch wieder einen dunklen Schatten auf Kinn und Wangen. Die langen schwarzen Haare waren ihm mittlerweile gekürzt worden, nur eine Locke hing ihm in die Stirn. Das markant geschnittene Gesicht war keineswegs das eines Herumtreibers. Man konnte es zwar nicht unbedingt schön nennen, aber seine Ausstrahlung hatte etwas Bezwingendes. Die blauen Augen hatten einen leuchtenderen Glanz, als Elinor erinnerlich war. Sein Blick war auf sie gerichtet, nicht in aufdringlicher Weise, sondern eher kühl abwägend, als sei sie für ihn nur irgendeine Frau. Er war sehr groß, und das empfand sie als angenehm. Auch sie war hochgewachsen und überragte so manchen Mann, der in ihren Diensten stand. Ihn so vor sich zu sehen, breitschultrig, gut gewachsen und männliche Kraft verströmend, verspürte sie seltsame Regungen, ein Erlebnis, das ihr vollkommen neu war.

Je länger sie ihn betrachtete, desto stärker wurden die eigenartigen Reize. Das Herz schlug ihr schneller, und sie fühlte sich merkwürdig beklommen. In Gedanken schüttelte sie den Kopf über sich selbst und ermahnte sich, mehr Beherrschung zu wahren. Es war absurd, beim Anblick eines kräftigen Reitknechtes, den man halbnackt im Moor aufgefunden hatte, so verwirrt zu reagieren wie ein naives Mädchen, das zum ersten Male mit einem Verehrer zusammen ist. Wiewohl sie keine Erfahrungen mit Männern hatte, bestand für sie kein Zweifel über den Grund der eigentümlichen Erregung, und sie war bemüht, sich den inneren Aufruhr nicht anmerken zu lassen.

„Ich danke Ihnen, Mylady, dass Sie mich aufgenommen haben“, sagte Chad. „Ich glaube, andernfalls wäre ich elendiglich umgekommen.“

Elinor fand den Klang seiner tiefen, vibrierenden Stimme bezaubernd und musste erneut um Fassung ringen. Sie neigte den Kopf und erwiderte in einem sie selbst erstaunenden ruhigen Ton: „Wenn Sie imstande sind, Rajah zu zähmen, dann ist Ihre Anwesenheit in Campions ebenso gut für uns wie für Sie.“ Er lächelte, und sie sah ein weiteres Mal bestätigt, dass er, wer immer er sein mochte, ein anständig erzogener Mensch war. Vermutlich hatte Aisgill recht mit der Annahme, es handele sich um einen ehemaligen Kavalleristen.

„Rajah wird von niemandem gebändigt werden“, entgegnete Chad überzeugt. „Nur, wenn man ihn spüren lässt, wer sein Herr ist, entschließt er sich hin und wieder, folgsam zu sein.“

„Mr. Aisgill hat mir erzählt, dass er annimmt, Sie seien früher bei der Armee gewesen. Haben Sie keine Erinnerungen, die Ihnen helfen könnten, sich darüber klar zu werden, wer Sie sind und woher Sie stammen?“

„Nein, Madam“, antwortete Chad gequält und furchte bekümmert die Stirn. „Ich habe jedoch eine Narbe, die vielleicht von einer im Krieg erlittenen Verletzung herrührt. Und manchmal habe ich furchtbare Träume.“

„Furchtbare Träume?“, wiederholte Elinor und wurde sich im selben Moment bewusst, dass sie sich schon viel zu lange mit ihm, einem einfachen Reitknecht, befasste. Doch ihre Neugier war geweckt, und deshalb erkundigte sie sich wissbegierig: „Wovon träumen Sie denn?“

„Von Schlachtengetümmel und sterbenden Männern. Es mag tatsächlich sein, dass ich früher beim Militär war. Ich entsinne mich, dass ich reiten kann. Das Pferd war weiß und sehr rassig. Plötzlich ist es unter mir zusammengebrochen.“

Er schwieg, doch nach einigen Sekunden konnte Elinor nicht widerstehen zu fragen: „Und was träumen Sie noch?“

„Nichts weiter. Die Kameraden hier berichten mir morgens, ich hätte im Schlaf gesprochen und sei schreiend aufgewacht. Sie konnten jedoch nie verstehen, was ich geäußert habe.“

„Nun, ich hoffe, mit Zeit erlangen Sie das Gedächtnis zurück“, erwiderte Elinor weich.

„Vielleicht bin ich dann gar nicht mit dem zufrieden, was mir einfällt“, entgegnete Chad bedrückt, verbeugte sich und führte den Hengst aus der Reithalle.

„Welchen Familiennamen haben Sie ihm eigentlich für die Buchführung gegeben?“, wandte Elinor sich an den Stallmeister.

Erstaunt hatte er der Unterhaltung zugehört und sich gewundert, warum Lady Malplaquet so großen Anteil am Schicksal des neuen Reitknechtes nahm. Aber ihr Verhalten war ja stets unberechenbar. „Peel hat vorgeschlagen, Chad den Namen Newcome zu geben, weil er ja ein Neuankömmling in unserer Mitte ist“, antwortete Stuart schmunzelnd. „Damit war Chad einverstanden.“

Getrieben von einem unerklärlichen Drang, warf Elinor einen letzten Blick auf Newcome, der soeben mit dem Rappen die Halle verließ. „Ich vermute, er war Korporal oder Sergeant, vielleicht sogar Captain“, sagte sie bedächtig. „Ich schließe das aus der Art, wie er spricht, und seiner Selbstsicherheit. Er muss früher Befehle erteilt haben. Außerdem hat er eine gute Erziehung genossen, denn er wusste sich mir gegenüber zu benehmen."

„Ja", stimmte Stuart der Countess zu. Er war ebenfalls bei der Kavallerie gewesen, bis eine Verletzung und das daraus verbliebene Hinken ihn gezwungen hatte, den Dienst zu quittieren. „Ich finde es sonderbar, dass Newcome nicht weiß, wer er ist, es andererseits jedoch hervorragend versteht, ein Pferd zu trainieren. Und das ist nicht das einzige. Hutton wurde heftig von ihm zurechtgewiesen, weil er sorglos mit einem Drilling umgegangen war. Newcome tadelte ihn streng und hielt ihm vor, so ginge man nicht mit einer Schusswaffe um."

„Dann ist er gewiss ein uns nützlicher Mann", befand Elinor und hielt es für angebracht, nunmehr das Thema zu wechseln. Es schickte sich nicht, so viel Aufmerksamkeit für Newcome zu bekunden. Selbst wenn sie allen ihren Domestiken Beachtung schenkte, musste es Aisgill dennoch befremden, dass sie sich derart auffällig für Chad Newcome interessierte.

3. KAPITEL

Chad saß auf der Treppe vor dem Quartier der Stallbediensteten und reparierte Zaumzeug. Seine Gedanken waren ebenso trüb und düster wie der wolkenverhangene Himmel. Dennoch war er eigenartig zufrieden. Mittlerweile waren seine Kräfte voll und ganz zurückgekehrt, und geistesabwesend begann er, ein Lied zu pfeifen. Im nächsten Moment fragte er sich verblüfft, woher er es kannte. Es überraschte ihn, dass er sich dieser Melodie entsann und auch, wie man ein Pferd schulte, ein Gewehr reinigte, lud und benutzte, obwohl er sich an nichts erinnerte, was ihn betraf. Von Tag zu Tag fielen ihm viele andere Kleinigkeiten ein, doch keine Einzelheit über seine früheren persönlichen Lebensumstände.

Inzwischen war er zu der Erkenntnis gelangt, dass er nicht ungebildet war und einst ein gutbürgerliches Dasein geführt haben musste. Zudem war er ganz sicher, dass er auch Frauen besessen hatte, und nicht nur eine. Woher er die Gewissheit nahm, hätte er indes nicht erklären können. Dachte er an eine Frau, war es stets die Countess of Malplaquet. Vielleicht lag es daran, weil die erste Erinnerung in seinem neuen Leben sie betraf. Er sah sie noch immer auf dem Reitplatz vor sich stehen, hochaufgerichtet und voller Würde, und entsann sich auch, wie sehr es ihn gefreut hatte, ihr im Hippodrom wiederzubegegnen und sie so anerkennend über seine Arbeit mit Rajah sprechen zu hören. Es war ihm schwergefallen, sie nicht dauernd anzustarren, und oft hatte er den Blick abgewandt, weil er nicht aufdringlich erscheinen wollte. Aber er fühlte sich in einer Weise zu ihr hingezogen, die er sich nicht erklären konnte.

Für eine Frau war sie von bemerkenswert hohem Wuchs, hatte jedoch eine wunderbare Figur und bewegte sich mit unnachahmlicher Anmut. Die gleiche Grazie legte sie an den Tag, wenn sie in vollendeter Haltung zu Pferde saß. Ihr Gesicht war nicht unbedingt schön zu nennen, doch irgendwie voller Reiz. Sie hatte hochgewölbte dunkle Brauen, herrliche graue Augen, eine schmale, schlanke Nase und ein Kinn, das auf Willensstärke hindeutete. Besonders beeindruckend war die Pracht der schimmernden kastanienbraunen Locken. Das bemerkenswerteste an ihr war in Chads Augen indes das Mitgefühl gewesen, das er in ihrem Blick entdeckt hatte, als er am ersten Tag auf eben dieser Treppe saß und Lady Malplaquet sich zu ihm herunterbeugte. Lächelnd hob er den Kopf und sah den Stallmeister auf sich zukommen.

„Mylady braucht einen Reitknecht, der sie heute Nachmittag begleitet", teilte Stuart ihm mit. „Sie sind inzwischen mit der Umgebung vertraut, Newcome. Satteln Sie Ihrer Ladyschaft Vulkan und nehmen Sie Rajah, falls Sie glauben, dass er sich gefügig anstellt. Er hat seinen täglichen Auslauf nötig, denn sonst benimmt er sich störrisch und reizbar."

Chad nickte, stand auf und ging in den Stall. Nachdem er das Zaumzeug aufgeräumt hatte, sattelte er den Hengst und den Wallach und begab sich anschließend in seine Unterkunft. Er wusch die Hände, setzte sich die Jockeykappe mit der grünsilbernen Kokarde auf und kehrte in den Marstall zurück. Ein Bursche brachte Vulkan in den Hof, während er selbst den Rappen hinausführte. Wortlos half er der wartenden Countess of Malplaquet auf den Rotfuchs, schwang sich dann auf den unruhig tänzelnden Rajah und ritt neben ihr in Richtung des bereits winterlich kahlen Moors.

Mehr denn je hatte Elinor Sorgfalt auf ihre Garderobe gelegt und sich für ein dunkelblaues Reitkleid mit silbernen Knöpfen, einen schwarzen Zylinder mit duftigem Schleier und ein spitzenbesetztes Krawattentuch entschieden. Die Reitpeitsche war einst im Besitz des dritten Earl of Malplaquet gewesen und hatte einen besonders schönen, silberverzierten Griff. Tante Annabelle hatte sie verdutzt angeschaut und eine erstaunte Bemerkung über ihre elegante Erscheinung gemacht.

Sie blickte zu Newcome hinüber und fand, dass er viel besser aussah als bei den beiden vorherigen Begegnungen. Er wirkte bei Weitem gelöster, und auch der gehetzte Ausdruck in seinen Augen war verschwunden. Es ließ sich nicht verkennen, dass er stolz auf seine Leistungen war.

Elinor wählte stets denselben Weg für ihre Ausritte. Aisgill hatte ihr dazu geraten, da es sicherer für sie sei, wenn man genau wusste, wo sie sich befand. Am Ende des Ausfluges, einer unter dem Namen „Cairn" bekannten Felsengruppe, hielt sie an und forderte Newcome auf, ebenfalls abzusitzen und sich neben sie auf einen der großen, verstreut herumliegenden Steine zu setzen.

Er zögerte, da die Anweisung ihn überraschte. Er hatte sich darauf eingestellt, neben den an zwei Bäumen angebundenen Pferden zu warten, denn er wusste, was sich für einen Reitknecht schickte. Es gehörte sich ganz und gar nicht, sich an der Seite Ihrer Ladyschaft niederzulassen. Doch ein Befehl war ein Befehl.

Elinor amüsierte es, wie sehr Newcome mit sich rang und zwischen seinem Sinn für Anstand und dem Befolgen ihrer Bitte schwankte. Schließlich nahm er neben ihr Platz, und sie äußerte in beiläufigem, fast gelangweiltem Ton: „Ich wüsste gern, Newcome, ob Sie das Gedächtnis zurückerlangt haben."

Er schaute sie an und meinte, nie etwas Schöneres vor Augen gehabt zu haben. Aber seine Erinnerungen umfassten natürlich nur einen Zeitraum von vier Wochen. Doch heute war Ihre Ladyschaft, die sonst sehr einfach und schlicht gekleidet ging, wahrlich jeder Zoll die Countess of Malplaquet, und er wusste nicht, wie er sich ihr gegenüber zu verhalten hatte.

„Noch ist mir über mich nichts erinnerlich, Mylady", antwortete er stirnrunzelnd. „Mr. Aisgill hat mir berichtet, der Pächter vom Home-Gut habe mich zwei Tage, bevor Mr. Outhwaite mich nach Campions brachte, vor seinem Heuschober schlafend aufgefunden. Ich soll ihn um Essen gebeten haben, doch er hat sich geweigert, mir etwas zu geben, und vertrieb mich von seinem Hof."

„Er ist ein guter Bauer, aber ein schlechter Mensch", erwiderte Elinor missbilligend. „Er hätte Sie zu uns bringen sollen, hat es indes wohl deshalb nicht getan, weil er unserer Wohltätigkeit ablehnend gegenübersteht."

„Ich bin froh, dass Sie mich aufgenommen haben", sagte Chad dankbar. „Denn sonst wäre ich bestimmt verhungert."

„Wahrscheinlich", stimmte Elinor zu. „Aisgill hat mir erzählt, Sie leisten gute Arbeit, und das nicht nur mit den Pferden."

Chad merkte, dass die Countess sich unbedingt mit ihm unterhalten wollte. „Ich gehe am liebsten mit Pferden um", gestand er. „Allerdings werde ich das Gefühl nicht los, dass ich zwar oft mit ihnen zu tun hatte, früher jedoch kein Stallbursche oder Reitknecht war."

„Das könnte Aisgills Ansicht unterstreichen, dass Sie einmal bei der Kavallerie waren. Es stört Sie hoffentlich nicht, jetzt im Reitstall tätig zu sein?"

„Ich wäre ein sehr eigennütziger Mensch, würde ich mich bei denen beklagen, die mir das Leben gerettet und eine Anstellung verschafft haben, obwohl über meine Vergangenheit nichts bekannt ist." Da Lady Malplaquet ihn fragend anschaute, fügte er steif hinzu: „Ein Mann, dessen Vorleben ein Geheimnis umgibt, ist zwangsläufig verdächtig, nicht wahr? Manchmal, wenn ich nachts nicht schlafen kann, zermartere ich mir das Hirn darüber, ob ich etwas verbrochen habe und auf der Flucht bin."

Flüchtig schaute Elinor den Reitknecht an. Sie wagte nicht,

ihn länger zu betrachten, da sein Anblick sie innerlich aus dem Gleichgewicht brachte. „Wie ein Verbrecher wirken Sie nicht auf mich, Newcome“, entgegnete sie.

Er zuckte mit den Schultern und unterließ es, ihr einzugestehen, dass seine Bemühungen, sich seines einstigen Lebens zu entsinnen, bisher nichts gefruchtet und ihn nur noch unsicherer gemacht hatten. Einmal war er nach stundenlangem Grübeln vor Erschöpfung eingeschlafen und von einem Albtraum heimgesucht worden, der sich um die Countess gedreht hatte. Mit einem Aufschrei hatte er sich aus dem Bett gewälzt und durch den Lärm einige seiner Kameraden geweckt. Er war von ihnen festgehalten worden, weil er sich in seiner Benommenheit heftig gegen sie gewehrt hatte. In wachem Zustand war es ihm dann nicht möglich gewesen, sich zu erinnern, was ihn im Schlaf so verstört hatte. Da er überzeugt war, Lady Malplaquet nie zuvor gesehen zu haben, und weil sie ihm ohnehin nur mit Freundlichkeit begegnete, hatte seine Reaktion im Traum ihn zutiefst bestürzt. Um sich von den trüben Gedanken abzulenken, entschied er sich, etwas zu tun, was kein pflichtbewusster Bediensteter sich anmaßen sollte. Er wechselte das Thema und fragte neugierig: „Sind diese Felsen so gewachsen oder von Menschenhand aufgeschichtet worden?“

„Dieser Teil des Landes wurde erst lange nach dem Süden christianisiert, und die Einheimischen glauben, dass die alten nordischen Götter die Steine beim Spiel vom Himmel geschleudert haben“, antwortete Elinor lächelnd. „In meiner Bibliothek gibt es ein Buch, aus dem hervorgeht, dass schon in grauen Vorzeiten Menschen in der ‚Cairn‘ genannten Felsengruppe gewohnt haben. Ich kann es mir schwer vorstellen, weil sie dort im Winter schrecklich gefroren haben müssen.“

Chad hatte den Eindruck, dass Lady Malplaquet ihn unbewusst wie ihresgleichen zu behandeln schien. Deshalb verzichtete er auf einen unterwürfigen Ton und meinte gelassen:

„Wenn die Angaben im Buch richtig sind, muss es einen Zugang zu einer Art Höhle geben."

„Sie ist vorhanden", bestätigte Elinor. „Kommen Sie, ich zeige sie Ihnen." Sie stand auf, ging zu einer Flanke der aufgetürmten Gesteinsbrocken und wies auf einen in der Mitte klaffenden Spalt. „Folgen Sie mir!", forderte sie Newcome auf und drängte sich seitlich durch die Öffnung.

Nur mit Mühe gelang es Chad, sich durch den Einschnitt zu zwängen, hinter dem ein so niedriger Raum lag, dass er und die Countess den Kopf einziehen mussten. „Hier können nur Zwerge gelebt haben!", sagte er schmunzelnd.

„Mein Bibliothekar ist derselben Meinung", erwiderte Elinor und drehte sich in der Absicht um, die kleine Höhle zu verlassen.

Ihr Fuß knickte um, und hastig hielt Chad sie fest, damit sie nicht stürzte. Plötzlich war sie ihm ganz nah, von Angesicht zu Angesicht. Er spürte ihren schmiegsamen Körper und nahm den zarten Duft wahr, der ihrem Haar entströmte. Gekrümmt drückte er sie an sich, verlor jäh die Balance und fiel mit der Countess zu Boden.

Vorher hatte er stets nur beim Aufsitzen ihren Fuß gehalten, nun jedoch zum ersten Male gewagt, sie an sich zu ziehen. Die Gefühle, die sie unversehens erfüllten, waren einzigartig und wunderbar. Natürlich war sie schon früher von einem Mann in die Arme genommen worden, beim Tanzen, wenn sie in ein Boot gehoben wurde oder von Aisgill, der sie nach einem Sturz vom Pferd aufgehoben hatte. Nie hatte sie indes das köstliche Prickeln verspürt, das sie nun in Newcomes Umarmung empfand.

Rasch ließ er sie los, blieb neben ihr in der dämmrigen Höhle sitzen und rang um Fassung. Der Verlust des Gedächtnisses schien auch zu mangelnder Selbstbeherrschung zu führen, denn unvermittelt musste er sich des Wunsches erwehren, Lady Malplaquet zu küssen, sich auf sie zu werfen und zu besitzen. Tief durchatmend, bezwang er den Drang, richtete sich halb auf und stolperte geduckt durch den Spalt. Im Freien lehnte er sich an einen großen Felsen und versuchte, den inneren Aufruhr zu dämpfen, ehe die Countess ihm folgte.

Schwankend erhob sie sich, tastete sich gebückt aus der Höhle und sagte in einem Ton, der ihr erschreckend falsch in den Ohren klang: „Es ist Zeit, Newcome, heimzukehren. Ich bin plötzlich sehr müde."

Er hatte sich etwas beruhigt, verbeugte sich steif und half ihr wortlos auf den Rotfuchs. Dann band er die Pferde los, schwang sich auf den Rappen und wartete, bis die Countess of Malplaquet losritt.

In tiefem Schweigen kehrten sie nach Campions zurück.

„Nell, heute bist du erstaunlich geistesabwesend!", tadelte Annabelle und schaute befremdet die Nichte an. „Schon zweimal habe ich dir dieselbe Frage gestellt und nie eine Antwort erhalten! Das sieht dir gar nicht ähnlich. Wo bist du mit den Gedanken?"

Elinor errötete. Sie hatte an das Erlebnis mit Chad Newcome gedacht, an den Ausflug in das Moor und den Zwischenfall in der Cairn-Höhle. Es war ausgeschlossen, der Tante zu erzählen, was sie dabei verspürt hatte. Vermutlich hatte sie sich alles nur eingebildet. Eine mit siebenundzwanzig Jahren noch unberührte Frau, die Gefahr lief, eine alte Jungfer zu werden, konnte unmöglich für einen Reitknecht das empfinden, was sie gefühlt hatte. Und noch mehr bestürzte Elinor, dass sie diesen Niemand in Gedanken wieder in halbnacktem Zustand vor sich gesehen hatte, so, wie er vor Wochen in Campions eingetroffen war.

Gewiss war sie einem Trugschluss erlegen, in bezug auf ihre Gefühle ebenso wie auf den Ausdruck des Verlangens, den sie in Newcomes Augen gesehen hatte, als er in dem niedrigen Felsenraum neben ihr saß. Es war doch ein untrügliches Zeichen, dass er sich auf dem Heimritt und bei der Ankunft in Campions ganz seiner Stellung bewusst verhalten, Elinor, ohne sie anzuschauen, aus dem Sattel geholfen und dann mit gesenktem Blick die Pferde in den Stall geführt hatte! Sie war entschlossen, seine Nähe hinfort zu meiden. Nach gründlicher Überlegung kam sie jedoch zu der Erkenntnis, dass es ratsamer war, ihm nicht ständig aus dem Wege zu gehen. Sonst vermutete Aisgill wahrscheinlich, dass Newcome sich etwas zuschulde hatte kommen lassen. Dabei hatte Chad nichts Unrechtes getan.

Sie schaute auf Post, die ihr der an diesem Morgen noch hinfälliger auf sie wirkende Sekretär zurecht gelegt hatte, und befand, sie sei viel zu unkonzentriert, um die Briefe zu lesen. Unlustig nahm sie einige der Schreiben zur Kenntnis, von denen eines von ihrem bei den Staffords in Trentham weilenden Cousin Ulric stammte. In schlecht zu entziffernder Schrift teilte er ihr mit, er habe vor, sie in den nächsten zwei Wochen auf der Weiterreise nach Borders aufsuchen, wisse den genauen Ankunftstag indes noch nicht. Sie berichtete der Tante den Inhalt der Nachricht, stand auf und äußerte trocken: „Bei den Staffords ist Ulric wahrscheinlich ebenso ungelitten wie bei mir. Sie sind jedoch zu höflich, um ihm das freimütig zu verstehen zu geben. Nun, dann werde ich jetzt der Haushälterin sagen, sie solle ihm eine Suite herrichten. Schließlich ist er mein Erbe. Entschuldige, Tante Annabelle, aber danach gehe ich in die Bibliothek. Challenor hat mir erzählt, er habe in einem Kabinettschrank einige alte Folianten entdeckt, die ich mir ansehen soll.“

„Ja, tu das“, erwiderte Annabelle zustimmend. „Das hilft dir vielleicht, etwas ruhiger zu werden. Deine Leidenschaft für Bücher ist zwar beachtlich groß, doch in der letzten Zeit hatte ich den Eindruck, dass du mehr im Marstall denn in der Bibliothek warst."

Die letzte Äußerung verunsicherte Elinor zutiefst, und verstört fragte sie sich, ob ihr innerer Aufruhr so deutlich erkennbar war, dass selbst die Tante ihn bereits bemerkte. Beinahe fluchtartig verließ sie den Salon und begab sich in die Bibliothek. Angesichts der Freude, die der betagte Challenor bei ihrem Erscheinen zeigte, beschloss sie, auf den nachmittäglichen Ausritt zu verzichten und sich lieber erneut hier einzufinden. Sie konnte behaupten, nicht zum Reiten aufgelegt zu sein, was keineswegs der Wahrheit entsprach, und diese Lüge zum Vorwand nehmen, nicht in den Stall und in Newcomes Nähe zu gehen. Sie wollte nicht einmal an Chad denken, denn selbst das brachte ihre Gefühle so durcheinander wie sein Anblick.

Doch diesem heroischen Vorsatz blieb sie nur zwei Tage treu.

Elinor erwachte nach unruhig verbrachter Nacht und unterließ es, der Zofe zu läuten. Sie stand auf, kleidete sich ohne Hilfe an, obgleich die Tante und Annie diese Angewohnheit missbilligten, und verließ das Haus, um einen kleinen Spaziergang zu machen. Da sie sich nicht weit zu entfernen gedachte, verzichtete sie darauf, die Zofe oder einen der Lakaien mitzunehmen.

Der Himmel war bezogen, doch es regnete nicht. Noch war es so früh, dass alle schliefen und niemand die Vorhänge seines Fensters zurückgezogen hatte. Der Spaziergang in der kalten Luft um das Gebäude erfrischte Elinor, und schließlich schlenderte sie, statt ins Haus zurückzukehren, wie von einer unsichtbaren Macht getrieben, zu den Stallungen. Sie ging durch das imposante Tor, fand den Sattelplatz leer vor und wanderte um die Ecke zu dem Hof vor dem Quartier der Stallburschen weiter, einen Ort, den sie selten aufsuchte.

Im grauen Licht des Morgens sah sie Chad Newcome mit dem Rücken zur der Pumpe stehen, vollkommen entblößt, einen Eimer neben sich und von einer großen Pfütze umgeben. Offensichtlich hatte er sich, ungeachtet der Kälte, dort gewaschen. Er trocknete sich soeben das Haar, sodass Elinor sein Gesicht nicht erkennen, er sie aber auch nicht sehen oder hören konnte. Wie gebannt blieb sie stehen, jäh erfüllt von den seltsamsten Gefühlen.

Plötzlich ließ er das Handtuch sinken, und sein Blick fiel auf die Countess of Malplaquet. Nicht minder erschrocken als sie starrte er sie an.

Sie hatte nie zuvor einen nackten Mann vor Augen gehabt, war jedoch überzeugt, dass kein anderer so prachtvoll gewachsen sein konnte. Natürlich schickte es sich nicht, ihn so unverhohlen zu betrachten, aber sie konnte den Blick nicht von ihm wenden und nahm auch die von Aisgill erwähnte Narbe knapp unter der Schulter wahr. Nach einem Moment wurde ihr indes bewusst, wie ungehörig sie sich benahm und dass Newcome ihr auffallendes Interesse an seiner Person bemerkt hatte.

„Verzeihen Sie, Mylady, ich wusste nicht, dass Sie hier sind“, sagte er peinlich berührt, drehte sich um und schlang das Handtuch um die Hüften.

„Es ist meine Schuld“, entgegnete sie befangen. „Ich hätte mich bemerkbar machen müssen.“

Er wandte sich ihr wieder halb zu und lächelte schweigend.

Dieses verführerische Lächeln musste ihm die Sympathie aller weiblichen Bediensteten gewinnen und jedes Frauenherz brechen. Unwillkürlich fragte sich Elinor, ob er bereits mit einer der Mägde oder Zofen geschäkert haben mochte, und die Starre, die sie bisher gelähmt hatte, fiel im Nu von ihr ab. Brüsk machte sie kehrt und eilte vom Hof, immer noch erschüttert darüber, wie sie auf Newcomes Anblick reagiert hatte. Etwas Ähnliches war ihr nie widerfahren, wenn sie sich in Gesellschaft eines anderen Mannes befunden hatte. Die Erregung war so stark, dass sie ihr angst machte. Ihr war ohne jeden Zweifel klar, dass sie nicht imstande gewesen wäre, Newcome Einhalt zu gebieten, hätte er sie in die Arme genommen und geküsst. Im Gegenteil, sie wäre mit Vergnügen auf seine Zärtlichkeiten eingegangen.

Über sich selbst den Kopf schüttelnd, hastete sie blindlings ins Haus zurück. Doch sie konnte nicht vergessen, was sie soeben gesehen hatte. Den ganzen Tag hindurch wanderten die Gedanken zu Chad Newcome, und stets stand sein Bild vor ihr, dieser wundervoll athletische Körper, den er ihr morgens unabsichtlich enthüllt hatte.

Als Chad vormittags das kleine Büro des Stallmeisters betrat, um sich die Anweisungen für den Tag zu holen, traf er Stuart Aisgill am Schreibtisch an, die aufgeschlagenen Rechnungsbücher vor sich, offensichtlich befasst mit der Eintragung der Löhne, der Ausgaben für das Pferdefutter und den sonstigen im Gestüt anfallenden Kosten.

„Ja, was gibt es?“, erkundigte Stuart sich irritiert.

Chad schaute ihn an. Mr. Aisgill war stets freundlich zu ihm gewesen, auch wenn er, wie bei allen anderen ihm unterstellten Angestellten, streng auf Ordnung achtete. Irgendwie erinnerte er ihn an jemanden, dem Chad einmal Befehle erteilt hatte, die dieser, wie er sich zu entsinnen meinte, zur allgemeinen Zufriedenheit ausgeführt hatte. Auch diesmal war er hergekommen, um sich nützlich zu machen, und beschloss, ungeachtet des von Mr. Aisgill angeschlagenen gereizten Tones, seinen Vorschlag vorzutragen.

„Sir, ich habe mein Erinnerungsvermögen etwas zurückgewonnen“, sagte er fest. „Nicht viel, aber für Sie könnte es hilfreich sein.“ Er hielt inne, weil ihm plötzlich in den Sinn kam, dass er zwar in seinem früheren Leben anderen Männern Order gegeben hatte, die bereitwillig befolgt worden waren, er in Campions jedoch nur ein Untergebener war, der seine Grenzen nicht überschreiten durfte.

„Wenn Sie mir etwas mitzuteilen haben, dann sprechen Sie!", erwiderte Stuart mürrisch. „Meine Zeit ist kostbar."

Chad missachtete jede Vorsicht und erklärte: „Ich entsinne mich, dass ich in der Lage bin, die Bücher und Korrespondenz zu führen. Wenn Sie möchten, gehe ich Ihnen gern zur Hand. Mir ist bekannt, dass Mr. Henson Sie ständig der Abrechnungen wegen unter Druck setzt. Wenn Sie mich beschäftigen, kann er das nicht mehr."

Stuart hatte das Bedürfnis, Newcome in die Schranken zu weisen, doch etwas an der unterwürfigen Art des Reitknechtes, die ganz und gar nicht seinem Wesen zu entsprechen schien, sondern eher auf echte Hilfsbereitschaft schließen ließ, bewog ihn, die ihm auf der Zunge liegende scharfe Bemerkung nicht zu äußern. „Ich habe Sie mit Myladys Erlaubnis bei uns eingestellt", erwiderte er bedächtig, „weil wir der Ansicht waren, Sie könnten uns dienlich sein. Sie haben sich tatsächlich als gute Arbeitskraft erwiesen. Mehr noch, Ihr Geschick im Umgang mit Pferden ist außerordentlich groß. Wenn Sie überzeugt sind, mich auch auf andere Weise unterstützen zu können, habe ich nichts dagegen. Ich wäre dumm, Ihre Begabungen nicht zu nutzen." Stuart stand auf, wies auf den vor ihm liegenden Zettel und fuhr mit trockenem Lächeln fort: „Glauben Sie, meine Notizen in Schönschrift abschreiben zu können, oder muss ich damit rechnen, dass Sie Tintenkleckse machen?"

„Ich meine, ich habe schon Schlimmeres als das kopieren müssen", antwortete Chad schmunzelnd, setzte sich auf den Stuhl und betrachtete den unordentlichen Stapel von eselsohrigen und fleckigen Papieren, auf denen der Stallmeister seine täglichen Aufzeichnungen erstellt hatte. Er nahm den Federkiel, ließ sich von Mr. Aisgill instruieren, nach welchem Modus er vorzugehen hatte, und begann zügig, eine Reinschrift zu verfassen. Irgendwann hob er den Kopf und merkte, dass der Stallmeister ihn beobachtete. „Offenbar hatte ich früher nicht sehr viel mit Zahlen zu tun“, murmelte er stirnrunzelnd. „Aber ich verstehe genug davon, um diese kleinen Beträge zu verrechnen.“ Er konnte Mr. Aisgill gegenüber nicht behaupten, dass seiner Ansicht nach diese Arbeit einst von anderen für ihn erledigt worden war und er sie nur kontrolliert hatte. Das hätte äußerst unwahrscheinlich geklungen.

Stuart wartete, bis Newcome die Eintragungen beendet und noch eine Reihe von Briefen verfasst hatte. Sobald der Reitknecht das Büro verlassen hatte, ging er zum Bureau, nahm die Schriftstücke an sich und hob erstaunt die Brauen. Alles war sauber und gut leserlich niedergeschrieben. Unwillkürlich lachte er bei dem Gedanken auf, wie Henson reagieren würde, wenn er die Unterlagen sah. Diesmal konnte der Verwalter nicht ungehalten sein, und auch in Zukunft nicht, denn Stuart hatte sich auf der Stelle entschieden, Newcome weiterhin als Sekretär zu beschäftigen. Kopfschüttelnd furchte er die Stirn. Je mehr der Reitknecht seine Fähigkeiten entdeckte, desto deutlicher wurde es, dass er kein einfacher, ungebildeter Mann sein konnte.

4. KAPITEL

Eine Woche nach der Begegnung am Brunnen hatte Elinor, wie jeden Freitag, ihre Berater zu sich in ihr Arbeitszimmer gebeten. Die Versammlung bestand aus John Henson, Stuart Aisgill, Robert Challenor und William Payne, und sie nannte sie im Stillen belustigt ihren Kronrat.

„Also, ich muss sagen, Sie stecken voller Überraschungen!“, äußerte John verblüfft und betrachtete staunend die Aufzeichnungen des Stallmeisters, die im Allgemeinen nur verächtliche Kritik bei ihm ausgelöst hatten. „Sie haben viel dazugelernt, Stuart. Wer hat Ihnen das beigebracht?“

Stuart und der Verwalter bemühten sich, halb freundschaftlich, halb feindselig, jeder auf seine Weise um die Gunst der Countess of Malplaquet. Stuart zögerte einen Moment, entschied sich dann jedoch, lieber die Wahrheit einzugestehen. „Ich habe das nicht geschrieben“, antwortete er ehrlich. „Das war Newcome. Er hat sich erboten, mir als Sekretär zur Verfügung zu stehen. Es ist seine Leistung, die Sie bewundern.“

William nahm einen Brief vom Tisch, der ihm zur Durchsicht übergeben worden war und später in des Stallmeisters Namen abgeschickt werden sollte. „Ich war nicht genötigt, Korrekturen zu machen“, bemerkte er mit zittriger Stimme. „Ich vermute, Stuart, dass Newcome den Text selbständig für Sie verfasst und nicht von Ihnen diktiert bekommen hat.“

„Das ist richtig“, bestätigte Stuart knapp. „Ehre, wem Ehre gebührt. Ja, ich habe ihm in groben Zügen erklärt, was er zu schreiben hätte, doch die Formulierungen stammen ausschließlich von ihm.“

„Er ist ein vielfältig talentierter Mann“, stellte John wider Willen in anerkennendem Ton fest. Er war nicht minder erstaunt über die Fähigkeiten des Reitknechtes als alle anderen im Raum Anwesenden.

Elinor versagte es sich, dem Kronrat zu erkennen zu geben, wie sehr das Lob für Chad Newcome sie freute. Nachdem die Besprechung zu Ende war, fasste sie einen Entschluss und bat den Stallmeister: „Bleiben Sie, Aisgill. Ich möchte mich noch einen Augenblick mit Ihnen unterhalten."

Beim Verlassen des Arbeitszimmers hörte John die Worte Ihrer Ladyschaft und furchte die Stirn.

Elinor schlenderte zu einem Fenster, schaute hinaus und sagte, entgegen ihrem üblichen Verhalten, ohne sich umzudrehen: „In der letzten Zeit bin ich nachmittags nicht mehr ausgeritten. Heute möchte ich indes, dass Vulkan um zwei Uhr für mich gesattelt bereitsteht." Erst jetzt wandte sie sich zu Aisgill um und sah ihn nicken.

„Selbstverständlich, Madam", erwiderte er und fügte aus einem ihm selbst unerfindlichen Grund hinzu: „Soll Newcome Sie begleiten?"

„Ja, sofern Sie auf ihn verzichten können", antwortete Elinor leichthin. „Ich nehme an, inzwischen kann er sich schon besser erinnern, weiß aber immer noch nicht, wer er ist, nicht wahr?"

„Sie haben recht", bestätigte Stuart. „Eigenartig, wie viel ihm mittlerweile eingefallen ist, nur nicht, wie er wirklich heißt und woher er kommt. Gelegentlich denke ich, er ..."

„Was denken Sie? Sie wissen, dass ich Ihre Meinung schätze, Mr. Aisgill." Das stimmte. Er war gewiss nicht so gebildet wie Henson und Payne, aber scharfsinnig, unsentimental und realistisch. Manchmal war das besser als jedes aus Büchern erworbenes Wissen.

„Nun, es mag sein, dass es dumm von mir ist, doch hin und wieder ist mir der Verdacht gekommen, Newcome wolle sich absichtlich nicht erinnern, wer er ist", sagte Stuart bedächtig. „Er leidet oft an Albträumen."

„Befürchten Sie, er könne ein Verbrechen begangen haben?", fragte Elinor beunruhigt.

„Nein, das nicht. Vermutlich war er früher nicht glücklich. Jetzt ist er es, abgesehen von den Stunden in der Nacht."

Elinor war froh, dass sie nicht die Begleitung eines anderen Reitknechtes gewünscht oder etwas geäußert hatte, das Aisgills Misstrauen hätte verstärken können. Der Stallmeister schien überzeugt zu sein, dass Newcome seinen Dienst gut verrichtete und in der Lage war, sie zu beschützen. Dennoch achtete er immer darauf, dass alle notwendigen Vorkehrungen für ihre Sicherheit getroffen wurden. Er war überzeugt, dass überall Gefahr lauerte, obgleich sich seiner Meinung nach auf dem Besitz keine lichtscheuen Gestalten herumtrieben. Im Moor hingegen sah die Sache anders aus. Deshalb bestand er darauf, dass sowohl Elinor als auch Newcome stets eine Pistole in der Satteltasche hatten, und der Reitknecht hatte strikte Order, die Herrin unter Einsatz des eigenen Lebens vor Schaden zu bewahren.

Sie verabschiedete Aisgill, begab sich zu Tisch und wartete nach dem Mittagessen zur angegebenen Zeit vor dem Portal darauf, dass Newcome ihr den Rotfuchs brachte. Er war pünktlich und führte Rajah am Zügel, während ein junger Stallbursche den Wallach am Halfter hatte. Ebenso wie sie selbst, gab er sich den Anschein, dass bei ihren beiden letzten Begegnungen nichts Ungewöhnliches vorgefallen war. Sie ließ sich von ihm in den Sattel helfen, und er ritt ihr, wie es sich gehörte, in kurzem Abstand hinterher.

Hätte er ihr erzählt, was in ihm vorging, wäre sie bestimmt entsetzt gewesen. Wahrscheinlich hätte sie ihn auf der Stelle entlassen und aus Campions vertrieben. Seit sie überraschend im Hof erschienen war, als er nackt am Brunnen gestanden und er sich durch die Reaktion seines Körpers fast vor ihr verraten hatte, verspürte er das stärkste Verlangen nach ihr. Der Unterschied in der gesellschaftlichen Stellung oder die Umstände waren ihm gleich. Er empfand sich einfach als Mann und sah in ihr nur die Frau. Der Moment auf dem Platz hatte ihm, mehr denn der Vorfall in der Cairn-Höhle, jäh bewusst gemacht, dass er sie nicht nur begehrte, sondern sich nach ihrer Liebe sehnte. Und das war, ganz gleich, von welchem Standpunkt man es betrachtete, eine Ungeheuerlichkeit. Er, ein armer Bediensteter, ein im Moor aufgefundener Niemand, der sich glücklich schätzen durfte, Nahrung und Kleidung zu erhalten, konnte nicht wagen, die Augen zu der Countess of Malplaquet zu erheben. Nein, er musste sehr umsichtig sein und seine Gefühle gut verbergen.

Elinor entschied sich, nicht an der üblichen Stelle, kurz vor der Felsengruppe, umzukehren, da eine unerklärliche Unrast Besitz von ihr ergriffen hatte. Sie saß ab, drehte sich zu Newcome um und fragte beiläufig: „Sind Sie eigentlich je zum ‚Thron Gottes' geritten?"

„Nein, Madam", antwortete er verdutzt. „Dieses Privileg hatte ich noch nicht."

Unwillkürlich musste sie über seine verblüffte Miene und die scherzhafte Bemerkung lachen. „Natürlich hat der erwähnte Thron nichts mit Gott zu tun", erwiderte sie schmunzelnd und wies mit der Reitgerte auf eine im höheren Teil des Moores aufragende Felsgruppe. „Das Massiv dort trägt diesen Namen, den die Einheimischen ihm gegeben haben. Als gute Christen glauben sie, Gott residiere hier im Moor von Yorkshire."

Nun musste Chad lachen und hatte Mühe, den störrisch mit den Hufen scharrenden Hengst zu bändigen. „Sie haben doch nicht die Absicht, heute da hinzureiten, Madam", wandte er bedenklich ein. „Es ist schon spät, und die Strecke erscheint mir nicht eben kurz."

Sonst immer sehr vernünftig, reagierte Elinor jetzt gereizt und fragte verstimmt: „Wollen Sie mir Befehle erteilen, Newcome? Obliegt es Ihnen nicht eher, meinen zu gehorchen? Ich wünsche, jetzt zum ‚Thron Gottes' zu reiten, und Sie begleiten mich. Es sei denn, Sie ziehen es vor, heimzukehren und Mr. Aisgill zu erklären, warum Sie allein sind."

Chad war äußerst unbehaglich zumute. Im Verlauf der Unterhaltung hatte ihn das ungute Gefühl beschlichen, heimlich beobachtet zu werden. Er kannte dieses Gefühl, konnte sich indes nicht erinnern, wann und wo er es schon einmal gehabt hatte. Aber er wusste, dass es unklug war, es zu missachten. „Ich muss Ihnen dringend nahelegen, Eure Ladyschaft, auf den Ritt zu verzichten", erwiderte er ernst. „Ich ... ich habe böse Vorahnungen."

„Nun, ich nicht", entgegnete sie leichthin. Zum ersten Male in ihrem von Vernunft geprägten Leben fühlte sie sich herrlich frei und nicht an Verantwortung gebunden. Sie ließ sich in den Sattel helfen und sagte fröhlich: „Also, geben wir den Pferden die Sporen! Und begleiten Sie Ihre Ladyschaft, wohin Sie es Ihnen befiehlt."

Chad blieb nichts anderes übrig, als sich unterzuordnen, obgleich eine innere Stimme ihm zuraunte, es sei gefährlich, den Weg fortzusetzen. Schweigend ritt er der Countess über die braunverfärbte Heide und durch die welken Farne nach. Es störte ihn sehr, dass die Abenddämmerung bereits eingesetzt haben würde, ehe man wieder in Campions war. Bestimmt würde Mr. Aqisgill seinen Zorn an ihm auslassen, sollte der unversehens so launischen Lady Malplaquet ein Leid geschehen.

Sie hielt sich neben ihm, und jedes Mal, wenn er etwas zurückblieb, wie es sich für ihn gehörte, zügelte sie den Rotfuchs und wartete, bis Chad wieder an ihrer Seite war. Um nicht noch mehr Zeit zu verlieren, gab er es schließlich auf, sich wie ein seines Standes bewusster Bediensteter zu benehmen. Je näher man dem Massiv kam, desto stärker wurde das Gefühl, in Gefahr zu geraten. Kurz vor den Felsen sah er, dass sie eine Art Kreis formten, in dessen Mitte sich gewaltige Brocken befanden, die man mit einiger Fantasie als Thron hätte bezeichnen können.

Nachdem Elinor ihren Kopf durchgesetzt hatte, schämte sie sich ein wenig, doch nicht so stark, um die Herrin von Campions hervorzukehren. Nach einer Weile wurde ihr klar, dass sie erst nach Anbruch der Abenddämmerung heimkommen würden, sich zudem in einer einsamen, abgelegenen Gegend befanden und es töricht gewesen war, zum „Thron Gottes" zu reiten, nur um Newcome zu widersprechen und ihm zu zeigen, wer das Sagen hatte.

Bei den Felsen angelangt, wollte Chad sich rasch vom Hengst schwingen, ehe Lady Malplaquet absitzen konnte. Im selben Moment knallte aus den gegenüberliegenden Gesteinsbrocken ein Schuss, der den Rotfuchs in die Brust traf. Vor Schmerz grell aufwiehernd, brach das Tier unter Ihrer Ladyschaft zusammen.

Geistesgegenwärtig ließ sie sich aus dem Sattel gleiten, fiel auf die Erde und blieb erschrocken sitzen.

Chad hatte die Zügel nur locker gehalten und wurde von dem sich aufbäumenden Rappen in hohem Bogen zu Boden geschleudert. Aus dem Augenwinkel nahm er wahr, dass Rajah durchging und verstört davonpreschte. Er war sicher, dass die Kugel für die Countess of Malplaquet bestimmt gewesen war. Instinktiv vor einem weiteren Schuss eines möglicherweise verborgenen zweiten Angreifers Schutz suchend, rollte er sich in Richtung der mittleren Steingruppe zur Seite, kroch zu Lady Malplaquet und sah erleichtert, dass sie nicht verwundet war. Sie rang nach Atem und war vor Entsetzen grau im Gesicht geworden.

Sobald sie den offensichtlich nicht verletzten Newcome sah, stieß sie einen leisen Schrei aus und wollte aufstehen.

„Nein!“, warnte Chad sie eindringlich und zog sie herunter. „Noch nicht! Sie wären eine gute Zielscheibe.“ Jäh stürmten Erinnerungen auf ihn ein. Es war nichts Neues für ihn, in einen Hinterhalt zu geraten, und er wusste genau, was er tun musste. Hastig weihte er Lady Malplaquet in seine Befürchtungen ein und gab ihr Anweisungen, wie sie sich zu verhalten hatte.

„Sie glauben doch nicht wirklich, dass der Schuss mir gegolten hat“, wandte sie unwirsch ein. „Bestimmt war das die verirrte Kugel eines Jägers.“

„Zu dieser späten Stunde? Wo es zu dieser Jahreszeit hier im Moor wenig zu jagen gibt? Ich bin sicher, dass jemand uns den ganzen Nachmittag heimlich verfolgt hat! Wir dürfen kein Risiko eingehen. Kriechen Sie in Schlangenlinien mit mir zur mittleren Steingruppe. Jetzt!“

Newcome hatte den autoritären Ton eines Mannes angeschlagen, der gewohnt war, Order zu erteilen. Elinor warf einen Blick auf sein hartes, verschlossenes Gesicht und kam unverzüglich dem Befehl nach. Auf Händen und Knien bewegte sie sich von dem in Todesangst wiehernden Rotfuchs fort, erreichte den Schutz der mittleren Felsbrocken und schaute zu Newcome zurück.

Er war ihr nicht gefolgt, sondern flach durch das Gras zum Wallach gekrochen und hatte ihre Pistole aus der Satteltasche gezogen. Hastig robbte er zu den Felsen und drängte die Countess tiefer unter die überhängende Gesteinsplatte. „So ist es brav!“, flüsterte er. „Sie dürfen nicht gesehen werden. Tun Sie von nun an, was ich Ihnen sage, damit Ihnen nichts passiert.“

Plötzlich hatte sie den Eindruck, einen ganz anderen, sehr veränderten Mann vor sich zu haben, der genau wusste, wie man sich in einer Notlage verhalten musste. „Und was muss ich machen?", fragte sie bang.

„Bleiben Sie in diesem Versteck", antwortete er leise. „Ich schleiche mich fort, weil ich herausfinden will, wer auf uns geschossen hat. Vielleicht war es wirklich die verirrte Kugel eines Jägers, wie Sie vermuteten, aber ich bin nicht so davon überzeugt."

Elinor erschauerte. Newcome war eindeutig der Ansicht, das Attentat habe ihr gegolten. „Sie wollen mich zurücklassen?", wisperte sie ängstlich.

„Anders geht es nicht", erwiderte er achselzuckend. „Falls wir hier ausharren, sind wir für den Schützen lebende Zielscheiben, denn irgendwann hat er uns aufgespürt. Ich glaube, dass er besser bewaffnet ist als wir. Er rechnet gewiss nicht damit, dass jemand nach ihm sucht. Sollte ich ihn finden, dann habe ich wenigstens die Chance, ihn zu erledigen. Sonst bringt er uns um."

„Es tut mir leid", murmelte Elinor kläglich. „Ich habe alle Vorsicht außer acht gelassen."

Chad wollte nicht, dass sie entmutigt war. Es war viel wichtiger, dass sie jetzt die Nerven behielt. „Angenommen, Sie sollten ermordet werden, dann hätte der Angreifer Sie jederzeit töten können und an weitaus übersichtlicherer Stelle", antwortete Chad beschwichtigend. „Hier sind wir zumindest etwas geschützt. So, ich verschwinde jetzt."

„Und was ist, wenn Sie nicht zurückkommen?", erkundigte Elinor sich beklommen. Das Herz pochte ihr zum Zerspringen, denn sie fürchtete nicht nur um Newcomes Leben, sondern auch um das eigene.

„Dann beten Sie zu Gott, dass er Sie rettet", erwiderte Chad ruhig. „Doch noch gibt es keinen Anlass zu verzweifeln, auch wenn wir in einer sehr gefährlichen Situation sind. Rühren Sie sich nicht vom Fleck und warten Sie auf mich.

Vielleicht gelingt es mir, den Verbrecher außer Gefecht zu setzen."

Im Nu war Newcome fortgehuscht, und Elinor rückte noch tiefer zwischen die schutzbietenden Steine. Ihr fiel ein, dass Aisgill den Standpunkt vertreten hatte, Newcome sei früher Kavallerist und wahrscheinlich sogar ein sehr guter Soldat gewesen. Das befehlsgewohnte und scharfsinnige Verhalten, das Newcome zeigte, ließ tatsächlich darauf schließen, dass er einst eine verantwortungsvolle Position bekleidet hatte. Diese Erkenntnis verstärkte die Hoffnung, dass die Sache vielleicht doch kein allzu schreckliches Ende nahm. Elinor schickte ein Stoßgebet zum Himmel, der Allmächtige möge verhüten, dass Newcome ein Leid widerfuhr. Überrascht merkte sie, dass sie zuerst für ihn gebetet hatte, ehe sie Gott um Beistand für sich selbst anflehte.

Quälend langsam verstrich die Zeit, und plötzlich fielen zwei Schüsse. Danach war alles totenstill.

Chad erinnerte sich, dass er schon einmal einen Scharfschützen ausgekundschaftet hatte, von dem er und seine Männer aus dem Hinterhalt angegriffen worden waren. Wann und wo sich das ereignet hatte, konnte er jedoch nicht sagen. Wachsam, sich flach auf der Erde haltend, kroch er so unauffällig wie möglich in großem Bogen durch das Gestrüpp zu einem etwas unterhalb der Stelle entfernten Punkt, von dem die Countess of Malplaquet beschossen worden war. Seither war nichts mehr geschehen, und auch jetzt war dort keine Bewegung zu erkennen. Chad war überzeugt, dass der Schütze ihn und Ihre Ladyschaft schon während des Ausrittes aus sicherem Abstand verfolgt hatte. Er hätte den unguten Vorahnungen nachgeben und Lady Malplaquet notfalls mit Gewalt nach Campions zurückbringen sollen. Nun hatte er nur eine Kugel in der Pistole und musste sich eines Mannes erwehren, der wahrscheinlich mit einem Karabiner und möglicherweise sogar mit einem Paar Trombons bewaffnet war.

Plötzlich sah er ihn und das an einen abgestorbenen Baum gebundene Pferd des Wegelagerers. Der Kerl lag auf der Lauer, das Gewehr zum sichereren Zielen auf einen Stein gestützt. Daneben erkannte Chad tatsächlich zwei griffbereit hingelegte kurzläufige Pistolen. Offenbar hatte der Halunke, der bestimmt nicht zum ersten Male jemanden aus dem Hinterhalt überfiel, sich seit dem Schuss auf Lady Malplaquet nicht von der Stelle bewegt. Er wartete eindeutig darauf, dass seine Opfer die Deckung verließen und er sie erneut vor die Flinte bekam.

Von der Stelle, wo Chad sich befand, konnte er nicht auf ihn schießen. Fast geräuschlos bewegte er sich auf ihn zu. Sobald er nah genug herangekommen war, griff er nach einem Steinchen, schleuderte es nach dem Mann und traf ihn am Rücken. Im Nu war er auf den Beinen und rannte auf den Unbekannten zu. Vermutlich aus der Erwägung, dass es zu lange dauern würde, das Gewehr zu heben und zu visieren, ließ der Schurke es fallen, griff hastig nach einem Trombon und sprang auf. Behend wirbelte er in die Richtung herum, aus der das Steinchen gekommen war, hob die Waffe und legte auf Chad an. Der Angreifer zeichnete sich klar vom dämmrigen Himmel ab und bot ein ausgezeichnetes Ziel. Es ging um Leben oder Tod. Chad schoss und traf den Wegelagerer in die Brust. Der Mann stürzte vornüber und zog noch im Fallen den Abzug. Ein Schuss löste sich, doch die Kugel flog irgendwo zwischen die Farne. Der Knall erschreckte das Pferd. Es bäumte sich auf, riss sich los und ging durch.

Chad warf sich wieder auf die Erde und suchte Deckung. Der Gegner war vielleicht nur verletzt und stellte sich tot, um ihn zu täuschen. Möglicherweise hatte er sogar zwischen den Felsen verborgene Komplizen. Chad glaubte es zwar nicht, hielt es indes für ratsamer, abzuwarten und kein unnötiges

Risiko auf sich zu nehmen.

Misstrauisch harrte er eine Weile aus und stand dann auf, nachdem sich nirgendwo etwas bewegt hatte. Immer noch argwöhnisch, schlich er zu dem reglos ausgestreckten Körper und drehte ihn um. Eine tiefe Wunde klaffte über dem Herzen; Blut rann aus dem Mund und tropfte aus dem rötlichen Bart. Irgendwie kam der Kerl Chad bekannt vor, und auch die Kleidung war ihm eigenartig vertraut. Er konnte sich jedoch nicht erinnern, wo er ihm schon einmal begegnet war, zuckte mit den Schultern und fluchte über das verlorene Gedächtnis. Rasch bückte er sich, hob das Gewehr auf und betrachtete es genau. Es war eine hervorragend gearbeitete Waffe, mit langem, kunstvoll verziertem Lauf und eleganten Perlmutteinlagen am Kolben. Der Preis für dieses Schmuckstück war gewiss so hoch gewesen, dass der tote Verbrecher ihn bestimmt nicht hatte zahlen können.

Auch bei der Flinte hatte Chad das Gefühl, sie bereits gesehen zu haben. Er furchte die Stirn, denn es strengte ihn jedes Mal an, wenn er sich zu erinnern trachtete. Behutsam legte er die Waffe ins Gras und rannte, da Vorsicht nicht mehr vonnöten war, zu der Countess of Malplaquet zurück. Vermutlich hielt sie ihn nach den zwei gefallen Schüssen für tot und fürchtete sich davor, ebenfalls umgebracht zu werden. „Keine Angst, Mylady!“, rief er ihr kurz vor der Felsengruppe zu. „Es gibt niemanden mehr, der Ihnen ein Leid antun könnte.“

Beim Geräusch nahender Schritte war sie erschrocken zusammengezuckt, doch als sie Newcomes Stimme vernahm, atmete sie erleichtert auf und fragte besorgt: „Ist Ihnen etwas passiert?“

„Nein. Sie können jetzt aus dem Versteck kommen.“

Langsam kroch sie unter der überhängenden Gesteinsplatte hervor. Vom Sturz aus dem Sattel und dem langen, verkrampften Liegen tat ihr alles weh. Schwankend richtete sie sich auf und wäre gefallen, hätte Newcome sie nicht rechtzeitig in die Arme genommen und gestützt. Sekundenlang schmiegte sie sich an ihn und war froh, bei ihm geborgen zu sein. „Dem Himmel sei Dank, dass Sie unverletzt sind“, flüsterte sie bewegt. „Alles war nur meine Schuld.“

Chad antwortete nicht. Jäh war ihm bewusst geworden, dass sie sich nun ganz allein im Moor befanden, der Nacht und dem Wetter ausgesetzt, und niemand ahnte, wo sie sich aufhielten. Doch ungeachtet der widrigen Umstände genoss er es, Lady Malplaquet an sich zu spüren, und konnte sich nur schwer überwinden, sie sachte von sich zu schieben.

„Was ist vorgefallen?“, erkundigte sie sich und schaute ihn ängstlich an. „Ich habe zwei Schüsse gehört. Sind Sie wirklich nicht verwundet? Wo ist der Kerl, der auf mich geschossen hat?“

Sie machte Anstalten, ihn zu suchen, doch rasch hielt Chad sie zurück. „Nein, Madam“, sagte er ruhig. „Es ist besser, nicht zu ihm zu gehen. Er ist tot.“

„Tot?“, wiederholte sie bestürzt. „Nun, er wollte Sie umbringen. Also mussten Sie ihn zuerst erschießen.“

„Ja, ich hatte keine andere Wahl. Dennoch tut es mir leid.“

„Oh, das ehrt Sie.“

„Nein, so hatte ich es nicht gemeint“, widersprach Chad grimmig. „Jetzt kann ich nicht mehr herausfinden, warum er uns aufgelauert und in wessen Auftrag er gehandelt hat. Einen Toten kann ich nicht befragen.“

„Vermutlich war er ein Luddit, der mich aus Hass auf die Reichen töten wollte.“

„Vielleicht“, erwiderte Chard ausweichend, dachte an das so gar nicht zu einem revoltierenden Arbeiter passende prachtvolle Gewehr und überlegte, wer der Countess of Malplaquet feindlich gesonnen sein mochte. Möglicherweise war es jemand, der von ihrem Ableben profitierte. Doch es hatte keinen Sinn, das zu äußern. Dadurch hätte er sie nur noch mehr verstört. Viel wichtiger war jetzt, sie heimzubringen.

5. KAPITEL

Ihre Ladyschaft und Chad Newcome waren noch immer nicht da, obwohl sie vom Ausritt längst hätten zurück sein müssen. Die Unruhe, die Stuart seit einiger Zeit befallen hatte, verstärkte sich mehr und mehr, und er grübelte darüber nach, was er unternehmen solle. Plötzlich sah er John Henson über den Hof kommen. Der Verwalter duckte sich vor dem bitter kalten Wind, der vor einer Weile eingesetzt hatte.

„Was hat das zu bedeuten?", herrschte John den Stallmeister an. „Vor einer Stunde war eine Besprechung mit Lady Malplaquet anberaumt, und nun höre ich von der Haushälterin, dass Mylady noch nicht in Campions ist. Dabei ist es fast dunkel! Wohin ist sie geritten, und wer begleitet sie?"

„Ich bin genauso beunruhigt wie Sie", antwortete Stuart verärgert. „Newcome ist bei ihr und achtet auf ihre Sicherheit."

„Newcome ist bei ihr!", wiederholte John fassungslos. „Sind Sie nicht mehr bei Trost, Stuart? Wie konnten Sie ihr ausgerechnet ihn mitgeben? Über ihn ist uns doch so gut wie nichts bekannt! Der Gedächtnisverlust kann vorgetäuscht sein! Ich wette zehn zu eins, dass Newcome sie entführt hat."

„Ach, Unfug!", widersprach Stuart gereizt, obgleich auch ihm nun Bedenken kamen, dass Ihre Ladyschaft in Begleitung eines Mannes war, über dessen Vorleben er nichts wusste. „Ich werde eine Suchmannschaft entsenden, die nach den beiden Ausschau hält. Im Allgemeinen reitet Mylady nur bis zum Cairn."

„Wäre sie heute dort gewesen, hätte sie seit Langem zurück sein müssen!", entgegnete John scharf. „Dann wäre ich nicht genötigt gewesen, mich bei Ihnen nach ihr zu erkundigen."

Brüsk wandte Stuart sich ab und gab Order, einen Suchtrupp zu organisieren. Während die Männer mit bedrückten

Mienen seinen Anweisungen zuhörten, rannte unversehens ein Stalljunge auf den Platz und schrie: „Rajah ist zurück, reiterlos und so verstört, dass niemand ihn einfangen kann."

Nun war auch Stuart überzeugt, dass etwas nicht stimmte. „Und wo ist Vulkan?", fragte er betroffen.

„Ich habe keine Ahnung, Sir, wo er, Mylady oder Newcome sind. Rajah steht der Schaum vor dem Maul, als sei er von weit hergekommen."

Unverzüglich gab Stuart der mit Laternen ausgerüsteten Suchmannschaft den Befehl, aufzubrechen und ihm umgehend einen Boten zu schicken, sollten Ihre Ladyschaft und der sie begleitende Reitknecht nicht auf dem Weg zum Felsmassiv angetroffen werden. Danach versuchte man, den scheuenden Rappen einzufangen. Es dauerte eine Weile und gelang nur, weil er sehr erschöpft war. Mit einiger Anstrengung wurde er in den Stall gebracht, und Stuart untersuchte das störrische, erregt schnaubende Tier.

„Rajah ist nicht verletzt", teilte er stirnrunzelnd dem nervösen Verwalter mit. „Die Pistole steckt noch in der Satteltasche. Auch das Zaumzeug ist nicht beschädigt. Es ist mir ein Rätsel, was vorgefallen sein mag. Ich werde einen weiteren Suchtrupp zusammenstellen, ihn anführen und zum ‚Thron Gottes' reiten."

„Warum dahin?", fragte John in abfälligem Ton. „Das ist Meilen entfernt!"

„Weil Mylady sich gern dort aufhält. Möglicherweise wollte sie Newcome den Ort zeigen. Meines Wissens ist er nie so weit von Campions fort gewesen."

„Weshalb sollte sie den Wunsch haben, ihn, einen halbnackt im Moor aufgefundenen Landstreicher, mit der Gegend bekannt zu machen?", entrüstete sich John.

„Sie kommen gut miteinander aus", antwortete Stuart etwas verlegen.

„Was haben Sie soeben gesagt?" John starrte ihn an und merkte, dass Aisgill unbehaglich zumute war.

„Nichts", antwortete Stuart barsch. „Mylady ist eine freundliche Frau, und Newcome versteht es sehr gut, mit ihren Pferden umzugehen. Vielleicht wollte sie ihm mit dem Besuch beim ‚Thron Gottes' eine Freude machen? Je länger ich darüber nachdenke, desto wahrscheinlicher kommt es mir vor. Ach, was schwatze ich überhaupt mit Ihnen? Es wird dunkel, und wenn Ihre Ladyschaft und Newcome allein im Finstern herumirren …" Stuart ließ den Satz unvollendet, drehte sich auf dem Absatz um und erteilte die notwendigen Anweisungen zum Formieren des zweiten Suchtrupps.

John beobachte ihn und brummte mürrisch vor sich hin: „Seit Newcomes Ankunft ist hier nichts mehr wie früher!"

Chad hatte sich mit Ihrer Ladyschaft neben die Felsen in den Windschatten gesetzt und ihr seine Jacke gegeben. Die Nacht war bitter kalt, und obendrein hatte leichter Regen eingesetzt.

Elinor fröstelte und bemühte sich, Newcome nicht merken zu lassen, wie sehr sie fror. Schuld daran war nicht nur die Kälte, sondern auch der Schreck über die vergangenen Ereignisse. Sie bedauerte Newcome, dem es bestimmt noch schlimmer erging als ihr. Und sie musste es sich anlasten, dass sie in diese missliche Lage geraten waren. Hätte sie nicht darauf bestanden, zum ‚Thron Gottes' zu reiten, wären sie längst daheim und im Warmen. Beklommen entschuldigte sie sich erneut bei Newcome für ihre Halsstarrigkeit.

„Ach, nehmen Sie es sich nicht so zu Herzen", erwiderte er beruhigend. „Der Kerl hätte uns auch auf dem Rückweg vom Cairn überfallen können."

„Ist es nicht besser, wir gehen nach Haus?"

„Das wäre Unsinn", widersprach Chad ernst. Seit der Wegelagerer den Mordversuch unternommen und er selbst den

Kerl getötet hatte, fühlte er sich der Countess in einer Weise verbunden, die Standesunterschiede aufhob und sie beide zu Menschen machte, die gemeinsam eine Notlage meistern mussten. „Unterwegs fänden wir nirgendwo Schutz, sollten wir darauf angewiesen sein", fuhr er ernst fort. „Außerdem ist durch den bewölkten Himmel das Licht des Mondes zu schwach, sodass wir schlecht sehen würden. Es bestünde die Gefahr, dass wir uns verlaufen. Nein, wir harren hier aus und brechen im Morgengrauen auf. Vermutlich ist Rajah zum Stall zurückgerannt. Das dürfte Mr. Aisgill bestimmt alarmiert und veranlasst haben, eine Suchmannschaft auszuschicken."

Elinor dachte an den Rotfuchs, dessen Schmerzensschreie längst verstummt waren, und an den zwischen den Felsen liegenden Toten. „Bitte, ziehen Sie die Jacke wieder an, Newcome, damit es Ihnen wärmer wird", murmelte sie mit klappernden Zähnen. „Ich befürchte, mir hilft sie nicht sehr."

Langsam wandte Chad der Countess das Gesicht zu und erwiderte leise: „Ich war gedankenlos. Wir müssen auf andere Weise Abhilfe schaffen." Sachte zog er Ihre Ladyschaft an sich und legte ihr und sich die Jacke, die sie ausgezogen hatte, um die Schultern. Sanft schmiegte er sie an sich und begann, ihr die kalten Hände zu reiben.

Elinor fand es wunderbar, seine Nähe und den Schlag seines Herzens zu spüren. Sie kuschelte sich noch enger an ihn, und langsam, auf eine erregend prickelnde Weise, fühlte sie eine innere Wärme sie durchströmen, als sei ein mehr und mehr aufloderndes Feuer in ihr entfacht worden.

Chad wusste, was mit ihr geschah. Ihm erging es nicht anders. Er hörte ihren Atem sich beschleunigen, holte tief Luft und sagte, um sie und sich von den Gefühlen abzulenken: „Als ich vorhin fort war, ist etwas Merkwürdiges geschehen."

„Und was?", murmelte Elinor verträumt.

„Ich habe mich wieder an etwas erinnert."

„Wie schön! Wissen Sie jetzt, wer Sie sind?“

Er schüttelte den Kopf. „Nein, aber nun bin ich überzeugt, dass Mr. Aisgills Vermutung zutrifft, ich sei früher bei der Kavallerie gewesen. Im Geist habe ich nur flüchtige Bilder vor mir gesehen, indes ist mir jetzt klar, dass ich im Krieg in Spanien war und gegen Aufständische kämpfte. Ich war von der Hauptarmee und meinem kommandierenden General abgeschnitten, erteilte jedoch meinem Truppenteil Befehle. Deshalb nehme ich an, dass ich Offizier war, Leutnant oder vielleicht sogar Captain. Das würde auch erklären, warum ich mich mit Schriftführung auskenne.“

Chad hielt inne und schaute Lady Malplaquet an. Es half nicht viel, sich auf andere Gedanken bringen zu wollen. Myladys Anwesenheit erregte ihn so sehr, dass er sie am liebsten ungestüm geküsst und auf der Stelle besessen hätte. Es war jedoch nicht nur körperliche Begierde, die er für sie empfand. Sie war nicht irgendeine Frau, sondern die, welche er sich erträumt, bis jetzt indes nie gefunden hatte. Er konnte sich nicht erklären, warum er sich der Gefühle für sie so sicher war, aber es gab keinen Zweifel. Da er nur ein Mensch und kein Heiliger war, konnte er der Versuchung bald nicht mehr widerstehen, neigte sich zu Lady Malplaquet und nahm behutsam ihr Gesicht zwischen die Hände.

Plötzlich schien die Zeit stillzustehen. Ehe Elinor recht bewusst wurde, was sie tat, hatte sie ihm einen Kuss auf die rechte Handfläche gedrückt und fand es herrlich, dass er sie auf die Wange küsste. Sie sträubte sich nicht, als er ihr auch noch einen Kuss auf die andere Wange gab, und seufzte nur wohlig.

Er war sich nicht schlüssig, wie er sich nun verhalten solle. Das Ehrgefühl sagte ihm, er dürfe die Situation nicht ausnutzen; der Verstand riet ihm, er habe, falls er Lady Malplaquet verführe, die Konsequenzen zu tragen, und ein innere Stimme flüsterte ihm zu, auch Mylady wolle, was er sich erhoffte. Er gab dem Sehnen nach, legte Elinor eine Hand auf die Brust und streichelte sie zärtlich.

Sie hob die rechte Hand, strich ihm über den Kopf und bot ihm, als er sich erneut zu ihr beugte, die Lippen zum Kuss. Nie im Leben hatte sie sich so wundervoll gefühlt. Seit Kindertagen war sie nicht mehr von jemandem so liebevoll und warmherzig in die Arme genommen worden. Die Wonnen, die sie bei dem Kuss empfand, machten sie schwindlig vor Glück, Erregung und Liebe, und sie wünschte sich, Chad möge nie aufhören, sie zu liebkosen. Er war so stark und kräftig, dass sie sich klein und zerbrechlich vorkam, ein Gefühl, das sie nicht minder herrlich fand.

Plötzlich wurde Chad bewusst, was er tat, und jäh gewann sein Ehrgefühl die Oberhand über das Verlangen. Entschlossen löste er sich von Elinor und sagte gepresst: „Nein, das dürfen wir nicht! Es ist nichts Ungewöhnliches, dass ein Mann und eine Frau nach gemeinsam überstandener Gefahr zueinander finden."

Elinor war enttäuscht, dass Chad sich ihr entzogen hatte. „Und du glaubst, wir hätten uns nur deshalb geküsst?", fragte sie erstaunt.

„Ja", antwortete er knapp, doch es war, so weit es ihn betraf, eine schändliche Lüge. Über Elinors Beweggründe war er sich nicht so sicher.

„Du irrst dich", murmelte sie schläfrig und schmiegte sich fester in seinen Arm. Es war angenehm, sich an diesen starken Mann kuscheln zu können. „Ich habe schon lange vor dem heutigen Tage meine Zuneigung zu dir entdeckt."

Er schwieg, und nach einer Weile merkte er, dass Lady Malplaquet eingeschlummert war. Es bewegte ihn zutiefst, dass sie ihm eingestanden hatte, ihn zu mögen. Er hauchte ihr einen letzten Kuss auf die Stirn und fragte sich, was sie denken würde, wenn sie erwacht und wieder die Countess of Malplaquet, er hingegen nur einer ihrer Reitknechte war. Würde sie sich dann noch daran erinnern, was er getan und wie sie darauf reagiert hatte?

Nachdenklich hielt er sie an die Brust gedrückt und war nicht imstande, Schlaf zu finden. Lady Malplaquet ruhte in seinen Armen, den Kopf leicht in den Nacken gelegt. Hin und wieder regte sie sich, und ein Lächeln huschte über ihre Lippen. Alles Begehren war geschwunden und hatte dem Gefühl Raum gemacht, sie zu beschützen. Er hatte einen Mann getötet, um ihr das Leben zu retten, und würde es wieder tun, sollte es notwendig sein.

Stunden später vernahm er Rufe und das Geräusch nahender Reiter. Dann erkannte er schwankende Lichter und wusste, dass die Countess und er bald gerettet waren. Und wieder befürchtete er, dass sie im hellen Licht des Tages vergessen oder leugnen würde, was zwischen ihnen geschehen war. Aber er war sicher, dass er zu seinen Gefühlen stehen würde. Da man ihn nicht mit Ihrer Ladyschaft in dieser verfänglichen Situation antreffen durfte, schlüpfte er vorsichtig aus der Jacke und hüllte Lady Malplaquet darin ein. Sie murmelte etwas im Schlaf und streckte tastend die Hand aus, doch er lehnte sie rücksichtsvoll gegen den Felsen, stand auf und entfernte sich ein Stück. Erst in einigem Abstand zu ihr machte er sich dem Suchtrupp bemerkbar.

Stuart hörte die Rufe und sagte, sobald er Newcomes angesichtig wurde, voller Erleichterung: „Dem Himmel sei Dank! Ist Mylady in Sicherheit? Ich habe es geahnt, dass sie mit Ihnen hier hergeritten ist. Was ist passiert? Warum ist Rajah allein heimgerannt? Wo ist Vulkan? Ist er etwa auch durchgegangen?"

„Ich muss mit Ihnen unter vier Augen sprechen, ehe die anderen hier sind", erwiderte Chad, während der Stallmeister absaß. Er wies auf die halb hinter den Steinen verborgene Countess, nahm ihn bei der Hand und zog ihn zu der Stelle, wo der tote Rotfuchs lag. „Er wurde von einer Kugel getroffen", erklärte er und berichtete rasch, was sich ereignet hatte.

Zunächst hatte Stuart ihm ungläubig zugehört, doch der Anblick des getöteten Wegelagerers und des Gewehres überzeugten ihn vom Wahrheitsgehalt der Geschichte.

„Mir wäre es lieber gewesen, den Kerl lebend in meine Gewalt zu bringen", sagte Chad ernst. „Dann hätten wir vielleicht herausbekommen, warum er Ihre Ladyschaft angegriffen hat. Aber mir blieb keine andere Wahl, als ihn zu erschießen."

„Ja", stimmte Stuart ihm zu. „Als guter Bediensteter und als erfahrener Soldat haben Sie nur Ihre Pflicht getan, Newcome, und dafür gesorgt, dass Mylady kein Haar gekrümmt wurde."

Lärm weckte Elinor, und schlaftrunken erkannte sie viele mit Laternen ausgerüstete Reiter. Müde erhob sie sich und ging schwankend, Newcomes Jacke fester um die Schultern ziehend, zu ihnen.

Erst jetzt bemerkte Stuart, dass der Reitknecht in der kalten Nachtluft zitterte. „Gib ihm eine Decke, damit er es wärmer hat!", befahl er einem Stallburschen.

„Ich … es tut mir leid, dass Sie unseretwegen herkommen mussten", murmelte Elinor verlegen. „Aber Newcome war sehr tapfer. Er hat mir das Leben gerettet."

Stuart sah, dass Ihre Ladyschaft müde und erschöpft war. „Beeilen wir uns, Madam, damit Sie schnellstens zu Hause sind. Dass Newcome sich mutig verhalten hat, ist unübersehbar. Welch ein Glück für uns alle, dass Sie ihn bei uns aufgenommen haben." Er ließ dem Rotfuchs den Damensattel abnehmen und auf ein anderes Pferd schnallen, half der Countess dann auf den Grauschimmel und schwang sich wieder auf seinen Braunen.

Chad bekam das Pferd eines anderen Reitknechtes, wickelte sich in das Plaid und warf, als man nach Campions aufbrach, einen letzten Blick auf den Ort, wo die Countess of Malplaquet ihn aus Liebe und Dankbarkeit geküsst hatte.

Elinor schlug die Lider auf und sah ein wärmendes Feuer im Kamin flackern und Tante Annabelle in einem Fauteuil neben dem großen, mit scharlachroten Draperien verzierten Bett sitzen.

Als Annabelle bemerkte, dass die Nichte wach war, riet sie ihr sogleich, noch eine Weile liegen zu bleiben und sich nicht anzustrengen. In leicht erstauntem Ton fügte sie den Ermahnungen hinzu: „Für jemanden, der ein derart schreckliches Erlebnis durchstehen musste, machst du einen überraschend erholten Eindruck. Du meine Güte, du musstest miterleben, wie dein Pferd erschossen wurde, hast mitangehört, dass Newcome einen Mann tötete, warst dann die halbe Nacht im Freien und hattest einen langen Heimritt. Und trotz allem siehst du wie das blühende Leben aus, ganz im Gegensatz zu vorher, wo du, nun, vorsichtig ausgedrückt, ein wenig blass gewesen bist."

Dann berichtete Annabelle der Nichte, dass der Kronrat bereits hinter verschlossenen Türen zusammengetreten und von Newcome in allen Einzelheiten über den Mordversuch informiert worden war. Der tote Schütze war nach Campions gebracht und angestarrt worden, und anschließend hatte John Henson veranlasst, dass ein Konstabler aus dem nächstgelegenen Dorf geholt wurde. Der Gendarm hatte vorgeschlagen, einen Steckbrief mit der Abbildung des Toten in der Gegend aushängen zu lassen, damit man erfuhr, um wen es sich bei dem Gesuchten handelte.

Elinor kuschelte sich ins Bett, trank die ihr von einem Küchenmädchen servierte heiße Schokolade und verspeiste genüsslich zwei frische Butterhörnchen. Beim Essen bemühte sie sich, der Tante nicht zu zeigen, was in ihr vorging. Aber die Gedanken schweiften zu den Ereignissen des vergangenen Abends, und sie fragte sich, ob sie tatsächlich Chad Newcome geküsst hatte, ehe sie von ihm geküsst worden war. Schlimmer noch, hatte sie ihn wirklich unverhohlen aufgefordert, sie zu lieben und ihm zu erkennen gegeben, dass sie diesen Wunsch verspürte, seit sie ihm zum ersten Male begegnet war? Nein, das konnte nicht sein! So enthemmt war sie, deren makelloser Ruf bisher jeden Verehrer abgeschreckt hatte, gewiss nicht gewesen.

Chad hingegen hatte sich ganz wie ein wahrer Gentleman betragen, besser denn die meisten der Herren, die ihr begegnet waren. Vermutlich hatte er sich, um von vornherein den Verdacht unschicklichen Benehmens auszuräumen, von ihr gelöst, ehe Aisgill mit dem Suchtrupp beim „Thron Gottes" eingetroffen war. Unbehaglich überlegte sie, wie sie sich beim nächsten Zusammentreffen mit Newcome verhalten solle und wie er sich ihr gegenüber benehmen würde.

„Du wirst nicht mehr ins Moor reiten!", sagte Annabelle streng. „Was in aller Welt ist in der vergangenen Woche eigentlich in dich gefahren? Du warst doch stets so auf Schicklichkeit und Anstand bedacht! Neuerdings führst du dich jedoch sehr unbesonnen auf! Warum bist du eigentlich mit Newcome zum ‚Thron Gottes' geritten? Meiner Ansicht nach ist das wohl der letzte Ort, für den ein Stallbursche sich interessieren würde."

„Im Gegenteil, Tante Annabelle", widersprach Elinor ruhig. „Auf dem Ritt zum Cairn zeigte er so viel Gefallen an der Umgebung, dass ich überzeugt war, der ‚Thron Gottes' würde ihn noch mehr interessieren. Das war auch der Fall, bis auf mich geschossen wurde. Selbst dann war Newcome der Meinung, es sei gut, dass wir bei der Felsgruppe waren, weil sie uns größeren Schutz als das freie Gelände im Moor bot, wo wir für den Angreifer ein leichteres Ziel gewesen wären."

„Aisgill hat erwähnt, dass du Newcomes mutigem Eingreifen das Leben verdankst."

„Ja", bestätigte Elinor. „Ich will mich auch so schnell wie möglich bei Newcome bedanken. Gestern Nacht habe ich das nicht gebührender Form getan."

„Aber nicht in deinem Schlafgemach!", ermahnte Annabelle die Nichte.

„Nein, natürlich nicht. Ich werde ihn in meinem Arbeitszimmer empfangen."

„Eigentlich hat er ja nur seine Pflicht getan", sagte Annabelle trocken.

„Seine Pflicht?", wiederholte Elinor erstaunt. „Er war kein Muss, das Leben für mich aufs Spiel zu setzen, Tante Annabelle! Er hätte mir auch nicht seine Jacke geben müssen, als mir in der Nacht kalt war. Nein, er hat weitaus mehr getan denn nur seine Pflicht und Schuldigkeit." Und das in mancherlei Hinsicht, fügte Elinor in Gedanken hinzu.

„Nun, bestimmt hat Dankbarkeit ihn zu seinem tapferen Verhalten bewogen", äußerte Annabelle bedächtig. „Schließlich hast ja auch du ihn durch deine Entscheidung, ihn hier aufzunehmen, vor einem ungewissen Schicksal bewahrt."

„Das ist richtig", stimmte Elinor der Tante zu. „Und nun meinst du, Newcome und ich seien quitt? Gut, dann werde ich ihm sagen: ‚Nein, Newcome, ich kann mich nicht bei Ihnen dafür bedanken, was Sie für mich getan haben, denn bekanntlich ist es so, dass eine Hand die andere wäscht. Gewiss, Sie haben bei der Verfolgung des Attentäters Ihr Leben für mich riskiert, aber ich habe Ihnen Unterkunft geboten, allerdings ohne etwas dabei zu riskieren'." Nur den guten Ruf, hörte Elinor die innere Stimme ihr zuraunen, denn bald würde jeder in Campions merken, was sie für Newcome empfand.

6. KAPITEL

Elinor hatte wieder großen Wert auf ihr Äußeres gelegt und sich für ein dunkelgrün und hellbraun gestreiftes Kleid mit Spitzenbesatz sowie eine ihr von Tante Annabelle geschenkte, bislang jedoch nie getragene lindgrüne Toque entschieden, die mit orangefarbenen, blauen und rötlichen Federn und einer großen Rubinagraffe geschmückt war. Es entging ihr nicht, dass ihre Erscheinung beim Betreten des Arbeitszimmer Aufsehen im Kreise ihres Kronrates erregte.

Überrascht schaute der Verwalter sie an; der Ausdruck in den wässrigen Augen des alten, noch gebrechlicher wirkenden Bibliothekars spiegelte pures Erstaunen wider, und aus Newcomes Blick sprach unverhohlene Bewunderung.

Elinor zwang sich zu einer gelassenen Miene, obgleich sie nervöser denn je im Leben war, nahm Platz und registrierte mit Wohlgefallen, wie gut Chad Newcome aussah. Zweifellos als Belohnung für gute Dienste hatte der Stallmeister ihn angewiesen, die nur zu besonderen Anlässen getragene grüngolden betresste Galalivrée anzuziehen. Den ehrerbietig in den Händen gehaltenen Zweispitz zierte eine goldene Kokarde; Jabot und Handschuhe erstrahlten in makellosem Weiß, und die schwarzen Stiefel waren auf Hochglanz poliert.

„Heute möchte Ihnen in aller Form danken, Newcome", sagte Elinor in bebendem Ton und bemühte sich, die Stimme unter Kontrolle zu bekommen. Es fiel ihr wirklich schwer, nach den Zärtlichkeiten der vergangenen Nacht Gleichmut vorzutäuschen. Flüchtig bemerkte sie, dass Newcome, der bislang die Augen auf den Teppich gerichtet hatte, zu ihr hinschaute und sie leicht belustigt betrachtete. Aber es sprach auch Verständnis für sie aus seinem Blick. „Die Angst, der Schock und die Erschöpfung haben mich gestern daran gehindert, Ihnen für Ihre Courage meinen Dank auszusprechen", fuhr sie etwas ruhiger fort und schalt sich im Stillen eine Lügnerin, denn nichts davon traf zu. „Mr. Aisgill hat mir vorgeschlagen, Ihnen für den mir unter Einsatz Ihres Lebens bewiesenen Beistand eine Sonderzulage zu Ihrem Lohn zu zahlen."

Ehe Chad Newcome etwas äußern konnte, sagte Stuart rasch: „Er hat sie mit der Begründung abgelehnt, Mylady, er habe nur seine Pflicht getan und erwarte weder eine Prämie noch anderweitige Vergünstigungen."

„Stimmt das, Newcome?", fragte Elinor und schaute ihn an.

Er sah ihr in die Augen und antwortete fest: „Ja, Eure Ladyschaft."

Jäh hatte sie den Eindruck, von einer unerklärlichen Macht an den Rand eines Abgrundes gezogen zu werden, und nichts und niemand konnte sie davor bewahren, in die Tiefe zu stürzen. Sie wusste nicht, was sie erwidern solle, und war froh, dass William Payne sich räusperte.

„Wie edelmütig!", sagte er trocken. „Aber da Newcome Sie, Madam, vor Schaden bewahrt hat, sollte seine Tapferkeit zumindest in den Annalen des Hauses vermerkt werden."

„Das wäre etwas voreilig", warf Chad ein. „Mit Verlaub, Mylady, meine Herren, ich möchte Sie darauf hinweisen, dass derjenige, der den glücklicherweise misslungenen Überfall geplant hat, vielleicht noch einmal versucht, Ihre Ladyschaft umzubringen."

Sekundenlang herrschte betroffene Stille, und dann wiederholte John Henson ungläubig: „Geplant? Ich bin sicher, es gibt keinen Drahtzieher. Es war die Tat eines einzelnen. Bestimmt handelt es sich bei ihm um einen unzufriedenen, aufständischen Arbeiter, einen Ludditen, genau wie bei dem Mann, der Mr. Cartwright erschoss."

„Glauben Sie, Ludditen haben Zugang zu Gewehren, die so kostbar verziert und von solcher Präzision sind, dass jeder Angehörige der Schützenbrigade stolz wäre, eine derartige Waffe zu besitzen?", wunderte sich Chad und fragte sich im gleichen Moment, wie er darauf gekommen war. Er war beim Militär gewesen, doch nicht bei den Scharfschützen, sondern der Kavallerie. Unversehens kamen ihm noch andere Merkwürdigkeiten in den Sinn, an die er bislang nicht gedacht hatte. Er wusste, dass er sich bei der Armee wohlgefühlt hatte, war indes nie auf den Gedanken gekommen, zu überlegen, warum und wann er sie verlassen hatte.

Stuart beobachtete ihn aufmerksam. Newcome hatte ihm von dem Verdacht berichtet, der Anschlag auf Ihre Ladyschaft sei von jemandem veranlasst worden, der von ihrem Tod profitieren würde, war jedoch wie seine Kollegen der Ansicht, bei dem Täter habe es sich um einen unzufriedenen Umstürzler gehandelt. „Auch ich vertrete den Standpunkt", sagte er besonnen, „dass der Tote ein Luddit ist und die Flinte gestohlen hat."

Chad warf dem Stallmeister einen harten Blick zu und entgegnete ernst: „Er war ein ehemaliger Soldat, dessen bin ich mir sicher. Die Art, wie er uns aus dem Hinterhalt angriff, lässt mich das annehmen. Haben Sie seinen Rücken untersucht? Dazu hatte ich gestern nicht mehr die Zeit, weil ich um die Sicherheit Ihrer Ladyschaft besorgt war."

„Seinen Rücken?" Verblüfft sah John den Reitknecht an.

„Ich verstehe, worauf Sie hinauswollen, Newcome", warf Stuart ein. „Sie vermuten, der Mann könne unehrenhaft aus der Armee entlassen und vorher ausgepeitscht worden sein, nicht wahr? Nun, seine Leiche ist noch hier. Wir können sie untersuchen."

„Ach, das Vorhandensein solcher Peitschenmerkmale beweist ganz und gar nichts!", entgegnete John scharf, da es ihn ärgerte, dass Newcome offenbar seine Vorgesetzten wieder einmal unbedingt belehren wollte.

„Nein“, gab Stuart dem Verwalter recht. „Sollten wir indes Striemen finden, dann können wir davon ausgehen, dass der Halunke Soldat gewesen ist. So würde sich auch erklären, warum er das Gewehr hatte und über solches Geschick beim Verfolgen Ihrer Ladyschaft verfügte. Zudem bekäme dann auch der Verdacht größeres Gewicht, dass er nur ein bezahlter Handlanger war.“

Jäh war es im Raum so still, dass man das Ticken der auf dem Kaminsims stehenden französischen Konsoluhr überlaut hören konnte. Elinor fröstelte innerlich. Die Vorstellung, dass jemand ihr nach dem Leben trachtete, war entsetzlich. Bestürzt schaute sie Chad an, der ihren Blick nicht minder betroffen erwiderte.

„Wenn ich mir die Bemerkung erlauben darf“, äußerte er nach einer Weile, „so empfehle ich, Ihre Ladyschaft ständig bewachen zu lassen.“

„Ich werde das in die Wege leiten“, sagte Stuart rasch, ehe der Verwalter ihm zuvorkommen konnte. „Auch das gesamte Anwesen soll bewacht werden. Ich lege Ihnen nahe, Madam, sich in Zukunft bei Ihren Ausritten nur im Park aufzuhalten.“

Irritiert blickte Elinor zu ihrem Sekretär hinüber, der sich plötzlich ächzend halb aus dem Sessel erhoben hatte. Er schwankte einen Moment, gab einen halberstickten Schrei von sich und stürzte zu Boden. Entgeistert starrte sie ihn an, gleich den anderen vor Schreck wie gelähmt.

Chad ließ den Zweispitz fallen, kniete sich rasch neben Mr. Payne und nahm ihn in die Arme. Der Sekretär hatte die Augen verdreht, und das Gesicht war verzerrt. „Er hat einen Schlaganfall erlitten und stirbt womöglich“, sagte er erschüttert und trug ihn zu dem großen, in der Mitte des Zimmer stehenden Mahagonischreibtisch. Er wartete, bis der Stallmeister hastig alle dort befindlichen Gegenstände entfernt hatte, legte den Bewusstlosen sachte auf das Bureau und begann, Mr. Payne fest die Handgelenke zu reiben.

„Schnell, einen Arzt!“, rief John und ärgerte sich ein weiteres Mal, dass Newcome und Aisgill so geistesgegenwärtig reagiert hatten.

Elinor läutete und befahl dem eintretenden Lakaien, unverzüglich den Doktor zu holen und dafür zu sorgen, dass Mr. Payne in sein Zimmer gebracht wurde. Nachdem der Kranke fortgeschafft worden war, sagte sie mit Tränen in den Augen: „Der arme Mr. Payne! Das ist meine Schuld. Ich hätte ihn längst bewegen müssen, den Dienst bei mir aufzugeben.“

„Er wäre darüber nicht glücklich gewesen“, erwiderte John. „Das hat er mir einmal eingestanden.“

Robert Challenor wurde sich jäh bewusst, dass auch er nicht mehr der jüngste war. „Und nun fehlt Ihnen ein Sekretär, Madam“, murmelte er unbehaglich. „Mr. Payne hat sich ja stets geweigert, sich von jemandem helfen zu lassen.“

„Kann Newcome sich jetzt zurückziehen, Madam?“, fragte Stuart höflich. „Die Arbeit wartet auf ihn.“

„Ja“, antwortete Elinor. Es war ihr nicht recht, dass Chad ging, doch schließlich hatte er seine Pflichten zu erfüllen.

„Sie mögen glauben, Madam, ich sei nicht mehr ganz bei Trost“, wandte Stuart sich an sie, nachdem der Reitknecht die Tür hinter sich geschlossen hatte. „Ich habe Sie aus einem bestimmten Grund ersucht, Newcome fortzuschicken, weil er den Vorschlag nicht hören soll, den ich Ihnen unterbreiten möchte. Sie müssen sich nicht nach einem neuen Sekretär umschauen. Er könnte diese Aufgabe übernehmen. Ich möchte Sie nur darum bitten, ihn nachmittags freizustellen, damit er auch weiterhin unsere besten Pferde trainiert, denn es wäre mir nicht lieb, gänzlich auf ihn verzichten zu müssen.“

„Welch absurde Idee!“, sagte John kopfschüttelnd.

„Das ist eine vorzügliche Anregung, wenn Sie mir die Bemerkung gestatten, Madam“, widersprach Robert. „Außerdem könnte er Mylady bewachen, wenn er im Haus ist. Was halten Sie davon, Madam?“

Elinor merkte, dass die drei Herren sie erwartungsvoll anschauten. Langsam neigte sie den Kopf, blickte auf die Schriftstücke, die vor ihr vor ihr lagen, und antwortete in bewusst gedehntem Ton: „Ich bin einverstanden, aber nur zur Probe.“

„Ja, selbstverständlich!“, sagte John mit Nachdruck.

„Es mag sein“, fuhr Elinor nachdenklich fort, „dass Newcome sich doch nicht eignet. Er scheint jemand zu sein, der sich gern im Freien aufhält. Möglicherweise behagt ihm die Büroarbeit nicht.“

„Er ist jedoch sehr anpassungsfähig“, versicherte Stuart der Countess of Malplaquet.

„Ich verspreche Ihnen, Madam, ihn im Auge zu behalten!“

„Ja, tun Sie das, Mr. Henson“, erwiderte sie und bemühte sich, nicht zu lachen. „Also gut, Mr. Aisgill. Sprechen Sie mit Newcome und schicken Sie ihn für die ersten Unterweisungen zu Mr. Henson.“

John missfiel die ganze Angelegenheit, doch er hütete sich, das zu äußern. „Newcome braucht neue Sachen zum Anziehen, wenn er hier im Haus tätig wird“, gab er zu bedenken.

„Der Schneider kann sie ihm anfertigen“, sagte Stuart. „Falls Mylady nichts dagegen hat, könnte er sich in der Zwischenzeit mit Dingen aus der Garderobe Ihres Großvaters behelfen, der ungefähr die gleiche Statur hatte wie Newcome.“

„Ja“, bestätigte Elinor. „Ich staune, wie umsichtig Sie heute sind, Mr. Aisgill.“ Sie erhob sich, zum Zeichen, dass sie die Besprechung als beendet betrachtete.

Die Herren standen auf und verneigten sich. John wartete, bis der Stallmeister und der Bibliothekar den Raum verlassen hatten. „Seit Newcome in Campions ist“, wandte er sich dann an die Countess, „ist nichts mehr so wie früher. Aisgill protegiert ihn auf eine Weise, die mir unerklärlich ist. Ich rate Ihnen, Madam, im Umgang mit Newcome vorsichtig zu sein. Schließlich wissen wir so gut wie nichts über ihn."

„Er hat mir das Leben gerettet und mich davor bewahrt, in der Nacht zu erfrieren", erwiderte sie leise.

„Aber er ist jung", fuhr John unbeirrt fort. „Mit ihm ist es etwas anderes, als wenn Payne bei Ihnen wäre."

„Ich werde meine Tante bitten, bei mir zu bleiben, wenn Newcome anwesend ist", sagte Elinor verstimmt. „Sie wird es nicht gern tun, doch es lässt sich nicht ändern. Haben Sie sonst noch irgendwelche Ratschläge für mich, Mr. Henson?"

„Mir liegt nur Ihr Wohl am Herzen, Madam", antwortete er steif.

„Ja, das ist mir bekannt." Im Stillen wusste sie jedoch, dass der Verwalter allen Grund hatte, sich Sorgen zu machen.

William Payne war nicht an dem Schlaganfall gestorben und seit einer knappen Woche auf dem Wege der Genesung. Er würde jedoch für immer halbseitig gelähmt sein. Wie Elinor dem Verwalter gegenüber angedeutet hatte, hielt ihre Tante sich mit Stickarbeiten beschäftigt im Raum auf, wenn Chad Newcome anwesend war, ein Umstand, der ihr das Vergnügen etwas dämpfte, in seiner Nähe zu sein. Zudem verschanzte er sich hinter einem ungemein pflichtbewussten Benehmen, ganz so, als habe sich zwischen ihnen nie etwas ereignet. Vielleicht hatte sie sich wirklich alles nur eingebildet.

Andererseits traf sie jedes Mal, sobald er ihr ein Schriftstück übergab und ihre Hände sich berührten, ein glühend heißer Schlag, und sie zuckte wie vom Blitz getroffen zurück. Sie war überzeugt, dass es Chad nicht anders erging. Sie sah es an seinem Blick, der sich verdunkelte, so wie es beim Cairn und in der Nacht beim „Thron Gottes" geschehen war. Es irritierte sie, dass er Gleichgültigkeit heuchelte, doch ein anderes Gebaren war nicht möglich, da außer der ständig gegenwärtigen Tante auch der Verwalter ein um das andere Mal ins Arbeitszimmer kam. Manchmal hatte Elinor den dringenden Wunsch, Chad bei der Hand zu nehmen und mit ihm bis zur Grenze ihres Anwesens zu reiten, in der stillen Hoffnung, unterwegs von einem Heer aufrührerischer Ludditen angegriffen zu werden. Dann hätten sie und er sich wieder verbergen müssen und vielleicht noch einige wundervolle Stunden miteinander verbracht.

Wenn er die Post erledigt hatte, begab er sich vom Arbeitszimmer in die angrenzende Bibliothek, um dort als Teil seiner neuen Pflichten für Mr. Challenor tätig zu sein. Auch an diesem Vormittag hatte er die Bibliothek aufgesucht, und, einer plötzlichen Eingebung folgend, stand Elinor auf und sagte entschlossen: „Ich gehe nach nebenan, um etwas nachzusehen, Tante Annabelle. Du musst mich nicht begleiten. Mr. Challenor ist drüben." Sie schritt zur offenen Tür und sah Chad mit dem Rücken zu ihr am Kartentisch stehen, einen aufgeschlagenen Folianten vor sich. Leise, um ihn zu überraschen, betrat sie den Raum und stellte fest, dass der Bibliothekar nicht anwesend war.

Chad hatte das Rascheln von Röcken vernommen, drehte sich um und fragte: „Was kann ich für Sie tun, Mylady? Kann ich Ihnen behilflich sein, oder möchten Sie, dass ich Mr. Challenor hole?"

„Nein", antwortete sie hastig. „Es genügt mir, dass Sie da sind. Womit sind Sie beschäftigt?"

„Mr. Challenor hat mich angehalten, alte Texte mit neueren Ausgaben zu vergleichen", antwortete Chad. „Ich gehe soeben diesen Folianten durch und werde das eigenartige Gefühl nicht los, ihn schon einmal gesehen zu haben."

„Das kann nicht sein", widersprach Elinor. „Mr. Challenor ist vor drei Wochen durch Zufall auf ihn gestoßen."

„Nun, ich meinte nicht diese Ausgabe, sondern eine andere“, entgegnete Chad stirnrunzelnd. „Wenn ich mich nicht täusche, befindet sich am Ende des Werkes eine Landkarte Australiens.“ Rasch schaute er die letzten Seiten durch und fand tatsächlich den erwähnten Stich.

„Ja, Sie müssen schon einmal eine andere Ausgabe dieses Atlas in der Hand gehalten haben“, staunte Elinor. „Ich frage mich, wo es gewesen sein mag.“

„Ich auch“, murmelte Chad nachdenklich. „Aber Sie hatten doch einen Wunsch, Madam, nicht wahr?“

„Ja“, antwortete sie leichthin. „Ich möchte, dass Sie mich in den Raum mit den ausgelagerten, schadhaften Büchern begleiten. Dort ist ein Buch, das ich benötige. Es steht so hoch auf einem der Regale, dass ich Sie bitte, es mir herunterzuholen.“ Elinor hatte sich absichtlich für ein bestimmtes, außer Reichweite aufgehobenes Werk entschieden, um einen Vorwand zu haben, Chad mitzunehmen.

„Wollen Sie hier warten, bis ich es Ihnen gebracht habe?“

„Nein“, sagte sie eine Spur zu hastig. Es war ganz und gar nicht in ihrem Sinn, in der Bibliothek allein zurückzubleiben. Da sie eine Begründung brauchte, warum sie sich ebenfalls in den Raum begeben wollte, erklärte sie eilig: „Ich möchte in Augenschein nehmen, welche Bücher dort untergebracht sind.“ Sie ging Chad in das Kabinett voran, schloss hinter ihm die Tür und raunte ihm zu: „Vergessen wir das dumme Buch, Chad. Warum gehst du mir aus dem Weg?“

Er hatte die Leiter genommen, um das gewünschte Werk vom Regal zu holen, lehnte sie nun an den nächsten Schrank und drehte sich zu der Countess um. „Aus dem Weg?“, wiederholte er erstaunt. „Ich bin mir dessen nicht bewusst gewesen, Madam. Seit ich Ihr Sekretär bin, war ich ständig in Ihrer Nähe.“

„Sei nicht spitzfindig! Du weißt sehr gut, was ich meinte.“

„Spitzfindig?“

„Ach, unterlass es, dauernd meine Worte nachzuplappern! Ja, du weichst mir aus! Hör gut zu! Ich gebe dir jetzt den Befehl, dich mir hinfort nicht mehr zu entziehen. Hast du mich begriffen?"

„Sehr wohl, Madam. Ich darf mich Ihnen in Zukunft nicht mehr entziehen. Doch das habe ich weder heute noch in der Vergangenheit getan."

„Chad!", erwiderte Elinor drohend. „Lass die Wortklauberei! Leider kann ich meine Behauptung nicht belegen, aber du weißt sehr gut, wovon ich spreche. Du bist der durchtriebenste Mensch, der mir je begegnet ist. Was erheitert dich so?" Er lachte so ehrlich amüsiert, dass sie ihn am liebsten an sich gezogen und geküsst hätte. „Schnell, antworte mir, ehe meine Tante oder Mr. Challenor hereinkommen!", fuhr sie eindringlich fort.

„Mein Schatz", erwiderte er zärtlich und ergriff ihre Hand. „Dir ist doch klar, dass ich mich jetzt nicht mehr so betragen kann wie in der Nacht, als wir unter dem ‚Thron Gottes' Zuflucht gesucht hatten. Ich bin nur dein Sekretär …"

„Und ich deine Herrin", unterbrach sie ihn ungeduldig. „Warum erzählst mir Dinge, die mir längst bekannt sind?"

„Weil es unschicklich und unfair wäre, so mit dir zu reden, wie ich es gern möchte."

„Unfair? Für wen? Für dich oder mich?"

„Für uns beide. Zwischen uns darf nichts sein. Das musst du in aller Klarheit begreifen. Du bist eine Frau von Stand, die ihren Ruf gefährden würde, ließe sie sich mit jemandem wie mir ein."

„Angenommen, ich befehle dir, meinen Ruf zu ruinieren, Chad, was dann?"

„Ich befürchte, du weißt nicht, was du sagst."

„Ganz im Gegenteil! Ich will, dass du mich liebst! Habe ich mich deutlich genug ausgedrückt?"

Elinors flammender Blick und der verschwörerische Ton, in dem die Unterhaltung geführt wurde, brachten Chad unwillkürlich zum Schmunzeln. Er fasste sich sogleich und antwortete ernst: „Nichts würde ich lieber tun, als deiner Order zu gehorchen, aber das darf ich nicht." Er schaute Elinor an, und plötzlich war es ihm unerklärlich, woher die Kraft nahm, sich so zu beherrschen. Wenn Elinor Zärtlichkeiten von ihm wollte, sollte sie ihren Willen haben. Überkommen von der für sie empfundenen Leidenschaft, gab er alle Zurückhaltung auf, riss sie stürmisch in die Arme und küsste sie. Nur Sekunden später kam er wieder zur Vernunft. Er durfte sich nur von seinem Gefühl für Anstand und Sitte leiten lassen. Es war ausgeschlossen, Elinor zu lieben, auch wenn sie es wollte und er sich danach sehnte, sie zu besitzen. Hastig ließ er sie los, trat einen Schritt zurück und erkundigte sich mit schwankender Stimme: „Welches Buch soll ich Ihnen holen, Madam?"

Das Verlangen, das sie stets dann verspürte, wenn sie sich berührten, war stärker als jeder Sinn für die Verantwortung, die sie für sich und Campions trug. Seit dem Tode der Eltern hatte ihr ganzes Sinnen und Trachten nur ihrem Wohl und dem ihres Besitzes gegolten, bis sie zum ersten Male Chad Newcome begegnet war. Sie streckte die Hand nach ihm aus, doch er wandte sich ab und ergriff erneut die Leiter.

„Das Buch ist eine Ausgabe von Madame de Sévignés Briefen", sagte sie leise. „Es steht dort oben in der vierten Reihe auf dem mittleren Regal."

Chad rückte die Leiter zurecht und erklomm die Sprossen.

Kaum hatte er das Werk gefunden, vernahm Elinor schlurfende Schritte und rief betont ärgerlich aus: „Du meine Güte, Newcome! Wäre ich groß genug, hätte ich das von mir gesuchte Buch längst heruntergeholt. Es hat ja eine Ewigkeit gedauert, bis Sie es entdeckt haben!"

Chad zog den Band mit dem goldgeprägten Lederrücken

heraus, drehte sich auf der obersten Stufe zu Ihrer Ladyschaft um und fragte verdutzt: „Wollen Sie sich über mich lustig machen, Madam? Sind Sie sicher, dass Sie das Buch überhaupt brauchen?“

Sie lächelte verschmitzt und setzte sogleich eine ernste Miene auf, als der Bibliothekar in den Raum trat.

„Ah, da sind Sie ja beide!“, sagte er erleichtert. „Sie haben Besuch, Mylady. Mr. Henson hat Sir Chesney Beaumont in Ihr Arbeitszimmer und Mr. Tallboys in den Türkischen Salon bitten lassen.“

„Besuch?“, wiederholte Elinor erstaunt. „Neuerdings geht es hier zu wie in einem Taubenschlag. In den letzten Wochen habe ich in Campions mehr neue Gesichter gesehen als in einen ganzen Jahr. Sie dürfen herunterkommen, Newcome, mit oder ohne die Ausgabe von Madame de Sévignés Briefen. Ich möchte Sie meinem Onkel vorstellen. Wahrscheinlich wird er Sie nicht akzeptieren, denn er hat gegen jeden etwas einzuwenden. Ich befürchte, Mr. Challenor, dass er mir schon wieder den Heiratsantrag von irgendeinem Gentleman unterbreiten will, der seine Hand auf Campions legen möchte, um es dann beim Pferderennen, am Spieltisch oder durch seine kostspieligen Ausschweifungen mit Frauen zu verlieren.“

Sie hatte Robert mit einem so seltsamen Blick angesehen, dass er ihr verdutzt nachschaute, als sie in die Bibliothek zurückkehrte.

Chad wollte dort bleiben, doch sie lehnte sein Ansinnen ab und fügte nachdrücklich hinzu: „Mr. Payne wäre mit mir gekommen. Also tun Sie es auch!“

7. KAPITEL

Sir Chesney Beaumont, Bruder von Elinors toter Mutter, war ein attraktiver Mann mit weltgewandtem Benehmen und kultivierter Ausstrahlung.

Als Elinor mit ihrem Sekretär das Arbeitszimmer betrat, fand sie ihn in angeregtem Gespräch mit der Tante vor.

„Meine Liebe, du siehst hinreißend aus", begrüßte er sie. „Sehr viel blühender denn bei meinem letzten Besuch. Damals warst arg blass und schienst mir gar nicht auf der Höhe zu sein. Deine Tante hat mir die traurige Nachricht von Paynes Krankheit mitgeteilt und auch, dass Henson völlig zurecht einen Konstabler zur Untersuchung des auf dich verübten, höchst unerklärlichen Mordanschlages kommen ließ. Ich bin sicher, bei dem Attentäter hat es sich um einen Ludditen gehandelt."

„Bei uns ist niemand davon überzeugt", widersprach Elinor. „Aber möglicherweise hast du recht."

„Und das ist dein neuer Sekretär?", fragte Chesney und betrachtete ihn.

Chad hielt es für das beste, sich den Anschein der Beflissenheit zu geben. Aus einem irgendeinem Grund erzeugte der Baronet ihm Unbehagen. Schon der Name rief ein ungutes Gefühl in ihm hervor.

„Ja", bestätigte Elinor, ging zum Onkel und drückte ihm einen Kuss auf die pralle Wange. „Ich hoffe, du bist nicht hier, um mich erneut zu einer Ehe zu bewegen. Mehr denn je bin ich jetzt dagegen."

Chesney hatte den Blick nicht vom Sekretär gewandt und erwiderte stirnrunzelnd: „Ich hätte nicht gedacht, dass er so jung ist. Nein, ich bin nicht gekommen, um mit dir über deine Vermählung zu reden, schon gar nicht mit Lord Halstead. Ganz besonders nicht mit ihm." Er starrte den Angestellten der Nichte an und murmelte: „Es wäre mir lieber, ohne ihn mit dir zu sprechen."

„Warum?", fragte Elinor kühl. „Payne hättest du nicht fortgeschickt. Ich habe keine Geheimnisse vor Newcome und ziehe es vor, dass er bleibt."

Sie bedachte ihn mit einem so herausforderndem Blick, dass er sich verlegen räusperte und die Augen abwandte.

„Nun, wie es dir beliebt", erwiderte Chesney ein wenig verstimmt. „Die Angelegenheit ist jedoch sehr delikater Natur."

„Delikat ist nicht das Wort, das ich im Zusammenhang mit Halstead verwenden würde", meinte Elinor spöttisch. „Jedenfalls nicht im Hinblick auf das, was mir über ihn zu Ohren gekommen ist. Glücklicherweise bin ich ihm nie begegnet."

„Ich auch nicht, meine Liebe", sagte Chesney. „Und heute bin ich froh, dass ich ihn nie kennenlernen werde. Ich bedauere, dass ich überhaupt mit seinem Vater über eine Ehe mit dir verhandelt habe. Lord Halstead hat sich unglaublich aufgeführt."

„Ach, ja?" Elinor setzte sich in einen Fauteuil, direkt neben Newcome, der, wie es sich für einen guten Bediensteten schickte, einen Schritt hinter ihr stand. „Und trotzdem hattest du mir vorgeschlagen, Halstead zu heiraten?"

„Nun, ich kenne Lord Clermont, seinen Vater, sehr gut. Er ist ein Prachtkerl, was man von seinem ältesten lebenden Sohn nicht behaupten kann. Es tut mir leid, dir mitteilen zu müssen, dass Lord Halstead in volltrunkenem Zustand bei Watier erschienen ist und sich in der abfälligsten Form über die Frauen geäußert hat. Als dein Cousin Bobus galanterweise deine Partei ergriff und dich, deiner Tugend wegen, als Ausnahme hinstellte, kam der Viscount auf den peinlichen Einfall, zu wetten, dass er …" Verlegen hielt Chesney inne.

Es fiel ihm schwer, zu wiederholen, was Halstead in seinem unzurechnungsfähigen Zustand geäußert hatte.

„Dass er was, Onkel Chesney?", fragte Elinor ungeduldig. „Ah, ich merke, du willst nicht heraus mit der Sprache. Ach, Tante Annabelle ist verwitwet; ich stehe mit beiden Beinen auf der Erde, und Newcome wird gewiss nicht vor Scham über deine Worte erröten."

In diesem Punkt irrte Lady Malplaquet. Chad wusste den Grund nicht, doch die Bemerkungen des Baronets hatten ihn irgendwie betroffen gemacht.

„Also gut, ich werde es dir sagen, wenn du darauf bestehst, Nell", willigte Chesney ein. „Lord Halstead hat geäußert, keine Frau sei tugendhaft, und dann um zwanzigtausend Pfund gewettet, selbst du würdest dich, wenn er es darauf anlege, ihm hingeben."

„Wie bitte?" Elinor sprang auf, ging zum Kamin und starrte in die Flammen. „Hat Halstead sich dazu hinreißen lassen, bevor oder nachdem du mit seinem Vater über eine Ehe mit mir gesprochen hast?"

„Vorher", antwortete Chesney eilig. „Nachdem Lord Clermont von dem abscheulichen Benehmen seines Sohnes Kenntnis erhalten hatte, verbot er ihm das Haus und bestand selbstverständlich nicht mehr darauf, dass Lord Halstead dich heiratet."

„Wie nett von ihm!", erwiderte Elinor ironisch. „Nie habe ich mir mehr als in diesem Augenblick gewünscht, ein Mann zu sein und Halstead für die Beleidigung zum Duell fordern zu können. Aber wäre ich es, hätten du und Clermont gewiss nicht versucht, mich bei Halstead an den Mann zu bringen. Ach, ich rede Unsinn!" Sie drehte sich zu ihrem Sekretär um und erkundigte sich erstaunt: „Was ist Ihnen, Newcome? Sind Sie krank?"

Bei den Erklärungen des Baronets hatte Chad eine ungeheure Wut in sich aufsteigen gefühlt, die sich mehr und mehr steigerte, bis er vor Zorn zitterte. „Nein, es ist nichts“, antwortete er gepresst. „Das Unwohlsein wird sich gleich geben. Seit ich hier bin, habe ich schon einige Male darunter gelitten.“ Er vermutete, die angestrengten Bemühungen, sich zu erinnern, seien die Ursache für die ihn gelegentlich heimsuchende Übelkeit. Allerdings war ihm nicht klar, warum die von Sir Chesney erzählte Geschichte ihn jetzt so aus der Fassung gebracht hatte.

Annabelle hatte sich sehr über den besorgten Ton der Nichte gewundert und schaute sie überrascht an.

Chesney fand die Anteilnahme, die Nell für den Sekretär bewies, äußerst befremdlich. „Von Henson habe ich erfahren“, sagte er und zog die Brauen zusammen, „dass dein Cousin Ulric im Haus weilt. Ich hoffe, seine Anwesenheit hat nicht zu bedeuten, dass du mit dem Gedanken spielst, ihn zum Gatten zu nehmen. Das wäre überaus unklug.“

Da Newcome sich zu erholen schien, warf Elinor dem Onkel einen frostigen Blick zu und erwiderte kühl: „Offenbar hast du mir vorhin nicht zugehört. Ich wiederhole, dass ich nicht die Absicht habe, mit irgendjemandem die Ehe einzugehen, am allerwenigsten mit Ulric. Doch die Abneigung, die ich für ihn und seinen Wunsch hege, mein Gemahl zu werden, darf mich nicht daran hindern, die Pflichten als Gastgeberin zu vernachlässigen. Entschuldigt mich daher. Ich werde jetzt zu ihm gehen. Wenn Sie sich besser fühlen, Newcome, haben Sie meine Erlaubnis, den Nachmittag im Reitstall zu verbringen. Mr. Aisgill hat mich heute Morgen gebeten, Sie zu ihm zu schicken.“ Sie nickte dem Onkel und der Tante zu und verließ rasch das Arbeitszimmer.

„Ich finde es unerhört, Nell, dass ich hier warten musste, während dein Onkel unverzüglich zu dir vorgelassen wurde“, begrüßte Ulric sie in schmollendem Ton. „Du solltest deinem Butler und dem Verwalter gehörig den Kopf zurechtsetzen. Immerhin bin ich dein Erbe!"

„Mein Onkel ist zuerst hier eingetroffen", erwiderte Elinor unwirsch. Sie mochte den etwa dreißigjährigen, beleibten und teiggesichtigen Vetter nicht.

„Auch ich bin geschäftlich hier!", entrüstete er sich. „Es wird höchste Zeit, dass du dich entschließt, meine Gattin zu werden. Auf diese Weise wäre der Fortbestand unseres Familiennamens gewährleistet. Ehe du mir jetzt vorhältst, mich nicht zu lieben, erinnere ich dich lieber gleich daran, dass du keinen Hehl daraus gemacht hast, eine Vernunftehe eingehen zu wollen."

Verärgert entgegnete Elinor: „Ich habe ebenfalls nicht vor, jemanden zu heiraten, den ich verabscheue! Und unser Name wird auch ohne dich weiterbestehen, denn derjenige, der einmal mein Gemahl ist, soll ihn annehmen. Das ist eine Bedingung, die ich von den mit dem Ehevertrag befassten Anwälten festlegen lassen werde."

„Du sollst dich mit mir und keinem anderen vermählen!", brauste Ulric auf. „Ich allein könnte dir die notwendige Sicherheit bieten. Überall im Norden ist bekannt, dass ein Luddit auf dich geschossen hat. Und was soll das heißen, dass du danach nichts Besseres zu tun hattest, als einen Stallknecht zu deinem Sekretär zu machen? Würde ich mich um dich kümmern, hättest du jemanden an deiner Seite, der dich vernünftig berät."

Noch immer empörte es Ulric, dass der erste Earl of Malplaquet auf der weiblichen Erbfolge bestanden hatte, weil sein einziges Kind ein Mädchen gewesen war. Wäre der ihm für seine im Krieg errungenen Siege dankbare König George I. nicht auf die Forderung eingegangen, hätte Ulric sich jetzt den stolzen Besitzer von Campions, aller zugehörigen Ländereien und des Titels nennen können. Tagtäglich ergrimmte er sich über den Umstand, dass seine Cousine Herrin auf Campions war und ihm seit acht Jahren, nachdem er sein Erbe vergeudet hatte, erst von Nells Großvater und dann von ihr eine allerdings beträchtliche monatliche Apanage ausbezahlt wurde. Sie war jedoch an die Klausel geknüpft, dass er nie wieder nach London reiste. Er war dort einmal in einen so fürchterlichen Skandal verwickelt gewesen, dass der letzte Earl ihm um ein Haar die finanzielle Unterstützung für immer entzogen hatte. Elinor hatte die Überweisungen dann unter der gleichen Prämisse fortgesetzt, sodass er gezwungen war, sich in provinzieller Umgebung aufzuhalten, wo man ihn zwar nicht gern sah, seine Anwesenheit jedoch aufgrund seiner Verwandtschaft mit der Countess of Malplaquet tolerierte.

„Woher weißt du, dass auf mich ein Mordversuch verübt wurde und ich den Sekretär gewechselt habe?“, fragte Elinor ungehalten. „Ich hätte nicht gedacht, dass meine Angelegenheiten bereits zum Gesprächsstoff in Staffordshire und Trentham geworden sind.“

„Ich habe von den Vorgängen auf Campions während meines Besuches bei den Gascoynes gehört“, antwortete Ulric achselzuckend. „Was ist eigentlich mit deinem neuen Sekretär?“

„Was soll mit ihm sein?“

Ulric ignorierte den drohenden Ton und fuhr gleichmütig fort: „Ich muss dir sagen, Nell, dass es sich für dich wahrlich nicht schickt, einem hergelaufenen Herumtreiber den Posten deines Sekretärs zu geben, noch dazu, wo er so jung ist und …“

„Und ich sage dir“, unterbrach Elinor scharf, „dass es dich nicht das Geringste angeht, wen ich zu meinem Sekretär mache, und wäre es ein einäugiger, buckliger Zwerg! Wenn du so um meinen guten Ruf besorgt bist, empfehle ich dir, Campions umgehend zu verlassen, damit du nicht unnötig unter meinem Verhalten zu leiden hast. Aus Rücksichtnahme auf dein zartbesaitetes Gemüt würde ich dich gewiss nicht an der Abreise hindern."

Ulric blieb der Mund offen stehen. Bislang war Elinor stets höflich und geduldig gewesen und hatte nie in diesem Ton mit ihm gesprochen. „Wirklich, Nell …", begann er verblüfft.

„Ich hätte sogar Verständnis", fiel sie ihm ins Wort, „wenn du nicht zum Lunch bliebest. Entschuldige mich jetzt. Auf mich wartet viel Arbeit. Ich verbringe meine Zeit nicht mit Klatsch und Tratsch!"

„Hab Erbarmen!", rief Ulric kläglich der aus dem Salon gehenden Cousine zu. „Ich bin doch eben erst angekommen. Verdammt, ich bin dein Erbe!"

„Du wiederholst dich!", entgegnete sie. „Wie schrecklich für Campions, dass du mein Erbe bist!"

Entgeistert hörte er sie die Tür ins Schloss werfen, doch er war fest entschlossen, ihr nicht den Gefallen zu tun und abzureisen.

Das Mittagessen verlief in sehr gespannter Atmosphäre. Ulric Tallboys saß mit wehleidiger Miene bei Tisch; die Hausherrin schwieg die meiste Zeit, und Chesney war verärgert. Daran war nicht nur ihre Weigerung schuld, sich zu vermählen. Er spürte deutlich, dass in Campions etwas nicht stimmte, hätte jedoch nicht sagen können, was ihn irritierte, denn wie stets, seit Elinor dem Haushalt vorstand, nahm alles einen reibungslosen Verlauf. Der gesamte Besitz befand sich in hervorragendem Zustand; die bei Tisch gereichten Speisen waren vorzüglich zubereitet, und die Bedienung ließ keinen Wunsch offen. Chesney freute sich schon darauf, den Marstall und die Reitschule aufzusuchen, doch es verstimmte ihn ein wenig, dass er dann wahrscheinlich Mr. Tallboys' Gesellschaft in Kauf nehmen musste.

Ulric hasste den Baronet zwar mindestens ebenso wie Elinors Onkel ihn, heftete sich ihm nach dem Lunch indes sofort vorsorglich an die Fersen und folgte ihm in die Stallungen. Er gedachte, nicht aus Sir Chesneys Nähe zu weichen, damit die ihn und den Onkel begleitende Cousine keine Gelegenheit erhielt, ihn aus Campions zu vertreiben. Er war überzeugt, sie würde in Gegenwart des Baronets bestimmt nicht so unfreundlich zu ihm sein wie im Türkischen Salon, und ausnahmsweise behielt er recht.

Chesney stellte fest, dass auch das Gestüt vorzüglich geführt wurde, und äußerte, wie Mr. Tallboys, seine Überraschung, als er sah, wie der angeblich unbezähmbare Rajah sich fügsam reiten ließ. „Wer trainiert ihn?", erkundigte er sich erstaunt.

„Ich dachte, Nell würde nie einen Verehrer hier zu Gast haben!", murrte Ulric. „Wer, zum Teufel, kann das denn nur sein?"

Newcome schulte den Rappen, gekleidet in einen schwarzen Spenzer des verstorbenen Earl, ein graues Gilet mit weißem Cachenez, lohfarbene Lederbreeches und hochglänzende schwarze Stiefel, die ihm zu Elinors Erleichterung ebenfalls gepasst hatten. Mit dem eleganten schwarzen, silberbetressten Zweispitz sah er besonders verwegen aus.

Chad hielt die Zügel straff, da der Hengst seit dem Schuss auf die Countess of Malplaquet noch immer sehr verstört war, und ließ ihn im Kreis gehen. Plötzlich bemerkte er die beiden Herren und Ihre Ladyschaft, der das modisch hochtaillierte, an den kurzen Ärmeln und am Rocksaum mit einer dreifachen Rüschenbordüre besetzte hellbraune Kleid wunderbar zu Gesicht stand. Einer spontanen Eingebung folgend, zog er beim Vorbeireiten vor ihr den Hut. Rajah erschrak und bäumte sich auf. Sogleich stellte Chad sein ganzes Geschick unter Beweis, bändigte den störrischen Rappen und zwang ihn, eine herrliche Karakole zu vollführen.

„Bravo!“, rief Elinor begeistert.

„Ich wüsste wirklich gern, wer der Mann ist“, brummte Ulric missmutig.

„Du lieber Himmel, das ist der Sekretär!“, äußerte Chesney verblüfft.

„Dieser Bauerntrampel sitzt auf Rajah?“ Fassungslos blickte Ulric zwischen der Cousine und dem Reiter hin und her.

Sie wurde sich bewusst, dass man ihr den Stolz auf Chad Newcome ansehen musste, machte ein gleichmütiges Gesicht und antwortete in gelangweiltem Ton: „Allerdings! So weit mir bekannt ist, war Newcome früher bei der Kavallerie. Ich nehme an, dort hat er so hervorragend gelernt, mit Pferden umzugehen.“

„Ein Kavallerist, den es einmal nach Wien verschlagen haben muss!“, bemerkte Chesney spöttisch. „Die Karakole ist nicht leicht auszuführen. In Newcome hast du ein wahres Juwel, Nell. Du solltest seine Fähigkeiten im Reitstall nutzen, nicht als Schreiberling.“

Elinor wollte vermeiden, dass der Onkel sich mit Newcomes Zukunft befasste, und hielt es für angebracht, ihm das deutlich zu verstehen zu geben. „Nun, ich benötige keinen Dressurreiter, der im Zirkus auftritt, sondern einen Sekretär, und deshalb wird er das bleiben“, erwiderte sie kühl.

Sobald Chad die Schulung des Hengstes für den Nachmittag beendet hatte, verließ er das Hippodrom in der Absicht, sich für die Arbeit im Haus umzuziehen, und traf im Hof Lady Malplaquet an.

Sie drehte sich zu Sir Chesney und ihrem Vetter um, die bereits auf dem Weg zum Haus waren, wandte sich Chad zu und sagte in strengem Ton: „Sie werden heute am Dinner teilnehmen, Newcome."

Ihr Anblick erregte ihn, doch er bezwang das erwachende Verlangen und entgegnete höflich: „Mit Verlaub, Mylady, das werde ich nicht. Es wäre sehr unklug."

„Das war ein Befehl, Newcome!"

„Ihr Onkel und Ihr Cousin würden meine Anwesenheit nicht begrüßen."

„Ach, dummes Geschwätz! Mr. Henson und Mr. Challenor sind ebenfalls eingeladen, und wäre Mr. Payne nicht krank, würde auch er uns Gesellschaft leisten."

„Ich bin nicht Mr. Payne."

„Wie wahr! Für uns beide ist das von großem Vorteil. Also, Sie werden nachher zum Essen kommen. Ich dulde keine Widerrede!"

„Sie sind so unberechenbar wie Rajah, Madam, wenngleich viel schlechter zu bezähmen."

„Ich stelle fest, Sie werden von Mal zu Mal galanter, Newcome. Folglich nehme ich Ihre letzte Bemerkung als Kompliment."

„So war sie zwar nicht gemeint, aber wenn Sie …"

„Ja, ich geruhe, darin eine Schmeichelei zu sehen", unterbrach ihn Elinor. „Und ich habe beschlossen, dass Sie heute Abend mit mir tafeln. Bei Rajah käme ich nie auf diesen Gedanken."

Chad schaute sie an und spürte die Spannung, die zwischen ihnen in der Luft lag. Am liebsten hätte er sie auf der Stelle besessen. Sie schien ihn förmlich dazu herausfordern, wie durch alle anderen Wortgefechte auch, die in seinen Augen ein eindeutiger Beweis dafür waren, dass sie ihn begehrte.

Sie bemerkte den sich verändernden, vor Sinnlichkeit dunkler werdenden Ausdruck seines Blickes und raunte ihm zu: „Gesteh es doch ein, Chad! Du willst, dass ich in jeder Hinsicht die Dame deines Herzens bin. Sogar in diesem Moment ersehnst du es dir. Und wenn ich dir meine Gunst schenke, wirst du das Zeichen meines Wohlwollens ehren und dich meinen Wünschen fügen?" Elinor zog ein spitzenbesetztes Taschentuch aus dem Réticul, beugte sich vor und tupfte Chad die feuchte Stirn ab.

Er schwitzte nicht nur von den Anstrengungen in der Reithalle, sondern auch, weil unerfüllte Lust ihm den Schweiß ausbrechen ließ. Es war ihm unmöglich, Elinor zu widerstehen. Er nahm ihr das Tüchlein aus der Hand, küsste es und sah im gleichen Moment, dass der Baronet sich zu der Nichte umdrehte. Unterwürfig trat er einen Schritt zurück und sagte leise: „Wie du willst, Elinor." Rasch wandte er sich ab und betrat seine Unterkunft.

Chesney wartete, bis Elinor bei ihm und ihrem Cousin war, und bemerkte dann erstaunt: „Du strahlst ja so, Nell! Ich begreife nicht, warum du nicht nach London kommst. Gewiss wärest du bald der gesellschaftliche Mittelpunkt."

Sie nahm seinen Arm und erwiderte lächelnd: „Aber hier habe doch alles, was ich will, Onkel Chesney! London hätte mir nichts Besseres zu bieten."

Sir Chesney Beaumont reiste am folgenden Tage ab. Ulric Tallboys blieb ein Weilchen länger und verließ Campions kurz vor der Ankunft des Konstablers, der Cully Jackon hieß und ein stämmiger, grobknochiger Mann mit roten Haaren war.

Anfänglich verstärkte sich bei Cully der Verdacht, dass der erst seit Kurzem in Campions weilende Chad Newcome etwas mit dem Mordanschlag auf Ihre Ladyschaft zu tun habe müsse, doch im Verlauf der gemachten Aussagen änderte er seine Ansicht. Nachdem er die Domestiken befragt hatte, war er zum Verhör der übrigen Bediensteten in das Hippodrom gegangen und gewann, als er die Countess und den Reitknecht beobachtete, rasch den Eindruck, dass beide eine Beziehung verband, die nicht der eines Angestellten zu seiner Herrin entsprach. Er enthielt sich indes jeglicher Äußerung, denn die Sache ging ihn nichts an. Von Lady Malplaquet erfuhr er, dass ihr leichtlebiger Vetter und Erbe einige Zeit zu Besuch geweilt hatte, ließ sich genauer über ihn ins Bild setzen und nahm schweigend die Auskünfte zur Kenntnis. Ihm wurde berichtet, dass der Tote tatsächlich, wie in Campions vermutet worden war, Spuren einer Auspeitschung auf dem Rücken hatte.

Zum Schluss untersuchte er das Gewehr, schaute prüfend den Reitknecht an und sagte bedächtig: „Das muss aus dem Besitz eines Gentleman stammen. Kann es sein, Mr. Newcome, dass Sie ähnliche Waffen in der Armee gesehen haben?"

Chad ahnte, dass der über seinen Gedächtnisverlust informierte Gendarm ihn in eine Falle locken wollte, und schüttelte verneinend den Kopf.

Cully glaubte ihm, verabschiedete sich und kehrte ins Dorf zurück.

Einige Tage später äußerte Elinor, während sie morgens die Post durchging: „Jetzt wissen Sie, Newcome, was ich wert bin, nicht wahr?"

Verdutzt hielt er inne, die ihm vom Verwalter übergebenen Abrechnungen zu überprüfen. Er hatte nie behauptet, zur der Mathematik besonders befähigt zu sein, doch Mr. Henson war sehr daran gelegen gewesen, dass er ihn bei der Kontrolle der Bücher unterstützte. Nach einem Blick auf die vor dem Kamin eingeschlummerte Mrs. Conybeare schaute er zu der neben seinem Bureau an ihrem Schreibsekretär sitzenden Countess hinüber und erwiderte verständnislos: „Ich befürchte, ich kann Ihnen nicht folgen, Madam."

„Nein?" Sie schmunzelte. „Halstead hat doch nicht weniger als zwanzigtausend Pfund gewettet. In seinen Augen mag das ein hoher Betrag sein, doch ich fühle mich durch die meiner Meinung nach viel zu niedrige Summe abgewertet. Ihm ging es nur darum, meinen guten Ruf zu vernichten. Würden Sie ihn zum Duell fordern, weil er mich so beleidigt hat?"

Auf eine unerklärliche Weise war Chad jedes Mal beunruhigt, wenn die Sprache auf Lord Halsteads schreckliche Wette kam. „Sollte er wagen, hier herzukommen und seine Absichten in die Tat umsetzen zu wollen, würde ich ihn töten, falls Sie es von mir verlangten", antwortete er ernst.

„Nein, das ist nicht mein Wunsch", entgegnete Elinor schmunzelnd. „Meinetwegen kann er bleiben, wo er ist. Mein Onkel hat mir berichtet, Halstead sei zu seinem in Schottland gelegenen Besitz gereist und dass sein Vater vorhabe, ihm nur den Titel zu erben, alles andere jedoch dem jüngsten Sohn Guy."

Chad unterdrückte einen Fluch. Seine Hand hatte unversehens zu zittern begonnen, und Tinte war auf das Papier gefallen.

Da die Tante schlief und laut schnarchte, wurde Elinor wagemutig, streckte den Arm nach Chad aus und flüsterte ihm zu: „Ärgert es dich so sehr, dass Halstead mich in Misskredit gebracht hat?"

„Ja", antwortete er, streichelte ihre Finger und hob sie zum Kuss an die Lippen. „Am liebsten würde ich Seiner Lordschaft sofort den Hals umdrehen. Allein sein Name genügt, um mich wütend zu machen."

Hastig beugte Elinor sich zu Chad, küsste ihn auf die Wange und spürte, dass ein Schauer ihn durchrann. „Du brennst genauso wie ich darauf, mit mir allein zu sein", wisperte sie. „Wie können wir das arrangieren?"

„Das ist ausgeschlossen", entgegnete er leise und sah ihr fest in die Augen. „Ich habe es dir schon einmal gesagt, mein

Schatz. Wir können nichts daran ändern."

Annabelle schlug die Lider auf, seufzte schwer und fragte schlaftrunken: „Wo bist du, Nell? Wo bin ich?"

„In meinem Arbeitszimmer, Tante", antwortete Elinor und setzte sich hastig aufrecht hin. „Du bist als meine Anstandsdame hier."

„Ach, ja", murmelte Annabelle. „Ja, richtig. Aber du brauchst doch keine." Sie gähnte verhalten und schloss wieder die Augen.

„Hast du gehört?" Verschmitzt lächelnd sah Elinor zu Chad hinüber.

Er beugte sich vor, küsste sie flüchtig auf den Mund und lehnte sich rasch zurück. „Du bringst meine Standhaftigkeit arg ins Wanken", sagte er spitzbübisch. „Aber Leidenschaft allein ist für dich und mich nicht genug."

„Es ist nicht nur Leidenschaft, die uns verbindet", erwiderte Elinor gedämpft. „Wenn meine Tante, die ständig bei uns ist, keinen Argwohn hegt, warum sollen wir dann nicht tun, was uns beliebt? Wenn keiner etwas erfährt, gibt es nichts, worüber man sich aufregen könnte."

„Und du hast mich der Wortklauberei bezichtigt!", sagte Chad kopfschüttelnd.

„Die Spitzfindigkeit habe ich von dir gelernt", meinte Elinor schmunzelnd. „Du bist mein Untergebener und verweigerst mir trotzdem das einzige, was mir auf dieser Welt etwas bedeutet."

„Mylady …"

„Wer ist das?", unterbrach sie ihn kokett.

„Die Frau, deren Anstandsdame Mrs. Conybeare ist", antwortete Chad und grinste schelmisch. „Meine Herrin, die nie meine Mätresse sein kann."

„Wirklich nicht? Hat der Mann, der keine Angst vor Rajah hat, etwa Furcht vor mir?"

„Soll ich mit Lord Halstead auf ein und derselben Stufe stehen? Er hat dich mit seinem niederträchtigen Geschwätz in Misskredit gebracht. Willst du, dass ich dein Ansehen schädige, indem ich dich liebe? Denkst du nicht an deinen Leumund, an deine Ehre?“

„Mein makelloser Ruf hat Halstead nicht davon abgehalten, ihn zu besudeln. Du kannst mich nicht mit Worten besiegen, Chad, höchstens durch deine Liebe. In diesem Kampf bin ich bereit zu unterliegen. Ich möchte sogar in deinen Armen sterben. Aber ich achte sehr darauf, dass du mir in anderer Hinsicht nicht überlegen bist.“ Elinor merkte an Chads verlangendem Blick, dass er innerlich nachgab und sie gewonnen hatte.

Der Zauber brach, als unversehens jemand an die Tür klopfte.

„Herein!“, rief Elinor.

Eilig wandte Chad sich wieder den ihm vom Verwalter übergebenen Unterlagen zu, tauchte den Federkiel in die Tinte und beugte sich tief über die Papiere.

„Entschuldigen Sie die Störung, Mylady“, sagte John Henson beim Betreten des Arbeitszimmers, ging zu ihr und legte mehrere Couverts auf ihren Schreibtisch. „Der Konstabler hat Ihnen geschrieben, es sei jetzt geklärt, wer der Tote ist. Ich habe mir erlaubt, Jacksons Brief zu lesen. Möchten Sie das Schreiben zur Kenntnis nehmen, oder soll ich Ihnen die Mühe ersparen?“

Elinor fühlte sich außerstande, den Brief zu lesen. „Berichten Sie mir“, forderte sie den Verwalter auf.

„Ihr Sekretär hatte recht mit der Vermutung, dass der Attentäter ein ehemaliger, unehrenhaft entlassener Soldat war. Er hieß Langton, hat eine Zeitlang in Bradford gewohnt und sich dann einer Diebesbande angeschlossen, deren Anführer er wurde. Einige Wochen vor dem Mordversuch soll er sich von seinen Kumpanen getrennt haben. Der Grund ist unklar. Einer seiner Spießgesellen hat ausgesagt, man habe, da er nicht mehr von ihnen gesehen wurde, vermutet, er sei von jemandem angeheuert worden. Das Gewehr ist tatsächlich gestohlen gewesen."

„Angeheuert!", wiederholte Elinor betroffen. „Von wem?" Sie warf Chad einen bestürzten Blick zu und sah, dass er in der Arbeit innegehalten hatte und aufmerksam zuhörte.

„Das weiß der Konstabler bisher nicht, will jedoch versuchen, es herauszufinden. Er möchte indes, dass Sie ihm mitteilen, wer außer Mr. Tallboys von Ihrem Tod profitieren würde."

Ein Frösteln rann Elinor über den Rücken. Sie erhob sich, legte Chad beim Vorübergehen flüchtig die Hand auf die Schulter und ging dann unruhig im Raum auf und ab. „Jackson kann doch nicht allen Ernstes glauben, dass mein Vetter sich so weit vergessen und ein Attentat auf mich verüben lassen würde!", sagte sie fassungslos. Jäh kam ihr Ulrics Verärgerung in den Sinn, nachdem sie seinen Heiratsantrag erneut abgelehnt hatte. „Ich weiß, er ist auf mich neidisch", fuhr sie beklommen fort, „aber nicht so verkommen, dass er jemanden anstiften würde, mich zu töten."

„Ein verzweifelter Mann greift zu den schrecklichsten Mitteln, um sein Ziel zu erreichen", erwiderte John bedächtig. „Bislang hat Jackson niemanden der Anstiftung zum Mord bezichtigt. Er empfiehlt Ihnen jedoch, in Zukunft äußerst vorsichtig zu sein. Und Sie, Newcome, werden Ihre Ladyschaft unter Einsatz des eigenen Lebens beschützen!"

„Ja!", sagte Chad mit Nachdruck. „Schließlich hat Mylady mir meines wiedergegeben."

„Ich lege Ihnen dringend nahe, Madam, hinfort nie ohne Newcome oder einen anderen Begleiter auszureiten, bis der Verbrecher gefasst ist, der Langton gedungen hat."

Sie war nicht fähig, den Verwalter ob seines bestimmenden Tones zurechtzuweisen. Ihr sank das Herz bei dem Gedanken, dass sie vermutlich nun keine Gelegenheit haben würde, mit Chad ungestört zusammensein zu können. Leeren Blickes schaute sie aus dem Fenster und murmelte dumpf: „Ich habe vernommen, was Sie sagten, Mr. Henson. Ich bezweifele nach wie vor, dass mein Vetter die Absicht hatte, mich unter die Erde zu bringen."

„Bei allem Respekt, Mylady", warf Chad ernst ein, „Sie sollten Mr. Hensons und des Gendarmen Rat befolgen."

„Newcome ist, wie Sie gehört haben, derselben Meinung wie ich, Madam", sagte John ruhig. „Auch Mr. Aisgill und Mr. Challenor würden gewiss diesen Standpunkt vertreten. Wir alle sind der Auffassung, dass Sie kein Risiko eingehen dürfen, denn letztlich ist es gleich, ob Ihr Cousin oder ein anderer Ihnen nach dem Leben trachtet."

Obgleich die Herbstsonne durch die Fenster schien, hatte Elinor plötzlich den Eindruck, der Tag sei grau und düster geworden, und plötzlich war ihr kalt. Sie fröstelte, schlang die Arme um den Körper und wandte sich wieder den Herren zu. „Ich werde mich allem fügen, was Sie von mir wollen", erwiderte sie und setzte mit einem Blick auf Chad hinzu: „In jeder Hinsicht. Der gesunde Menschenverstand sagt mir zwar, dass Ihre Vermutungen nicht zutreffen, aber ich sperre mich nicht gegen Ihren Rat. Dennoch möchte ich nicht in Vergessenheit geraten lassen, dass ich hier die Herrin bin."

„Selbstverständlich, Madam." John verneigte sich. „Wir alle dienen Ihnen bereitwillig und mit Freuden, weil Sie stets so umsichtig und vernünftig sind. Ich bin sicher, Sie werden gut auf sich achtgeben."

Nachdenklich schaute sie ihn an. Auf seine Weise hatte er sie gern und war nicht nur des Lohnes wegen bei ihr geblieben. Und zum ersten Male begriff sie auch, warum Newcome sich innerlich sträubte, sie nur aus einer Aufwallung von Lust zu besitzen. Er hielt sich zurück, da er wahre Liebe für sie empfand. Auch sie liebte ihn von ganzem Herzen und klammerte sich an den Gedanken, dass es, wo der Wille war, auch einen Weg gab. Damit musste sie sich für den Augenblick begnügen.

8. KAPITEL

In der folgenden Zeit fand Elinor nur selten Gelegenheit, ein vertrauliches Wort mit Chad zu wechseln. Ständig war jemand in ihrer Nähe, und im entscheidenden Moment wurden sie jedes Mal gestört. Zum letzten Male war sie mit Chad im Bibliotheksanbau allein gewesen. Um endlich wieder eine Möglichkeit zu haben, ihn in aller Ruhe sprechen zu können, beschloss sie eines Nachmittags, ihn erneut in das Kabinett mit den schadhaften Büchern zu locken.

Sie begab sich in die Bibliothek und war erstaunt, bis auf den bettlägerigen Payne alle anderen Berater dort anzutreffen. Auch Chad war bei ihnen und trug die neuen Sachen, die der Schneider für ihn angefertigt hatte. Sie standen ihm ausgezeichnet, und sein wundervoller Anblick brachte Elinor wieder einmal aus dem inneren Gleichgewicht. „Was ist denn hier los?“, wunderte sie sich. „Hatte ich heute eine Besprechung anberaumt?“

„Der Konstabler ist im Haus, Mylady“, antwortete Chad. „Er meinte, er habe es sicherer gefunden, Ihnen nicht zu schreiben, und möchte persönlich mit Ihnen sprechen.“

„Wo ist er?“, erwiderte sie und schaute sich im Raum um.

„Er ist im Empfangssalon“, erklärte John. „Wir alle waren der Meinung, er solle Ihnen seine Neuigkeiten übermitteln, wenn wir anwesend sind. Da es unsere Pflicht ist, Sie zu beschützen, müssen wir alles wissen, was er herausgefunden hat.“

Dagegen konnte Elinor nichts einwenden. „Dann bitten Sie ihn her“, forderte sie die Herren auf.

Chad verließ die Bibliothek, holte Mr. Jackson und brachte ihn zu der Countess of Malplaquet.

„Mylady“, begrüßte Cully sie und verbeugte sich etwas unbeholfen. „Unsere Nachforschungen haben zu einem eigenartigen Ergebnis geführt, das ich Ihnen und den anwesenden Herren zur Kenntnis geben muss. Es betrifft das Gewehr, von dem Mr. Newcome annahm, es müsse einem Offizier gehört haben. Ich habe den ehemaligen Besitzer ausfindig gemacht, und gestehe, dass ich etwas überrascht bin."

Da der Gendarm nicht weiterredete, äußerte John nach einem Moment ungeduldig: „Ja, und? Spannen Sie uns nicht auf die Folter, Mr. Jackson!"

„Die Flinte war, wie man sehen konnte, einmal repariert worden", fuhr Cully bedächtig fort. „Deshalb bin ich nach London gefahren, brachte sie zu einem Waffenschmied und erkundigte mich, ob er sie schon einmal in Händen gehalten habe. Er erkannte sie sofort und sagte, er habe sie vor Jahren in seiner Werkstatt instand gesetzt. Er entsann sich jedoch nicht gleich, wer sie ihm übergeben hatte, und musste in seinen Unterlagen nachschauen. Und dort war verzeichnet, dass der Schaden an der Büchse kurz nach der Schlacht bei Waterloo behoben worden war. Aus dem Vermerk ergab sich, dass der Waffenschmied für den Besitzer ein Wappen in die Einlegearbeiten am Schaft eingefügt hatte ..."

„Ein Wappen?", fiel Elinor dem Konstabler ins Wort. „Doch nicht das meines Vetters, oder?"

„Nein", antwortete Cully. „Aber zweifelsfrei Lord Halsteads. Seine Lordschaft hatte das Gewehr von einem Freund erstanden und dem Waffenschmied zur Instandsetzung ausgehändigt."

„Halstead?", wiederholte Elinor entgeistert. „Wollen Sie damit andeuten, dass er derjenige ist, der den auf mich verübten Mordanschlag angezettelt hat? Vielleicht, weil er vermeiden wollte, die bei der Wette verlorenen zwanzigtausend Pfund zu zahlen? Haben Sie ihn aufgesucht? Wie hat er sich zu diesem Vorgang geäußert?"

„Er ist unauffindbar, Madam", antwortete Cully bedauernd. „Selbstverständlich bin ich zur Residenz des Earl of Clermont gefahren und habe um ein Gespräch gebeten. Lord Clermont hat sich geweigert, mich zu empfangen. Sein Sekretär teilte mir mit, Seine Lordschaft habe jeden Kontakt zu seinem älteren Sohn abgebrochen, und es sei nur bekannt, dass Lord Halstead im September nach Glen Ruadh in Schottland gereist ist. Um eine Bestätigung dafür zu bekommen, dass die Flinte Lord Halstead gehört, habe ich sie diesem Mr. Colquhoun gezeigt. Er erkannte die Initialen und das Wappen des Viscount und wunderte sich, wie ich an die Waffe gekommen bin. Natürlich habe ich ihm nicht erläutert, unter welchen Umständen sie in meine Hände gelangt war. Das ist alles, was ich in Erfahrung bringen konnte. Jetzt stecke ich mit meinen Untersuchungen in einer Sackgasse."

„Die Wende, die sie genommen haben, ist wirklich merkwürdig", äußerte Elinor und furchte die Stirn. „Was soll man daraus schließen? Heißt das, wir müssen allen Ernstes annehmen, dass Halstead den Mordschützen angeheuert hat?"

Cully ging nicht auf die Fragen der Countess ein und sagte: „Verständlicherweise habe ich auch Ihren Cousin überprüft, Madam. Er ist derjenige, der durch Ihr Ableben am meisten profitieren würde. Ich habe festgestellt, dass er finanziell sehr in der Bredouille ist. Überall, wo er sich aufhält, hinterlässt er unbeglichene Rechnungen. In York kann er sich nicht mehr sehen lassen, weil er sonst der Schulden wegen ins Gefängnis geworfen würde. Das kleine Gut, das er noch besitzt, ist längst verpfändet. Kurzum, er steckt bis zum Hals in Nöten. Und was seinen Leumund betrifft, so kann man ihn, gelinde ausgedrückt, nur als schlecht bezeichnen. Bei Lord Halstead hingegen sieht die Sache anders aus."

„In welcher Hinsicht?", warf Chad in sprödem Ton ein. Wann immer die Sprache auf den Viscount kam, fühlte er sich seltsam unbehaglich.

„Nun, mit seinem Vater war er stets zerstritten, doch im allgemeinen hat man von ihm eine hohe Meinung“, antwortete Cully ruhig. „Ich habe mich diskret erkundigt und herausgefunden, dass die Bediensteten des Earl of Clermont große Stücke auf Lord Halstead halten, desgleichen dessen Freunde. Und als Offizier genießt er den Ruf eines außerordentlich befähigten und mutigen Mannes. Sogar Seine Gnaden, der Duke of Wellington, soll sich lobend über ihn ausgesprochen und es sehr bedauert haben, dass Seine Lordschaft nach dem Tode des ältesten Bruders Frederick auf Wunsch des Vaters die Armee verließ. Der Viscount soll scharfsinnig, umsichtig und ungemein großzügig sein. Lediglich bei Frauen scheint er kein Glück zu haben.“

„Was mich betrifft, so hat dieser von Ihnen als Musterknabe hingestellte Mensch sich zu einer höchst peinlichen und erniedrigenden Wette verstiegen!“, warf Elinor frostig ein.

„Auch das ist mir mittlerweile geläufig“, bestätigte Cully. „Ich will die Angelegenheit nicht verharmlosen, meine indes, dass er keineswegs der Anstifter des Mordanschlages ist. Ich habe zwar keinen Beweis, möchte Ihnen aber dennoch dringend empfehlen, vor Ihrem Vetter auf der Hut zu sein. Außerdem schlage ich vor, sich bezüglich der Flinte mit Lord Halstead in Verbindung zu setzen und ihn zu bitten, sich zum Verbleib seines Gewehres zu äußern. Ich bin sicher, es wurde ihm irgendwann gestohlen.“

„Gut, Newcome kann Halstead schreiben“, willigte Elinor ein. „Das bringt uns vielleicht einen Schritt weiter. Veranlassen Sie, Mr. Jackson, dass mein Cousin beobachtet wird. Im Übrigen werden Sie Ihre Nachforschungen doch nicht abbrechen, nicht wahr?“

„Nein, selbstverständlich nicht. Ich werde Sie ständig auf dem Laufenden halten, Madam.“ Cully hielt inne und fügte nach kurzer Pause zögernd hinzu: „Gestatten Sie mir eine freimütige Bemerkung, Madam. Ihr Vetter redet in sehr abfälligem Ton über Sie. Mir scheint, er hasst sie und ist so dumm, das auch unumwunden zu erkennen zu geben. Man könnte daraus schließen, auch er sei nicht derjenige, der Langton gedungen hat, aber vom Gefühl her bin ich überzeugt, dass er der Drahtzieher ist. Wenn Sie erlauben, Madam, ziehe ich mich jetzt zurück." Cully verneigte sich vor der Countess of Malplaquet, nickte den Herren zu und verließ die Bibliothek.

Nachdem er gegangen war, bemerkte John kopfschüttelnd: „Es ist schrecklich, annehmen zu müssen, dass jemand Sie töten will, Madam, ob nun Mr. Tallboys oder Lord Halstead."

„Ich möchte das Thema nicht fortsetzen", entgegnete sie beklommen. „Mr. Newcome, Sie werden noch heute an Halstead schreiben! Wenn wir Glück haben, ist das Rätsel, wie das Gewehr in Langtons Hände gelangt ist, schnell gelöst."

„Wie Sie wünschen, Madam."

Seit einer Weile hatte sie ein Gespür dafür entwickelt, wann Chad beunruhigt war, und merkte, dass er sich jetzt große Sorgen machte. Sobald der Verwalter und der Stallmeister sich entfernt hatten und der Bibliothekar an dem vor dem Kamin stehenden Bureau saß, bedeutete sie Chad, ihr in ihr Arbeitszimmer zu folgen. Dort angekommen, sah sie die Tante eingeschlummert im Sessel sitzen, die Stickarbeit auf dem Schoß, drehte sich zu Chad um und fragte ernst: „Was bedrückt dich?"

„Ich weiß es nicht", antwortete er ehrlich. „Manchmal habe ich den Eindruck, dass bestimmte Dinge aus meiner Vergangenheit mir wieder ins Gedächtnis zurückkommen könnten. Beim Besuch des Konstablers ist etwas Seltsames mit mir vorgegangen. Ich war irgendwie benommen, beinahe schwindlig, und hatte das Gefühl, kurz vor einer Erkenntnis zu stehen, ein Erlebnis, das furchtbar ist."

Er wirkte so angegriffen, dass Elinor nicht mehr an sich

dachte und rasch erwiderte: „Möchtest du heute von deinen Pflichten entbunden werden, damit du dich ausruhen kannst?“

„Nein, danke“, antwortete er beklommen. „Das Unwohlsein geht gleich vorbei.“

„Ich hoffe, du lässt es mich wissen, falls du krank bist“, sagte sie weich. „Für Campions und mich musst du in der besten Verfassung sein.“ Impulsiv streckte sie die Hand aus, legte sie Chad auf die Stirn und merkte, dass er kein Fieber zu haben schien. Er drückte ihr einen Kuss auf die Handfläche und raunte ihr zärtlich zu: „Wie mitfühlend du bist, mein Schatz!“

„Ich muss dich so bald wie möglich allein sehen, ganz gleich, ob du dich wohlfühlst oder nicht. Hast du mich begriffen?“

„Ja, sehr gut.“

„Dann werde ich es so arrangieren, dass ich dich morgen um halb drei Uhr unter einem gewichtigen Vorwand im Bücherkabinett benötige. Warum notierst du es dir nicht? Bitte, schreib es dir sofort auf. Ich will nicht, dass du mir morgen erklärst, du hättest den Termin vergessen. Nach Jacksons Enthüllungen brauche ich deinen Beistand, und du bist genau der richtige, mich zu trösten. Entschuldige mich jetzt. Ich muss zu Henson und ihm den Lohn für die Dienstboten geben. Und morgen sagst du mir, welches Geschenk ich demjenigen meiner Angestellten geben kann, der sich am meisten um mich verdient gemacht hat.“ Elinor ging zur Tür und warf Chad nach einem Blick auf die immer noch schnarchende Tante eine Kusshand zu.

Der enge, fensterlose und mit Büchern vollgestopfte Raum war fürwahr nicht die stimmungsförderndste Umgebung. Nur durch die Glaskuppel drang etwas Licht herein. Für Elinor war er jedoch ein Zufluchtsort, wo sie sich für kurze Zeit mit Chad treffen konnte, sofern sie Glück hatte und nicht schon nach wenigen Minuten gestört wurde.

An diesem Nachmittag stand eine Belästigung nicht zu befürchten. Tante Annabelle hatte sich nach dem Lunch in ihr Boudoir begeben, und der an einer Magenverstimmung leidende Bibliothekar befand sich in seinem Zimmer.

Elinor schaute Chad an und sah, dass er offenbar erneut von Gewissensbissen geplagt wurde. Sie atmete tief durch und fragte argwöhnisch: „Was belastet dich heute, Chad? Wieder einmal dein Ehrgefühl, oder hast du plötzlich religiöse Anwandlungen bekommen?"

„Es trifft weder das eine noch das andere zu", antwortete er grimmigen Gesichtes. „Ich komme zwar langsam zur Vernunft, aber wenigstens tue ich es. Heute Morgen sind mir zwei Dinge in den Sinn gekommen. Zum einen habe ich mir darüber Gedanken gemacht, was geschieht, falls ich deinen Wünschen und zugegebenermaßen auch meinem Verlangen nachgebe und du guter Hoffnung werden solltest ..."

„Oh, Chad!", unterbrach Elinor ihn begeistert. „Das wäre doch wunderbar! Oder befürchtest du, dass ich mich dann von dir abwenden könnte?"

Unwillkürlich lächelte er, krauste jedoch gleich die Stirn und sagte freimütig: „Nein, ich darf dich nicht lieben! Vielleicht habe ich Frau und Kinder. Ich muss wirklich den Verstand mitsamt meinem Gedächtnis verloren haben, weil ich nicht früher daran gedacht habe."

„Ja, und?", erwiderte Elinor und erschrak im Stillen, weil auch sie vor Verlangen zu Chad diese Möglichkeit, dass er gebunden sein könnte, bisher nie berücksichtigt hatte. „Auf mich machst du nicht den Eindruck eines verheirateten Mannes. Aber denkbar ist alles. Vielleicht hast du deine Familie verlassen und bist deshalb im Moor herumgewandert, oder du hast dich jetzt ihrer entsonnen, um mir auf diese Weise zu verstehen zu geben, dass zwischen uns nichts sein kann."

Er schloss die Augen und bemühte sich, wie so oft in den vergangenen Monaten, sich seiner Vergangenheit zu erinnern. Aber nur wenig kam ihm in den Sinn. Er sah Sturmwolken über den Himmel ziehen, Blitze aus den schwarzen Wolken zucken, ein Pferd zusammenbrechen, aufgeregte Soldaten und das verärgerte Gesicht eines alten, ihn verachtenden Mannes. Er hatte das Gefühl zu fallen, und empfand Kummer, Bedauern und Schmerz.

„Nein, ich habe mich nicht meiner Familie entsonnen", entgegnete er beklommen. „Je mehr ich bemüht bin, mich zu erinnern, desto schwerer fällt es mir. Nur hin und wieder, wenn ich nicht darauf gefasst bin, kommt mir eine Kleinigkeit in den Sinn. Ich bin auch nicht davon überzeugt, verheiratet zu sein. Möglicherweise ist das jedoch nur Wunschdenken, weil ich dich liebe. Ich sehne mich danach, endlich die Wahrheit zu kennen."

„Die Wahrheit ist, dass du zurzeit in Campions und mein Sekretär bist, der mir das Leben gerettet hat und den ich, Gott möge mir vergeben, über alle Maßen liebe. Mir ist es gleich, ob du verheiratet bist und zwanzig Kinder hast. Aus Leidenschaft zu dir habe ich den Verstand verloren. Halstead hatte recht. Jede liebende Frau wird leichtfertig. Er hat seine Wette gewonnen, ohne es zu wissen. Vergiss deine Hemmungen, Chad, wie ich die Stimme meines Gewissens ignoriere. Was habe ich davon, Countess zu sein und halb Yorkshire zu besitzen, wenn ich nicht mit dem Mann, den ich liebe, zusammensein kann?"

„Du liebst den falschen", erwiderte Chad rau und ging einen Schritt auf sie zu.

Sie näherte sich ihm und sah an seiner Miene, dass er das, was sie ihm schenken wollte, nicht mehr zurückwies. Sie hatte gewonnen. Dicht vor ihm blieb sie stehen und erbebte, als er ihr Gesicht zwischen die Hände nahm und sie küsste. Es war nicht so wie bei den früheren Gelegenheiten. Der Kuss war hart, fordernd und besitzergreifend. Sie genoss ihn, schlang Chad die Arme um den Nacken und zog ihn noch enger an sich. Sie wollte mit ihm verschmelzen, vollkommen eins mit ihm sein. Sie wusste nicht, wie lange der köstliche Moment dauerte, bis sie plötzlich spürte, dass Chad ihr das Kleid von den Schultern streifte und ihre entblößten Brüste streichelte. Entflammt verlor sie sich in seine Liebkosungen und dachte nur daran, dass sie endlich kurz vor der Erfüllung ihrer Träume stand.

Jäh löste er sich von ihr, schob sie ein Stück von sich fort und murmelte spröde: „Nein, Nell, das dürfen wir nicht tun."

„Nein?", wiederholte sie fassungslos. „Was soll das, Chad? Ich will, dass du mich liebst! Ich befehle es dir! Tu es, jetzt und auf der Stelle!"

„Nein, nicht auf diese Weise", widersprach er leise und versuchte, sich Elinor zu entziehen.

Sie klammerte sich an ihn und fragte bestürzt: „Was meinst du damit? Ich dachte, so würde es gemacht. Gibt es eine andere Möglichkeit? Wenn ja, dann zeige sie mir. Sofort, Chad, sofort!"

Er lachte unterdrückt auf und seufzte dann. „Himmel, Nell, du bringst mich mit Worten und Taten arg in Versuchung! Wir können uns so lieben, wie du es möchtest, aber nicht hier und nicht zwischen Tür und Angel. Ich will dich nicht wie eines der feilen Weiber besitzen, die auf der Straße nach Kunden Ausschau halten. Ich möchte dich auf eine Weise und unter Umständen lieben, die dir und mir gerecht werden."

„Wo, Chad? Wo?", fragte Elinor begierig. „Es gibt keinen Ort, wo wir unter uns sind. Nein, Chad, Ort und Stunde sind jetzt genau richtig."

Sie streichelte ihm die Wange, und er flüsterte eindringlich: „Liebling, mein Herz, Schätzchen, ich will dich! Aber du musst auch imstande sein zu geben, nicht nur zu nehmen. Irgendwie werde ich dafür sorgen, dass wir uns an einem geeigneteren Ort treffen können. Bitte, Nell!“

„Gut, wenn du es so willst, bin ich einverstanden.“ Sekundenlang stand sie reglos vor ihm, überaus zufrieden, sich an ihn schmiegen zu können.

Dann befreite er sich aus ihren Armen, richtete ihr das Kleid und zupfte sich das verrutschte Krawattentuch zurecht. Er hauchte ihr noch einen Kuss auf die Stirn, ging zur Tür und hielt sie ihr auf.

Sie durchquerte die Bibliothek und sagte, bevor sie den Raum verließ: „Bald, Chad! Bald!“

Seit der letzten Begegnung mit Elinor wurde Chad nachts von den furchtbarsten Träumen geplagt. In den Morgenstunden des folgenden Tages war er von dem im nebenan gelegenen Raum nächtigenden Sandby schweißgebadet angetroffen und erschrocken geweckt worden, weil er im Schlaf so laut geschrien hatte. Gleich nach der Ankunft in Campions war er von solchen Albträumen heimgesucht worden, doch in der Folge hatten sie aufgehört. Nun fragte er sich, ob das Treffen mit der Countess of Malplaquet im Bücherkabinett sie wieder ausgelöst hatte.

Ein Punkt überraschte ihn. Er entsann sich, dass er in jenem Traum, ehe er von Mr. Aisgills Stellvertreter munter gemacht worden war, das von Langton benutzte Gewehr in der Hand gehalten hatte. Er hatte weiße Handschuhe getragen und mit einem Offizier geplaudert, als sei er ihm gleichrangig gewesen. Dann hatte das Bild sich im Dunklen verloren, und Chad waren morgens, wie sonst auch, nur noch Bruchstücke des Traumes im Gedächtnis haften geblieben.

Inzwischen hatte er jedoch gelernt, mit diesem Zustand zu leben und sich damit abzufinden, dass er wahrscheinlich nie erfahren würde, wer er wirklich war. Verbissen stürzte er sich in die Arbeit, um möglichst nicht über sich und seine Empfindungen für Lady Malplaquet nachzugrübeln. Ihr zuliebe strengte er sich an, die Gefühle für sie nicht zu zeigen.

Zum Jahreswechsel wurde, wie in Campions üblich, für alle Angestellten eine große Feier veranstaltet. Bei diesem Anlass gehörte der prunkvolle Speisesaal denjenigen, die tagein, tagaus um das Wohl des Besitzes bemüht waren, und nicht nur denen, die von den Einkünften lebten.

In schwarzem Schoßfrack, gestärktem hohem Kragen, plissiertem weißen Hemd und brokatener Weste zu weißen Pantalons, gleichfarbigen Seidenstrümpfen und polierten Schnallenschuhen gesellte Chad sich in der festlich erleuchteten Halle zu den in gleichem Stil gekleideten drei Mitgliedern des Kronrates. Er wusste, dass er einem derartigen Fest noch nie beigewohnt hatte.

Lady Malplaquet plauderte mit Stuart Aisgill und sah überwältigend schön aus. Sie trug eine Ballrobe aus schimmernder weißer Seide und ein herrliches Smaragdcollier mit passenden Ohrringen und Armreifen. Auf dem zu kurzen Locken frisierten kastanienbraunen Haar erstrahlte eine Tiara, und ein schmaler, gleichfalls mit Smaragden verzierter Gürtel umschloss die hochangesetzte Taille. Selbst der hübsch bemalte Fächer stimmte Ton in Ton mit der Farbe der Juwelen überein. Der Anblick verschlug Chad den Atem, und er bemerkte, dass auch alle übrigen Anwesenden von der Ausstrahlung der Countess bezaubert waren.

Als ältester Berater Ihrer Ladyschaft geleitete Mr. Challenor sie zum Tanz auf das Parkett. Nach dem Menuett, sobald der Bibliothekar sie zu ihrem vor einem Fenster auf einem mit Samt verkleideten Podest stehenden Sessel zurückgebracht, sich verneigt und entfernt hatte, raunte sie Chad verschmitzt lächelnd zu: „Wenn ich mit Mr. Henson und Mr. Aisgill getanzt habe, werden Sie mich auf das Parkett führen, und nach Ihnen darf es der Butler. Wir achten sehr auf die gesellschaftliche Reihenfolge.“

Chad schmunzelte und wartete, bis die Countess mit Mr. Aisgill zu ihrem Fauteuil zurückgekommen war. Dann verbeugte er sich, reichte ihr galant den Arm und begab sich auf die Tanzfläche.

Sie vollzogen die Schritte der Gavotte, trennten sich, kamen wieder zusammen, genau wie im Leben, wie Elinor dachte. Sie drehte sie an seiner Hand, und es erschien ihr ganz natürlich, dass sie, mitten auf dem Parkett, einen flüchtigen Moment lang nicht mehr verheimlichte, was sie für Chad empfand.

Stuart, der sich bei Bällen stets langweilte, fand sein Vergnügen darin, die Gesellschaft zu beobachten. Er lehnte sich an eine Säule und schaute den Tänzern mit der gleichen Aufmerksamkeit zu, die er sonst den von ihm betreuten Rossen widmete. Er sah die Countess of Malplaquet sich von Newcome lösen, im Kreis drehen, wieder seine Hand ergreifen, und bemerkte, dass sie sich in sehr vertraulicher Weise anlächelten. Und plötzlich fiel es ihm wie Schuppen von den Augen. Für ihn gab es keinen Zweifel, dass zwischen Ihrer Ladyschaft und dem ehemaligen Reitknecht eine enge Beziehung bestand. Unwillkürlich fragte er sich, wie weit sie schon gediehen sein mochte.

9. KAPITEL

Sechs Wochen nach dem Ball erschien Stuart verspätet zum Frühstück und traf Chad Newcome im Begriff an, den Raum zu verlassen. „Einen Augenblick noch, Newcome", sagte er schroff. „Ich habe mit Ihnen zu reden."

Chad war ein wenig erstaunt über Mr. Aisgills barschen Ton und wunderte sich noch mehr, als der Stallmeister mit ihm in den Hof ging.

Stuart wollte von niemandem belauscht werden, schaute sich argwöhnisch um und sagte dann ernst: „Sie sind unser bester Pferdetrainer, Newcome. Von Mr. Henson habe ich gehört, dass Sie auch ein vorzüglicher Sekretär sind. Sie sollten jedoch stets daran denken, dass Ihre Ladyschaft unser aller Herrin ist. Ich will nicht, dass sie Kummer hat, ganz besonders nicht durch jemandem, dem sie stets nur Freundlichkeit entgegengebrachte. Ich nehme an, Sie haben begriffen, worauf ich hinauswill. Sollte ich Grund zu der Annahme haben, dass Ihre Anwesenheit eine Gefahr für Campions ist, werde ich alle Hebel in Bewegung setzen, um Sie entlassen zu können."

Jäh wurde Chad klar, dass Mr. Aisgill über ihn und Lady Malplaquet Bescheid wusste. Unerklärlich war ihm nur, wie der Stallmeister es erfahren haben konnte. Er war sicher, dass weder er noch Nell sich durch ihr Verhalten verraten hatten. „Ich würde nie etwas tun, dass Mylady oder Campions schaden könnte", erwiderte er in gezwungen ruhigem Ton. „Ihr verdanke ich mein Leben, denn ohne ihre Gutherzigkeit wäre ich gewiss verhungert oder erfroren."

„Heute sind Sie ihr Sekretär", sagte Stuart hart. „Davor waren Sie ihr Reitknecht, und noch früher ein Niemand, den Mr. Outhwaite zerlumpt und halbverhungert im Straßengraben aufgelesen hat. Wenn Sie stets daran denken, wissen Sie, wo Ihr Platz ist."

Chad verneigte sich steif vor dem Stallmeister, der sich bestimmt nur von dem Wunsch hatte leiten lassen, Lady Malplaquet zu beschützen. Er selbst dagegen hätte sie entehrt, wenn er dem Bedürfnis nachgab, sie zu besitzen. Aisgills Warnung war eine neue Barriere, die ihn von der geliebten Frau trennte.

Elinor hatte sich ein elegantes nougatbraunes Tageskleid angezogen und sich in der Annahme in ihr Arbeitszimmer begeben, Chad Newcome dort vorzufinden. Doch nur die Tante war anwesend und mit ihrer Stickerei befasst. „Wo ist Newcome?", erkundigte Elinor sich stirnrunzelnd.

„Er war hier und ist eine Weile später gegangen", antwortete Annabelle gleichmütig. Sie nahm seine Gegenwart längst als etwas Gegebenes, da sich in den Wochen, in denen sie die Anstandsdame spielte, nichts Ungebührliches zwischen der Nichte und dem jungen Mann ereignet hatte.

Elinor setzte sich an den Schreibsekretär und sah ein Couvert vor sich liegen, das Chad mit ihrem Namen versehen hatte. Sie öffnete es, zog das Papier heraus und las: „Ich muss Campions verlassen, Mylady, mit oder ohne Ihre Erlaubnis. Chad Newcome." Sie spürte einen Stich im Herzen und hätte am liebsten aufgeschrien oder getobt. Nie hätte sie erwartet, dass Chad ihr das antun würde. Der Gedanke, ihn zu verlieren und wieder allein zu sein, war unerträglich, vor allem, weil sie dann wissen würde, worauf sie verzichten musste. Sie konnte nie wieder so sein wie vor Chads Ankunft in Campions.

Irgendwo musste er sein, wahrscheinlich in der Bibliothek, oder in Hensons Büro. Sie musste ihn unbedingt sprechen. Hastig stand sie auf und eilte in die Bibliothek. Er war allein und saß, ein Buch in der Hand, auf der Leiter.

Beim Geräusch der sich öffnenden Tür blickte er auf und

sah die Countess mit seinem Brief hereinkommen.

Sie ging zu ihm, fuchtelte ihm mit dem Billett vor der Nase herum und herrschte ihn erzürnt an: „Was hat das zu bedeuten, Chad? Ich verlange eine Erklärung!"

Er verzichtete auf jede Höflichkeit, blieb sitzen und antwortete unbeirrt: „Ich war der Ansicht, mich deutlich genug ausgedrückt zu haben, Nell."

„Ach, wirklich? Stehen Sie auf, Newcome, und zollen Sie mir den nötigen Respekt. Oder haben Sie vergessen, dass ich die Countess of Malplaquet bin?"

„Nein", entgegnete Chad, erhob und verneigte sich achtungsvoll. „Ich bin mir dessen vollauf bewusst. Genau das ist der Grund, warum ich Ihnen den Brief geschrieben habe."

Der Drang, zu schreien und ihrem Zorn Luft zu machen, war kaum noch zu bändigen. „Lassen Sie die Ausflüchte!", erwiderte Elinor brüsk. „Antworten Sie mir auf meine Frage, was das zu bedeuten hat!"

Chad merkte, dass er keine weiteren Winkelzüge machen konnte. „Es wäre nicht recht, wenn ich hierbliebe", sagte er beklommen. „Ihre Ehre darf nicht befleckt werden.

„Ehre!", wiederholte Elinor verächtlich. „Das Wort führen Männer ständig im Munde!"

„Nun, Sie vertreten hier doch die Stelle eines Mannes", erwiderte Chad. „Wären Sie einer, trügen Sie den Titel eines Earl. Als Frau sind Sie durch das Recht der Geburt die Countess of Malplaquet. Also können Sie wie ein Mann entscheiden und dieselben Vorstellungen haben. Doch darum geht es jetzt nicht. Ich werde Campions verlassen, weil … man auf uns aufmerksam geworden ist."

Die Neuigkeit bestürzte Elinor. Sie wurde blass und starrte Chad eine Weile sprachlos an. „Wer ist …", murmelte sie schließlich und hatte plötzlich eine Eingebung. „Aisgill!", fuhr sie betroffen fort. „In den letzten Tagen hat er sich mir gegenüber sehr seltsam benommen. Aber wie in aller Welt konnte er Argwohn schöpfen? Mehr als einen Verdacht kann er nicht haben."

„Ist das von Bedeutung? Mir genügt es, dass er Bescheid weiß."

„Er hat nicht die mindeste Ahnung, denn es gibt nichts, was er wissen könnte!", widersprach Elinor heftig.

„Wie dem auch sei, ich muss fort, und zwar möglichst schnell, damit kein Schatten auf uns fällt, Madam", sagte Chad niedergeschlagen und fügte, da Mr. Challenor nicht im Raum war, leise hinzu: „Nell, andernfalls hätte ich dir den Brief nie geschrieben."

„Wohin willst du denn, Liebster? In den sicheren Hungertod im Moor? Du hast kein Heim, keinen Zufluchtsort, und kennst nicht einmal deinen richtigen Namen. Ich lasse nicht zu, dass du in dein Verderben rennst!"

Nach dem Gespräch mit dem Stallmeister hatte Chad sich angestrengt zu erinnern versucht, wer er sei, doch vergebens. „Ich wäre wirklich ein niederträchtiger Kerl, würde ich die, welche für mich gesorgt und mir ihr Wohlwollen bewiesen haben, dadurch enttäuschen, dass ich ihre Herrin entehre", erwiderte er bitter.

„Du würdest mich nicht entehren, weil ich dir befohlen habe, mich zu lieben!"

Er schloss die Augen, um Nells Gesicht nicht sehen zu müssen. Die Erinnerung an sie würde ihn Zeit seines Lebens nie verlassen.

Sie nahm sein Schweigen für Zustimmung und fuhr eifrig fort: „Außerdem bist du mein Sekretär. Ich bestehe auf einer dreimonatigen Kündigungsfrist und setze voraus, dass du vorher nicht heimlich versuchst, Campions zu verlassen. Solltest du es tun, scheuche ich dir die Hunde nach. Sie werden dich aufspüren, und dann musst du zurückkommen." Erschüttert durch die Vorstellung, Chad zu verlieren, traten Elinor die Tränen in die Augen.

„Nicht weinen", sagte er weich, zog das Taschentuch aus dem Jackett und tupfte ihr die Wangen ab. „Du bist doch sonst so tapfer, Nell."

„Welch schöne Worte von jemandem, der mich meinem Schicksal überlassen will!", jammerte sie. „Mich erwartet eine lieblose Ehe und ein leeres Leben! Ich wäre viel lieber die Tochter eines Tagelöhners und nicht die Countess of Malplaquet, denn dann könnte ich den Mann heiraten, der mir so viel bedeutet. Du darfst nicht gehen, Chad!"

Zutiefst aufgewühlt, schaute er sie an. Er wusste, dass alles, was sie äußerte, ihr aus dem Herzen kam. Aber er sah auch das Gesicht des Stallmeisters vor sich und den Ausdruck der Verachtung in dessen Blick. Es war nicht zu verkennen gewesen, dass Mr. Aisgill glaubte, Chad habe gegen jeden Anstand verstoßen.

„Muss ich mich dem fügen, was Aisgill will?", brauste Elinor schluchzend auf. „Ist er der Herr im Hause?"

„Er hat nur dein und Campions Wohl im Sinn", antwortete Chad besänftigend.

„Campions Wohl!", entrüstete sie sich. „Bedeutet euch, ihm und dir, Campions etwa mehr als dir deine Liebe zu mir? Wenn jede Dame von Stand, die mit einem ihr nicht ebenbürtigen Mann eine Liaison eingegangen ist, so bestraft würde wie ich, würde mindestens die Hälfte aller adligen Frauen mit Leidensmiene herumlaufen."

„Du bist nicht irgendeine Dame von Stand", entgegnete Chad ernst. „Du bist die Countess of Malplaquet und eine tapfere, besonnene Frau."

„Worte, nichts als Worte! Du bist, wer immer du früher gewesen sein magst, ein mutiger, beherzter Mann. Einen Schwächling könnte ich nicht lieben. Ich kann dich nicht zwingen zu bleiben, aber noch gebe ich dir nicht die Erlaubnis, Campions und mir den Rücken zu kehren. Lass mir noch ein wenig Zeit, ehe ich mich ein für alle Mal einem tristen Leben ausgeliefert sehe. Um mehr bitte ich dich nicht!"

Chad wusste nicht, was er sagen solle. Angesichts des Kummers, den er Nell bereitet hatte, zählte nicht einmal sein Ehrgefühl oder die Rücksichtnahme auf sie.

Sie wusste, dass sie ihn auf ihre Seite gezogen hatte. „Bleib noch eine Weile hier", fuhr sie rasch fort. „Mir genügt es, dich in meiner Nähe zu haben. Wir werden vorsichtig sein."

„Gut, ich bin mit einer dreimonatigen Kündigungsfrist einverstanden", willigte Chad ein. Im gleichen Moment war ihm jedoch klar, dass dieser Zeitraum nicht reichen würde, um voneinander Abstand zu gewinnen. Die Gefühle, die ihn und Nell verbanden, waren zu stark.

Innerlich atmete sie auf. Ihr blieben drei Monate, in denen sie mit allen Mitteln versuchen konnte, ihn anderen Sinnes und sich gefügig zu machen.

Chad war im Hippodrom und schulte Rajah, als der Verwalter mit den Rechnungsbüchern und einem Stoß Briefe das Arbeitszimmer betrat. Ehe Elinor sich mit den Unterlagen und der Post befasste, zeigte sie Henson das Billett, durch das Newcome den Dienst quittiert hatte.

„Nanu, was ist denn in ihn gefahren?", wunderte sich John. „Wo will er einen ähnlich angesehenen Posten finden wie hier?"

„Ich war stets der Annahme, dass Sie ihn nicht schätzen?", erwiderte Elinor überrascht.

„Anfänglich mochte ich ihn nicht", gestand John. „Bald habe ich mich jedoch genötigt gesehen, seine Fähigkeiten anzuerkennen, ganz zu schweigen von seiner Ehrlichkeit und der beim Angriff auf Sie bewiesenen Courage. Die Hingabe, mit der er sich seinen Pflichten widmet, ist mustergültig. Ich hätte ihn nicht für so undankbar gehalten, sich nun von allem abzuwenden, was ihm Zuflucht und Geborgenheit gab."

„Es ist nicht Undankbarkeit, die ihn zu diesem Schritt bewogen hat, Mr. Henson."

„Was dann? Hat er das Erinnerungsvermögen zurückgewonnen?"

„Das hatte ich ebenfalls vermutet, doch es trifft nicht zu." Rasch überlegte Elinor, was sie Henson als Begründung für Newcomes Entscheidung nennen könne, und nahm sich vor, Chad diese Erklärung mitzuteilen. „Er will fort, weil er herausbekommen möchte, wer er ist", schwindelte sie und war froh, nicht rot geworden zu sein.

„Nun, das ergibt einen gewissen Sinn", meinte John. „Hoffentlich nimmt er das Vagabundendasein nicht wieder auf. Aber wir sollten uns bemühen, ihn zum Bleiben zu bewegen. Es wäre schade, wenn Campions auch auf ihn verzichten müsste, nachdem bereits Mr. Payne ausgefallen ist."

Der halbgelähmte frühere Sekretär war bettlägerig und würde nie mehr imstande sein, sein Zimmer zu verlassen. Wie viele andere altgediente Domestiken würde auch er, wohlversorgt von der Herrschaft, in seiner Kammer den letzten Atemzug tun.

Elinor machte den ersten Brief auf, las ihn und reichte ihn dem an Newcomes Bureau sitzenden Verwalter. Dann öffnete sie das nächste Couvert und nahm den Inhalt zur Kenntnis.

John sah, dass das ihm ausgehändigte Schreiben von Lord Halsteads Bevollmächtigtem in Glen Ruadh kam, der in Beantwortung der Anfrage aus Campions mitteilte, er könne sich nicht zu dem Gewehr äußern, da Seine Lordschaft nicht in Schottland weile und man keine Nachricht von ihm erhalten habe. Mr. MacDougal empfahl, sich an Lord Halstead unter dessen Londoner Adresse zu wenden.

„Wieder eine Sackgasse", sagte John enttäuscht und gab der Countess of Malplaquet den Brief zurück. „Wo, zum Teufel, mag der Viscount sein? Außerdem wird es Zeit, dass der Konstabler uns wieder über die Ergebnisse seiner letzten Nachforschungen informiert."

„Er hat mir brieflich mitgeteilt, dass er wahrscheinlich morgen zu uns kommt. Er habe zwar wenig Neues zu berichten, möchte jedoch mit uns sprechen."

„Heute ist kein sehr zufriedenstellender Tag, wie mir scheint", brummte John. „Erst kündigt Newcome; dann erfahren wir, dass Lord Halstead verschwunden ist, und Jackson weiß offenbar wieder einmal nicht weiter."

Ungeachtet ihres Kummers erwiderte Elinor heiter: „Die Welt geht vor die Hunde. So war es stets, und so wird es immer sein." Wenn diese Bemerkung dem Verwalter kein Trost war, warum sollte sie selbst sich davon getröstet fühlen?

Wie angedeutet, traf der Konstabler am nächsten Nachmittag in Campions ein und wurde von der Countess of Malplaquet, ihren drei Beratern und dem Sekretär im Arbeitszimmer empfangen.

„Ich habe keine neuen Erkenntnisse", gestand er. „Indes bin ich mir anhand meiner bisherigen Untersuchungen sicher, dass Ihr Vetter, Mylady, der Anstifter des Mordanschlages ist. Leider habe ich für diese Behauptung nicht den geringsten Beweis. Ich werde jedoch bald nach Bradford fahren, wo einer von Langtons Kumpanen gehängt werden soll. Angesichts des bevorstehenden Todes wird er mir hoffentlich etwas mehr über den Anführer der Bande erzählen und Licht in die Sache bringen, wie das Gewehr in Langtons Hände gelangt ist. Außerdem werde ich in Bradford meine Nachforschungen fortsetzen. Ich habe einen Ring von Spitzeln in der Gegend, die mir in Zukunft von Nutzen sein werden, falls sie nicht bereits schon jetzt Informationen für mich bereithalten."

„Und mehr gedenken Sie nicht zu unternehmen?", fragte John ungehalten. Der Angriff auf Lady Malplaquet hatte sein Weltbild ins Wanken gebracht, weil er ein überaus zivilisierter, ordnungsliebender Mensch war.

Cully Jackson ging nicht auf den Einwurf ein. Er war solche Reaktionen gewohnt. „Von Bradford werde ich erneut nach London reisen", fuhr er gleichmütig fort, „und mich bemühen, eine zu Lord Halstead führende Spur zu entdecken. Er muss sich wenigstens einmal in der Umgebung aufgehalten haben, ist aber offensichtlich wieder abgereist. Vielleicht ist inzwischen in Clermont House bekannt, wo er sich im Moment befindet. Und sollte auch dieser Besuch mir nicht weiterhelfen, bin ich mit meinem Latein zu Ende."

„Heute Nacht sind Sie mein Gast", sagte Elinor entschlossen. „Ich bestehe darauf und werde der Haushälterin die entsprechenden Anweisungen geben."

„Danke, Madam", erwiderte Cully und verneigte sich. „Wenn Sie gestatten, würde ich gern noch einmal mit Mr. Newcome reden."

Alle Anwesenden starrten ihn verblüfft an.

„Oh, ich habe Mr. Newcome nicht in Verdacht", erklärte er rasch. „Ich meine indes, dass er möglicherweise mehr weiß, als er selbst glaubt. Er ist der einzige, der den Überfall miterlebt hat, und Zeugen fällt manchmal erst sehr viel später noch die eine oder andere Einzelheit ein."

„Ich danke Ihnen für Ihre bisherigen Bemühungen, Mr. Jackson", sagte Elinor und erhob sich. „Ehe Sie morgen Campions verlassen, möchte ich nach dem Frühstück noch mit Ihnen unter vier Augen sprechen, hier in meinem Arbeitszimmer."

„Selbstverständlich, Madam", willigte Cully ein und registrierte verwundert, dass keiner der Herren über den Wunsch der Countess Erstaunen zeigte. Er wandte sich an Chad: „Unser Gespräch, Mr. Newcome, möchte ich in der Reitschule führen. Bislang war es nur das beim Rennen gesetzte Geld, das mich mit Pferden verband, doch nun bin ich sehr daran interessiert, das Training mitzuerleben. So weit ich weiß, schulen Sie doch die hier gezüchteten Tiere, nicht wahr?“

„Ja“, bestätigte Stuart. „Ich habe nichts dagegen, dass Sie Mr. Newcome auf Rajah beobachten. Das ist wirklich ein prächtiger Anblick.“ Seit er von der Kündigung des Reitknechtes gehört hatte, war ihm sehr viel wohler ums Herz.

Elinor verabschiedete die Herren, und Mr. Jackson begleitete den Stallmeister und Mr. Newcome in das Hippodrom.

Chad ging sich umziehen, machte mit dem Rappen die notwendigen Übungen und beendete nach einer Stunde die Dressur. Er saß ab, übergab den nervösen Hengst zwei Stallburschen und schlenderte zu dem Konstabler.

Während der Vorführung war Cully von Mr. Newcome fasziniert gewesen, der dem Ross mit einer ihm bestimmt nicht bewussten herrischen, befehlsgewohnten Selbstsicherheit seinen Willen aufgezwungen hatte. „Ich möchte noch einige das Gewehr betreffende Punkte klären“, sagte er, sobald Chad bei ihm war.

Chad beantwortete die ihm gestellten, harmlos klingenden Fragen, hatte im Stillen jedoch den Eindruck, dass der Gendarm etwas ganz anderes bezweckte. Aber er hielt es für geraten, Mr. Jackson nicht gegen sich einzunehmen. Nach einer Weile fiel ihm auf, dass er und der Konstabler sich allein in der Reithalle befanden.

„Und mehr ist Ihnen nicht erinnerlich?“ Cully furchte die Stirn. „Wissen Sie genau, dass Sie dem Attentäter nicht schon früher einmal begegnet sind?“

Chad versteifte sich, schaute Mr. Jackson verärgert an und erkundigte sich unwirsch: „Soll das eine Andeutung sein, ich sei in irgendeiner Weise in den Anschlag auf Ihre Ladyschaft verwickelt?"

„Nein", sagte Cully ruhig. „Ich zweifle nicht an Ihrer Ehrlichkeit. Lady Malplaquet hat mir erzählt, es sei ihre Entscheidung gewesen, zum ‚Thron Gottes' zu reiten, und dass Sie sich sehr dagegen gesträubt haben. Doch jedes Mal, wenn ich mich mit dem Gewehr befasse, kann ich mich eines merkwürdigen Gefühls nicht erwehren."

„Was wollen Sie damit zum Ausdruck bringen?"

„Nun, dass Sie und die Flinte in irgendeinem Zusammenhang stehen", antwortete Cully gelassen. „Im Laufe der Jahre habe ich gelernt, solche Gefühle nicht zu missachten. Und weil ich mich nicht ausschließlich auf logische Schlussfolgerungen verlasse, habe ich bei der Bekämpfung von Verbrechen großen Erfolg."

„Ich kann und will Ihnen nicht widersprechen", erwiderte Chad und entspannte sich. „Auch ich vertrete den Standpunkt, dass Intuition manchmal sehr hilfreich ist."

„Verlassen Sie Campions nach Ablauf der Kündigungsfrist?"

„Ja."

„Ich lege Wert darauf, dass Sie mir mitteilen, wann Sie abreisen und wohin Sie sich begeben", sagte Cully in bestimmendem Ton und fügte dreist hinzu: „Ich bin überzeugt, Sie ziehen nur Lady Malplaquets wegen fort."

Im Nu hatte Chad den Konstabler beim Kragen gefasst, schüttelte ihn heftig und herrschte ihn wütend an: „Wagen Sie nicht, das einem Dritten gegenüber zu äußern, Mr. Jackson! Es geht Sie überhaupt nichts an, warum ich Campions verlasse!" Er gab dem Gendarmen einen leichten Stoß und ließ die Hände sinken.

„Ich habe den Nagel auf den Kopf getroffen", stellte Cully leise lachend fest. „Was wollen Sie früher gewesen sein? Ein

Kavallerist? Diener bei irgendeiner Herrschaft? Nein, das glaube ich nicht.“ Es amüsierte ihn zu sehen, dass Mr. Newcome jetzt jäh die Farbe verlor.

„Was, zum Teufel, wollen Sie mir damit zu verstehen geben?“, fragte Chad zornig.

„Denken Sie darüber nach, Mr. Newcome, wann immer Sie die Muße dazu haben. Vielleicht hilft es Ihnen, das Erinnerungsvermögen zurückzugewinnen und herauszufinden, weshalb Sie bewusst Ihre Vergangenheit verdrängen. Nein, lassen Sie die Hände, wo sie sind! Ich habe nicht den Eindruck, dass Sie die Leute absichtlich getäuscht haben. Aber Sie sollten sich fragen, warum Sie sich innerlich dagegen sträuben, sich Ihre wahre Identität einzugestehen. Sie sind ein Mann von ausgeprägtem Selbstwertgefühl. Das ist unübersehbar.“ Schmunzelnd nickte Cully Mr. Newcome zu und verließ die Reithalle.

Elinor hatte überlegt, wie sie dem Konstabler ihr Ansinnen nahebringen solle. Als er sie nach dem Frühstück in ihrem Arbeitszimmer aufsuchte, kam sie zu der Erkenntnis, es sei besser, keine Umschweife zu machen und gleich zum Kern der Sache zu kommen. Sobald er sie begrüßt und ihr einen guten Morgen gewünscht hatte, sagte sie entschlossen: „Ich habe eine Aufgabe für Sie, Mr. Jackson. Es ist Ihnen bekannt, dass Mr. Newcome in absehbarer Zeit Campions verlassen wird. Da er das Gedächtnis verloren hat, befürchte ich, dass er in Schwierigkeiten geraten könnte. Ich beauftrage Sie daher, ausfindig zu machen, woher er kam, bevor er halbverhungert und verletzt im Moor aufgefunden und hergebracht wurde. Diese Auskünfte können Sie einholen, wenn Sie anlässlich der Ermittlungen über das auf mich verübte Attentat in London sind.“

„Selbstverständlich, Madam“, erwiderte Cully reglosen Gesichtes. „Ich werde Ihrem Wunsch entsprechen.“

„Ich gebe Ihnen diese Anweisung ohne Mr. Newcomes Wissen, wie ich betonen möchte, und erwarte, dass er nichts davon erfährt.“

„Natürlich nicht, Madam!“, sagte Cully verständnisvoll. „Ich werde Sie in vollem Umfang über das Ergebnis meiner Erkundigungen informieren, was immer sie erbringen sollten.“

„Das erwarte ich von Ihnen“, erwiderte Elinor ernst.

Jackson verabschiedete sich und verließ das Arbeitszimmer. Er begriff sehr gut, warum Mr. Newcome und alle anderen Bediensteten die Countess of Malplaquet gern hatten, und nahm sich vor, unter allen Umständen denjenigen aufzuspüren und dingfest zu machen, der ihr nach dem Leben trachtete.

Elinor kam sich vor, als habe sie Chad durch den Jackson erteilten Auftrag hintergangen. Ihr bangte ein wenig davor, was der Konstabler herausbekommen würde. Aber im Krieg und in der Liebe waren alle Mittel gerechtfertigt, und nur Gott und sie selbst wussten, wie sehr sie Chad Newcome liebte.

10. KAPITEL

Guy konnte sich nicht entsinnen, wann er sich zum ersten Male ernstlich Sorgen um den Bruder gemacht hatte, seit Charles nach Schottland abgereist war. Mittlerweile wunderte es ihn jedoch, dass er bisher immer noch nichts von ihm gehört hatte. Ehe Charles in die Kutsche stieg, hatte er ihm versprochen, sich brieflich bei ihm zu melden, zwar nicht umgehend, doch zumindest dann, wenn er in Glen Ruadh heimisch geworden war.

Inzwischen war viel Zeit vergangen, ohne dass Guy ein Schreiben von Charles' Hand erhalten hatte. Selbst wenn er anfänglich über das Schweigen des Bruders nicht sonderlich erstaunt gewesen war, hatte er sich doch zu fragen begonnen, warum auch in der Folge keine Nachricht eintraf. Gewiss, Charles war durch den endgültigen Bruch mit dem Vater sehr verletzt gewesen, musste die Enttäuschung indes längst verwunden haben. Außerdem wusste er, wie sehr der jüngere Bruder an ihm hing. Natürlich war es vorstellbar, dass Charles alle Brücken hinter sich abgebrochen hatte und auch ihn, Guy, in seine Abneigung einbezog. Guy fiel es indes sehr schwer zu glauben, dass Charles auch von ihm nichts mehr wissen wollte.

Gegen Jahresende war seine Unruhe so groß geworden, dass er von sich aus an Charles geschrieben hatte. Seltsamerweise hatte er keine Antwort erhalten. Er schickte einen weiteren Brief nach Glen Ruadh, der gleichfalls unbeantwortet blieb. Verzweifelt hatte er einen dritten Versuch unternommen und Charles wissen lassen, sein Verhältnis zu ihm sei ungebrochen.

An einem stürmischen Märztag war endlich ein Schreiben des schottischen Verwalters abgegeben worden, aus dem hervorging, es seien so viele Briefe für Seine Lordschaft angekommen, dass er sich schließlich genötigt gesehen hatte, sie zu öffnen. MacDougal hatte weiterhin geschrieben, dass Lord Halstead bisher nicht in Glen Ruadh gewesen sei.

Der Brief war volle zwei Monate unterwegs gewesen. Ein zweiter, den MacDougal vor zwei Wochen abgeschickt hatte, war an diesem Tag in Guys Hände gelangt. Der Verwalter berichtete, Seine Lordschaft weile nach wie vor nicht in Glen Ruadh, und ersuchte um Rat, wie er sich hinsichtlich der Angelegenheiten des Viscount verhalten solle.

Guy starrte auf die Zeilen und spürte das Blut aus den Wangen weichen. Es war jetzt fast ein halbes Jahr seit Charles' überstürzter Abreise vergangen, und niemand hatte in dieser Zeit ein Lebenszeichen von ihm erhalten. Schon früher hatte Guy sich mit Freunden des Bruders in Verbindung gesetzt, doch auch ihnen war nichts über den Aufenthaltsort Seiner Lordschaft bekannt. Jeder war verwundert gewesen, dass man ihn nicht mehr an den von ihm besuchten Orten gesehen oder zumindest etwas von ihm gehört hatte.

Guy holte MacDougals ersten Brief, ging mit den beiden Schreiben zu seinem Vater in dessen Arbeitszimmer und legte sie auf das Bureau. Bestürzt schilderte er dem ihm mit verschlossener Miene lauschenden Vater, was der schottische Verwalter ihm mitgeteilt hatte, und fügte zum Schluss hinzu: „Ich möchte vorschlagen, nach Charles suchen zu lassen. Es ist indes besser, wenn du die Initiative ergreifst."

George Shadwell, Earl of Clermont, senkte den Blick auf die vor ihm liegenden Briefe und erwiderte kalt: „Die Dinge haben eine Entwicklung genommen, auf die ich nie zu hoffen gewagt hätte. Umso besser, wenn dein Bruder auf Nimmerwiedersehen verschwunden ist! Wenn die notwendigen Formalitäten erledigt sind, bist du mein Erbe."

Guy hatte dem Vater immer Gehorsam bewiesen, doch nun ging das Temperament mit ihm durch. „Nein!", widersprach er heftig. „So darfst du nicht reden, Vater! Du hast Charles stets Unrecht getan. Er ist ein guter, anständiger und ehrlicher Mensch, wie alle Welt weiß, abgesehen von dir. Was hast du eigentlich gegen ihn einzuwenden? Selbst Wellington …“

„Du langweilst mich“, unterbrach George scharf.

„Ich langweile dich?“, wiederholte Guy entgeistert. „Es wird höchste Zeit, dass du die Wahrheit über Charles erfährst, und vor allem über Frederick. Charles hat mir verboten, dir etwas zu erzählen, doch da wir befürchten müssen, dass er tot ist, fühle ich mich nicht mehr an mein Wort gebunden. Du musst endlich wissen, was für ein Mensch Frederick war und was Charles getan hat, um die Familienehre zu schützen und dir jeden Kummer zu ersparen.“

Erstaunt schaute George den jüngsten Sohn an, stand auf und forderte hart: „Drück dich deutlicher aus, oder es ergeht dir nicht anders als Charles!“

Guy war unfähig, sich länger zu beherrschen. „Enterbe mich, wenn du willst!“, erwiderte er zornig. „Ich sage dir trotzdem, dass Frederick nicht durch einen Unfall umgekommen ist, wie du und die Öffentlichkeit glauben. Er hat Selbstmord begangen, indem er sich einen Kugel in …“

Guy versagte die Stimme. Er schluckte, holte tief Luft und fuhr beklommen fort: „Frederick hatte nie etwas für Frauen übrig. Er interessierte sich nur für junge Männer und besuchte zu diesem Zweck gewisse Häuser, wo er seinesgleichen traf. Charles wusste es; ich hingegen hatte keine Ahnung, bis ich zufällig eines Tages eine Unterhaltung zwischen ihm und Frederick mitbekam, die kurz vor dessen Tod stattfand. Frederick war seit Jahren erpresst worden, und man hatte ihm gedroht, ihn bloßzustellen, sollte er die Zahlung der horrenden Summen einstellen. Er war nur imstande gewesen, sie aufzubringen, weil er heimlich viel Geld aus unseren Einkünften veruntreut hatte. Nun war der Besitz ausgeblutet, und Frederick wusste nicht mehr ein noch aus. Angesichts des drohenden Ruins und der gesellschaftlichen Ächtung erschoss er sich und hinterließ dir einen Brief, in dem er die Gründe für seinen Schritt erläuterte."

„Diesen Brief habe ich nie bekommen", warf George überrascht ein.

„Nein, denn Charles hatte ihn in Pinfold, wo er sich nach der in Spanien erlittenen Verwundung erholte, auf dem Tisch neben der Leiche unseres Bruders gefunden. Ihm war klar, dass du am Geständnis deines Lieblingssohnes zerbrechen würdest und unser Name unrettbar besudelt sein musste. Er rief mich, und da du an jenem Wochenende in Broadland weiltest, beschlossen wir, dir die wahren Gründe für Fredericks Selbstmord zu verheimlichen und seinen Tod als Unfall hinzustellen. Und das ist uns überzeugend gelungen."

„Wie kann ich sicher sein, dass diese abscheuliche Geschichte tatsächlich der Wahrheit entspricht?", fragte George.

Guy sah ihm in das fahl gewordene, eingefallen wirkende Gesicht und antwortete kühl: „Nun, Green weiß, dass Frederick Gelder in die eigene Tasche abgezweigt hat. Vielleicht ahnt er sogar den Grund. Doch noch habe ich dir nicht alles berichtet. Charles war der Annahme, ich hätte Fredericks Brief, den ich verbrennen sollte, vernichtet. Ich erinnere mich nicht, was mich bewogen hat, das nicht zu tun, denn immerhin war ich damals erst vierzehn Jahre alt. Möglicherweise war es der Gedanke, die Wahrheit dürfe nicht restlos unter den Teppich gekehrt werden. Ich habe das Schreiben im Couvert gegen ein leeres Blatt Papier ausgetauscht, und diesen Umschlag hat Charles dann ins Kaminfeuer geworfen. Er hat nie erfahren, was ich getan habe. Fredericks Zeilen sind noch immer in meinem Besitz. Ich werde sie dir zu lesen geben."

Zutiefst erschüttert, setzte George sich wieder, nicht imstande, etwas zu äußern.

Guy bemerkte, dass der Vater innerlich zerbrochen war. Obgleich er das alles für Charles tat, empfand er keine Genugtuung, dass der Vater seelisch litt. „Nun begreifst du hoffentlich, wie gern Charles dich stets hatte“, fuhr er eindringlich fort. „Dir zuliebe hat er dich vor einem großen Schock bewahrt und dafür gesorgt, dass unser Name nicht durch den Schmutz gezogen wurde. Er hat auch den Erpresser zum Schweigen gebracht. Wie, kann ich dir nicht sagen. Tatkräftig hat er sich dann darum gekümmert, dass der von Frederick so gut wie abgewirtschaftete Besitz wieder ertragreich wurde. All das macht dir gewiss deutlich, wie unbegründet und ungerecht es war, ihm Frederick vorzuziehen. Und nun ist er vermutlich in dem Bewusstsein gestorben, dass du ihn Zeit seines Lebens nicht gemocht hast.“

„Ich glaube, was du mir erzählt hast“, murmelte der Earl niedergeschmettert. „Dennoch möchte ich Fredericks Brief lesen.“ Er verbarg das Gesicht zwischen den Händen und fühlte sich unversehens um Jahre gealtert. Traurig dachte er daran, dass seine Wertschätzung für Frederick auf falschen Voraussetzungen beruht hatte, aber ebenso die für Charles empfundene Abneigung. Und nun hatte er beide Söhne verloren. Langsam hob er den Kopf und fragte leise: „Habe ich dich richtig verstanden, Guy, dass Charles nach Glen Ruadh gereist, dort jedoch nie angekommen ist? Und dass niemand etwas von ihm gehört hat, seit er London verließ?“

„Ja“, bestätigte Guy in gepresstem Ton. Er hatte immer geahnt, dass er dem Vater eines Tages alles enthüllen würde, doch nicht voraussehen können, unter welch tragischen Umständen es geschah. Und nun war ihm nicht mehr nach weiteren Worten zumute.

„Ich muss mit mir ins reine kommen“, flüsterte George bedrückt. „Es wird eine Weile dauern, bis ich alles verkraftet habe. Aber ich werde tun, was du von mir verlangt hast, und nach Charles suchen lassen. Hat er damals wirklich aus Rücksicht auf mich so gehandelt?"

„Ja", wiederholte Guy fest. „Er wollte jeden Skandal vermeiden. Es hätte schreckliches Aufsehen erregt, wäre Frederick von jemand anderem gefunden worden. Charles ist der Mensch, als den ich ihn dir beschrieben habe. Du hast es nur nie gesehen, weil dein Sinnen und Trachten immer nur Frederick galt. Charles hatte sich damit abgefunden, auch wenn es ihn schmerzte."

„Mir scheint, ich habe keinen von meinen drei Söhnen je richtig gekannt und seine Fähigkeiten zu würdigen gewusst", erwiderte George bekümmert. „Für dein damaliges Alter hast du, als du Fredericks Brief aufhobst, viel Weitblick und Umsicht bewiesen. Bring mir das Schreiben und lass mich dann allein. Nun können wir nur hoffen, dass durch eine glückliche Fügung des Schicksals Charles noch am Leben ist. Für mich wäre es die größte Strafe, ihn nie wiedersehen und die verlorenen Jahre an ihm gutmachen zu können."

Elinor hatte vorgegeben, in York Einkäufe erledigen zu müssen, war in die Stadt gefahren und hatte einen Anwalt aufgesucht. Nach der Rückkehr am Abend wies sie die Haushälterin an, Mr. Bancroft ein Gästezimmer herzurichten, und zog sich dann unverzüglich unter dem Vorwand in ihre Räume zurück, Kopfschmerzen zu haben. Sie wollte zum jetzigen Zeitpunkt mit niemandem sprechen, ließ dem Verwalter jedoch durch die Zofe ausrichten, sie wünsche ihre Berater und den Sekretär am nächsten Morgen um zehn Uhr in ihrem Arbeitszimmer zu sehen.

Vor Aufregung fand sie zunächst keinen Schlaf und grübelte darüber nach, wie die Herren reagieren würden, wenn sie die Neuigkeit erfahren hatten. Wie würde Chad sich verhalten? Entweder er küsste sie, oder er brachte sie um.

Nach einer Weile schlummerte sie ein und sah morgens, als sie die Lider aufschlug, die Sonne durch die Vorhänge scheinen. Sie stand auf, öffnete die Fenster und atmete tief die frische Frühlingsluft ein. Vergnügt machte sie dann Morgentoilette, wählte mit Bedacht ein dunkelgrünes Samtkleid, dessen tiefangesetztes Dekolleté von einem hauchzarten, spitzengesäumten Mouchoir bedeckt war, und ließ sich von der Zofe ankleiden.

Zu erregt, um frühstücken zu können, begab sie sich gleich in ihr Arbeitszimmer. Als die Tante sich erkundigte, ob sie benötigt würde, erklärte sie ihr, bei der anstehenden Besprechung sei ihre Anwesenheit nicht erforderlich und sie möge bitte im Türkischen Salon warten. Mr. Bancroft, der ihr nur wenige Minuten später die Aufwartung machte, schickte sie mit der Bemerkung in das Vorzimmer, sie werde ihn rufen lassen, sobald sie seiner bedurfte. Dann legte sie die mitgebrachten Dokumente auf dem Schreibtisch zurecht und harrte ihrer Berater.

Sie erschienen pünktlich auf die Minute und wirkten alle sehr ernst, als hätten sie den Anlass dieses Treffens geahnt.

Morgens war Chad bei einem Blick in den Spiegel plötzlich eingefallen, dass er sich schon einmal in einem ähnlichen betrachtet hatte. Allerdings hatten die obere Mitte des vergoldeten Rahmens zwei Adler mit ausgebreiteten Schwingen gekrönt. Damals hatte er sich das Cachenez gebunden und zu jemandem, den er nicht erkennen konnte, gesagt: „Es sieht wie ein Wasserfall aus.“ Solche Erinnerungsfetzen irritierten ihn, denn sie waren vollkommen zusammenhanglos, überfielen ihn jäh und brachen ebenso abrupt ab. Diesmal hatte es ihn besonders verwirrt, da er sich seiner einer prachtvollen Umgebung entsonnen hatte und sich nicht erklären konnte, wie das möglich war.

„Mit Verlaub, Mylady, heute ist nicht unser üblicher Beratungstag“, wandte John Henson sich in leicht vorwurfsvollem Ton an sie.

„Ich weiß“, erwiderte sie lächelnd. „Aber heute wird für niemanden ein gewöhnlicher Tag sein. Ich habe Sie zu mir gebeten, um Ihnen mitzuteilen, dass ich den mir so häufig erteilten Rat nunmehr befolgen werde.“

Da die Countess of Malplaquet innegehalten hatte und schwieg, fragte John: „Und auf was beziehen Sie sich, Madam?“

„Oh, seit ich die Herrin von Campions bin, gab es nur einen Punkt, in dem Sie alle einmütiger Meinung waren.“ Sie machte erneut eine Pause, damit die nachfolgenden Worte besonders wirkten und jeden wie einen Schlag trafen. „Ich habe mich entschlossen zu heiraten“, fuhr sie nach einem Moment fort und merkte, dass Chads Miene sich von einer Sekunde zur anderen veränderte. Bestimmt nahm er an, dass er sie nun verloren hatte. Es war nicht verwunderlich, wenn er glaubte, sie sei nach York gefahren, um mit irgendjemandem eine Vernunftehe abzusprechen, nur um der Versuchung zu widerstehen, der sie beide sich ausgesetzt sahen. Im Stillen musste sie bei diesem Gedanken lächeln.

John nahm für sich in Anspruch, für die anderen zu reden, und sagte daher: „In unserer aller Namen entbiete ich Ihnen, Madam, die herzlichsten Glückwünsche. Wir begrüßen Ihre an sich längst überfällige Entscheidung und gehen davon aus, dass bald der eine oder andere Bewerber um Ihre Hand hier zu Gast sein wird.“

„Nein, Sie irren sich“, entgegnete Elinor schmunzelnd. Sie fand die Sache erheiternd, auch wenn für Chad nichts Belustigendes daran war. „Ich habe bereits beschlossen, wen ich zum Gatten nehme.“

„Hoffentlich nicht doch Ihren Cousin, Madam“, warf Stuart unbehaglich ein und spürte, dass die Röte ihm ins Gesicht stieg. „Nicht nach allem, was der Konstabler uns über ihn berichtet hat. So unklug können Sie nicht sein!"

„Nein, Ulric ist nicht der Mann meines Herzens", sagte Elinor beschwichtigend. „Ihn würde ich Campions und Ihnen allen nie und nimmer aufdrängen. Es ist auch niemand, den ich in York kennengelernt habe. Es trifft jedoch zu, dass ich zur Vorbereitung meiner Eheschließung in der Stadt war." Sie hielt inne, schaute die Herren der Reihe nach an und ließ zum Schluss den Blick auf Chad verweilen. Er hielt ihm stand, sodass sie sekundenlang das Gefühl hatte, mit ihm im Raum allein zu sein.

„Ich habe das Recht", fuhr sie ruhig fort, „mir den Gemahl selbst zu bestimmen, da ich dem Gesetz nach in derselben Position bin, wie ein Earl of Malplaquet es wäre. Folglich steht es mir zu, eine mir gefällige Ehe einzugehen, die auch für Campions zum Wohl ist, und wie ein Mann meinem Auserwählten einen Heiratsantrag zu machen. Ich habe entschieden, dass ich im Hinblick auf die für diesen Herrn empfundene Zuneigung, angesichts seiner Fähigkeiten und der in Erfüllung seiner Pflichten bewiesenen Hingabe den richtigen Schritt tue, wenn ich jetzt Mr. Chad Newcome bitte, mein Gemahl zu werden. Daher halte ich offiziell um Ihre Hand an, Mr. Newcome."

Er war so bleich geworden, dass jeder sah, wie sehr die Ankündigung Ihrer Ladyschaft ihn überrascht hatte. Er murmelte etwas Unverständliches, ging zum Fenster und starrte hinaus. Niemandem entging, dass er innerlich zutiefst aufgewühlt war und sich um Haltung bemühte. Nachdem die Herren sich von der ersten Verblüffung erholt hatten, wandten sie sich wieder Lady Malplaquet zu und sprachen gleichzeitig auf sie ein.

Sie ignorierte sie, schlenderte um den Schreibtisch und blieb hinter Chad stehen. Jäh verstummten ihre Berater, und in die Stille sagte sie: „Sie selbst haben mich darauf hingewiesen, Sir, dass ich hier den Platz des Earl einnehme. Ich bitte Sie, diesen Umstand anzuerkennen, mich anzusehen und mir Ihre Antwort auf meinen Antrag zu geben."

Chad hörte die drei Männer hinter sich murmeln und gewann langsam die Fassung zurück. Nun war ihm klar, dass seine Bemerkung, Nell habe in Campions die gleiche Macht wie ein Earl, sie zu ihrem Entschluss veranlasst hatte. Er hielt es für ratsamer, sich nicht zu ihr umzudrehen, denn durch die Art, wie sie um ihn angehalten hatte, war er in eine nachteilige Situation geraten und musste darauf achten, das Gleichgewicht wiederherzustellen.

„Gestatten Sie mir, Ihnen einen Rat zu geben?", fragte John bestürzt.

„Nein, das gestatte ich Ihnen nicht", antwortete Elinor kühl. „Ich bin hier Countess und Earl zugleich und harre Mr. Newcomes Antwort."

Chad regte sich nicht.

Sein Schweigen beunruhigte sie. „Da Sie keine Familie haben, Sir, die Ihnen beratend zur Seite stehen könnte", sagte sie nervös, „desgleichen keinen Anwalt, erlaube ich mir, Sie darauf hinzuweisen, dass die in York ausgestellte Sonderlizenz für die Trauung, sollten Sie meinen Antrag akzeptieren, auf meinem Schreibtisch liegt. Außerdem habe ich den Ehevertrag zur Unterzeichnung vorbereiten lassen. Er enthält Bedingungen, die ich jedem Mann einräumen würde, sei er nun aus einfachen Verhältnissen oder von adliger Geburt. Da ein Earl seine Verlobung mit einer Dame mittels eines Ringes besiegelt hätte, habe ich zu diesem Zweck den meines Großvaters für Sie bereitgelegt."

Nun hielt Chad es für angebracht, sich Nell zuzuwenden. Mit steinerner Miene erwiderte er in hartem Ton: „Sie erweisen mir auf eine Art, die nicht den üblichen Gepflogenheiten entspricht, die höchste Ehre, die einem Mann von einer

Dame erwiesen werden kann. Sind Sie sicher, dass Sie sich mir vermählen wollen, einem armseligen Niemand, den man zerlumpt und halbnackt im Moor aufgefunden hat? Wissen Sie in aller Klarheit, was Sie mir anbieten?"

„Ja", antwortete Elinor fest, zuckte innerlich jedoch zusammen, denn unvermittelt hatte sie einen sehr veränderten Mann vor sich. „Ich biete Ihnen mich und die treuhänderische Administration meiner Güter, die wir gemeinsam verwalten werden. Das ist eine der im Ehevertrag enthaltenen Klauseln."

Diese Ankündigung verschlug den drei Beratern erneut die Sprache, und es dauerte einen Moment, bis Stuart entrüstet äußern konnte: „Madam, das kann ich nicht unwidersprochen hinnehmen."

„Sie werden es müssen, Mr. Aisgill", entgegnete Elinor, ohne sich zu ihm umzudrehen. „Denn ich bin Herr meines Besitzes wie ein Earl, und meinem Großvater hätten Sie sich nie zu widersetzen gewagt. Im Übrigen habe ich Sie nicht um Ihre Meinung gebeten!"

Stuart konnte und wollte sich nicht den Mund verbieten lassen. „Vielleicht hat Mr. Newcome Frau und Kinder", erwiderte er unbeirrt. „Er weiß ja nicht einmal, wer er ist. Er ist ein namenloser Niemand."

„Was den ersten Punkt Ihres Einwandes betrifft, so bin ich nicht davon überzeugt, dass Mr. Newcome Familie hat. Und was den namenlosen Niemand angeht, so bin ich, sollte Mr. Newcome es wünschen, gern bereit, ihm meinen Familiennamen zu übertragen."

„Nein!", sagte Chad mit allem Nachdruck. „Sollte ich Ihr Gatte werden, Madam, werden Sie meinen Namen annehmen. Sie tragen den Titel der Countess aus eigenem Recht, gewiss und werden ihn immer führen, aber dennoch wären Sie meine Gemahlin. Ich bin nicht gewillt, hintanzustehen, sondern bestehe darauf, gleichwertig zu sein. Im Übrigen möchte ich betonen, dass Sie, Madam, Ihre Entscheidung aus freien Stücken und ohne mein Wissen getroffen haben. Diese Gentlemen", fügte Chad mit arroganter Geste auf die drei Berater hinzu, „müssen mich akzeptieren und die Tatsache, dass ich, sollte ich einwilligen, Sie zu heiraten, der Herr im Haus bin. Ich habe jedoch nichts dagegen, dass sie uns auch weiterhin mit ihrem Rat zur Seite stehen."

Der Beschluss der Countess of Malplaquet hatte John sprachlos gemacht, doch nun fand er zu sich selbst zurück und sagte bedächtig: „Sie haben Ihrer Ladyschaft noch immer keine klare Antwort gegeben, Mr. Newcome. Sollten Sie einverstanden sein, kommt es bestimmt zu einem Skandal, über den man sich monatelang den Mund zerreißt. Aber Campions braucht einen Herrn und einen Erben, und da Mylady Sie zum Gatten erkoren hat, was nicht meine Billigung findet, muss ich Ihnen nahelegen, den Heiratsantrag anzunehmen."

Elinor war überrascht, denn sie hatte geglaubt, dass unter ihren Beratern der Verwalter bestimmt derjenige sein würde, der sich aufs heftigste gegen ihr Vorhaben sträuben würde.

„Sie dürfen mir gern einen Rat erteilen, Sir", erwiderte Chad steif, „aber ich habe durch nichts angedeutet, dass ich ihn zu beherzigen gedenke."

„Sie weisen mich also zurück, Sir!", sagte Elinor erblassend. Obgleich Chads Bemerkung ihr einen Stich ins Herz gegeben hatte und es schmerzte, erkennen zu müssen, dass ihr Plan fehlgeschlagen war, hob sie stolz den Kopf.

„Oh, nein", widersprach Chad und schenkte ihr ein strahlendes Lächeln. „Als ehrenhafter Mann wäre, was Sie betrifft, für mich nie etwas anderes als eine Ehe in Betracht gekommen. Ich nehme Ihren Heiratsantrag in allen Ehren an. Und jetzt halte ich, ebenfalls in allen Ehren, um Ihre Hand an." Er schaute sie zärtlich an und fragte bewegt: „Wollen Sie meine Gemahlin werden, Lady Malplaquet? Allerdings kann ich Ihnen nichts geben, nur meine Unterschrift auf den Dokumenten und meine grenzenlose, immerwährende Liebe."

Missbilligend schüttelte Stuart den Kopf.

Mit eisiger Miene beobachtete John Ihre Ladyschaft.

Verwirrt blickte Robert Challenor zwischen der Countess und dem Sekretär hin und her.

Plötzlich fühlte sie sich sehr befangen. „Ja, von ganzem Herzen will ich deine Gattin werden", flüsterte sie gerührt.

Chad verneigte sich und hob ihre Hand zum Kuss an die Lippen.

Sie drehte sich zum Schreibtisch um, nahm den Ring des Großvaters aus der kleinen Schatulle und sagte, während sie ihn Chad auf die linke Hand steckte: „Damit besiegele ich unsere Verlobung."

„Elinor, ich bringe nichts in die Ehe ein", erwiderte er ergriffen. „Deshalb möchte ich dich bitten, den Beweis deiner Gunst, den ich stets bei mir getragen habe, jetzt von mir als Geschenk anzunehmen." Er zog das Spitzentaschentuch, das sie ihm bei Sir Chesney Beaumonts Besuch überlassen hatte, aus der Jacke, drückte einen Kuss darauf und überreichte es ihr.

Sie nahm es entgegen, küsste es und befestigte es an ihrem Gürtel. Erfreut sah sie, dass Chads bisher so strenge, starre Miene sich entspannt hatte. Auch sie fühlte sich gelöster und legte die kühle Haltung gefestigten Selbstbewusstseins ab. Sekundenlang schaute sie Chad beglückt in die Augen, vergaß die Umstehenden und drückte mit ihrem Blick all das aus, was sie für ihn empfand.

Auch Mr. Newcome war voller Leidenschaft, und es gab keinen Zweifel, dass die Countess of Malplaquet und ihr Sekretär aus Liebe heiraten würden.

„Und nun, Mr. Aisgill", wandte sie sich an den Stallmeister, „rufen Sie bitte den schon seit einer Weile im Vorzimmer ausharrenden Mr. Bancroft herein, damit der Ehevertrag unterzeichnet werden kann. Dann sorgen Sie dafür, dass jemand zum Vikar nach Keighley reitet und ihm ausrichtet, die Trauung solle morgen hier in der Kapelle vollzogen werden."

„So schnell?", warf John bestürzt ein.

„Ich dulde keinen Aufschub", antwortete Elinor fest, „und bin mir gewiss, dass auch mein Bräutigam bis zu unserer Hochzeit nicht viel Zeit verstreichen lassen will. Wir möchten nur die uns vertrauten Menschen um uns haben, aber keine Außenseiter."

„Ihr Onkel, Madam ...", wagte John einzuwenden, ließ den Satz jedoch unvollendet, da sie ungehalten die Brauen gehoben hatte. „Nein, Sie haben recht", murmelte er resignierend. „Verzeihen Sie mir die Bemerkung, Madam, Sir, aber die Überraschung ist schon so groß genug, als dass wir auch noch Sir Chesney hier haben müssten, der seinem Unmut gewiss unverhohlen Luft machen würde."

Stuart hatte den Anwalt in das Arbeitszimmer geholt, und der Ehevertrag wurde unterschrieben.

John entging nicht, dass Mr. Newcome in den vergangenen Minuten sein anmaßendes, hochmütiges Verhalten abgelegt hatte und wieder der umgängliche, freundliche Mann war, als den man ihn kannte.

Sobald die Formalitäten erledigt waren und die Countess of Malplaquet sich mit ihrem Verlobten in die Gemäldegalerie zurückgezogen hatte, wo sie ihn mit ihren Ahnen bekannt machen wollte, konnte Stuart sich nicht enthalten, zum Verwalter und dem Bibliothekar zu äußern: „Es hätte Campions viel schlimmer treffen können. Newcome ist jung, sympathisch und in vielfacher Hinsicht talentiert. Er war offenbar ein guter Soldat und ist ein Gentleman. Wer und was er wirklich ist, weiß wohl nur Gott allein. Wir werden es vermutlich nie erfahren. Der Konstabler hat einmal eine Äußerung gemacht, die ich damals befremdlich fand. Er meinte, Ihre Ladyschaft und Newcome seien sich in Leidenschaft verbunden. Wie er das gemerkt hat, ist mir nicht klar. Auch ich hatte diesen Eindruck, war mir indes nicht sicher. Und dann hat er gesagt, ich solle mich über die mögliche Entwicklung der Dinge nicht beunruhigen. Lady Malplaquet und Campions seien bei Newcome gut aufgehoben. Möge der Himmel dafür sorgen, dass Jackson recht behält."

Robert, der bislang kein einziges Wort über die Lippen gebracht hatte, erwiderte jetzt ernst: „Mylady hat sich nie durch irgendwelche Umstände von etwas abhalten lassen. Sie ist eine echte Tallboys. Der erste Earl of Malplaquet wäre bestimmt stolz auf sie gewesen. Und was Mr. Newcome betrifft, so ist er meiner Ansicht nach ein ehrlicher, anständiger Mensch. Aber erst die Zukunft wird zeigen, ob wir uns geirrt haben."

11. KAPITEL

Schweigend begaben Elinor und Chad sich in die lange Gemäldegalerie. Erst hier, allein mit seiner Braut, drehte er sich zu ihr um und sagte: „Noch ist es nicht zu spät, Nell, anderen Sinnes zu ...“

„Bedauerst du, dass du um meine Hand angehalten hast?“, unterbrach sie Chad und furchte die Stirn.

„Nein, das werde ich nie bereuen“, antwortete er überzeugt. „Doch wie steht es mit dir? Bist du sicher, dass du weißt, was dich erwartet? Hier in Campions bist du die unumschränkte Herrin, und niemand würde es wagen, sich dir zu widersetzen. Aber die Öffentlichkeit wird anders reagieren. Die Leute können sehr gefühllos und niederträchtig zu jemandem sein, der wie wir die gesellschaftlichen Spielregeln außer acht lässt.“

Elinor fiel auf, dass er „wir“ gesagt und sich mit ihr auf eine rangmäßig gleiche Stufe gestellt hatte. „Ach, die Gesellschaft hat mich nie voll und ganz akzeptiert“, erwiderte sie und kräuselte verächtlich die Lippen. „Nun habe ich den Leuten wenigstens einen richtigen Grund für ihr Missfallen geliefert. Und du, hast du Hemmungen, mein Gatte zu werden? Beunruhigt dich erneut dein Ehrgefühl? Das muss nicht sein, Chad. Wir werden in allen Ehren ein Paar. Ich habe keine Befürchtungen, dass du mir ein guter Gemahl und Campions ein vorzüglicher Herr sein wirst. Und das ist etwas, das ich von meinem Vetter, hätte ich mir ihn erkoren oder irgendeinem anderen Mann seiner Art, nicht behaupten könnte.“

Chad nahm die Hand seiner Braut und küsste sie. Nun konnte er sich Zeit lassen und Nell so lieben, wie er sich vorgestellt hatte. „Ich hoffe, ich erweise mich dessen wert, was du mir gegeben hast“, sagte er schlicht.

„In dieser Hinsicht habe ich nicht die geringsten Bedenken. So, und nun möchte ich dir meine Vorfahren vorstellen", fügte Elinor hinzu und wies lächelnd auf die an den Wänden befindlichen Gemälde verflossener Tallboys. „Hier sind Liebreiz und Tapferkeit vereint. Auf mich trifft das nicht ganz zu. Mut habe ich heute zwar an den Tag gelegt, doch was Schönheit betrifft, so gebe ich mich, was mich angeht, keinen Illusionen hin."

Chad wusste, dass sie die letzte Bemerkung nicht gemacht hatte, damit er ihr galant widersprach. Er legte ihr die Hände auf die Schultern, drehte sie sachte zu sich herum und bog ihr dann behutsam den Kopf in den Nacken. „Ich finde, du unterschätzt dich sehr", erwiderte er weich. „Ohne ein gutes, charaktervolles Wesen ist ein bezauberndes Äußeres nur eine leere Hülle. Die innere Einstellung prägt die Schönheit eines Menschen. Du hast beides, Nell, Willensstärke und hinreißendes Aussehen."

„Ach, Liebster!" Sie seufzte leise und lächelte ihn an. „Du spielst schon wieder mit Worten. Warst du früher vielleicht Advokat und nicht Soldat?"

Er musste lachen, ließ Elinor los und schlenderte neben ihr durch die Galerie. Schweigend lauschte er den Erläuterungen, die sie ihm über ihre Ahnen gab, und dachte daran, wie kühn sie die Kluft überbrückt hatte, um ihn zu bekommen. Und es ging ihm durch den Sinn, dass er, nachdem er sich von der ersten Überraschung über den Heiratsantrag erholt hatte, der Stimme seines Herzens gefolgt war und Nell ihm nun, nach der Trauung, ganz angehören würde.

„Ich frage mich, wie mein Großvater reagiert hätte, wäre er heute noch am Leben. Er hat mir jedoch einmal erklärt, dass alle Menschen sich gleichen, wenn sie die Kleidung abgelegt haben. Wir beide sind daher nicht mehr Countess und Sekretär, sondern Nell und Chad, eine Frau und ein Mann."

„Nell und Chad", wiederholte er ernst. „Ja, so soll es hinfort sein. Du wirst es gewiss nicht bereuen?“

„Nein, und mehr habe ich dazu nicht zu sagen. Ich weiß, dass wir uns lieben und Campions gut verwalten werden. Mehr zählt nicht für mich. Das sind doch herrliche Vorzeichen für eine wunderbare gemeinsame Zukunft, nicht wahr?“

Chad nickte und hörte den Geschichten zu, die Elinor ihm über die längst verblichenen Damen und Herren auf den Bildern zu berichten wusste. Er dachte an das Dunkel, das seine Vergangenheit umfing, und die Helligkeit, die seine Zukunft erleuchtete. Bisher hatte er geglaubt, er könne sich mit dem Verlust des Gedächtnisses abfinden, doch nun überkam ihn unvermittelt das Bedürfnis, endlich zu wissen, wer er wirklich war. Es war ihm bekannt, dass der Verwalter und der Konstabler sich bemüht hatten, Erkundigungen über ihn einzuholen, die indes ergebnislos geblieben waren.

Nachdem Elinor den Rundgang durch die Galerie beendet hatte und sie auf dem Rückweg zu ihren Beratern waren, schlug Chad vor: „Vielleicht können wir, wenn wir eine Weile verheiratet sind, herauszufinden versuchen, wer ich früher war, woher ich kam und warum ich im Moor aufgefunden wurde.“

„Ja“, stimmte Elinor zu. „Da ich nicht will, dass es zwischen uns Geheimnisse gibt, muss ich dir etwas gestehen. Bevor Jackson im vergangenen Monat aus Campions abreiste, habe ich ihn beauftragt, Nachforschungen über dich anzustellen. Vor zwei Tagen erhielt ich von ihm einen Brief, in dem er mir mitteilte, sie hätten nichts erbracht. Er habe überall in der Gegend die Leute nach dir befragt, doch niemand hat dich gesehen, bevor du von Outhwaite im Moor herumwandernd aufgefunden wurdest. Außerdem hat Jackson etwas geschrieben, was ich seltsam finde. Er ist überzeugt, dass es zwischen dir und dem Gewehr eine Verbindung gibt, und will, sobald er aus dem Norden zurück ist, nochmals nach London fahren, um erneut mit Halstead über die Waffe zu reden. Er möchte von ihm wissen, ob sie verkauft, verlegt oder gestohlen wurde. Halsteads Antwort könnte eine zu Langton führende Spur sein, oder sogar, auch wenn es unwahrscheinlich klingen mag, das Geheimnis um deine Vergangenheit lüften."

„In diesem Sinn hat Jackson sich auch mir gegenüber geäußert", sagte Chad stirnrunzelnd. Wie immer, irritierte es ihn auch jetzt, Lord Halsteads Namen zu hören. „Abgesehen davon, dass ich die Flinte neben dem Schützen gefunden habe, ist mir jedoch kein Zusammenhang zwischen ihr und mir erkenntlich."

„Lass uns nicht davon reden, Chad, Liebster", entgegnete Elinor, bekümmert über seine unglückliche Miene, und ergriff seine Hand. „Ich heirate dich, wie du heute bist, und nicht den Menschen, der du früher warst. Ich kann mir nicht vorstellen, dass du etwas Schlechtes getan hast, denn wir alle wissen, dass du ein guter, ehrlicher Mensch bist. Selbst Henson und Aisgill haben das zugegeben. Vielleicht warst du unglücklich, aber ich kann mir nicht vorstellen, dass es einen dunklen Fleck in deiner Vergangenheit gibt. Heute Abend dinieren wir in kleinem Kreis, und danach ziehen wir uns, um dem Anstand Genüge zu tun, in unsere jeweiligen Räume zurück. Vor der Trauung ist meine Tante bei mir, und Challenor wird zu dir kommen. Wir sehen uns erst in der Kapelle wieder. Henson kann den Brautführer machen, und Aisgill dir zur Seite stehen."

„Dann trennen wir uns heute Abend für ein Wiedersehen und nicht für einen Abschied, wie du mir bei unserer letzten Begegnung zu verstehen gegeben hast. Ich hoffe aus tiefster Seele, dass du deine heutige Entscheidung nie bedauern wirst, Nell."

„Das hoffe ich auch", erwiderte sie lächelnd. „Und nun möchte ich meiner Tante und allen Bediensteten mitteilen, dass die Herrin von Campions sich einen Gemahl erkoren hat."

Nach dem formellen Verlobungssouper zogen Chad und seine Braut sich in ihre Räume zurück. Sie begab sich in ihre kostbar eingerichtete Suite; er ging in das Arbeitszimmer und nahm seine Ausfertigung des Ehevertrages an sich, um in seinem einfachen, unter dem Dach gelegenen Quartier zu überprüfen, auf was er sich durch die Heirat mit Elinor einließ.

Die Tür zu seinem Zimmer stand auf, und Kerzenschimmer drang in den Korridor. Erstaunt hob er die Brauen, betrat den Raum und sah Mr. Henson am Schrank stehen, in der Hand das französisch geschriebene Buch, in dem Chad vor dem Schlafengehen noch ein Weilchen las.

John blickte auf, als Mr. Newcome hereinkam, entschuldigte sich nicht für sein Eindringen und bemerkte kühl: „Sie verstehen Französisch, wie ich sehe. Wann haben Sie das festgestellt?"

„Vor einiger Zeit, aber es erschien mir unwichtig, das zu erwähnen."

„Es ist wirklich schwierig, alle Ihre Fähigkeiten auszuloten", erwiderte John brummig.

Chad wusste nicht, ob er die Bemerkung als Lob oder als Kritik gemeint war.

„Das einzige, was Ihnen wirklich von Nutzen sein könnte, Ihr Erinnerungsvermögen, fehlt Ihnen jedoch noch immer", fuhr John fort und legte das Buch aus der Hand.

„Ja", bestätigte Chad. „Ich habe Ihnen nie etwas vorgespielt, obgleich Ihre Miene mich vermuten lässt, dass Sie mir keinen Glauben schenken."

„Doch, doch, ich glaube Ihnen", versicherte John reglosen Gesichtes. „Ich bin jedoch hier, um Sie zu warnen."

„Nun, in Anbetracht des Interesses, das Sie für Lady Elinors und Campions Wohl bekunden, hatte ich mich bereits gewundert, dass Sie nach der Ankündigung unserer Verlobung so still geblieben sind. Gerade von Ihnen hätte ich mit dem größten Widerstand gegen diese Ehe gerechnet."

„Und was hätte Ihre Ladyschaft sich aus meinen Einwänden gemacht?", fragte John achselzuckend. „Nichts! Ich hätte nichts gegen sie erreicht, denn sie war fest entschlossen, Sie zu heiraten. Seit Sie ihr Sekretär sind, habe ich Sie genau im Auge behalten, und ..."

„Und was?", fragte Chad gelassen, weil der Verwalter nicht weitergesprochen hatte.

„Ach, nichts", wich John aus. „Nachdem Sie sich erholt hatten, war schnell festzustellen, dass Sie ein gebildeter Mann sind. Ich bin überzeugt, dass Sie bei der Armee waren. Unter Einsatz des eigenen Lebens haben Sie Ihre Ladyschaft davor bewahrt, getötet zu werden. Dafür bin ich Ihnen sehr dankbar. Sie ist eine bemerkenswerte Frau, und uns ist es ein Vergnügen, ihr zu dienen. Doch über Sie ist kaum etwas bekannt. Wer, zum Teufel, mögen Sie sein? Und ich wüsste ebenso gern, ob Sie, entgegen dem von Mylady vertretenen Standpunkt, nicht doch alles daran gesetzt und die Anziehungskraft, die Sie zweifellos auf sie ausüben, genutzt haben, um Herr von Campions zu werden."

„Treuhänderischer Verwalter, nicht Herr", widersprach Chad ruhig.

„Ach, das sind Spitzfindigkeiten! Sie mögen so ehrlich sein, wie Sie sich den Anschein geben, oder auch nicht. Sollten Sie unlautere Motive haben, rate ich Ihnen, gut auf der Hut zu sein. Ich fühle mich Ihrer Ladyschaft verpflichtet, und nur ihr zuliebe akzeptiere ich Sie als ihren Gemahl. Falls ich merke, dass Sie ein falsches Spiel treiben, dann helfe Ihnen Gott!"

Mehr und mehr war bei Hensons Worten die Wut in Chad aufgestiegen, und er hatte die größte Mühe, sein Temperament zu beherrschen, das ihm auch in seinem früheren Leben arg zu schaffen gemacht haben musste. Er bezwang sich jedoch und ballte ergrimmt die Hände. Am liebsten hätte er den Verwalter am Kragen gepackt, ihn auf die Knie gezwungen und genötigt, die Andeutung, er sei ein Mitgiftjäger, unverzüglich zurückzunehmen. Doch der Verstand sagte ihm, dass Henson nur zum Besten der Countess of Malplaquet in dieser drohenden Form zu ihm gesprochen hatte.

„Sie können ganz beruhigt sein, Sir", entgegnete er kalt. „Ich werde meine Gattin und Campions unter Einsatz meines Lebens vor jedem Schaden bewahren. Ich empfehle Ihnen jedoch, ebenso aufrichtig zu sein wie ich."

„Gut gesprochen", erwiderte John unbeirrt. „Nun wissen wir, wie wir zueinander stehen. Von nun an bin ich in Ihren Diensten, Sir, nicht umgekehrt. Alle Angestellten und Pächter wurden von Ihrer morgen stattfindenden Hochzeit in Kenntnis gesetzt, und ihre Vertreter werden an der Trauung in der Kapelle teilnehmen. Die übrigen Leute werden sich danach einfinden, und von Ihnen wird erwartet, dass Sie sich ihnen mit Ihrer Gattin zeigen, um Glückwünsche entgegenzunehmen. In der Frühe wird Mr. Challenor Sie in eine Gästesuite begleiten und Ihnen mit Unterstützung des im Ruhestand lebenden Kammerdieners Seiner verstorbenen Lordschaft, den wir hergeholt haben, beim Ankleiden zur Hand gehen. Aufgrund Ihres bisherigen Verhaltens bin ich gewiss, dass Sie sich morgen richtig zu betragen verstehen. Ich wünsche Ihnen eine gute Nacht, Sir, und hoffe, Sie haben angenehmere Träume als sonst."

„Ich weiß, Mr. Henson, dass alles, was Sie veranlasst haben, zu Recht und in der besten Absicht geschehen ist. Ich werde weder meiner Verlobten noch Ihnen Schande machen."

John verneigte sich und verließ die Kammer.

Nachdem er gegangen war, setzte Chad sich auf das Bett. Vor Anstrengung, sich zusammennehmen zu müssen, hatte er feuchte Hände und ein schmerzhaftes Pochen in den Schläfen bekommen. Aber was hätte er anderes vom Verwalter erwarten können? Nicht umsonst hatte er Elinor darauf hingewiesen, dass ihre Eheschließung ungeheueres Aufsehen erregen würde. Er konnte Henson den Versuch nicht verargen, Lady Malplaquets Interessen zu schützen.

Nach einer Weile stand er auf, entkleidete sich und ging zu Bett. Es dauerte lange, bis er müde wurde und die Augen schloss. Morgens wachte er durch den Klang seiner Stimme auf und merkte verstört, dass er Elinors Namen gerufen hatte. Er entsann sich einer Reihe von Träumen, die bis auf einen keine Schrecken in sich geborgen hatten. Im letzten von ihnen hatte er sich jedoch in einem stickigen, menschenüberfüllten Raum befunden und schien betrunken gewesen zu sein. Die ihn umgebenden Männer hatten gröhlend gelacht oder ihn entgeistert angestarrt. Jemand hatte ihm die Hand auf den Arm gelegt und ihn zur Ruhe ermahnt. Er hatte jedoch nicht geschwiegen und die Rede auf Elinor gebracht. Doch nun wusste er nicht mehr, in welchem Zusammenhang das geschehen war und mit wem er gesprochen hatte.

Mit einem Gefühl des Wohlbehagens, das Elinor nie zuvor verspürt hatte, wachte sie auf, streckte sich genüsslich und reckte die Arme über den Kopf. Sie wartete nicht auf die Zofe, sprang frohgemut aus dem Bett und lief zum Fenster. Rasch zog sie die Vorhänge zurück, öffnete es und ließ den Blick über den Park zum dahinterliegenden Moor schweifen, wo ihrer Sicht, doch nicht der Erinnerung entzogen, sich der „Thron Gottes“ wuchtig und majestätisch erhob. Sie atmete tief durch, ging zum Klingelzug und läutete der Zofe.

Nach wenigen Minuten betraten die Tante und Annie das Schlafgemach. Die Zofe trug ein Tablett, auf dem eine Tasse und eine Silberkanne standen, und Tante Annabelle hatte ein ernstes Gesicht aufgesetzt.

„Noch ist es nicht zu spät, Nell, die Sache rückgängig zu machen“, sagte sie beklommen.

„Warum sollte ich anderen Sinnes werden?“, fragte Elinor fröhlich, schlüpfte wieder unter die seidene Bettdecke und ließ sich von Annie die Morgenschokolade eingießen. „Ich heirate doch den Mann meines Herzens!“

Annabelle seufzte, ließ sich in einem Fauteuil nieder und schaute der Nichte zu. Nell hatte nie so glücklich ausgesehen wie heute. Sie wirkte, als habe Newcome sie bereits geliebt. Hätte Annabelle nicht mit Bestimmtheit gewusst, dass beide an dieser Mesalliance Beteiligte die Nacht in verschiedenen Räumen verbracht hatten, wäre sie vom Gegenteil überzeugt gewesen. Jedenfalls würde später bei der Zeremonie in der Kapelle niemand eine schüchterne, befangene Braut zu Gesicht bekommen.

Heiter beendete Elinor das Frühstück, stand auf und machte Morgentoilette. Beschwingter Stimmung ließ sie sich von Zofe und Tante in die weiße Robe kleiden, frisieren und den Schmuck anlegen. Das Spitzentüchlein steckte sie unter den perlenverzierten Gürtel und begab sich dann in ihr Arbeitszimmer, damit das Bett frisch bezogen, mit duftenden Kräutern bestreut und das Feuer im Kamin gerichtet werden konnte. Sobald es Zeit war, sich für den schönsten Tag, den Campions seit vielen Jahren erlebt hatte, in die Kapelle zu begeben, schritt sie neben der ein elegantes dunkelblaues Seidenkleid tragenden Tante in die Halle hinunter und suchte den Großen Salon auf.

Der Verwalter und der Bibliothekar waren schon anwesend, ebenso der Butler, die Haushälterin und die anderen höhergestellten Bediensteten. Sie verneigten sich vor ihr oder knicksten, ganz so, als stünde sie im Begriff, den angesehensten Duke des Landes zum Gemahl zu nehmen und nicht einen ehemaligen Reitknecht.

John, der sich ungeachtet seiner Vorbehalte gegen diese

Ehe wie immer zum Sprecher der anderen machte, begrüßte sie und sagte: „Mylady, wenn es Ihnen recht ist, kann die Zeremonie nun beginnen. Der heute Morgen eingetroffene Vikar und der Bräutigam befinden sich in der Kapelle, Ring und Bibel liegen bereit. Gestatten Sie, dass ich Ihnen den Arm reiche und Sie zum Altar geleite."

Er verneigte sich ein weiteres Mal, doch als er sich aufrichtete, sah Elinor in seinen Augen einen Ausdruck, den die Tante morgens in Worte gefasst hatte. Er schien ihr sagen zu wollen, dass es noch nicht zu spät sei. „Sie kennen den Weg, Mr. Henson", erwiderte sie unbefangen. „Heute ist es Ihr Privileg, mich dem Bräutigam zu übergeben, damit das Geschlecht der Tallboys nicht mit mir ausstirbt." Sie war überzeugt, dass ihr Vetter nie für Nachkommen sorgen würde.

An der Seite des Verwalters schritt sie, gefolgt von den anwesenden Angestellten, durch das große Haus, vorbei an allem, was ihr seit der Kindheit vertraut war, und den übrigen Domestiken, die ihr Glückwünsche entboten. Schließlich gelangte sie in das Gewölbe vor der Kapelle, wo weitere Bedienstete ihrer harrten, und betrat den heiligen Ort. Hinter ihr nahmen die zur Trauung Geladenen die Plätze ein, und vor sich erblickte sie den Stallmeister, der in seiner nur zu besonders feierlichen Anlässen getragenen Livrée prachtvoll aussah. Es war auf nichts verzichtet worden; alles hatte den festlichen Rahmen, der dem Anlass gebührte. Und neben Aisgill stand Chad, in einem schwarzen Galafrack, der einst ihrem Großvater gehört hatte. Langsam ging Elinor auf ihn zu, hielt an seiner Seite an und empfand plötzlich, obgleich sie sonst so couragiert war, unerklärliche Nervosität.

Auch Chad spürte eine ihm ungewohnte Unruhe, als Elinor neben ihn trat. Er besaß nichts, hatte nur einen ihm in Campions gegebenen Namen, kein Vermögen, aber die von Henson erwähnten vielfältigen Talente.

Elinor fasste sich etwas. Sie wusste, sie hatte einen Mann gefunden, der sie liebte und sich, obwohl er sie in der Bibliothek wie eines der Dienstmädchen hätte besitzen können, Zurückhaltung auferlegt hatte. Sie liebte ihn leidenschaftlich und konnte ihn respektieren, denn er war entschlossen gewesen, sie zu verlassen, damit kein Schatten auf ihre Ehre fiel.

Die Zeremonie begann, und der Vikar forderte jeden dazu auf, sich zu melden, der Einspruch gegen diese Ehe zu erheben gedachte. Schweigen folgte seinen Worten, und als er das Brautpaar dann fragte, ob sie sich zu Mann und Frau nehmen wollten, antworteten sie mit einem festen Ja.

Chad schob Elinor den Trauring der Tallboys auf den Finger, und der liebevolle Blick, mit dem er sie dabei bedachte, zeigte ihr alles, was sie wissen wollte.

Nach der feierlichen Handlung begab das frischvermählte Paar sich zum Diner in den prachtvoll dekorierten Bankettsaal und nahm die Glückwünsche der Angestellten entgegen. Es waren keine fremden Gäste geladen, denn dies war ein Festtag, an dem ausschließlich die Bediensteten von Campions teilhaben sollten. Der Butler brachte einen Toast auf das junge Paar aus, und alle Anwesenden stimmten fröhlich ein.

Elinor und ihr Gemahl kamen kaum zum Essen, und bald hatte sie das Gefühl, ihr Lächeln müsse gefroren wirken. Irgendwann im Verlauf des Nachmittags verließ sie Hand in Hand mit Chad den prächtig geschmückten Raum und schlenderte in den Park. Das Wetter war schön, und gemeinsam schauten sie hinüber zum Moor, wo Chad in seinem verwirrten Zustand aufgefunden worden war. Und nun war er an ihrer Seite Herr über Campions und alle anderen Güter.

Doch noch immer konnten Elinor und er sich nicht in ihre Gemächer zurückziehen. Die Pächter trafen ein und wünschten der Countess und ihrem Gatten Glück. Das Fest schien kein Ende zu nehmen, bis es endlich Abend wurde und Elinor sich, zum ersten Male mit Chad allein, im glanzvoll geschmückten Speisezimmer zu Tisch begab.

Er umarmte sie, küsste sie auf die Wange und sagte zärtlich: „Das war eine Verheißung für später, Mrs. Newcome.“ Nachdem er sie zu ihrem Stuhl geleitet und ihr gegenüber Platz genommen hatte, läutete sie, und die Lakaien trugen die Speisen auf. Elinor und Chad waren zu diesem Souper nur bereit gewesen, um der Köchin und allen in der Küche Beschäftigten, die sich mit der Zubereitung der Köstlichkeiten sehr viel Mühe gegeben hatten, einen Gefallen zu tun. Sie hatten nicht das Bedürfnis, sich stärken zu müssen, sondern verspürten einen Hunger ganz anderer Art.

Sobald das Mahl beendet war, öffnete der Butler die Doppeltür, und, angeführt vom Verwalter, betraten der Stallmeister und der Bibliothekar den Raum, jeder ein gefülltes Champagnerglas in der Hand.

„Einst war es Sitte“, sagte John schmunzelnd, „dass ein Brautpaar sich vor den Augen auserwählter Freunde und Dienstboten zu Bett begab. Da die Zeiten sich geändert haben, bestehen wir nicht auf der Beibehaltung dieses alten Brauches. Aber wir haben beschlossen, dass ganz Campions Ihnen den Weg zum Brautgemach erhellen soll.“ John toastete der Countess of Malplaquet und ihrem Gemahl zu, stellte das Glas ab und forderte sie mit einladender Geste auf, ihm zu folgen.

Elinor wunderte sich, was geschehen mochte. Am Arm des Gatten verließ sie das Speisezimmer und sah die Bediensteten in der Halle sowie auf den Stufen der girlandenumwundenen Prunktreppe in zwei Reihen stehen, jeder mit einer Kerze in der Hand. Langsam schritt sie feuchten Auges mit Chad durch das Spalier hinauf zur ersten Etage, vorbei an weiteren, den Korridor zum Schlafgemach säumenden Dienern, die ihr, wie der Verwalter es versprochen hatte, den Weg erhellten und ihr und ihrem Gatten Gottes Segen wünschten.

John öffnete die Tür, verneigte sich und ließ das Brautpaar eintreten.

Nachdem er sie geschlossen hatte, waren Elinor und Chad endlich ungestört. Ermattet sank sie in einen Fauteuil und sagte strahlend: „Siehst du, mein Schatz, alle haben dich akzeptiert. Du bist in Campions willkommen. Hier sind wir beide zu Hause, und die Öffentlichkeit mag denken, was sie will."

Nachdenklich schaute Chad seine Frau an. Alles kam ihm noch sehr unwirklich vor, und er befürchtete, wenn er die Lider aufschlagen würde, aus einem wunderschönen Traum aufzuwachen. In diesem Moment höchsten Glücks erschien es ihm noch bedauerlicher, nicht zu wissen, wer er war und was er in seinem früheren Leben getan hatte. „Was habe ich dir zu bieten?", erwiderte er leise. „Nichts!"

„Ganz im Gegenteil!", widersprach Elinor, stand auf und umarmte ihn. „Du hast dich mir zu bieten. Was könnte ich Schöneres bekommen?"

Er ergriff ihre Hände, küsste ihr die Fingerspitzen und flüsterte weich: „Hab keine Angst, mein Schatz. Ich liebe dich und werde nichts tun, was dich bekümmern könnte." Nach kurzem Zögern fügte er hinzu: „Ich nehme an, es ist besser, wenn ich dich jetzt allein lasse, ins Ankleidekabinett gehe und mich dort für die Nacht herrichte."

Dankbar für seine Rücksichtnahme schaute Elinor ihn an und erwiderte verlegen: „Ja. Vielleicht hältst du mein Benehmen nun nach allem, was ich früher gesagt und getan habe, für töricht, aber …"

„Nein, das ist nicht der Fall", versicherte er ihr rasch.

„Oh, Nell, in deiner züchtigen Befangenheit bist du ebenso bezaubernd wie in deinem selbstbewussten Stolz. Ich hoffe, ich kann dir heute Nacht beweisen, wie sehr ich dich liebe." Sachte streichelte er ihr die Wange, drehte sich um und ging in das Ankleidezimmer.

Sie läutete der Zofe, ließ sich aus den Kleidern helfen und schickte Annie fort. Nur wenige Minuten später, nachdem sie sich zu Bett begeben hatte, klopfte Chad an die Verbindungstür. „Komm herein!", rief Elinor und musste unwillkürlich über seine Diskretion lächeln.

Er betrat, in eine brokatene Robe de chambre gehüllt, die einst dem verstorbenen Earl gehört hatte, das Schlafgemach, löschte die Kerzen in den Wandleuchtern und ließ nur die auf dem Tisch brennen. Ein weiches, sanftes Licht erhellte den Raum, in das sich der Widerschein des rötlich flackernden Kaminfeuers mischte. Chad zog den Morgenmantel aus, legte sich zu seiner Gattin und sagte spröde: „Noch immer fällt es mir schwer zu glauben, dass wir jetzt verheiratet sind, aber ich bin verrückt vor Sehnsucht nach dir, Liebste. Selbst wenn ich das Erinnerungsvermögen verloren habe, weiß ich, dass ich seit Langem keine Frau besessen habe. Ich werde sehr rücksichtsvoll sein, Schatz, und versuchen, dich nicht durch meine Leidenschaft zu erschrecken. Aber ..." Er hielt inne, gab ihr einen Kuss und murmelte unsicher: „Ach, du hast bestimmt begriffen, was ich sagen wollte, und wirst mir verzeihen, wenn ich ..."

Elinor verschloss ihm den Mund mit einem Kuss. „Ich bin sicher, dass ich dir nichts zu verzeihen habe", sagte sie dann zärtlich und bot ihm wieder die Lippen dar. Seine Küsse und die wundervollen Liebkosungen entfachten ihr Verlangen, und mehr und mehr verlor sie sich in den Rausch der Sinne. Sie war nicht mehr imstande, sich zu zügeln, denn endlich erfüllte sich ihre seit der Begegnung im Bücherkabinett nur mühsam unterdrückte Begierde und die brennenden Wünsche, die sich durch die Tag für Tag aufs neue notwendig gewesene Zurückhaltung gesteigert hatten. „Jetzt gehörst du mir, Chad“, wisperte sie selig. „Nun sind wir eins, und das war alles, was ich mir ersehnt habe.“

12. KAPITEL

Alles war anders, und doch hatte nichts sich geändert. Chads Bureau stand immer noch neben Elinors Schreibtisch, und er arbeitete nach wie vor an ihrer Seite. Doch jetzt war er nicht mehr ihr Sekretär, sondern ihr gleichberechtigter Gatte. Der Kronrat versammelte sich, wie zuvor, einmal in der Woche, und Chad gehörte dazu. Aber mittlerweile war er derjenige, auf dessen Rat Elinor am meisten hörte. Selbst der Verwalter hatte widerstrebend zugeben müssen, dass Mr. Newcome viel Scharfsinn bewies.

John Henson hatte befürchtet, dass der Gatte der Countess of Malplaquet sich nach der Hochzeit in dreister, anmaßender Form in Campions Belange einmischen würde, doch zu seinem Erstaunen und seiner großen Erleichterung war das nicht der Fall. Mr. Newcome hatte nur nach und nach und in äußerst zurückhaltender Form verschiedene das Gestüt und die allgemeine Verwaltung betreffende Verbesserungsvorschläge unterbreitet, die sehr sinnvoll und von hohem Nutzen gewesen waren. Campions war, wie sich gezeigt hatte, in den besten Händen.

Chad hatte, nachdem die Rechnungsbücher der seiner Gemahlin gehörenden übrigen Güter von ihm überprüft worden waren, zu bedenken gegeben, sie verbringe zu viel Zeit in Campions, und angeregt, sie solle Wroxton, Sheveborough und die in Wales gelegenen Ländereien besuchen, damit die dortigen Angestellten und Pächter sie wenigstens einmal im Jahr zu Gesicht bekamen. Zunächst hatte sie diesen Gedanken abgelehnt, nach einigem Hin und Her jedoch eingewilligt, ihre anderen Besitzungen zu bereisen. Der Hinweis, dass dort nicht alles zum Besten stand und einige der nie beaufsichtigten Verwalter offenbar in die eigene Tasche wirtschafteten, hatte sie und Mr. Henson überzeugt.

Es hatte John allerdings verstimmt, dass nicht er auf diesen Einfall gekommen war.

Verständlicherweise hatte die Hochzeit in der Öffentlichkeit enormes Aufsehen erregt, doch Elinor und ihr Mann ertrugen den Skandal mit Gleichmut. Elinors Onkel war offenbar nicht daheim gewesen und hatte die Nachricht von der Vermählung seiner Nichte vermutlich erst nach der Rückkehr erhalten. Ulric Tallboys hatte der Cousine einen kaum leserlichen Brief geschickt, aus dem hervorging, er weile bei seiner Mutter in Irland zu Gast und wisse nicht, wann er heimkehren würde. Elinor war überzeugt, dass er unverzüglich kam, sobald die Neuigkeit ihn erreicht hatte.

Vierzehn Tage nach der Trauung saß Elinor in ihrem Arbeitszimmer und hörte plötzlich eine Kutsche vor dem Portal vorfahren. Einige Minuten später meldete der Butler ihr die Ankunft ihres Onkels und fügte hinzu, er habe ihn in den Türkischen Salon gebeten. Seufzend erhob sie sich und verließ den Raum. Sie war nicht begeistert über Sir Chesneys Anwesenheit, da sie ahnte, was ihr bevorstand.

Er stand vor dem Fenster und drehte sich um, als sie den Salon betrat. „Ich erwartete von dir zu hören", sagte er schroff, „dass die mir zu Ohren gekommene Geschichte über deine Hochzeit nicht stimmt! Nell, du kannst unmöglich deinen Reitknecht geheiratet haben!"

Sie gab sich den Anschein, den Besuch des Baronet als etwas Normales zu betrachten, hauchte Sir Chesney einen Kuss auf die Wange und erwiderte dann ruhig: „Nicht meinen Reitknecht, Onkel, sondern meinen Sekretär."

„Du weißt genau, dass da kein Unterschied besteht", entgegnete Chesney barsch. „Wie konntest du dich so erniedrigen? Was hätte dein Großvater dazu gesagt? Du hast offenbar keine Ahnung, wie die Gesellschaft auf die Neuigkeit von der Trauung reagiert hat. Diese Ehe kann nicht bestehen bleiben!"

„Ich bin und bleibe verheiratet“, sagte Elinor fest. „Und außerdem bin ich glücklich. Chad ist ein guter Mensch. Selbst Henson ist dieser Meinung.“

„Ach, zum Teufel mit Henson!“, entrüstete sich Chesney. „Es geht ihn nicht das mindeste an, wer hier Herr im Hause ist! Du hast dich von einem Mann verfüh...“

„Sag nicht, dass er gut aussieht“, fiel Elinor dem Onkel ins Wort. „Er hat viele Qualitäten, aber ein schöner Mann ist er wirklich nicht.“

„Du hast den Verstand verloren!“, brauste Chesney auf. „Wo ist dein Gefühl für Anstand geblieben? Zu schade, dass man nicht mehr das Recht hat, ein Weib zu züchtigen! Eine Tracht Prügel würde dich schnell zur Vernunft bringen!“

Ehe Elinor etwas äußern konnte, warf Chad, der die laute Stimme des Baronet im Korridor vernommen und unbemerkt den Salon betreten hatte, zornig ein: „Ich gestatte niemandem, mit meiner Gemahlin in einem solchen Ton zu sprechen!“ Er ging zu ihr und legte ihr den Arm um die Schultern. „Falls Sie sich nicht mäßigen können, Sir, sowohl hier als auch außerhalb des Hauses, sind Sie uns nicht willkommen.“

„Hat man so etwas schon gehört!“, empörte sich Chesney und starrte wütend den selbstsicher vor ihm stehenden Mann seiner Nichte an. „Wer sind Sie, dass Sie sich das Recht herausnehmen, mir Vorschriften zu machen?“

„Er ist mein Gatte“, warf Elinor frostig ein. „Ich möchte nicht, dass es zu einem Bruch zwischen dir und mir kommt, denn ich habe nur wenige Verwandte. Wenn du mich jedoch weiterhin besuchen möchtest, musst du die Tatsache respektieren, dass ich nunmehr verheiratet bin, mit dem Vater meiner zukünftigen Kinder, der Campions gleichberechtigt mit mir verwaltet. Daran ist nichts zu ändern, ob es dir nun passt oder nicht. Ich dulde nicht, dass du meinen Gemahl herabwürdigst. Und nun hast du die Wahl, entweder zu bleiben oder Campions zu verlassen."

„Dein Benehmen ist schamlos!", entgegnete Chesney aufgebracht. „Ich werde Erkundigungen über diesen Niemand, den du aus der Gosse geholt hast, einziehen lassen. Es wäre viel besser gewesen, du hättest dir Ulric zum Gatten genommen!"

„Ich bin sicher, dass du nicht den Wunsch verspürst, länger in Campions zu bleiben", erwiderte Elinor mit leicht zitternder Stimme. „Es tut mir leid, dich fortzuschicken, doch ich erlaube nicht, dass du Chad kränkst. Ich stelle mich ebenso vor ihn wie er sich vor mich."

„Er will dich gar nicht beschützen!", ereiferte sich Chesney. „Er wird Campions ausplündern! Eines Tages wirst du bereuen, mein Mädchen, dass du ihn geheiratet hast. Dann denk an meine Worte!"

„Ich bin nicht dein Mädchen", entgegnete Elinor verärgert.

„Was, in aller Welt, ist plötzlich in dich gefahren?"

„Ich bin nur dem Wahlspruch der Tallboys gefolgt", antwortete sie spöttisch. „Du kennst ihn doch: ‚Wie der Anfang, so das Ende'. Was für einst für meine Urahnin gut genug war, ist es auch für mich."

Brüsk wandte Chesney sich ab und stürmte aus dem Salon.

„Ich konnte nicht zulassen, dass er so mit dir redete", sagte Chad kopfschüttelnd. „Auch auf die Gefahr, dass er einen Herzanfall erlitt."

„Die Art, wie er dich behandelt hat, war mir zuwider. Natürlich hattest du recht, als du mich warntest, wir würden Ärger bekommen. Ich setze mich jedoch darüber hinweg. Ich würde es bedauern, falls ich mir Onkel Chesney zum Feind gemacht hätte, doch noch mehr beunruhigt mich jetzt mein Cousin. Wer weiß, was er unternimmt, wenn er erfährt, dass ich dich geheiratet habe."

Entmutigt schaute Guy den Vater an und sagte bekümmert: „Ich habe nichts herausbekommen, was uns weiterhelfen würde. Nach der langen Zeit ist das nicht verwunderlich. Nur der Wirt einer Schenke in South Nottinghamshire meinte, sich erinnern zu können, dass Charles im letzten Herbst bei ihm eingekehrt ist. Außerdem gab er mir die Beschreibung eines Mannes, die auf Charles' Kammerdiener zutreffen könnte. Ich frage mich schon lange, wo Vinnie sein mag. Eigentlich ist er Charles nie von der Seite gewichen und nun ebenso verschwunden wie er."

„Es sieht so aus, als verlöre sich Charles' Spur zwischen South Nottinghamshire und Glen Ruadh", erwiderte George und seufzte schwer. „Das ist ein großes Gebiet, um dort nach sieben Monaten Nachforschungen anzustellen. Was mag aus Charles' Kutsche und dem Gespann geworden sein?"

„Vermutlich wurde Charles unterwegs von Straßenräubern überfallen", antwortete Guy nachdenklich. „Es ist furchtbar, annehmen zu müssen, dass er jetzt tot ist, nachdem er den Krieg und die schwere Verwundung überlebt hat."

„Ich gebe die Suche nach ihm nicht auf!", sagte George entschlossen und stand auf. „Ich vermag nicht zu glauben, dass ich ihn nie wiedersehen soll und ihn für die verlorenen Jahre um Verzeihung bitten kann. Ständig denke ich an ihn und frage mich, warum ich ihn so lange nicht gemocht habe. Der Grund ist vielleicht, dass er stets so zurückhaltend war, während Frederick mir ständig schmeichelte. Guy, sorg dafür, dass die Nachforschungen nach Charles nicht eingestellt werden!"

Guy nickte, verließ das Arbeitszimmer des Vaters und nahm sich vor, den von ihm mit den Ermittlungen beauftragten ehemaligen Konstabler Hopkins aufzusuchen.

George setzte sich wieder und verbarg das Gesicht zwischen den Händen. Seine Hoffnung, den älteren Sohn wiederzufinden, war nicht sehr groß. Er hob den Kopf, als es klopfte, und sah seinen Sekretär hereinkommen.

„Verzeihen Sie die Störung, Mylord", sagte Randolph Colquhoun. „Aber der Konstabler möchte Sie sprechen."

„Mein Sohn ist mit dieser Sache befasst", antwortete George bedrückt.

„Nein, ich meinte nicht Hopkins, sondern einen gewissen Jackson. Er war schon einmal hier, doch damals haben Sie sich geweigert, ihn zu empfangen. Nun besteht er darauf, zu Ihnen vorgelassen zu werden. Er hat Fragen zu einem Gewehr, das Lord Halstead gehören soll."

„Gut, schicken Sie ihn herein", willigte George widerstrebend ein.

Randolph ging zu dem im Vorzimmer wartenden Mr. Jackson und brachte ihn zu Seiner Lordschaft.

Neugierig betrat Cully den Raum und hatte sogleich den Eindruck, den hinter dem Schreibtisch sitzenden Mann schon einmal gesehen zu haben. „Ich bitte um Entschuldigung, Mylord, dass ich Sie behellige", sagte er und verneigte sich knapp. „Aber es geht um dieses Gewehr."

„Ist es das meines Sohnes Charles?"

„Das möchte ich von Ihnen wissen, Sir", antwortete Cully, zog das Lederfutteral von der Waffe und reichte sie dem Earl.

„Ja, diese Flinte gehört meinem Sohn", bestätigte George nach eingehender Betrachtung. „Seine Initialen und das Wappen sind eingraviert. Er hat mir das Gewehr einmal gezeigt, als wir miteinander noch ... auf besserem Fuße standen. Ursprünglich war es im Besitz eines seiner Freunde, der später bei Waterloo gefallen ist. Aus diesem Grund hielt er es in Ehren und hat es bestimmt mitgenommen, als er im Herbst nach Schottland reiste. Bitte, erklären Sie mir, wie es in Ihre Hände gelangt ist."

Angesichts des Schmerzen in den Augen des Earl wandte

Cully den Blick ab und richtete ihn auf das seitlich vom Schreibtisch an der Wand hängende Gemälde. Jäh wusste er, dass seine Ermittlungen beendet waren und Seine Lordschaft sich nicht mehr sorgen musste. Allerdings konnte er sich noch immer keinen Reim darauf machen, warum Mr. Newcome an Gedächtnisschwund litt, was ihn nach Campions verschlagen hatte und unter welchen Umständen der Attentäter an die Waffe gekommen war. „Meine nächste Frage mag befremdlich auf Sie wirken, Sir", sagte er bedächtig. „Ich wüsste jedoch gern, ob dieses Bild dort Ihren Sohn Charles darstellt."

„Ja, das ist er", antwortete George und schaute überrascht den Konstabler an. „Es wurde nach seiner Heimkehr aus dem Krieg und der Genesung von der schweren Verletzung gemalt."

„War er bei der Kavallerie?"

„Ja, und er soll, wie ich höre, ein ausgezeichneter Offizier gewesen sein. Er verstand es hervorragend, mit Pferden umzugehen, und hatte die richtige Hand im Umgang mit Untergebenen. Bei Frauen war er weniger erfolgreich."

„Oh, den Eindruck hatte ich nicht", entgegnete Cully schmunzelnd. „Hinsichtlich seines Geschicks mit Pferden stimme ich Ihnen indes voll und ganz zu."

„Ich befürchte, ich kann Ihnen nicht folgen", bemerkte George verständnislos. „Haben Sie meinen Sohn gekannt?"

„Es wird ein Schock für Sie sein, Sir, wenn ich Ihnen berichte, wo ich ihn gesehen habe", antwortete Cully langsam. „Das Wiedersehen wird wahrscheinlich sehr schmerzlich für Sie sein, und wie er reagiert, lässt sich nicht einmal erahnen."

Im Begriff, das Haus zu verlassen, wurde Guy von einem Lakaien zurückgehalten und ins Arbeitszimmer des Vaters gebeten. Mit wachsendem Erstaunen und großer Erleichterung hörte er, was der Konstabler über den Verbleib des verschollen geglaubten Bruders zu berichten hatte.

„Wenn Charles, als man ihn nach seinem Namen fragte, geantwortet hat, er hieße Shad, ist es nicht verwunderlich, dass man ihn Chad nennt“, bemerkte er, sobald Jackson schwieg. „Shadwell ist unser Familienname, und in der Kindheit wurde mein Bruder oft mit der Abkürzung Shad gerufen. Aber wo ist Vinnie?“

„Wer ist das?“

„Sein Kammerdiener, sein ehemaliger Sergeant. Charles hat ihm einmal das Leben gerettet, und bei einer anderen Gelegenheit wurde er von Vinnie vor dem Tod bewahrt. Vinnie würde ihn nie im Stich lassen.“

„Und er hat Lord Halstead tatsächlich auf der Reise nach Glen Ruadh begleitet?“

„Ja“, antwortete Guy. „Er ritt neben der Kutsche meines Bruders, und ein Wirt in South Nottinghamshire konnte sich schwach an ihn erinnern.“

„Ich vermute, dass Lord Halstead unterwegs von einer Bande überfallen und ausgeraubt wurde und sein Diener dabei ums Leben kam“, sagte Cully stirnrunzelnd. „Wahrscheinlich war Langton, der später mit Lord Halsteads Gewehr den Anschlag auf Lady Malplaquet verübte, der Anführer der Räuber.“

„Welch seltsame Fügung des Schicksals!“, äußerte Guy kopfschüttelnd. „Ausgerechnet Lady Malplaquet hat meinen Bruder bei sich aufgenommen und eingestellt.“

„Nun, das war nicht das einzige, was sie für ihn getan hat“, sagte Cully grinsend. „Er wurde später ihr Sekretär und ist ihr heute ... verzeihen Sie die Andeutung, meine Herren ... auch in anderer Hinsicht verbunden. Seine Neigung zu ihr ist so stark, dass er aus Ehrgefühl den Dienst bei ihr aufgekündigt hat und Campions in Kürze verlassen wird. Deshalb ist es ratsam, Mylord, dass Mr. Shadwell und ich umgehend nach

Campions reisen und Ihren Sohn Charles daran hindern, erneut zu verschwinden."

„Wie bitte?", fragte Guy verdutzt. „Charles soll Lady Malplaquet zugetan sein? Das ist ja noch unfassbarer! Sind Sie ganz sicher, Mr. Jackson, dass er nicht weiß, wer er ist?"

„Ja."

„Der Ärmste!", murmelte Guy in Erinnerung an die peinliche Szene bei Watier und Charles' wiederholte Äußerung, die Countess of Malplaquet sei die letzte Frau, die er heiraten würde.

„Wir sind Ihnen zu Dank verpflichtet, Mr. Jackson", sagte der Earl, erhob sich und läutete dem Sekretär. „Sie haben uns wieder Hoffnung gemacht. Mein Sohn wird mit Ihnen nach Campions fahren. Ich weiß nur nicht, wie er sich verhalten soll, falls Charles dann immer noch nicht das Erinnerungsvermögen zurückerlangt hat." George hielt inne und lächelte grimmig. „Eines kann ich Ihnen jedoch sagen, Mr. Jackson. Sollte Charles es zurückgewonnen haben und feststellen, dass er sich in Lady Malplaquet verliebt hat, dann wird auch er einen großen Schock bekommen."

Elinor fand, dass ihr als verheirateter Frau jeder Tag neue Freuden zu bieten hatte. Sie war nun seit einem Monat mit Chad vermählt und hatte dieses kleine Jubiläum mit ihm in der vergangenen Nacht gebührend gefeiert.

Jetzt stand sie vor der Abreise nach Penny's Hall, einem ehemaligen Jagdschlösschen, das in Nottinghamshire lag und ihr gehörte. Der Verwalter des Gutes war bereits benachrichtigt worden, dass sie und ihr Gatte am Freitagnachmittag hoch zu Ross eintreffen würden, begleitet von einigen bewaffneten Reitknechten. Die Zofe und das Gepäck sollten in einer Kutsche und auf Leiterwagen folgen.

Anfänglich war Elinor nicht damit einverstanden gewesen, mit derart großem Gefolge zu reisen, doch ihr Gemahl, der Verwalter und der Stallmeister hatten ihr zu bedenken gegeben, es sei ratsamer, genügend Leute mitzunehmen, die sie beschützen konnten. Außerdem würden die Bediensteten und Pächter von Penny's Hall sich gewiss geschmeichelt fühlen, dass die Herrin sich nach all den Jahren in so standesgemäßer Form bei ihnen einfand.

Am Donnerstag brachen die Kutscher mit den Wagen auf, und am nächsten Morgen begab Elinor sich mit Chad nach dem Frühstück vor das Haus. Die mit ihr ziehenden Knechte waren bereits versammelt, und zwei Stallburschen brachten den Nachfolger des beim „Thron Gottes" erschossenen Rotfuchses, einen ruhigen Grauschimmel, sowie den nervösen Rajah zum Portal. Elinor ließ sich in den Sattel helfen, sah unversehens einen Reiter mit verhängten Zügeln die Allee herunterpreschen und erkannte den Cousin.

Vor der Freitreppe zügelte er das Pferd so jäh, dass der Kies aufspritzte, schaute mit frostiger Miene erst Elinor und dann Newcome an, der im Begriff war, sich auf den Rappen zu schwingen, und sagte kalt: „Also trifft zu, was mir zu Ohren gekommen ist! Du hast tatsächlich diesen Habenichts geheiratet." Behend saß er ab, riss die Pistole aus der Satteltasche und richtete sie auf Newcome.

„Was fällt dir ein?", erwiderte Elinor in gezwungen ruhigem Ton. „Steck sofort die Waffe fort, Ulric! Ja, es stimmt, ich habe Mr. Newcome geheiratet."

Chad hatte das Halfter des Hengstes losgelassen und war einen Schritt auf Mr. Tallboys zugegangen.

„Bleiben Sie stehen, oder ich erschieße Sie auf der Stelle!", herrschte Ulric ihn an. „Du hast mich ruiniert, Nell! Ich bin nach Irland gefahren, um dem Schuldgefängnis zu entkommen. Die Büttel und die Gläubiger waren hinter mir her, weil nichts darauf schließen ließ, dass du dich mit mir vermählen würdest. Nachdem du jetzt diesen Dreckskerl zum Mann genommen hast, werde ich es dir zu verdanken haben, wenn ich mein Leben hinter Gittern verbringen muss. Aber das werde ich zu verhindern wissen. Fahrt zur Hölle, alle miteinander!“

Er fuchtelte wild mit der Pistole, doch aus Angst, Lady Malplaquet zu gefährden, wagte niemand, sich ihm in den Weg zu stellen.

„Verdammt sollst du sein, Nell!“, fuhr er mit greller werdender Stimme fort. „Nur dieser Lump da hat dich, als er den von mir angeheuerten Langton erschoss, davor bewahrt, getötet zu werden. Nun geht es ihm an den Kragen, denn jetzt habe ich nichts mehr zu verlieren.“ Ulric legte die Pistole an, zielte auf Newcome und legte den Abzug um.

Einen Herzschlag früher, ehe der Schuss knallte, hatte Chad den Rappen losgelassen und sich aus Sorge, Mr. Tallboys könne Elinor ein Leid antun, auf ihn geworfen. Der Sprung rettete ihm das Leben, da die Kugel nur seinen gesenkten Kopf streifte, statt ihn in die Brust zu treffen. Er geriet aus dem Gleichgewicht und stürzte schmerzverzerrten Gesichtes zu Boden.

Entsetzt schrie Elinor auf und glitt aus dem Sattel.

Ulric sah Newcome fallen und begriff, dass er sich retten musste. Im Nu war er bei dem Hengst und versuchte, sich auf ihn zu schwingen.

Der Knall und der fremde Geruch hatten Rajah verstört. Wiehernd bäumte er sich auf, und dem ihn auf der anderen Seite haltenden Stallburschen entglitt das Halfter. Der Vetter der Countess wurde auf die Erde gestoßen; der Rappe keilte aus, und im nächsten Moment trafen seine herabsausenden Vorderhufe den hilflos ausgestreckten Mr. Tallboys. Immer wieder stieg das Tier schrill wiehernd auf und zertrampelte blindwütig den unter ihm liegenden Mann. Plötzlich stürmte er, knapp an Mr. Newcome vorbei, in wilder Flucht die Allee hinunter und verschwand durch das geöffnete schmiedeeiserne Tor.

Zu Tode erschrocken kniete Elinor sich neben Chad und nahm weinend seinen blutenden Kopf auf den Schoß.

Der Schock über den grausigen Vorfall hatte die Umstehenden gelähmt. John löste sich als erster aus der Starre, die ihn befallen hatte, und erteilte unverzüglich Anweisungen, Dr. Ramsden zu rufen und eine Trage zu holen.

„Bitte, Eure Ladyschaft, lassen Sie uns Ihren Gatten untersuchen", sagte Stuart Aisgill bestürzt.

Sie achtete nicht auf ihn. Nur ein Gedanke beherrschte ihren Sinn. Es war die Angst, Chad könne tot sein.

13. KAPITEL

Angehalten, so schnell wie möglich nach Campions zu kommen, lenkte Pompey, der einst bei der Armee unter Charles Shadwell gedient hatte und in Clermont House als Kutscher beschäftigt war, das mit halsbrecherischer Geschwindigkeit voranpreschende Gespann.

In Gedanken weilte Guy bei dem Bruder, den er am Ende der Reise wiederzusehen hoffte, und fragte sich, was dann geschehen mochte. „Wie lange kann es dauern, bis jemand das Erinnerungsvermögen wiedererlangt?“, erkundigte er sich bang bei dem neben ihm sitzenden Konstabler.

„Das weiß ich nicht“, antwortete Cully. „Die Fälle von Gedächtnisschwund, die ich bisher kennengelernt habe, waren alle unterschiedlicher Natur. Einige Leute konnten sich nie wieder erinnern, andere nach Ablauf unterschiedlicher Zeiten, wussten dann manchmal jedoch nicht, was sich inzwischen ereignet hatte.“

Für Guy war diese Erklärung kein Trost, und bedrückt versank er wieder in Schweigen.

Endlich hatte die Kutsche die Umgebung von Campions erreicht und raste auf der zum Gut führenden Straße dahin. Und schließlich sah Guy das am Rande des Moores gelegene Herrenhaus vor sich, von dessen Besitzerin er so viel gehört hatte. Die blassen Strahlen der Märzsonne beschienen ein großes, ausgedehntes Gebäude, das sich am Ende einer langen Allee befand.

Plötzlich preschte ein stattlicher Rappe auf die Karriole zu, Schaumfetzen an den Lefzen. „Vorsicht, Gentlemen!“, schrie Pompey und lenkte hastig das Gespann an den Rand der Straße. Der Hengst galoppierte am Wagen vorbei, bog ein Stück weiter ins Moor ab und war im Nu durch Bäume und Gestrüpp der Sicht entzogen.

„Das war Rajah!“, sagte Cully verblüfft. „Was hat das zu bedeuten? Schnell weiter, Kutscher!“

Pompey setzte die Reise fort, passierte nach einigen Minuten ein weitgeöffnetes Tor und näherte sich in rascher Fahrt dem prachtvollen Anwesen.

Verwundert bemerkte Guy vor dem Säulenportal eine aufgeregte Menschenmenge, sah einen verrenkt am Boden liegenden Mann und ein Stück entfernt einen zweiten, neben dem eine Dame kniete. Ein dritter, offenbar ein Angestellter, redete auf sie ein, und ein vierter erteilte Anweisungen. Beim Näherkommen erkannte er den Bruder und sprang, kaum dass die Karriole gehalten hatte, aus dem Wagen. Ohne auf die Umstehenden zu achten, rannte er zu Charles, stieß grob jemanden beiseite und hockte sich neben den blutenden, bewusstlosen Bruder.

„Was erlauben Sie sich, Sir?“, herrschte ihn John an. „Wer, zum Teufel, sind Sie?“

„Was kümmert Sie das?“, brauste Guy auf und fügte weich hinzu: „Endlich, Shad, habe ich dich gefunden.“ Erleichtert sah er, dass der Bruder sich regte, als habe der Klang der vertrauten Stimme ihn in die Wirklichkeit zurückgerufen.

Verwirrt hatte Elinor den Konstabler aus der unerwartet eingetroffenen Kutsche steigen gesehen, und noch erstaunter betrachtete sie den Fremden, der ihren Gatten Chad genannt hatte. Ein grenzenloses Gefühl des Glücks durchströmte sie, als sie Chad sich, von dem neben ihm hockenden Mann unterstützt, halb aufrichten sah. „Dem Himmel sei Dank, er ist nicht tot!“, murmelte sie und hatte das Empfinden, von einer schweren Last befreit zu sein.

„Das habe ich Ihnen doch bereits gesagt“, erwiderte Stuart ernst.

„Wo bin ich, Guy?“, fragte Charles und schaute verständnislos die ihn umringende Gruppe erregter Menschen an.

„Was machst du hier? Im ersten Moment glaubte ich, in Spanien zu sein. Wo ist Vinnie?"

Elinor bemerkte zu ihrem Schrecken, dass Chad sie offenbar nicht mehr erkannte. Der von ihm Guy genannte Fremde griff ihm behutsam unter die Arme, half ihm auf die Füße und schaute ihn äußerst besorgt an.

Chad stützte sich auf den Bruder, betrachtete die hübsche, ihn entgeistert anstarrende Dame und fragte verwundert: „Wer sind Sie, Madam? Wie bin ich in diese Umgebung gekommen? Ich dachte, ich sei in den Bergen. Aber wie ist es möglich, Guy, dass ich dich antreffe? Wer sind diese Leute? Was mache ich hier?"

Jäh wurde Elinor klar, was geschehen war, und die Tränen schossen ihr in die Augen. Chad hatte das Erinnerungsvermögen zurückerlangt, wusste jedoch nicht, wen er vor sich hatte. „Oh, Chad, es kann nicht sein, dass du mich nicht mehr erkennst!", flüsterte sie angstvoll und ging, die Hand auf das heftig pochende Herz gepresst, auf ihn zu.

Ihr Blick war voller Liebe, und ihr Gesicht drückte ängstliche Besorgnis aus. Und plötzlich erinnerte Charles sich an alles, was geschehen war, ehe er nach Campions kam. Jäh wusste er auch, dass er die Gefühle dieser Frau, die ihn geheiratet hatte, von ganzem Herzen erwiderte. Aber er war sicher, dass sie sich voll Abscheu von ihm abkehren würde, sobald sie erfahren hatte, wer ihr Gatte war. Doch er musste ihr die Wahrheit eingestehen, selbst wenn es ihm das Herz brach. Er hatte stets nach dem Grundsatz gelebt, ehrlich zu sein, und die Ehrlichkeit war das einzige, das ihm jetzt vielleicht noch half.

„Wer sind Sie, Sir?", wandte Elinor sich an den Guy genannten Mann. „Woher kennen Sie meinen Gatten?"

Er war zu der Erkenntnis gekommen, dass die Dame die Countess of Malplaquet sein musste. Wenn die Annahme zutraf, waren alle Beschreibungen, die er über sie gehört hatte, ihr nicht gerecht geworden. Selbst in ihrem Schmerz war sie eine beeindruckend attraktive Frau. „Wer ich bin, Madam?“, fragte er, ohne Charles loszulassen. „Nun, ich bin Guy Shadwell, der jüngste Sohn des Earl of Clermont, und das ist mein ...“

„Ich bin sein Bruder Charles Shadwell, Viscount Halstead“, unterbrach Charles ihn leise und schaute sie bewegt an. „Ich habe mein Erinnerungsvermögen zurückgewonnen und weiß, dass ich vor mehr als sieben Monaten mit meinem Kammerdiener von London nach Schottland gereist bin und unterwegs von Wegelagerern überfallen wurde. Mein Diener wurde erschossen; mich hat man all meiner Sachen und meines Gewehres beraubt und mir die Lumpen des Anführers angezogen. Dann wurden ich und der tote Vinnie in meine Kutsche gesetzt, die man anschließend einen Abhang hinunterstieß. Irgendwie habe ich mich retten können und wurde später im Moor herumirrend aufgefunden und nach Campions gebracht. Gott möge mir verzeihen, liebste Nell, für alles, was ich über dich geäußert habe, ehe ich dir begegnete.“ Erschöpft von der Anstrengung des Sprechens, griff Charles sich stöhnend an den schmerzenden Kopf. Er wankte, und unvermittelt wurde ihm schwarz von den Augen.

Nachdem der Viscount zusammengebrochen, ohnmächtig in sein Schlafgemach getragen und vom eingetroffenen Arzt untersucht worden war, zog Elinor sich mit Mr. Shadwell in ihren Salon zurück und erfuhr nach kurzer Zeit zu ihrer überaus großen Erleichterung von Dr. Ramsden, dass ihr Gatte keine lebensgefährliche Verletzung davongetragen hatte. Er hatte sogar kurz das Bewusstsein wiedererlangt und wirre Dinge geäußert. Der Doktor hatte Elinor getröstet und ihr versichert, ihr Gemahl stehe nur unter den Nachwirkungen des Schocks, den er durch die Verwundung, vor allem aber durch das zurückgekehrte Erinnerungsvermögen erlitten hatte. Selbst für ihn, den sonst so starken, widerstandsfähigen Mann, war die Verkettung der Umstände zu viel gewesen. Inzwischen schlief er tief und fest, denn Dr. Ramsden hatte ihm Laudanum gegeben.

„Ich bin nicht überrascht, dass Sie meinen Bruder geheiratet haben", sagte Guy nach einer Weile des Schweigens. „Auch wenn es, verzeihen Sie mir die Bemerkung, ein wenig befremdlich aussehen mag, dass Sie Ihren Sekretär zum Gatten genommen haben. Aber Charles ist wirklich ein wunderbarer Mensch."

„Ja", stimmte Elinor schlicht dem Schwager zu.

„Sie dürfen diese peinliche Wette gar nicht zur Kenntnis nehmen", fuhr er unbehaglich fort.

„Ich habe nicht die Absicht", beruhigte sie ihn. Seit sie wusste, dass sie mit Halstead vermählt war, dem Mann, der sie in aller Öffentlichkeit bloßgestellt hatte, befand sie sich in einem inneren Zwiespalt. Es fiel ihr schwer zu glauben, dass Chad Newcome und Charles Shadwell ein und dieselbe Person waren. Alles, was sie über Halstead erfahren hatte, passte nicht zu Chad, den sie über alle Maßen liebte. Wann immer in der Vergangenheit die Sprache auf den Viscount gekommen war, hatte sie Zorn und Abscheu empfunden. Doch Chad war so ganz anders als das Bild, das sie sich von Halstead gemacht hatte.

„Ich verstehe jedoch nicht", äußerte Elinor nachdenklich, „warum Ihr Bruder, der Ihren Worten nach sehr selten trank, an jenem Abend bei Watier so betrunken gewesen ist. In den Monaten, die er hier lebt, hat er nie übermäßig viel Wein genossen und sich auch niemals abfällig über Frauen geäußert oder mit ihnen geschäkert. Weshalb ist er diese schändliche Wette eingegangen und hat behauptet, er könne mich auch ohne Trauschein besitzen? Ich … nun, ich war genötigt, ihm einen Heiratsantrag zu machen, um ihn … zu bekommen."

„Der Grund hat seine Wurzeln in Charles' Vergangenheit", antwortete Guy ernst. „Mit kaum zwanzig Jahren musste er gegen seinen Willen in die Armee eintreten, weil mein Vater ihn nicht studieren ließ und ihm erklärte, ein Zweitgeborener habe stets beim Militär zu dienen. Zu jener Zeit lernte Charles eine Frau kennen, Isabella French, verliebte sich Hals über Kopf in sie und heiratete sie, ebenfalls gegen Vaters Wunsch. Anfänglich schien die Ehe glücklich zu sein. Aber Charles war nicht oft daheim, und eines Tages überraschte er Isabella mit Harvey Black, seinem besten Freund. Es kam zu einer furchtbaren Auseinandersetzung, in deren Verlauf er erfuhr, dass seine Gattin ihn seit Langem betrog, und nicht nur mit Harvey. Er forderte ihn zum Duell auf Pistolen, wurde von Harvey jedoch nicht getroffen. Seinem Freund war jedoch aufgefallen, dass Charles absichtlich in die Luft geschossen hatte, und er bestand darauf, das Duell richtig auszutragen. Beim zweiten Durchgang war Charles daher gezwungen, auf Harvey anzulegen, und diesmal traf er ihn in die Schulter. Die Verwundung entzündete sich, und ein halbes Jahr später starb Harvey Black. Sie können sich vorstellen, Madam, wie man Bruder sich gefühlt hat."

„Ja", flüsterte Elinor betroffen.

„Aber es kam noch schlimmer. Seine Gattin war guter Hoffnung, doch das Kind konnte nicht von ihm sein. Dennoch blieb er mit ihr zusammen, bis sie im Kindbett starb. Nach diesen niederschmetternden Erfahrungen hatte er keine ernstzunehmenden Beziehungen zu Frauen, bis er im vergangenen Jahr Julia Merton traf. Und dann wiederholte sich die schreckliche Geschichte. Er überraschte Miss Merton mit einem Mann, der ihr Geliebter war, und sie erklärte Charles freimütig, sie habe ihn nur aus Vernunftgründen heiraten wollen. Nach dem Erlebnis mit seiner Gemahlin war er nun noch verletzter und ertränkte seinen Kummer im Wein. Anschließend ist er zu Watier gegangen und hat dort Ihren Cousin Bobus Beaumont getroffen, der ein Loblied auf Ihre Tugend und Sittsamkeit sang."

Guy machte eine kurze Pause und fuhr dann fort: „Nun kamen mehrere Dinge zusammen, zum einen sein Abscheu vor leichtfertigen Weibern, zum anderen Mr. Beaumonts Elogen, vor allem jedoch der Umstand, dass unser Vater auf einer Ehe zwischen Charles und Ihnen bestand. In vollkommen trunkenem Zustand hat er dann diese beschämende Wette abgeschlossen. Natürlich hätte er das nie tun dürfen, aber nun begreifen Sie gewiss, wie es dazu gekommen ist."

Elinor stand auf, schlenderte zum Fenster und schaute in den Park hinunter. Charles' Verhalten bei Watier war verständlich, wenngleich unverzeihlich. Unvermittelt entsann sie sich, wie sie ihn in Versuchung gebracht hatte und wie zurückhaltend, anständig und charakterfest er gewesen war.

„War er hier glücklich?", fragte Guy leise.

„Ja, sehr", antwortete sie und drehte sich zu dem Schwager um. „Wir beide waren es." Sie dachte sie daran, wie viel sie miteinander verbunden hatte die gleiche Freude an Pferden und Büchern, die gemeinsame Verwaltung von Campions, vor allem aber die Glut ihrer leidenschaftlichen Liebe. „Ja, wir waren überaus glücklich", sagte sie versonnen.

„Das freut mich zu hören", erwiderte Guy. „Charles hatte nie ein frohes Leben, ausgenommen seine Zeit bei der Armee, doch auch den Dienst beim Militär musste er nach dem Tod unseres ältesten Bruders aufgeben. Unser Vater war nicht einmal dankbar, dass er sich so tatkräftig dafür eingesetzt hat, die von Frederick heruntergewirtschafteten Güter wieder ertragreich zu machen. Ein Gutes hat die ganze Sache indes, abgesehen davon, dass Charles Sie kennengelernt hat. Unser Vater verspürt nun den dringenden Wunsch, sich mit Charles zu versöhnen und ihm zu vergelten, was er an ihm durch seine falsche und abweisende Einstellung gesündigt hat. Ich kann es kaum erwarten, Vater die Neuigkeiten zu erzählen! Charles hat ihn immer gemocht, obgleich er von ihm nie gerecht behandelt wurde."

Elinor ging zu Guy, gab ihm einen Kuss auf die Wange und sagte weich: „Das war ein Geschenk für meinen Schwager. Willkommen in Campions, Guy."

„Du bist die bewundernswerteste Frau, die mir je begegnet ist", erwiderte er herzlich. „Ich beneide Charles. Sei nicht zu hart zu ihm, wenn er wieder bei Bewusstsein ist. Ich kenne ihn. Er wird sehr darunter leiden, dass er diese widerwärtige Wette eingegangen ist."

„Nein, ich werde ihn nicht hassen und mit Vorwürfen überhäufen", versprach Elinor lächelnd. „Ich muss dir etwas gestehen, Guy. Auch ich habe meinem Onkel Chesney erklärt, nichts in der Welt könne mich veranlassen, die Gattin deines Bruders zu werden. Doch dann, nachdem ich ihn kennengelernt hatte, konnte ich es nicht erwarten, ihn zu heiraten, und habe aller Welt getrotzt, als ich ihn zum Gatten nahm. Du hast keine Ahnung, wie erleichtert mein Verwalter auf die Neuigkeit reagiert hat, dass Charles mir ebenbürtig ist. Er mag ihn, konnte sich indes nicht mit dem Gedanken abfinden, dass ein einfacher Reitknecht Herr auf Campions ist. Ich freue mich darauf, ihn sich jetzt vor Charles verneigen zu sehen und ihn ‚Ja, Mylord', ‚Nein, Mylord' oder ‚Wie es Ihnen beliebt, Eure Lordschaft' murmeln zu hören."

Unvermittelt fühlte Elinor sich wieder froh. Natürlich gedachte sie, Charles ein wenig mit der peinlichen Wette zu ärgern, doch nicht zu lange, damit er merkte, dass sie ihm nicht wirklich böse war und nichts, was er in seinem vorherigen Leben gesagt oder getan hatte, ihre Liebe zerstören konnte. Und unwillkürlich musste sie bei dem Gedanken schmunzeln, was wohl der Onkel sagen würde, wenn er erfuhr, dass Chad, der frühere Reitknecht und spätere Sekretär, in Wahrheit Charles Shadwell, Viscount Halstead, war.

„Nein!", sagte Charles nachdrücklichst und schaute finster den Arzt an. „Ich bleibe nicht im Bett. Die Verletzung ist nicht der Rede wert. Wenn Sie nicht läuten und mir meine Kleider bringen lassen, springe ich Ihnen an die Kehle und schüttele Sie so lange, bis Sie nachgeben."

Erschrocken wich Elbert Ramsden einen Schritt zurück.

Charles schlug die Decke zurück und schwang sich, obgleich er furchtbare Kopfschmerzen hatte, aus dem Bett. Er sehnte sich danach, die Gattin zu sehen, ihr zu sagen, wie sehr er sie damals in seinem betrunkenen Zustand bei Watiers beleidigt hatte, und sie davon zu überzeugen, dass er sie von ganzem Herzen liebte.

„Ich merke, dass kein Einwand Sie umstimmen kann", brummte Elbert. „Aber ich warne Sie, Sir! Sie werden schnell feststellen, wie geschwächt Sie sind." Widerstrebend läutete er und trug dem kurz darauf eintretenden Lakaien auf, die Sachen Seiner Lordschaft aus dem Ankleidezimmer zu holen und ihm beim Anziehen zu helfen.

Bedrückt fragte sich Charles, ob Elinor ihn inzwischen so verabscheute, dass sie ihn gar nicht empfangen würde. „Wie geht es meiner Gemahlin, Dr. Ramsden?", erkundigte er sich beklommen. „Hoffentlich gut!"

„Nun, wie es jemandem ergeht, der nach dem Dinner fast die ganze Nacht an Ihrem Krankenbett gewacht hat", antwortete Elbert achselzuckend. „Ich nehme an, Sie versucht, den verlorenen Schlaf nachzuholen."

Charles wurde leichter ums Herz. Wenn Nell so lange bei ihm ausgeharrt hatte, konnte er vielleicht doch hoffen, dass sie ihm verzieh. Es klopfte, und auf sein Geheiß betrat der Verwalter das Gemach.

Er verneigte sich und sagte ehrerbietig: „Mylord, Ihr Bruder hat vorgeschlagen, Sie zu fragen, ob Sie sich an den Ort erinnern können, wo Sie überfallen wurden. Das könnte uns helfen, den Leichnam Ihres Kammerdieners zu finden, um ihn in geweihter Erde zu bestatten."

Charles überlegte und antwortete dann bedächtig: „Es war ein Steinbruch. Ich kann ihn jedoch nicht beschreiben."

„Auf Ihrem Besitz befinden sich zwei Steinbrüche", erwiderte John. „Ich werde unverzüglich dafür sorgen, dass beide abgesucht werden." Er verneigte sich erneut und wandte sich zum Gehen.

„Einen Moment noch, Henson", hielt Charles ihn auf. „Wissen Sie, ob meine Gattin schon aufgestanden ist?"

„Vor einer Weile bin ich ihrer Zofe begegnet, die ihr ein spätes Frühstück in eines der Gästezimmer brachte. Gute Besserung, Sir", fügte John hinzu und verließ den Raum.

Einen Augenblick später kam ein Lakai aus dem Ankleidekabinett. Ungeduldig ließ Charles sich anziehen. Es drängte ihn, endlich zu seiner Gemahlin zu kommen und zu wissen, wie sie zu ihm stand.

Elinor hatte sich in den Salon begeben und grübelte darüber nach, ob sie zu Charles gehen solle oder nicht. Plötzlich wurde die Tür geöffnet, und zu ihrem Erstaunen sah sie ihn eintreten. Er trug einen Verband um den Kopf, das Gesicht war aschfahl, und er hatte tiefe Schatten unter den Augen. „Chad!", sagte sie bestürzt. „Du solltest doch im Bett sein! Ich dachte, du schliefest noch. Als ich vorhin zu dir wollte, hat Dr. Ramsden mich nicht zu dir gelassen."

„Nun, es ist vielleicht nicht klug, dass ich aufgestanden bin", räumte Charles ein. „Aber lange halte ich es im Bett nicht aus. Außerdem muss ich unbedingt mit dir sprechen."

Sie sah, wie nervös er war, und hatte das Gefühl, zu ihm

gehen, ihn in die Arme nehmen und ihm versichern zu müssen, er solle sich ihretwegen nicht sorgen. Doch ein Teufelchen flüsterte ihr zu, er solle getrost ein wenig dafür leiden, dass er sie bei Watier so verunglimpft hatte.

„Nell, ich habe so viel auf dem Herzen, was ich dir sagen möchte", fuhr er unbehaglich fort. „Es gibt viel, für das ich dich um Vergebung bitten muss. Ich weiß nicht, wo ich beginnen soll. Meine Frau Isabella ..."

„Es ist unnötig, mir von ihr oder Miss Merton zu erzählen", unterbrach ihn Elinor. „Dein Bruder hat mir bereits alles berichtet. Ich habe keine Lust, noch mehr über sie zu hören. In diesem Punkt kannst du ganz beruhigt sein."

Charles wusste nicht, ob er Guy dankbar sein solle oder nicht. „Nun, was die andere Angelegenheit betrifft ...", murmelte er kleinlaut und hielt verlegen inne.

„Ich nehme an, damit meinst du deine Wette bei Watier. Es war dumm von dir, mich im Bücherkabinett zurückzuweisen. Hättest du das nicht getan, wärst du heute um zwanzigtausend Pfund reicher. Außerdem sollst du verkündet haben, dass ich die letzte wäre, die du heiraten würdest. Nun, in eben diesem Sinne habe auch ich mich zu Onkel Chesney geäußert, und gleichfalls nicht in sehr zartfühlender Form. Und was ist passiert? Jetzt sind wir Mann und Frau und ein Leben lang mit dem Menschen verbunden, für den wir die größte Abneigung gezeigt haben."

„Nell, ich nehme diese Geschichte nicht von der leichten Seite!", wandte Charles ein.

„Ich habe nicht vor, deswegen in Tränen auszubrechen, und ein Grund, die Scheidung einzureichen, ist es auch nicht. Also werden wir, so wie es aussieht, zumindest auf dem Papier zusammenbleiben, bis der Tod uns scheidet."

„Ich bin zu dir gekommen, um mich zu entschuldigen, Nell", sagte Charles stirnrunzelnd. „Doch du redest nur Unsinn! Ich habe schlimme Kopfschmerzen, und dein Verhalten macht sie nicht besser!"

„Gut, dann will ich dich nicht länger quälen", entgegnete Elinor schmunzelnd. „Ich weiß nicht, in welcher Form ihr Männer eine Wette bestätigt, aber dein Bruder hat mir berichtet, dass deine nie schriftlich festgehalten wurde. Du warst viel zu betrunken, um deinen Namen auf ein Papier zu setzen. Folglich bist du nicht an sie gebunden und kannst also nicht verlieren oder gewinnen."

Überaus erleichtert, ging Charles zu Elinor, zog sie sachte aus dem Sessel und sagte zärtlich: „Ich liebe dich, Schatz, und es ist mir gleich, wie schlecht ich mich benommen habe oder was du darüber denkst." Stürmisch nahm er sie in die Arme und küsste sie voller Leidenschaft. Glücklich löste er sich von ihr und fragte weich: „Du hast mir also die Beleidigungen verziehen, die ich schändlicherweise über dich geäußert habe, ehe ich dir begegnete?"

Elinors Antwort war ein neuer Kuss. „Eines ist sicher", sagte sie dann lächelnd. „Was immer die Gesellschaft von unserer Hochzeit halten mag, dein Vater, der ja unbedingt wollte, dass ich deine Gattin werde, und mein Onkel, der sich sehr um meine Vermählung mit einem gewissen Lord Halstead bemüht hatte, können sich jetzt die Hände reiben. Eine größere Freude hätten wir den beiden wohl kaum machen können."

„Ach, Nell! Du bist einzigartig!", erwiderte Charles und hauchte ihr einen Kuss auf die Stirn. Jäh kam ihm ein Gedanke, und bestürzt erkundigte er sich: „Was ist aus Rajah geworden?"

„Er ist gestern Nacht, wie sein Herr vor sieben Monaten, vollkommen erschöpft, aus dem Moor gekommen. Aber ich hoffe, dass er sich wie du schnell erholen wird."

„Ich bin auf dem besten Wege", versicherte Charles. „Meine Genesung wird rasch Fortschritte machen, vorausgesetzt, du reizt mich nicht zu sehr. Gebührende Untertänigkeit deinem Herrn und Meister gegenüber würden wahre Wunder bei mir vollbringen. Sorge dafür, dass es so ist, Liebling."

„Mit dem größten Vergnügen", sagte sie verschmitzt. „Ich setze jedoch voraus, dass du die Pflichten nicht vernachlässigst, die du der Herrin von Campions schuldig bist."

– ENDE –

Georgina Devon /
Nicola Cornick
Verführung im Walzertakt
Band-Nr. 25479
2 Romane nur 7,95 € (D)
ISBN: 978-3-89941-785-2
416 Seiten

Anne Ashley /
Nicola Cornick
Sommerfrische
Band-Nr. 25463
2 Romane nur 7,95 € (D)
ISBN: 978-3-89941-754-8
400 Seiten

Ann Elizabeth Cree /
Louise Allen
Landsitz
Band-Nr. 25450
2 Romane nur 7,95 € (D)
ISBN: 978-3-89941-736-4
400 Seiten

Paula Marshall /
Mary Nichols
Ballsaison
Band-Nr. 25436
2 Romane nur 7,95 € (D)
ISBN: 978-3-89941-715-9
496 Seiten

Georgette Heyer
Heiratsmarkt

Band-Nr. 25464
7,95 € (D)
ISBN: 978-3-89941-755-5
480 Seiten

Georgette Heyer
Venetia und der Wüstling

Band-Nr. 25449
7,95 € (D)
ISBN: 978-3-89941-735-7
432 Seiten

Georgette Heyer
Die Jungfernfalle

Band-Nr. 25435
7,95 € (D)
ISBN: 978-3-89941-714-2
464 Seiten